IHR LETZTER AUSWEG

IHR LETZTER AUSWEG

Her Last Chance

TONI ANDERSON

Übersetzt von
MARTIN WICK

*Für Jean Anderson,
die nie aufgehört hat, mich um diese Geschichte zu bitten.
Die beste Schwiegermutter aller Zeiten.*

Ihr Risiko (Her Risk To Take)

ROMANTISCHER MILITÄR-THRILLER

Tödliches Spiel (The Killing Game)

ANDERE DEUTSCHE TITEL

Im Sog Der Gefahr

Wogen Des Zorns

Kapitel Eins

Ihre Schritte klapperten laut über den belebten Bürgersteig der Bleeker Street, und ihr wehender, schwarzer Mantel schuf eine Illusion der Kultiviertheit, die sie normalerweise amüsiert hätte. Aber nicht heute. Josephine Maxwell hielt den Kopf gesenkt und schritt unbeirrt vorwärts, nur die weiß hervortretenden Knöchel ihrer Finger, die sich um den Griff ihrer Zeichenmappe krallten, verrieten ihre innere Anspannung.

Ihre Augen suchten die Straße ab. Angst kribbelte über ihre Haut und lief ihr den Rücken hinunter. Angst war Schwäche. Das hatte sie gelernt, noch bevor sie zehn Jahre alt gewesen war.

Sie atmete kurz und heftig ein und dachte bei sich, dass sie eigentlich mittlerweile daran gewöhnt sein sollte.

Die übliche freitägliche Mischung aus Einheimischen und Touristen schwirrte in allen Richtungen herum, fest entschlossen, die vibrierende Atmosphäre des Greenwich Village aufzusaugen. Bäume säumten die Straßen, ihre Stämme von hübschen, gusseisernen Gittern umringt. Der Geruch von frisch gebackenem Brot schwebte warm und duftend durch die kalte Herbstbrise. Lichter begannen zu leuchten, als die Sonne hinter Jersey unterzugehen begann.

Und er verfolgte sie noch *immer*.

Nichts war anders als an anderen Tagen, bis auf das kaum merkliche Gefühl, gejagt zu werden. Die Gefahr zuckte durch sie hindurch, und ihr Herz stolperte. Sie ignorierte das Gefühl, unterdrückte die Auswüchse der Panik und ging weiter – beinahe zu Hause. Beinahe in Sicherheit.

Auf der Veranda eines kleinen italienischen Restaurants saß ein schwarzhaariger Mann in einem teuren Geschäftsanzug, der sie mit Begierde in den Augen anstarrte. Ohne den Augenkontakt abzubrechen, hob er eine Bierflasche an den Mund und trank einen großen Schluck. Dieses Bild rief eine gestochen scharfe Kindheitserinnerung in ihr herauf, und ein leiser Schauder durchfuhr sie. Übertrieben selbstsicher zog der Typ eine Augenbraue hoch und kreiste mit der Zungenspitze anzüglich um die Öffnung seiner Bierflasche. Ihr Magen krampfte sich zusammen. Für den Bruchteil einer Sekunde erinnerte er sie an Andrew DeLattio, aber dieses mörderische Arschloch war zum Glück tot.

Sie zeigte dem Kerl nicht den Stinkefinger. Die alte Josie hätte das getan, aber heutzutage begann das stählerne Rückgrat, das sie über die Jahre entwickelt hatte, langsam zu bröckeln, und sie fühlte sich weniger selbstsicher, weniger mutig.

Sie wandte den Blick ab. Was zur Hölle stimmte denn nicht mit den Männern?

Die Erinnerung an einen großen, gutaussehenden FBI-Agenten blitzte in ihren Gedanken auf, aber sie unterband dieses Bild, fest entschlossen, den größten Fehler ihres Lebens zu vergessen. Sie hatte keine Zeit für Selbstmitleid oder Reue. Das Leben war ein Überlebenskampf, warum also sollte sie ihre Energie auf Illusionen und Fantasien darüber verschwenden, was hätte sein können?

Sie ging weiter. Der Geruch des nassen Asphalts, der Abgase und der feuchten abgefallenen Blätter vermischte sich mit dem Duft der heißen, würzigen Gerichte aus einem nahegelegenen Restaurant. Ihr Magen knurrte, erinnerte sie daran, dass sie das

Mittagessen ausgelassen hatte. Aber das Bedürfnis, nach Hause zu kommen, dieser irrationalen Angst zu entfliehen, überlagerte sogar ihren Heißhunger. Ihre Schritte wurden schneller, und der Drang, zu rennen, brach über jeden ihrer Instinkte ein. Sie beeilte sich. Bog um die Ecke zu ihrem Wohnhaus in der Grove Street und beobachtete ein Stück Plastikmüll, das von einer starken Brise über den Bürgersteig geweht wurde und für einen Augenblick mit ihren Stiefeln mithielt. Sie kämpfte gegen den kalten Wind an und nahm die steife Zeichenmappe in die andere Hand. Die Mappe war schwer, aber wenigstens hatte ihr Inhalt ihr einen weiteren Auftrag beschert.

Die Dämmerung breitete sich aus. Dunkle Schatten hingen zwischen den parkenden Autos. Braune Blätter raschelten, als sie durch dürre Äste fielen. Endlich war sie zu Hause. In der Ferne erklang eine Sirene, während Josephine in ihrer Manteltasche nach ihrem Haustürschlüssel kramte. Sie warf einen verstohlenen Blick hinter sich, entdeckte aber nichts, was dieses unbehagliche Gefühl, beobachtet zu werden, rechtfertigte.

Wann höre ich endlich auf, immer über meine Schulter zu schauen?

Sie unterdrückte einen Fluch, steckte den Schlüssel ins Schlüsselloch und drückte die schwere, schwarze Haustür auf, mühte sich ab, die sperrige Mappe durch den Türspalt zu bugsieren.

Das Licht war aus.

Ein Schweißtropfen rollte ihre Schläfe hinunter. Ihre Hände zitterten, als sie den Lichtschalter im Hausflur betätigte, und als das Licht das Treppenhaus flutete, stieß sie einen Seufzer der Erleichterung aus. Sie trat über die Schwelle, schloss die Tür hinter sich und beugte sich hinunter, um ihr Postfach in der untersten Reihe aufzuschließen. Ein gedämpftes Geräusch war alle Warnung, die sie bekam, bevor sie jemand am Hals packte.

Josephine ließ ihre Mappe fallen. Die Post flatterte zu Boden, als ihr Angreifer sie von den Füßen riss und sie herumschleuderte. Adrenalin rauschte durch ihre Adern, und ihr Puls ging durch die Decke. Ihre Finger krallten sich in Stoff und Muskeln, und irgendwie schaffte sie es, genug Halt zu finden, um sich nicht mit ihrem eigenen Gewicht das Genick zu brechen. Ihre Beine knallten in die Balustrade, und Schmerzen schossen durch ihre Glieder.

Sie schrie auf, schnappte nach Luft, als er sie zu Boden schleuderte. Ihre Sicht verschwamm. Starr vor Schreck lag sie da. Dann setzten ihre Überlebensinstinkte ein. Sie rollte sich zur Seite, flüchtete unbeholfen vor dem metallischen Zischen, das an ihrem Ohr vorbeipfiff, als sein Messer mit einem scharfen Kratzen in das Mosaik des Fußbodens einschlug. Auf Händen und Knien schnappte sie sich ihre Mappe, drehte sich herum, fiel wieder auf den Rücken und benutzte die Mappe als Schutzschild vor der Klinge ihres Angreifers. Regungslos starrten sie sich an.

Sie erkannte ihn.

Erkannte die wilde Absicht in diesen leblosen, silbernen Augen.

Oh Gott.

Übelkeit rumorte in ihrem Magen, als sie hilflos zu ihm hochstarrte. Sie hatte immer gewusst, dass er zurückkommen würde. *Habe es immer gewusst.* Die verkrampften Muskeln in ihrem Hals schnitten ihr die Luft ab, die sie so dringend brauchte, während sie sich schweigend anschauten. Der Jäger gegen die schwache, klägliche, nutzlose Beute.

Ganz in Schwarz, mit einer Sturmhaube über dem Gesicht, hockte er neben ihr, ein dunkles, gesichtsloses Monster. Eisgraue Augen starrte sie aus schmalen Schlitzen an, reflektierten das Schimmern des Messers in seiner linken Hand. Er trug Gummihandschuhe, die seine Haut wächsern wie bei einer Leiche aussehen ließen. Blut verschmierte den Latex.

Wessen Blut?

Langsam, so als ob er wüsste, dass er gewonnen hatte, nahm ihr das Monster die Zeichenmappe aus den zitternden Händen und lehnte sie sorgfältig an die Wand unter den Briefkästen. Sie konnte sich nicht mehr bewegen, lag einfach nur vor Angst gelähmt da, während die Erinnerungen auf sie einprasselten.

Der Jäger neigte den Kopf zur Seite, betrachtete sie, als ob sie bereits verletzt und blutend daläge. Seine Finger krallten sich um den Griff des Messers, starke Finger, die die Waffe besitzergreifend umklammerten. Ihrer großen Klappe und ihrem unermesslichen Stolz zum Trotz konnte Josephine sich in diesem Moment nicht bewegen. Denn er hatte sie vor all diesen Jahren *erschaffen*. Hatte sie erschaffen, und nun war er hier, um sie zu zerstören.

Ohne Eile knöpfte er ihren Mantel auf. Zog ihren Pullover hoch bis über ihre Brüste, und der Schrecken hielt sie an Ort und Stelle fest. Mit einer beiläufigen Bewegung seines Handgelenks hatte er ihren BH durchgeschnitten.

Galle drohte hochzukommen, aber sie zwang sie hinunter. Ein kalter Lufthauch strich über ihre Haut. *Ich kann das nicht zweimal überleben.* Die Erinnerung an die Schmerzen kroch über ihren Körper wie ein Ausschlag. Sie drängte ihre Gliedmaßen, sich zu bewegen, aber sie gehorchten ihr nicht.

Ist es das, worauf ich gewartet habe? Darauf, dass er zurückkommt und die Sache zu Ende bringt? Sie zuckte zusammen, als seine Finger über eine verblasste Narbe strichen.

Was dachte er über sein altes Werk?

Er hob das Messer. Josephine sah zu, wie er mit der rasiermesserscharfen Klinge über die schimmernde, weiße Haut der Narbe fuhr. Von ihrer Hüfte hinauf über ihren Bauch, unerträglich langsam, über ihre Rippen – *badumm, badumm, badumm.* Sie hielt den Atem an. Die stumpfe Seite der Klinge kratzte über ihren Nippel, und Grauen, nicht Lust, ließ ihn steif werden.

Sein Mund war unter der Sturmhaube verborgen, aber Josie wusste, dass er lächelte. Tränen traten ihr in die Augen. Galle brannte in ihrem Hals. Ihre Blicke trafen sich, und sie ballte vor frustriertem Zorn die Fäuste, als er das Messer aufstellte und dessen Gewicht auf ihre Brust drückte. Blut trat in kleinen Perlen hervor. Schmerzen schossen mit fürchterlicher Klarheit durch ihre Nervenbahnen.

Sie schnappte nach Luft, machte sich bereit. „Du hast versprochen, dass du mich nicht umbringst, wenn ich keinen Mucks mache." Ihre Stimme war rau, und die Luft kratzte wie Stacheldraht über ihre Stimmbänder.

Die Zeit hing regungslos zwischen ihnen wie eine dicke, fette Spinne auf einem hauchdünnen Spinnennetz. Seine Augen verfinsterten sich. „Du hast gerade einen Mucks gemacht."

So fest sie konnte, rammte sie ihren Handballen gegen sein Ohr, griff nach der Hand mit dem Messer und drückte sie von ihrem Körper fort. Schlug ihre Zähne in sein Handgelenk, wich nur um Haaresbreite seinem Schlag in ihr Gesicht aus. Sein Puls hämmerte kräftig gegen ihre Lippen, als sie die Zähne zusammenbiss, bis sie Blut schmeckte. Sie ließ nicht locker.

Mit der anderen Hand kratzte sie an seinem Auge, und endlich bewegten sich ihre Beine wieder, suchten auf den glatten Fliesen nach Halt. Sein Körper fiel gegen ihren, sein Atem heiß und erbarmungslos an ihrem Hals. Ihre scharfen Fingernägel schlugen sich in seine Augenhöhle, kratzten über die glatte Oberfläche seines Augapfels. Blut floss in ihren Mund, der Geschmack bitter und widerlich auf ihrer Zunge. Ihr Magen zog sich zusammen, aber sie ließ nicht von ihm ab. Wenn sie aufhörte, würde er sie umbringen.

Mit einem wütenden Brüllen fiel er zurück.

Josie stolperte auf die Füße, schnappte sich ihre Mappe von der Wand und hielt sie wieder vor sich wie eine letzte, verzweifelte Verteidigung. Ihr Jäger fuhr sich mit der Hand über die Augen, die vor Boshaftigkeit glühten.

In ihren Albträumen war er unsterblich, unaufhaltsam, die Verkörperung des Bösen. In der Realität war er nur ein weiteres Arschloch, das gerne anderen Menschen wehtat. Und weiß Gott wollte er ihr in diesem Augenblick wehtun.

DIE ÄSTHETIK DES NIEDERLÄNDISCHEN GEMÄLDES AUS DEM 17. Jahrhundert mit seiner gefälschten De Hooch-Signatur ließ den zuständigen Special Agent Marshall Hayes völlig kalt, aber trotzdem zog sich seine Brust zusammen und sein Herzschlag beschleunigte sich. Es war erst 19:30 Uhr, aber es wimmelte bereits von Leuten bei dieser großen Eröffnung einer weiteren trendigen New Yorker Kunstgalerie. Die Partyatmosphäre und die schwatzende Menge traten in den Hintergrund, während er genauer hinsah. Jemand rempelte ihn mit dem Ellbogen an, ein anderer Gast streifte seinen Hintern. Aber Marsh hatte nur Augen für das Gemälde.

Es war einen Monat vor dem berüchtigten Überfall auf das Isabella-Stewart-Gardner-Museum gestohlen worden, und die beiden Vorfälle konnten in Zusammenhang stehen. Der Diebstahl war geheim gehalten worden, weil der Besitzer nicht wie ein Idiot dastehen wollte, da er Kunstwerke, die ein Vermögen wert waren, an seiner Wohnzimmerwand aufgehängt hatte – mit einem alternden Deutschen Schäferhund als einziger Bewachung. Das Bild wurde nicht einmal in der Liste gestohlener nationaler Kunstgüter oder bei Interpol aufgeführt.

Vielleicht dachten die Diebe, dass das Gemälde nach so vielen Jahren endlich ohne Probleme ausgestellt werden konnte. Oder vielleicht war der Dieb gestorben, und das Gemälde war in den Besitz eines rechtmäßigen Sammlers übergegangen. Marsh wusste es nicht, aber es war seine Aufgabe, das herauszufinden.

Vorfreude kribbelte unter seiner Haut. Die Trottel, die diese Galerie eröffneten, waren wahrscheinlich ordentlich ausgenommen worden. Es sei denn, sie wussten Bescheid ...

Musik hallte mit einem anzüglichen Pochen durch die Luft, und hinter ihm klickten Kameras im Blitzlichtgewitter. Marsh blickte sich im Raum um. Gloria Faraday, die Besitzerin, gab gerade in der kalten New Yorker Nacht einer Frau in dünner

Seide einen Luftkuss. Er erkannte die Frau vage von Werbetafeln. Sie war irgendein Model, dessen Drogensucht in den Boulevardzeitungen ausgeschlachtet worden war, und das gerade aus dem Entzug kam.

Seine Gedanken wanderten zu einer anderen gertenschlanken Frau mit großen blauen Augen und einer anstrengenden Lebenseinstellung. Er verdrängte das Bild. Er war im Dienst, verdammt.

Eine Brustwarze lugte aus dem Oberteil des Models hervor, ein kurzer Skandal, der es sicher in die Klatschblätter des nächsten Tages schaffen würde. Mit sorgfältig inszenierter Verlegenheit schob das Model die Seide wieder an ihren Platz und wandte sich von den Kameras ab. Vielleicht spürte sie seinen Blick, denn sie neigte ihren Kopf und ihre Augen begegneten seinen. Er lächelte nicht, sah aber auch nicht weg. Sie musterte ihn interessiert. Marsh wandte sich ab, irritiert über sein eigenes mangelndes Interesse an dieser unbestreitbar attraktiven Frau. Zugegeben, es war nicht etwa seine Gleichgültigkeit gegenüber schönen Frauen, die ihn störte, sondern seine Besessenheit von einer bestimmten Frau. Zähneknirschend verdrängte er die Gedanken an Josephine und erinnerte sich wieder einmal daran, dass er im Dienst war – irgendwie.

Die Besitzer, Philip und Gloria Faraday, waren britische Staatsangehörige und vor Kurzem aus Paris hergezogen. Er wusste nicht viel über sie – noch nicht. Nicht einmal, ob sie ein Ehepaar, Geschwister oder einfach Hochstapler waren, die im Big Apple frische Beute suchten.

Gloria sah aus wie Anfang vierzig, aber das war im Zeitalter der kosmetischen Altersverschleierung schwer zu sagen. Sie trug kunstvolles Makeup und eine grell bedruckte Bluse. Philip sah jünger aus, trug schwarze Jeans und ein langärmliges graues T-Shirt. Sein Bürstenschnitt hatte ein paar graue Strähnen, und er trug eine Sonnenbrille, obwohl es draußen dunkel war. Großkotziger Arsch.

Philip schlüpfte durch eine diskret verborgene Tür, wahrscheinlich ein Lagerraum oder der Ort, an dem sie die Tageseinnahmen aufbewahrten, weil der Laden für Preisschilder zu vornehm war.

Die Faradays besaßen Galerien in London, Paris, Barcelona, Nairobi, Sydney und Tokio, und nun schienen sie beschlossen zu haben, nach Westen zu expandieren. *Total Mastery NY* folgte einem guten Konzept. Alte Meister gemischt mit zeitgenössischer Kunst, um den klassischen Look zu modernisieren. Verkrustete alte Porträts hingen über flippigen Metallvasen, kunstvoll geschnitzte Beistelltische begleiteten Gemälde und Keramiken. Ein nobler Ort, der die Kundschaft davon überzeugen konnte, dass man guten Geschmack wirklich kaufen kann.

Marshs Blick fiel durch die Menge auf Steve Dancer. Er nickte seinem Mitarbeiter zu, der den Blick mit einem vertrauten, aufgeregten Aufleuchten in seinen Augen erwiderte. *Zeit zum Spielen.*

„Was hältst du davon?" Die Frau an seiner Seite stellte sich auf die Zehenspitzen und übertönte den Lärm der Menge mit ihrer lauten Stimme.

Verdammt. Er hatte sie ganz vergessen.

Lynn Richards war schön, charmant und wohlerzogen – offenbar genau die richtigen Eigenschaften für eine perfekte Ehefrau. Aber sexuell zog sie ihn ungefähr genauso an wie dieses Porträt. Seine Mutter hatte ihm gesagt, dass das Mädchen unbedingt an der Eröffnung teilnehmen wollte, und da sie wusste, dass er hingehen würde, könnte er sie doch einfach mitnehmen. Lynn bot ihm einen guten Vorwand, also hatte er zugestimmt, aber sie schien den Abend für ein Date zu halten, weshalb er sich wie ein verdammter Pädophiler vorkam. Er ging nicht mit Kindern aus.

Sie grub ihre Nägel fester in seinen Oberarm, und er zuckte zusammen. Mit einer leichten Drehung lockerte er ihren Griff, ohne es zu offensichtlich zu machen, aber sie krallte sich fest.

Er lächelte, aber der Zug um seine Mundwinkel war grimmig und spiegelte seine Stimmung wider.

„Was hältst *du* denn davon?", entgegnete er, denn er wollte das

Mädchen dazu bringen, sich eine eigene Meinung zu bilden, statt nur anderen Leuten gefallen zu wollen. Warum sonst sollte sie mit einem Mann ausgehen, der alt genug war, um ihr Vater zu sein? Obwohl er sich nicht sicher war, was es über einen Mann in seiner Position aussagte, dass er sich von seiner eigenen Mutter manipulieren ließ. Allein der Gedanke daran ließ ihn mit den Zähnen knirschen.

Wenn sein älterer Bruder es lebend aus dem Nahen Osten zurückgeschafft hätte, hätte es niemanden interessiert, ob Marsh heiratete und einen Erben für das Familienvermögen zeugte. Aber Robert war in der irakischen Wüste umgekommen, und ein riesiges Stück von Marshs Herz war neben ihm auf dem Schlachtfeld gestorben. Seine Eltern waren am Boden zerstört gewesen.

Marshs Vorschlag, das gesamte Vermögen an ein Tierheim zu spenden, war nicht gut angekommen. Er liebte seine Mutter, und es gab nichts, was er nicht für sie tun würde, außer eben eine Debütantin zu heiraten. Wie in Gottes Namen konnte er ihr nur erklären, dass seine bisher beste Erfahrung gewesen war, unter Drogen gesetzt und mit Handschellen an ein Bett gefesselt zu sein und Sex mit einer Frau zu haben, die ihn hasste? Mit einer Frau, die ihn für immer verändert und jede andere Begegnung zur Bedeutungslosigkeit verdammt hatte?

Ein gequältes Lachen entfuhr ihm.

Er zog die Manschetten seiner maßgeschneiderten Jacke zurecht und atmete aus, bis sein Zwerchfell mit seinem Bauch kollidierte. Er war es leid, dagegen anzukämpfen.

„Mir gefällt es." Lynn warf ihm ein scheues Lächeln zu.

Er zuckte zusammen. *Mist.* Er hatte sie schon wieder vergessen. Sie war so unglaublich höflich, dass ihm der Kopf wehtat.

„Aber ich interessiere mich nicht wirklich für Kunst." Lynn klammerte sich an seinen Arm wie eine Haftmine.

Als Marsh in ihre unschuldigen jungen Augen blickte, bemühte er sich, sich nicht wie ein verärgerter Vater aufzuführen.

Himmel nochmal. „Warum wolltest du dann heute Abend hier sein?"

Schuldgefühle und Verärgerung spiegelten sich in ihren Zügen wider, und er konnte sich fast vor Augen führen, wie ihre beiden Mütter wie Hühner gackerten, während sie ihre Hochzeit planten. *Wie bin ich nur in diese Scheiße hineingeraten?*

Sein Jackenrevers öffnete sich ein wenig bei seiner leichten Bewegung, und Lynns erschrockener Blick flog zu seinem Holster, das unter der dunklen Wolle verborgen war.

Verärgert legte er seine Hand auf ihre Schulter und sah sie eindringlich an. „Du weißt, dass ich beim FBI bin, oder?"

Mit Augen so groß wie Untertassen nickte sie, und er wollte sie fragen, was zum Teufel sie mit einem Mann machte, den sie nicht kannte, mit dem sie unmöglich etwas gemeinsam haben konnte und der ihr offensichtlich eine Heidenangst einjagte?

Aber sie war nur ein ahnungsloses Mädchen. Was war seine Ausrede?

Mit einem resignierten Seufzer suchte er in der dichter werdenden Menge nach Dancer und überzeugte sich davon, dass er nicht nach einem anderen Gesicht Ausschau hielt, einer anderen Blondine, nur weil er in New York City war und sie zur Kunstszene gehörte. Dancer lehnte an einer Wand und nippte an prickelndem Champagner, umgeben von einer Frauenschar, die um seine Aufmerksamkeit wetteiferte.

Frauen. Nicht Kinder.

Lynn folgte seinem Blick, und ihre Augen fielen mit aufflackerndem Interesse auf Special Agent Dancer. Vielleicht sollte Marsh sie ihm vorstellen, dann könnte sie sich Hals über Kopf in seinen Kollegen verlieben, sie könnten heiraten und viele Babys bekommen.

Diese Vorstellung löste unverhofft einen unerwarteten Stich des Neids in seinen Eingeweiden aus. Er war nicht Lynn wegen eifersüchtig, nein, es ging um jemand anderen. Er unterdrückte den aufkeimenden Gedanken wieder.

Er fing Dancers Blick auf und wies mit dem Kopf in Richtung Hinterzimmer. *Beobachte Philip Faraday.* Da es hier gestohlene Güter gab, würde kein Kunstwerk dieses Gebäude verlassen, bis nicht die Herkunft jedes einzelnen Stücks nachgewiesen worden war. Sie würden später entscheiden, ob die Faradays strafrechtlich verfolgt würden, weil sie gestohlene Ware ausgestellt und versucht hatten, sie zu verkaufen.

Marsh sah sich unter den versammelten Prominenten und Reportern um und machte sich auf einen allgemeinen hysterischen Ausbruch gefasst. Die ganze Sache stank zum Himmel. Leider war es seinen Undercover-Leuten nicht gelungen, eine vorzeitige Besichtigung zu arrangieren, und er hatte den Faradays nicht in die Hände spielen wollen, indem er ankündigte, das FBI wolle ihr Inventar vor der Eröffnung am heutigen Abend durchgehen.

„Sieh an, sieh an! Wenn das nicht Marshall Hayes ist." Hinter ihm erklang ein tiefes, herzhaftes Grollen. „Jagst du immer noch Bösewichte?"

Marsh erkannte die Stimme, noch bevor er sich dem Neuankömmling zuwandte. Gerade wenn man glaubte, es könnte nicht schlimmer kommen ...

„Brook." Er setzte eine Maske höflicher Gleichgültigkeit auf. „Ich habe gehört, dass du wieder im Land bist."

Brook Duvall war ehemaliger Botschafter der Vereinigten Staaten in Australien und ein neu gewählter Senator, der auf die nächsten Präsidentschaftswahlen schielte. Der vorzeitig ergraute Politiker setzte sein perfektes Lächeln auf, aber Marsh entging das listige Funkeln in seinen Augen nicht.

Sie hatten vor fast zwei Jahrzehnten zusammen an der *US Naval Academy* ihre Ausbildung absolviert. Duvall war in seinem letzten Jahr gewesen, Marsh noch im zweiten. Er war schon damals ein politisches hohes Tier gewesen, das seine Kontakte und seinen Einfluss schamlos ausnutzte, um seine Zeit in der

Marine angenehmer zu gestalten und seine Karriere mit jedem Druckmittel zu fördern, das er finden konnte.

Marsh hatte seine familiäre Herkunft unter den Teppich gekehrt, bis Duvall ihn während einer Trainingsübung am Atlantic Intracoastal Waterway bloßgestellt hatte. Marsh hatte sich den Arsch aufgerissen, um den Respekt der Männer zu gewinnen, die seinem Kommando unterstanden, und nachdem sie herausgefunden hatten, dass sein Vater ein Fünf-Sterne-Armeegeneral war, musste er seine Anstrengungen verdoppeln.

Marsh schüttelte dem Senator die Hand, die noch von draußen kalt war, und plötzlich konnte er seine Anspannung fallen lassen. Sein Groll war zu unbedeutend nach so vielen Jahren.

„Das ist meine Frau, Pru." Duvall zog eine hübsche, adrette Dame in einem Strickensemble mit Perlenkette näher zu sich. Ein bleich aussehender Assistent wuselte hinter ihnen umher und hielt sein Handy mit der gleichen Fürsorge, die man einem verletzten Neugeborenen zukommen lassen würde, in den Händen.

„Freut mich, Sie kennenzulernen, Ma'am." Marsh schüttelte Pru Duvalls Hand und stellte ihnen beiden Lynn vor, wobei ihm das anerkennende Funkeln, das den Blick des Politikers erhellte, und die Art, wie seine Finger etwas zu lange auf Lynns verweilten, nicht entgingen.

Pru lächelte, nahm Lynns Hand und warf Marsh einen Blick zu, der eindeutig besagte, dass er es doch besser wissen sollte, als mit einem Mädchen auszugehen, das noch zu jung war, um Alkohol zu trinken. Obwohl das hier ja streng genommen gar kein Date war. „Ich glaube, ich bin mit deiner Mutter zur Schule gegangen, Lynn", warf Pru ein.

Autsch.

Nur zum Spaß legte Marsh seinen Arm leicht um Lynns Schultern und sah zu, wie das Gesicht der potenziellen zukünftigen

First Lady zu Eis erstarrte. Sein Lächeln war in Wahrheit ein Zähnefletschen, und ihres war eine Fratze aus zu viel Lippenstift.

Aber als Lynn wie Schokolade an einem warmen Tag gegen ihn schmolz, verspürte er kurz Gewissensbisse.

„Bist du immer noch beim FBI, Marshall?" Brook beäugte Lynns Dekolleté, dem Marsh bis zu diesem Moment keine Beachtung geschenkt hatte. Aber nun drückte die Wölbung ihrer Brust gegen sein Schulterhalfter, scheuerte seine Haut und behinderte den Zugang zu seiner Waffe.

Wenn Josephine Maxwell wüsste, dass sie ihn in einen Eunuchen verwandelt hatte, hätte sie sich totgelacht.

„Unternehmt ihr Jungs irgendetwas, um diesen Serienmörder aufzuspüren, der Frauen in Manhattan angreift?" Prus Tonfall war scharf und traf ihn unvorbereitet.

„Ich bin sicher, die *Jungs* tun, was sie können, um den Mörder festzunehmen, Mrs. Duvall." Marsh setzte sein diplomatisches Lächeln auf. „Ich bin Special Agent, verantwortlich für die Abteilung für Fälschungen und bildende Künste. Wir finden gestohlene Kunstwerke."

„Oh, das klingt aber gefährlich." Pru Duvall schnaubte spöttisch.

„Kunstbetrug ist häufig ein Deckmantel für Gangster und terroristische Geldwäscherei." Marsh weigerte sich, seine lange Liste von Verhaftungserfolgen und seine Militärkarriere zu rezitieren.

Brook beugte sich näher und fragte mit heiserem Flüstern: „Was machst du dann hier, Marshall?"

Marsh roch genug Bourbon im Atem des Senators, um ein Feuer zu entfachen, und wippte auf den Fersen zurück. Der Assistent tippte Brook auf die Schulter und zeigte auf einen Fotografen in der Nähe, der geduldig mit seiner Kamera in den Händen wartete. Brook und Pru posierten für ein Foto und bestanden darauf, dass sich Lynn und Marsh ihnen auf dem Bild anschlossen. Statt anschließend davonzugehen und die anderen Gäste zu begrüßen, wandte sich Brook wieder Marsh zu und senkte verschwörerisch die Stimme. „Ist dieser Laden etwa eine Fassade für Gangster?" Das Lachen war laut und fröhlich und lenkte die Aufmerksamkeit der Menschen ringsum auf ihre kleine Gruppe.

„Nicht dass ich wüsste." *Noch nicht.* Verdammt, Marsh wünschte, er wäre allein gekommen oder hätte sich doch früher Zugang zur Galerie verschafft, noch vor der offiziellen Eröffnung. Aber er hatte nichts anderes als ein vages Gerücht aus einer unzuverlässigen Quelle. Gerüchte waren in der Kunstwelt gang und gäbe, aber wer hätte gedacht, dass dieses eine zum größten Durchbruch seit einem Jahrzehnt führen könnte?

Er ließ Lynn los und schämte sich dafür, dass er ihr möglicherweise falsche Hoffnungen gemacht hatte. Seine Aufmerksamkeit konzentrierte sich nun auf Gloria Faraday, die sich mit einem zufriedenen Lächeln durch die Menge auf sein Gemälde zubewegte. Dem Gemälde, das tatsächlich ein millionenschwerer Vermeer sein könnte – dem Gemälde, das Admiral Chambers, einem alten Freund seines Vaters, gestohlen worden war.

Gloria streckte die Hand aus, um ein winziges goldenes Herz an die Plakette zu heften, aber Marsh packte sie am Handgelenk, bevor sie dazu kam. Ihre filigranen Knochen bewegten sich unter seinem Griff.

„Tut mir leid, Madam. Sie können dieses Bild nicht verkaufen."

„Ich bitte um Entschuldigung?" Ihrer Lautstärke nach zu urteilen war Glorias Empörung echt.

Marsh zeigte seinen Dienstausweis.

„Special Agent Hayes vom FBI. Wir gehen davon aus, dass dieses Gemälde gestohlen wurde." Plötzlich war Steve Dancer neben ihm und scheuchte die Leute weg. „Wenn es sein muss", fuhr Marsh leise fort, „werde ich einen Durchsuchungsbeschluss erwirken, um das Gemälde zu prüfen, aber wenn Sie kooperieren ..."

„Waaas?", kreischte Gloria, und alles Blut wich aus ihrem

Gesicht, während sie in die starrenden Gesichter ihrer Elite-Gäste blickte und leicht auf ihren Designer-Heels wankte.

„Nehmen Sie lieber Platz." Dancer manövrierte die Frau auf einen Stuhl in der Nähe, bevor sie noch ohnmächtig wurde.

Lynn wich von Marshs Seite, und ihre Wangen glühten scharlachrot. Es war ihr offensichtlich peinlich, mit einem öffentlichen Skandal in Verbindung gebracht zu werden. Das sollte jegliche Absichten auf ein zweites Date zunichtemachen.

Pru legte ihren Arm um die Schultern des Mädchens und tätschelte sie sanft. „Wir bringen dich gern nach Hause, Schätzchen." Sie hob eine hauchdünne Augenbraue in Marshs Richtung und lächelte triumphierend. „Sieht so aus, als ob dein tapferer FBI-Agent für eine Weile beschäftigt sein wird."

Marshs Mundwinkel zuckten halb gereizt, halb erheitert. Mit Pru Duvall fertigzuwerden war angenehmer als einen naiven Teenager zu unterhalten, und mit Abstand anregender, als sich mit Gloria Faraday abzugeben, die jetzt laut weinte und deren Makeup ihre teigigen Wangen hinunterlief.

Prudence beugte sich nah an sein Ohr, und ihr süßes, aufdringliches Parfüm stieg ihm in die Nase, als sie ihm mit einem Blick auf die aschfahle Gloria zuraunte: „Seien Sie lieber vorsichtig, Special Agent Hayes. Die sieht gemeingefährlich aus." Dann war sie weg und führte Lynn durch eine Seitentür hinaus.

Kapitel Zwei

„Hier entlang, Sir."

Ein Agent, dem er noch nie zuvor begegnet war, führte Dancer und Marsh durch den nüchternen Empfangsbereich im dreiundzwanzigsten Stock des Bundesgebäudes zu einem ungenutzten Konferenzraum im Hauptquartier des FBI in Manhattan.

Marsh ging vorsichtig mit dem Gemälde um, denn er war sich des unschätzbaren Werts dieses Werkes und all der aufgeregten Personen bewusst, die ihn umschwirrten wie Bienen in einem überhitzten Bienenstock. Sie hatten das Bild in säurefreies Papier und Luftpolsterfolie verpackt. Mit Hilfe von laserinduzierter Fluoreszenz hätten die Forensiker womöglich die Gelegenheit, einen brauchbaren Fingerabdruck oder Spuren aus jüngerer Zeit zu finden, aber solche Abdrücke hielten nicht lange, und die Diebe waren wahrscheinlich nicht so dumm. Bis sie einen sicheren Transport zum Kriminallabor arrangieren konnten, musste das Gemälde an einem geschützten Ort aufbewahrt werden, und wo wäre es sicherer als im Innersten des FBI-Hauptquartiers?

Lichter flackerten. Das quietschende Geräusch eines Faxgeräts schnitt durch die Luft und hallte in seinen Ohren wider. Ein winziger Teil seines Gehirns fragte sich, was gerade vor sich ging, aber der Rest konzentrierte sich darauf, wohin diese Untersuchung führen könnte. Dies war womöglich der größte Fortschritt seit Jahren, den sie im Raubüberfall auf das Isabella-Stewart-Gardner-Museum gemacht hatten.

Gloria Faraday war ein hysterisches Wrack, aber Philip hatte das Fiasko in eine medienwirksame Show verwandelt und geschworen, den Behörden auf jede erdenkliche Weise dabei zu helfen, die Missetäter zu fassen, die seine legalen Geschäfte bedrohten.

Marsh und Dancer hatten jedes in der Galerie ausgestellte Stück fotografiert und weltweit Inventare von *Total Mastery Galleries* angefordert. Weitere Agenten würden morgen losziehen, um die Bücher zu prüfen und die Herkunft jedes Gegenstands zu bestimmen, den die Galerie ausstellte. Marsh wusste nicht, ob die Faradays unschuldig waren oder nicht, aber mit ein wenig Druck könnten sie ihn zu Informationen führen, nach denen er schon seit Jahren suchte.

Völlig auf seine Arbeit konzentriert, warf er einen gleichgültigen Blick durch das Großraumbüro. An einer Wand hingen vergrößerte Fotografien. Bilder von verstümmelten Frauen.

Er blieb wie erstarrt stehen.

Dancer stieß gegen seinen Rücken, als Marsh sich den Bildern zuwandte. Sein Herz hämmerte so heftig, dass es ein Loch in seine Rippen zu schlagen drohte.

Aber es war nicht die Brutalität der Bilder, die seine Welt aus den Fugen hob. Es war das Muster der Wunden.

Eine Gruppe von Agenten kauerte über einem Schreibtisch, deutete auf die Fotos und kommentierte sie mit bedrückten Mienen. Ein Agent blickte auf, und in seinen Augen blitzte Wiedererkennen auf, bevor er zu Marsh und Dancer hinüberging, die wie zwei Schuljungen einfach nur glotzten.

Der Agent streckte die Hand aus und erhob seine Stimme

über das immer noch laut quietschende Faxgerät. „Agent Cole, Sir. Ich habe mehrere Ihrer Undercover-Kurse in Quantico besucht."

Der junge Agent folgte Marshs Blick zu den Fotos und stemmte die Hände in die Hüften. „Dieser kranke Bastard hat heute Abend im Village ein weiteres Opfer gefordert. Wir haben die Einheit für Verhaltensanalyse schon darauf angesetzt und versuchen, eine Verbindung zwischen den letzten beiden Opfern herzustellen, um zu sehen, ob wir ein Muster erkennen können."

Marsh nickte, aber seine Kehle war so trocken, als hätte er Sand gegessen, und sein Puls flatterte so sehr, dass er sich kaum aufrecht halten konnte. „Wo genau?"

„Sir?"

„Sie sagten im Village. Wo genau?" Er presste die Frage gegen die Hintergrundgeräusche heraus und flehte inständig zu Gott, dass er sich verhört hatte.

Agent Cole steckte die Hände in die Hosentaschen. „Grove Street. Der Tatort ist ein Blutbad."

Die Welt brach zusammen und Marsh stolperte leicht.

„Alles in Ordnung, Boss?", murmelte Dancer und stützte ihn mit einem eisernen Griff im Rücken seines Tausend-Dollar-Jacketts.

Marsh schüttelte den Kopf.

Nein. Nichts ist in Ordnung.

Seit dem Tag, an dem er Josephine Maxwell auf einer Kuhweide in Montana hatte stehenlassen, war nichts mehr in Ordnung gewesen. Im Moment bezweifelte er sogar, dass jemals wieder etwas in Ordnung kommen würde.

Marsh zwang seine Beine dazu, sich zu bewegen, schob Dancer das niederländische Meisterwerk aus dem siebzehnten Jahrhundert in die Arme und ging den Weg zurück, den er eben gekommen war.

Josephine wohnte in der Grove Street.

Josephine hatte Narben, die zu denen der anderen verstümmelten Frauen passten.

Er wurde immer schneller. Seine Beine brannten, obwohl er das Gefühl hatte, durch Schwerelosigkeit zu waten. Panik machte sich breit, als der Lärm und die Hektik des Büros durch seine Sinne explodierten und er zum Aufzug rannte. Er ignorierte die alarmierten Blicke, zwang die Türen auseinander, schlüpfte in den Metallkäfig und drückte auf den Knopf fürs Erdgeschoss. Er lehnte seinen Kopf gegen den kalten Stahl und hörte seinen Puls in den Ohren rauschen, als würde es über einen Lautsprecher übertragen. Schweißperlen traten auf seine Stirn und rannen an der Seite seines Gesichts herunter. Er lockerte seine Krawatte und öffnete den obersten Knopf seines Hemdes.

Warum habe ich sie allein gelassen? Warum habe ich sie nicht beschützt?

Weil sie dich nicht wollte. Sie wollte dich nie.

Es hätte keinen Unterschied machen sollen.

Irgendwann saß er in seinem Auto, ohne sich daran erinnern zu können, wie er dorthin gelangt war, und fuhr auf die Straße hinaus. Auf der Avenue of the Americas war nicht viel Verkehr. Hauptsächlich Taxis. Er fädelte sich in den stetigen Strom ein, wechselte die Spuren und überfuhr eine rote Ampel.

Schweiß bedeckte seinen Körper und ließ sein gestärktes weißes Hemd an seinen Schultern kleben. Er schaltete die Klimaanlage ein, um das stickige Innere des BMW zu belüften, und der Wind streifte sein Gesicht und half ihm, ein wenig seiner Kontrolle zurückzugewinnen.

Bilder blitzten in seinem Gehirn auf. Zerschnittene Haut, Blutlachen. Er versuchte, die Bilder des Todes und des seidigen, verfilzten Haares aus seinem Kopf zu verdrängen, aber es war unmöglich. Schweiß benetzte seine Handflächen und machte das Lenkrad rutschig. Er wischte sie an seinen Schenkeln ab. Übelkeit machte sich in seinem Magen breit, aber Marsh verdrängte sie und unterdrückte seine Panik mit aller Kraft. Er überließ sich seinem Training. Er fuhr über weitere rote Ampeln, übertrat Geschwindigkeitsbegrenzungen und bog in Rekordzeit in die Grove Street ein.

Ein Streifenpolizist versuchte, ihm den Weg zu versperren, aber Marsh zeigte seine Dienstmarke und wurde sogleich durchgewinkt. Er parkte hinter einem Streifenwagen, stieg aus und knallte die Tür so laut zu, dass das Geräusch von den dicht gedrängten Gebäuden widerhallte wie ein Schuss.

Als das Echo verklang, schien die Luft unnatürlich still. Der Verkehrslärm in der Ferne und das Rauschen dünner Zweige waren nicht mehr als ein sanftes Knistern im kalten Wind. Marsh konzentrierte sich auf die schwarze Tür dreißig Meter die Straße hinauf. Sie stand weit offen. Licht aus dem Foyer fiel auf die drei Steinstufen, und das Metallgeländer warf skelettartige Schatten auf den Bürgersteig. Ein Absperrband grenzte den Tatort ein, Polizisten hielten eine bedrückte Menge von Reportern und Zuschauern auf Distanz.

Josephines Haus.

Atheist hin oder her, er begann zu beten.

Er hielt seine Dienstmarke hoch, drängte sich durch die Schaulustigen und duckte sich unter dem Absperrband hindurch, vorbei an einem grünlich aussehenden Neuling. Sie wechselten einen stummen Blick, und Marsh nickte, bevor er die drei Stufen mit pochendem Herzen hinaufstieg. Er wappnete sich. Er war ein Profi. Er hatte alles unter Kontrolle. Da wurde eine Bahre mit einer Leiche aus der Tür geschoben. Die Räder quietschten.

Josephine …

Er taumelte und wandte den Blick ab. Die Frau, die er liebte, war tot, weil er zu dumm gewesen war, zu erkennen, dass sie in Gefahr schwebte. Zu feige, um eine Zurückweisung zu riskieren. Er holte tief Luft, als die Bahre wenig pietätvoll die Stufen hinunterpolterte und in einen wartenden Wagen gehoben wurde. Er hielt sich am Geländer fest und wusste nicht, wie er laufen sollte oder ob seine Beine überhaupt noch funktionierten. Die Trauer wollte ihn in die Knie zwingen und zum Schluchzen bringen. Die Frau, die er liebte, war ermordet worden, und er würde nie die Chance bekommen, die Dinge wieder in Ordnung zu bringen. Warum hatte er sie nicht aufgespürt? Er hatte seit Monaten nicht aufhören können, an sie zu denken, warum zum Teufel hatte er sie dann nicht wenigstens angerufen?

„Wer sind Sie?"

Marsh blickte in die stechenden Augen eines NYPD Detectives und erinnerte sich daran, dass es sich hier um eine Mordermittlung handelte. Er wollte wissen, welche Beweise sie hatten und wie nahe sie daran waren, diesen kranken Bastard zu schnappen.

Marsh zog ein Taschentuch aus seiner Brusttasche und wischte sich über die Stirn. „FBI." Er tastete nach seinem Ausweis und hoffte, dass ihm nicht anzusehen war, dass ihn innerlich alle Lebensgeister verließen.

„Noch einer von euch? Meine Güte." Der glatzköpfige Detective trat zurück, um ihn durchzulassen, und rieb sich den Schnurrbart. „Wenigstens haben wir dieses Mal eine Spur."

Eine Spur?

„Ist das Ihr Fall?"

Der Detective warf einen Blick über sein schweißnasses Äußeres, als würde er abwägen, ob er ihm vertrauen sollte oder nicht. Was auch immer er sah, es musste ihn überzeugt haben.

„Eigentlich nicht. Aber ich habe die ersten beiden Opfer bearbeitet und stieß bei der Suche in der Datenbank für Serienmörder auf Treffer in D.C. und New Mexico." Er blickte zu der sich versammelnden Menge hinüber, als würde er im Geist Gesichter zählen. „Erst hat das FBI übernommen und dann hat sich Interpol eingemischt. Jetzt haben wir eine Task Force. Wir gehen davon aus, dass der Täter seit mehr als einem Jahrzehnt aktiv ist. Die Presse nennt ihn den Blade Hunter." Der Cop schnaubte spöttisch, und sein Schnurrbart zitterte, während ein Forensiker im Flur hinter ihm nach Fingerabdrücken suchte. „Kranker Bastard. Er zerschneidet Blondinen auf der ganzen Welt."

Marsh rieb fest über seinen Nasenrücken und schluckte die Galle hinunter, die in ihm hochkam, als er sich vorstellte, dass bald Fotos von Josephines Leiche neben denen der anderen Frauen hängen würden.

„Sie sind nicht an diesem Fall dran, oder?" Ein verdächtiger Unterton mischte sich in die Stimme des Detectives.

Marshs Handy vibrierte an seiner Hüfte. Dankbar für die kurze Atempause, bevor er die Frage des Polizisten beantworten musste, hob er entschuldigend die Hand. Er zog sein Handy heraus und las eine SMS von Dancer, in der sein Kollege fragte, was um alles in der Welt mit ihm los sei.

„Special Agent Marshall Hayes? Wem verdanken wir denn dieses Vergnügen, Sir?"

Marsh blickte von seinem Handy auf. Ein großer, drahtiger Supervisor Special Agent von der Verhaltensanalyse in Quantico griff über die Schulter des örtlichen Detectives hinweg, um Marsh die Hand zu schütteln. Marsh hob seinen Blick noch etwas weiter und sah direkt in die kobaltblauen Augen der Frau, die ihn in seinen Träumen verfolgte.

Josephine.

Die Welt um ihn herum begann, sich zu drehen. Er umklammerte den Türpfosten fester, bis seine Fingernägel den glatten schwarzen Lack zerkratzten. Sein Atem rasselte, als der Boden unter ihm wieder langsam dorthin zurückkehrte, wo er sein sollte, und Erleichterung wie ein Feuer in seiner Brust ausbrach.

Am Leben. Sie lebte.

Und sie hatte nie schöner ausgesehen.

Sie trug eine schwarze Jeans und einen schwarzen Pullover mit einer dunklen Armeejacke, die über ihre Schultern geworfen war, sodass ihre Haut unter dem fluoreszierenden Licht fast durchscheinend wirkte. Angst und Verletzlichkeit verhärteten ihre Züge, aber sie verbarg sie hinter zusammengekniffenen Augen.

Ihre Lippen kräuselten sich in ihrer üblichen vernichtenden Weise.

Es kümmerte ihn nicht. Sie war am Leben, und abgesehen davon, dass sie ein wenig mitgenommen aussah, wirkte sie genauso angepisst wie beim letzten Mal, als er mit ihr zusammen gewesen war. Sie hatte ihr silberblondes Haar zu einem Pferdeschwanz zusammengebunden, und ihr herzförmiges Gesicht verbarg eine spitze Zunge und ein unberechenbares Temperament. In den letzten sechs Monaten war er trotzdem nicht imstande gewesen, sie aus seinem Kopf zu bekommen.

Warum gerade sie? Es war egal. Er hatte sie für tot gehalten, und sein Leben hatte jeglichen Sinn verloren.

Marsh wischte sich den Schweiß aus den Augen und erinnerte sich an den Namen des Special Agent. Agent Nicholl. Er war ein guter Mann.

Sein Herz kehrte in einen normalen Sinusrhythmus zurück, und er holte tief Luft, während er die Tatsache verarbeitete, dass sie *nicht* tot war, nicht einmal blutete, nicht verletzt schien. Eine riesige Welle der Erleichterung überflutete ihn, und plötzlich war es egal, dass sie sich nicht einmal mehr mochten. Denn trotz aller Differenzen zwischen ihnen, trotz ihres komplizierten, unkonventionellen Umgangs – sie lebte, und er würde sie nie wieder gehen lassen.

Josie ballte die Hände zu Fäusten und starrte in das Gesicht des einen Mannes, von dem sie gehofft hatte, dass sie ihn für den Rest ihres Lebens nie wiedersehen würde. Nun, es gab eigentlich zwei Männer, die sie nie wieder zu Gesicht kriegen wollte. Und beide waren an diesem Abend aufgetaucht. Sie funkelte Marsh an und wünschte sich, sie wäre irgendwo anders. Wünschte, sie wäre ein besserer Mensch, ein normaler Mensch.

Als sie ihn das letzte Mal gesehen hatte, hatte sie sich wie ein

Gör benommen und ihm gesagt, sie könne ihn nicht ausstehen. Er hatte geholfen, sie aus einer Geiselnahme zu befreien, und hatte anschließend den Ahnungslosen gespielt, um ihre beste Freundin Elizabeth Ward vor der Verhaftung zu bewahren. Doch anstatt ihm zu danken, war sie ein Miststück gewesen. Und sie hatte es seitdem jeden Tag bereut.

Schmetterlinge flatterten wie ein aufgescheuchter Schwarm Geier durch ihren Bauch. Marshall Hayes sah so geschmeidig aus wie immer, aber dünner, und die Linien um seinen Mund waren schärfer und tiefer. Seine haselnussbraunen Augen fixierten sie, und für einen Moment brachte sie die Erleichterung, die sie in seinem Blick sah, ins Wanken. Aber dann setzte er wieder die gleichmütige Maske eines Gesetzesvollstreckers, auf und seine Miene verfinsterte sich, bis sie sich über nichts mehr sicher war, außer dass jemand versucht hatte, sie zu töten.

Josie schwankte leicht, ihre Zunge klebte an ihrem Gaumen, sodass sie nicht schlucken konnte. Panik machte sich in ihr breit, und sie begann zu zittern. Sie hatte versucht, ihre Reaktionen zu unterdrücken, denn sie musste das Polizeiverhör überstehen, damit sie aus New York fliehen konnte. Es wäre nicht das erste Mal, dass sie auf der Flucht war.

„Ich bin gekommen, um Ms. Maxwell zu sehen." Marsh sprach mit dem hochgewachsenen FBI-Typen, Agent Dickwad oder so, ohne sie dabei aus den Augen zu lassen. Der zweite Agent, der Gutaussehende, dessen Namen sie bereits vergessen hatte, stand neben ihr auf der Treppe und versuchte, sie zu überreden, mit ins FBI-Hauptquartier zu kommen, um ihre Aussage zu machen.

Sie würde sich lieber Nadeln in die Augen stechen.

„Sie beide kennen sich?", fragte Special Agent Dickwad.

Marsh lächelte. Sie betrachtete seine gleichmäßigen Züge und beneidete ihn um seine kühle Autorität. Marshall Hayes strahlte Macht aus, so als träge er einen Superhelden-Umhang. Seine ganze Erscheinung war von Ehre und Integrität geprägt – Mr.

Paragrafenreiter. Aber er war mehr als das. Viel mehr. Das wusste sie inzwischen.

Er erwiderte kühn ihren Blick und sah mit seinen eindringlichen Augen tief in ihre Seele, als würde er dort nach etwas suchen …

Was hatte der Agent ihn gefragt? Kannten sie sich? Josie reagierte instinktiv und wusste, dass sie zerbrechen würde, wenn Marsh ihr auch nur die geringste Freundlichkeit entgegenbrächte. Also lachte sie, obwohl sie das kratzige Geräusch innerlich zusammenzucken ließ.

„Oh, wir kennen uns." Sie setzte ein anzügliches Lächeln auf, wohl wissend, welche Wirkung es auf die meisten Männer hatte. Außer auf Marsh. Er war immun gegen ihren Charme und misstrauisch gegenüber allem außer ihrer spitzen Zunge.

Der New Yorker Detective grinste und zwirbelte seinen Schnurrbart in einem weiten Bogen. Special Agent Dickwad errötete, und Agent Nummer zwei hüstelte in seinen Ärmel. Marsh blickte sie an, als wäre sie ein kleines Kind und er würde geduldig darauf warten, dass es sich benahm, wie es sich gehörte. Wut stieg in ihr auf, ein Gebräu aus Frust und Angst. Aber Wut war gut. Tausendmal besser, als sich vor Angst in die Hose zu machen.

„Willst du den Schlüssel zu deinen Handschellen abholen, Hayes?" Sie stemmte vielsagend eine Hand in ihre Hüfte und grinste ihn an, superselbstbewusst, supersexy. Das Letzte, womit sie gerechnet hatte, war wilder Zorn in seinen Augen. Unwillkürlich trat sie einen Schritt zurück und stieß mit der Ferse gegen eine Stufe.

„Hör auf mit dem Scheiß, Josephine. Erzähl mir, was passiert ist."

Alarmglocken schrillten in ihrem Kopf, und ihr Überlebensinstinkt setzte ein. Sie zitterte. Er war gefährlicher als die meisten Leute glaubten, und sie hatte es nie vergessen. Sie hatte ihm nie verziehen, dass er nicht auf ihre Show hereinfiel.

„Ich glaube nicht, dass Ms. Maxwell viel weiß, Sir", flüsterte

Special Agent Dickwad mit einem Unterton, der darauf hindeutete, dass sie nicht mehr als ein einfältiges Blondchen war. Das sollte sie nicht so verdammt verärgern, immerhin hatte sie die letzten Stunden damit verbracht, absichtlich diesen Eindruck zu erwecken.

Der Agent fuhr beflissentlich fort, und sie verdrehte die Augen. „Das Opfer, eine Frau namens Angela Morelli, wurde tot in der Erdgeschosswohnung aufgefunden. Wir glauben, dass Ms. Maxwell dem Mörder begegnet ist, als dieser das Gebäude verlassen wollte. Vielleicht dachte er, er könnte ein zweites Opfer riskieren, aber dann kam einer der Nachbarn nach Hause und schlug Alarm."

Sie atmete in schnellen, flachen Zügen ein, um ihre Bestürzung zu verbergen, während Tränen ihre Sicht verschleierten. Eine Frau war heute Nacht hier gestorben, und dieser Typ sprach darüber, als wäre sie nur eine weitere Zahl in der Statistik.

Josie stützte sich mit beiden Händen am Geländer ab und schloss die Augen. *War das meine Schuld?* Wenn sie nicht so spät von ihrem Termin zurückgekehrt wäre, hätte er Angela Morelli dann in Ruhe gelassen? Als Künstlerin hatte sie keine festen Arbeitszeiten. Der Bastard hatte sich im Treppenhaus versteckt und darauf gewartet, sie zu überfallen, aber da hatte er Angela bereits kaltblütig ermordet.

Sie wollte davonlaufen und sich verstecken, aber wohin sie sich auch wandte, stand jemand direkt vor ihr und bedrängte sie mit Fragen, die sie nicht beantworten wollte. Sie spürte, wie Marsh in ihrer Nähe stehenblieb. Nach all diesen Monaten erkannte sie immer noch seinen Geruch, seine Hitze. Ihr Mund wurde trocken und ihr Herz raste. Sie öffnete die Augen, ihre Nerven explodierten, alles in ihr schrie sie an, davonzulaufen, weil er einer der wenigen Menschen war, die die Macht hatten, sie zu verletzen.

„Du hast den Kerl abgewehrt? Einen erfahrenen Serienmörder?" Marshs haselnussbraune Augen huschten abschätzend über sie. „Hiermit?" Sein Finger piekte in ihre zarten Oberarme und sie zuckte zusammen.

Sie rieb ihren Arm und verkniff sich eine Antwort, die zu gefährlich war, um sie auszusprechen. Wut kochte unter ihrer Haut und zog ihre Runden wie ein Hai, der nach Beute suchte. Sie war stärker als sie aussah, und dieser Mistkerl wusste das. Er war alles andere als ein Vorbild an Feingefühl oder Anstand, und auch jetzt versuchte er, sie dazu zu bringen, einen Fehler zu begehen. Sie hatten zu viel gemeinsam erlebt, als dass sie ihm etwas vormachen könnte, und sie hatte ihn zu schlecht behandelt, als dass er auch nur ein einziges Wort aus ihrem Mund glauben würde.

Sie hätte ihn vor all den Monaten nicht unter Drogen setzen sollen. Ihr Plan war gewesen, ihn zu küssen, bis er ohnmächtig wurde und sie fliehen konnte, aber das war mächtig nach hinten losgegangen. Sie hatten einmal Sex gehabt, glühend heißen Sex. Aber er hatte sie nicht nackt gesehen und kannte die Geheimnisse nicht, die in ihre Haut eingeritzt waren. Niemand außer dem Mann mit dem Messer kannte sie.

„Lass mich in Ruhe."

Detective Cochrane gluckste, und die beiden verantwortlichen FBI-Agenten sahen einander mit hochgezogenen Brauen und Fragezeichen im Blick an. Marsh wollte sie erneut berühren, aber sie zuckte zusammen, und sein Mundwinkel verzog sich. Sie erkannte mit einem Schlag, wie viel sie mit dieser einen kleinen Geste preisgegeben hatte.

Sie trat einen Schritt zurück und wandte sich an den zweiten Fed, der sie in der Wohnung verhört hatte. „Ich habe Ihnen alles gesagt, was ich weiß. Ich bin hier fertig."

Marsh reagierte sofort. „Ach, wirklich?"

Sein Blick war so durchdringend, dass es wehtat. Er packte sie um die Hüfte, und sie schnappte entsetzt nach Luft. Irgendwie drehte er sie in seinen Armen herum, hob sie mühelos hoch, als würde sie nichts wiegen, und ihre Füße baumelten nutzlos über dem Boden.

„Lass mich los!" Sie wehrte sich, strampelte und schlug um sich, aber ihre Hiebe prallten wirkungslos von ihm ab. Sein Duft umhüllte sie, frisches, teures Eau de Cologne gemischt mit starkem, gesundem Mann. Das Gefühl seiner Hände, die sich einen vertrauten Weg über ihre Haut bahnten, erregte sie und machte sie gleichzeitig wütend. Aber nach dem, was sie heute Nacht durchgemacht hatte, wollte sie auf keinen Fall von einem weiteren Mann wie eine verdammte Puppe behandelt werden.

Durch ihre Wut beobachtete sie die fassungslosen Gesichter der Männer unter ihr. Dann bemerkte sie, dass Marsh ihren Pullover hochhob.

Nein. Nein. Nein. Sie geriet in Panik, griff nach seinen Unterarmen, spürte die Kraft in seinen sehnigen Gliedmaßen. Sie wand sich heftiger, aber seine Arme waren wie ein Schraubstock, der sie an sich drückte.

Zum zweiten Mal in dieser Nacht strich kalte Luft über ihre nackte Haut. Sein Arm schirmte ihre Nacktheit ab, und er legte eine Hand unter ihre Brust, als würde sie dorthin gehören. Seine Entschlossenheit überwog ihre Abwehr und sie wurde starr vor Wut.

So viel zu Ehre und Integrität.

„Hast du das hier den Kollegen gegenüber auch erwähnt, Josephine?" Wut streifte ihre Ohrmuschel.

Sie musste nicht nach unten schauen, um die langen silbrigen Narben zu sehen, die ihren Bauch in diagonalen Kreuzen säumten. Ihre Wut verdichtete sich zu einem weißglühenden Nebel, als Marsh der ganzen Welt ihr größtes Geheimnis – ihre größte Schande – offenbarte. Die schockierten Gesichtsausdrücke der Agenten und Polizisten hätten komisch auf sie wirken sollen, aber ihr offensichtliches Grauen und das Mitleid in ihren Mienen veranlassten sie, stillzuhalten.

„Sie bluten, Miss." Detective Cochrane klang beunruhigt, und Marshs Griff war so fest, dass er ihr die Luft aus den Lungen presste.

„Oh, das ist nur ein Kratzer." Sie hatte keine Zeit gehabt, sich zu waschen, nachdem dieser Bastard sie angegriffen hatte, aber das hatte sie den Cops nicht erzählt. Sie hatte ihnen nicht gesagt, dass er sie verletzt hatte oder was er gesagt hatte. Sie blickte über ihre Schulter in Marshs grimmiges, unnachgiebiges Gesicht. „Lass mich los oder ich kratze dir die Augen aus."

Besagte Augen funkelten zornig, aber seine Stimme war sanft. „Du machst mir keine Angst, Josephine. Zumindest nicht so."

Marsh setzte sie auf der Treppe ab und stützte sie, bis sie ihr Gleichgewicht wiedererlangte und ihren Pullover hinunterzog. Ihre Wut und ihr Stolz verlangten, dass sie sich für diese Bloßstellung rächte, aber als sie sich zu Marsh umdrehte, bewies er seine Menschenkenntnis auf beeindruckende Weise und trat vorsorglich einen Schritt zurück.

Tränen schwammen in ihren Augen, und sie biss sich auf die Lippe. Woher wusste er von den Narben? Trotz seiner Dienstmarke hatte sie nie daran gezweifelt, dass er ein alles andere überragende Ehrgefühl besaß.

Jetzt war sie sich da nicht mehr so sicher.

„Gehen wir." Special Agent Dickwad packte sie am Arm, als hätte er gerade den Fall gelöst, und drängte sie zur Tür.

Sie riss sich aus dem schmerzhaften Griff des Idioten und starrte über ihre Schulter zurück, um Marshall Hayes mit jedem Schimpfwort zu verfluchen, das sie je gehört hatte, aber ihre Wut verpuffte so schnell wie sie gekommen war. Etwas an seinem gehetzten Gesichtsausdruck verunsicherte sie. Er sah so aus, wie sie sich fühlte: Als hätte er um sein Leben gekämpft und wäre nur haarscharf heil davongekommen.

SEINE ZEHEN KRIBBELTEN SCHMERZHAFT VOR KÄLTE. Es half ein wenig, sein Gewicht von einem Fuß auf den anderen zu verlagern, aber wenn die Bullen nicht bald eine Erklärung abgaben, würde er gehen. Job hin oder her.

Auch ein Becher Kaffee half gegen die eisige Kälte. Er nippte an dem cremigen, süßen Gebräu und bemerkte, dass es ebenfalls anfing abzukühlen. Er war zu alt für diesen Mist. Zwanzig Jahre der gleiche Job, und seine Sparte, Gewaltverbrechen, war immer noch genauso ätzend wie früher.

Nelson Landry sah sich in der Menge um und bemerkte kleine, dicht zusammengedrängte Gruppen, deren Atem als Dampfwolke durch den Schein der Natriumdampflampen aufstieg. Es hieß, dass Serienmörder sich einen zusätzlichen Kick dabei holten, den Tatort aus einem gewissen Abstand zu beobachten. War einer dieser Typen der Blade Hunter? Sein Blick huschte über die versammelten Gestalten, aber niemand machte auf ihn den Eindruck eines sadistischen Irren, und es wurde ihm schnell langweilig dabei, die übereifrigen jungen Gesichter zu mustern.

Der Typ zu seiner Rechten sah respektabel aus, aber wer wusste, was dieser Mantel verbarg oder wo sich der Typ mit seinen Fingern, die tief in die Manteltaschen vergraben waren, gerade kratzte. Nelson musste bei der Vorstellung schmunzeln. Gott stehe ihm bei, er machte das hier schon viel zu lange.

Cops und FBI begannen, aus dem Gebäude zu strömen wie Ameisen auf einer Futtermission. Nelson streckte seinen ein Meter fünfundsechzig kurzen Körper so hoch er konnte und spähte an der Schulter eines NBC-Kameramanns vorbei. Polizisten beluden Autos und Lastwagen mit Beweismitteln und ihrer Ausrüstung. Die Leiche war schon lange weg.

Einer der Beamten kam über die Straße, um eine Erklärung abzugeben. Nelson atmete erleichtert auf, holte das Aufnahmegerät aus der Tasche, verlagerte sein Gewicht und war dankbar, dass er bald in seinem Bett liegen würde. Der Agent bewegte sich so, als stecke ihm ein Besen im Arsch, und ging fast auf Zehenspitzen. Aus dem Augenwinkel sah Nelson, wie eine Blondine zu einer schwarzen Lincoln-Limousine eskortiert wurde.

Wer zum Teufel war das? Ein echter Hingucker. Würde ihn nicht wundern, wenn sie ein Model oder ein Filmstar wäre.

„Mieterliste prüfen", sprach er in sein Diktiergerät und hob mit der anderen Hand seine Nikon, um ein paar Aufnahmen des Agenten zu machen. Dann richtete er die Kamera auf die Blondine und zentrierte sie im Sucher. Einer der Männer, der neben der Frau herging, schaute grimmig drein.

Special Agent Marshall Hayes.

Der Mann, der dafür gesorgt hatte, dass er nur wenige Jahre vor seiner Pensionierung auf die unterste Stufe der Redaktion für Gewaltverbrechen zurückversetzt worden war, nur weil er einen Artikel über die Vertuschung des Todes eines Kurators des Museums of Modern Art geschrieben hatte.

Arschloch.

Der Agent befasste sich doch beruflich mit Kunstbetrug, was zum Teufel machte er also an diesem Tatort? Wie auf Autopilot hielt Nelson sein Aufnahmegerät in Richtung des Typen, der die offizielle Erklärung abgab, während er zusah, wie sich der Mann, der seine Karriere ruiniert hatte, vertraulich zu der Blondine beugte, bevor sie beide in einen BMW stiegen, der weiter die Straße hinunter geparkt war. Hayes raste davon.

Marshall Hayes hasste die Presse und liebte es, den Journalisten das Leben so schwer wie möglich zu machen. Aber in diesem fast zufälligen Moment war Nelson das Schicksal wohlgesonnen, und die Puzzleteile schienen sich zu einem Ganzen zu fügen. Er grinste. Er war kurz davor, eine längst fällige Rechnung zu begleichen.

Kapitel Drei

Zurück in der Außenstelle des FBI in New York beobachtete Marsh die Befragung durch den Einwegspiegel. Josephine setzte ihr preisgekröntes Lächeln auf und nippte vorsichtig an einer Tasse Kaffee, die Special Agent Sam Walker ihr geholt hatte – in einer Porzellantasse, nur das Beste für sie.

Sie hatte einfach diese Wirkung auf Männer.

Sie hatte ihr langes blondes Haar zu einem unordentlichen Dutt zusammengebunden, ihre rosigen Lippen lächelten süß, und ihr Gesicht war hübsch genug, um einen Mann jede Lüge glauben zu lassen, die er sich selbst erzählte, um seine unprofessionellen Gedanken daran, wie er ihr die Kleider vom Leib reißen würde, zu rechtfertigen.

Ihm war nicht klar gewesen, wie sehr er diese unvernünftige, fluchende Sirene vermisst hatte, bis er sie wiedergesehen hatte. Und es wurmte ihn, dass ausgerechnet diese Frau, die ihn so leidenschaftlich verabscheute, die Einzige war, die er in seinem Bett haben wollte.

Er rieb sich die angespannten Nackenmuskeln.

„Warum haben Sie nicht erwähnt, dass dieser Mann Sie verletzt hat?", fragte Walker und legte ihr eine Hand auf den

Ellbogen, um Vertrauen zu erwecken. Mister Sympathie. Er spielte den guten Cop und Agent Nicholls den bösen.

Marsh betrachtete sie genau und sah, wie Josephine für den Bruchteil einer Sekunde erstarrte, bevor sie belustigt auflachte und sich zwang, sich zu entspannen. Sie legte beide Hände flach vor sich auf den Tisch, wahrscheinlich um zu verhindern, dass ihre Körpersprache sie verriet, während sie das Blaue vom Himmel herunterlog.

Wenn sie dachten, dass sie auf diese Weise irgendetwas aus ihr herausbekommen würden, waren sie wirklich so dumm, wie sie aussahen.

„Ich wusste nicht einmal, dass er mich geschnitten hat, bis Marsh, ich meine, Agent Hayes ...“ Ihre Stimme wurde heiser und sie blickte zum Spiegel. „... mich derart bloßgestellt hat.“

Ihre Wangen erröteten, und er runzelte die Stirn. Alles an Josephines Fassade war hochglanzpolierter Betrug, außer ihre Verlegenheit wegen dieser Narben. Sie waren nicht schön, aber leider dämmten sie sein Verlangen auch nicht.

Sein Handy summte an seinem Gürtel.

„Dancer, was gibt es?“ Bei Gott, er hatte immer noch eine Untersuchung wegen Kunstdiebstahls zu leiten.

„Philip und Gloria Faraday sind Geschwister. Geboren in England“, spulte Dancer ab. „Eltern verstorben. Keine polizeiliche Akte, kein Verdacht auf unrechtmäßige Geschäfte.“ Sein Gähnen erinnerte Marsh daran, dass es weit nach Mitternacht war.

Der Einwegspiegel war mit Handabdrücken beschmiert und wirkte wie der Blick durch ein Weichzeichnerobjektiv. Josephine machte viel Aufhebens um ihre schriftliche Aussage. Sie schrieb Satz für Satz auf, während die Agenten sie befragten. Walker beugte sich über sie wie ein hungriger Wolf, und Marsh knirschte mit den Zähnen.

Dancer fuhr fort. „Das Labor hat zugestimmt, wegen der ungewöhnlichen Umstände einen Spurensicherungstechniker zu schicken. Sobald sie fertig sind, kann Aiden das Gemälde auf seine Echtheit untersuchen und die Farbe analysieren lassen. Leider stehen keine Außendienstmitarbeiter zur Verfügung, die in der Galerie aushelfen könnten. Der Abteilungsleiter sagte, der Mord heute Nacht habe Vorrang."

Marsh hatte damit kein Problem. Menschenleben waren wichtiger als Kunst oder Geld, und in diesem Fall hatte es seit Jahren keine neue Spur gegeben. „Geh zurück ins Hotel und schlaf ein wenig. Wir sehen uns morgen um neun in der Galerie, um die Faradays noch einmal zu befragen. Mal sehen, ob wir dieses Mal etwas Zusammenhängendes aus Gloria herausbekommen."

„Stimmt es, dass dieser Serienmörder Josephine Maxwell angegriffen hat?", fragte Dancer.

Marsh seufzte. Sie arbeiteten seit Jahren zusammen, und Steve Dancer kannte ihn besser als jeder andere. Er wusste, dass Marsh und Josephine eine wilde Nacht miteinander verbracht hatten, was zu einem tiefsitzenden Misstrauen auf beiden Seiten geführt hatte.

„Ja. Er hat eine andere Frau in ihrem Wohnhaus getötet und dann Josephine im Hausflur angegriffen. Sie hatte Glück, jemand kam dazu und der Täter floh vom Tatort."

Glück ...? Es war ein verdammtes Wunder.

Marsh presste seine Zähne zusammen und kämpfte gegen den Würgereiz an. Der Bastard hatte sie tatsächlich geschnitten; seine Hände hatten ihre Haut berührt, und es war kaum zu glauben, dass sie nicht tot war.

Verdammt.

Am anderen Ende der Leitung herrschte langes Schweigen.

„Woher wusstest du das? Im Büro ..." Dancer räusperte sich. „Ich meine, so wie du hier rausgestürmt bist, als du diese Bilder gesehen hast ... woher wusstest du es?" Eine der größten Stärken von Dancer bestand darin, verborgene Informationen aufzudecken, aber Marsh hatte niemandem von Josephines Narben erzählt. Nun konnte er sich glücklich schätzen, wenn sie nicht landesweit in den Schlagzeilen auftauchen würden.

Welchen Unterschied machte es da noch, wenn er Dancer davon erzählte?

Josephine würde ihn hassen, aber sie hasste ihn ohnehin bereits.

„Das bleibt unter uns, verstanden? Josephine wurde als Kind mit einem Messer angegriffen. Sie wurde so schlimm verletzt, dass die Bullen dachten, sie würde es nicht schaffen." Marsh schloss die Augen, um sich gegen die Erinnerungen, die sich ihm von den Fotos, die er gesehen hatte, ins Gedächtnis eingebrannt hatten, zu wehren. „Ich habe mir ihre Akte kopieren lassen, als wir nach Elizabeth suchten."

Er hatte Josephines Narben nicht nur auf Fotos, sondern auch in echt gesehen, als er sie unter Drogen gesetzt und ihr einen winzigen Sender unter ihr Schulterblatt injiziert hatte. Er hatte sie benutzt, um Elizabeth Ward aufzuspüren, ihre beste Freundin und seine ehemalige Undercover-Agentin, die im vergangenen Frühjahr verschwunden war. Josephine wusste nichts von dem Sender, und er würde dafür sorgen, dass sie nie davon erfuhr. Ihre Beziehung hatte eine unerwartete Wendung genommen, als sie denselben Trick bei ihm angewendet hatte, mit verheerenden Folgen für sie beide.

„Sie hat das gleiche Narbenmuster wie die Mordopfer."

Dancer schwieg, obwohl Marsh hörte, wie er alle Informationen zusammenfügte und daraus ein dichtes Netz aus Beweisen wob. „Glaubst du, es ist derselbe Typ?"

„Vielleicht, ich weiß es nicht. Josephine redet nicht." Marsh wechselte das Thema und fragte: „Hast du Admiral Chambers schon benachrichtigt, dass wir sein Gemälde gefunden haben?" Der Freund seines Vaters, ein politischer Drahtzieher, würde sich freuen, dass sie dieses Werk endlich sichergestellt hatten. Vor allem, wenn Experten es als echten Vermeer bestätigten.

„Ich dachte, *du* möchtest das tun." Dancers Ton wurde hoffnungsvoll.

Normalerweise hätte Marsh sofort den Admiral angerufen,

aber Josephines Sicherheit war jetzt wichtiger als alles andere. Durch das Fenster beobachtete er, wie ihr Lächeln einen angespannten Zug annahm. Sie umklammerte den Stift so fest, dass ihre Fingerspitzen inzwischen blutleer waren.

Seine eigenen Finger schlossen sich fester um sein Handy, weil er wusste, dass das, was sie aufschrieb, nicht die ganze Geschichte war. Josephine hatte ein Problem damit, die Wahrheit zu sagen. Verdammt, vielleicht hatten sie das gemeinsam. „Sag ihm so schnell wie möglich Bescheid."

„Jawohl, Sir", erwiderte Dancer gehorsam. „Übrigens habe ich noch das Foto von dir in Handschellen ..."

Marsh wollte lachen, aber andere Dinge belasteten ihn zu sehr. „Ja, ja, bring einfach den verdammten Anruf hinter dich."

Er legte auf und starrte durch die Scheibe. Josephines angespannter Kiefer und die hochgezogenen Schultern verrieten ihre wahre Verfassung, aber er bezweifelte, dass sie zusammenbrechen würde. Nicht hier. Nicht jetzt.

Was verbarg sie? Warum verbarg sie überhaupt etwas?

Aber das Einzige, was wirklich zählte, war, dass sie wieder in seinem Leben war, und er hatte nicht die Absicht, zuzulassen, dass jemand sie jemals wieder verletzen konnte. Ein Summen rauschte durch sein Blut, eine Aufregung, die er seit Monaten nicht mehr gespürt hatte, und er wünschte, er würde sie auch jetzt nicht fühlen. Josephine schwebte in Lebensgefahr. Er glaubte nicht an Zufälle. Der Blade Hunter versuchte, ein Werk zu beenden, das er vor zwanzig Jahren begonnen hatte, und es bestand darin, Josephine Maxwell zu töten.

DAS DRINGENDE BEDÜRFNIS NACH EINER DUSCHE ZERRTE AN JOSIES NERVEN. Der Geruch von Schweiß, Blut und Angst klebte an ihr, und die Erinnerung an die Berührung ihres Angreifers sickerte durch ihre Haut, wurde allmählich von ihrem Fleisch absorbiert und setzte sich dort wie ein Bluterguss fest.

Sie biss auf das Ende des Stifts. Wenn Marshall Hayes nicht gewesen wäre, wäre sie jetzt in ihrer Wohnung und würde packen.

Aber wohin würde sie gehen?

Das hatte sie noch nicht entschieden. Sie hatte Optionen. Connecticut? Montana? Oder vielleicht sollte sie einfach ohne festes Ziel in einen Zug steigen?

Sie blinzelte auf die Seite, die sie geschrieben hatte, legte den Stift weg und blickte zu Special Agent Sam Walker auf, der auf dem Tisch saß und sein Bein baumeln ließ, wobei die sanfte Bewegung die Oberfläche unter ihren Unterarmen erschütterte.

Er und Nicholl lasen den neuesten Bericht über den Mord an Angela Morelli und besprachen sich leise miteinander. Ihr Magen verkrampfte sich.

Obwohl Josie die letzten Jahre im selben Haus gewohnt hatte, hatte sie Angela kaum gekannt. Und jetzt war diese Frau ihretwegen tot.

Sie zupfte an einem losen Faden an ihrer Jacke und riss ihn ab. Der Vernehmungsraum war trist und stickig, nichts als industrielles Grau und Grün. Walkers Waffe hing an seiner Hüfte, dicht neben ihrem Ellbogen.

Vielleicht sollte sie Polizistin werden? Schade, dass sie weder ein besonderer Fan von Aufrichtigkeit noch vom Einhalten von Gesetzen war. Sie wischte sich die Finger an ihrer Jeans ab und betrachtete wieder die schwarze Waffe im Holster. Waffen waren etwas, das sie immer gemieden hatte – wo sie herkam, trugen nur Angeber und Polizisten Waffen, und sie traute beiden nicht.

Himmel, sie wollte hier raus. Sie überflog, was sie geschrieben hatte.

Ich habe gerade nach der Post gesehen, als mich jemand von hinten packte.

Die scharfe Klinge des Jagdmessers blitzte vor ihren Augen

auf, und Agent Walkers große schwarze Waffe sah plötzlich verdammt verlockend aus.

Dann öffnete Mrs. Lauder aus Apartment Nummer drei die Haustür und schrie. Der Angreifer sprang auf und rannte davon.

Sie hätte sehr wohl noch ein paar Einzelheiten hinzufügen können, aber sie hatte nicht gelogen.

Die Tür zur Straße hatte sich mit einem Windstoß geöffnet, und Janet Lauder, ihre Nachbarin aus dem Erdgeschoss, hatte einen Blick auf die Szene geworfen, ihre Einkäufe fallen lassen und war kreischend auf die Straße hinausgerannt.

Josie hatte ihre Zeichenmappe in einer letzten, verzweifelten Geste der Verteidigung als Schutzschild hochgehalten.

Mrs. Lauders Schreie hatten Aufmerksamkeit erregt, und laute Männerstimmen hatten geantwortet – sonst würde Josie jetzt nicht hier sitzen. Sie läge tot im Leichenschauhaus. Das Monster hatte sein Messer in die Tasche gesteckt und war in eine der Erdgeschosswohnungen geflohen. Er hatte lange genug innegehalten, um ihr ein Abschiedsversprechen zu geben. „Nächstes Mal stirbst du."

Arschloch.

Sie unterschrieb die Erklärung säuberlich mit ihrer eingeübten Unterschrift *J. Maxwell.* Ihre Schulter juckte, wie sie es manchmal tat, aber sie versuchte nicht, sie zu kratzen. Es schien ihr wichtig, in dieser Agentenhochburg keine Schwäche zu zeigen.

„Kann ich jetzt gehen?" Sie bewegte ihre Füße und machte Anstalten, aufzustehen. Trotz der Müdigkeit, die ihre Augenlider nach unten zog, lächelte sie. Es widerstrebte ihr, aber das System hatte sie gelehrt, dass man nichts als Gesprächstherapie und aufmunternde Worte von pummeligen Sozialarbeitern bekam, wenn man elend aussah. Sie war viel zu alt für diesen Mist.

Nicholl nahm ihre Aussage entgegen, überflog sie und sah sie stirnrunzelnd auf diese herablassende Weise an, die manche Männer an sich hatten.

„Madam, ich denke, es ist an der Zeit, dass Sie anfangen, uns die Wahrheit über Ihre Verbindung zu diesem Mörder zu sagen, und keine halbherzige Geschichte darüber erzählen, dass Sie im Flur über diesen Kerl gestolpert sind. Sind Sie seine Komplizin? Helfen Sie ihm?"

Wollen sie mir jetzt etwa die Sache auch noch anhängen? Traue niemals einem verdammten Cop. Sie verdrehte die Augen und warf einen Blick auf das verspiegelte Fenster, hinter dem, wie sie wusste, Marsh sie beobachtete.

„Das Einzige, wobei ich dem Kerl helfen würde, ist, ihn in die Hölle zu schicken", entgegnete sie bitter. Zeit für eine Prise Ehrlichkeit. „Ich weiß nicht, was ich Ihnen noch sagen soll. Meine Narben stammen von einem Angriff in Queens, als ich noch ein Kind war. Es gibt einen Polizeibericht dazu." Sie hielt Agent Walkers Blick stand und versuchte, Aufrichtigkeit auszustrahlen. „Ich dachte, ich würde sterben."

„Wie alt waren Sie?", fragte Walker stirnrunzelnd. Sein Blick hing an ihren Lippen.

Sie wandte sich ab. „Neun."

„Wo sind Sie aufgewachsen?" Walker versuchte, ihren Blick wieder einzufangen und sie mit einer Charmeoffensive für sich zu gewinnen. Das ging nicht in die Richtung, die sie sich wünschte. Sie wollte die Männer von sich ablenken, konnte ihnen aber nichts anderes geben.

„In Brooklyn. Ich war zu Besuch bei Freunden in Queens." Sie legte ihre Handflächen auf ihre Schenkel, hielt sie still und lehnte sich dann entspannt gegen die harte Rückenlehne des Stuhls, denn ihr war klar geworden, dass sie in absehbarer Zeit nirgendwohin gehen würde.

Es war warm im Zimmer, also schlüpfte sie aus ihrer Jacke und schlug die Beine übereinander. Beide Männer beobachteten ihre Bewegungen mit automatischen männlichen Reaktionen. Sie war vielleicht nicht Sharon Stone, aber sie wusste sich zu bewegen.

Josephine warf einen Blick auf die verspiegelte Scheibe und wusste, dass Marsh sich nicht so leicht ablenken ließ. Hitze stieg in ihren Wangen auf, als die Erinnerungen daran zurückkehrten, wie genau sie ihn abgelenkt hatte. Jungfrauen sollten sich eben nicht in sexueller Manipulation versuchen, wenn sie nicht bereit waren, aufs Ganze zu gehen. Nicht, dass sie es nicht genossen hätte. Sie beide hatten es genossen. Und das war es wahrscheinlich auch, was sie am meisten aneinander erschreckte.

„Ich glaube, ich habe ihn überrascht, damals, als Kind." Sie runzelte die Stirn. Sie hatte nie wirklich herausgefunden, warum er sie nicht getötet hatte. Selbst in der Dunkelheit hatte sie den schockierten Ausdruck in seinen Augen gesehen. Natürlich hätte sie nicht dort sein dürfen. Sie hätte niemals von der Feuerleiter aus durch dieses Fenster gucken sollen. Also hatte sie keinen Laut von sich gegeben, als er sie hochgehoben hatte. Sie hatte nicht gewollt, dass ihre Mutter oder der Liebhaber ihrer Mutter herausfand, dass sie vor dem Fenster gesessen und sie beobachtet hatte.

Sie unterdrückte ein Schluchzen, das aus dem Nichts kam.

„Wie alt war er? Es war doch ein *Er*, oder?", hakte Walker nach.

Walker war ein gutaussehender Typ. Kleiner als Marsh, stämmig, mit kantigem Kinn, und seine Augenfalten deuteten darauf hin, dass er viel lächelte. *Schön für ihn.* Sie konzentrierte sich auf ihn und nicht auf seinen kranichartigen Partner oder den finsteren, eindringlichen Mann, der selbst aus dem Nebenraum noch Macht ausstrahlte. Verdammt, diese Entfernung war für Marshall Hayes ein Kinkerlitzchen.

„Es war definitiv ein Mann." Sie beschwor die alten Erinnerungen herauf, die immer frisch in ihrem Kopf waren. „Er hatte grobe Finger, kantige Hände." Sie betrachtete ihre eigenen spitz zulaufenden Finger und schluckte, als sie sich an die innige Liebkosung seiner Hand über dem Griff des Messers erinnerte. „Ich weiß nicht, wie alt er war. Ich meine, ich war neun. Wer älter als sechzehn war, war damals für mich alt."

„War er erwachsen?"

„Körperlich oder juristisch? Ich weiß es nicht." Sie fuhr sich mit den Fingern durchs Haar, zog daran. Der Raum drehte sich leicht, weil sie so müde war. „Warum lesen Sie nicht den Polizeibericht? Er enthält bestimmt mehr Details, als ich in Erinnerung habe."

„Das werden wir", versicherte Nicholl ihr mit einem düsteren Blick.

Er war das arrogante Arschloch, das wahrscheinlich immer Jahrgangsbester gewesen war.

„Warum denken Sie überhaupt, dass es derselbe Typ ist?", fragte sie, nahm den Stift und bekritzelte den Schreibblock mit der Spitze. „Das war, was, vor achtzehn, neunzehn Jahren? Ich dachte, der Typ sei inzwischen tot oder zusammen mit all den anderen Psychos im Gefängnis."

Vielleicht hatten ihre Erinnerungen sie getäuscht ... vielleicht war es tatsächlich ein anderer Mann gewesen.

Sam Walker öffnete eine Akte und legte ein Bild auf den Tisch. Angela Morellis tote Augen starrten sie an. Ihr Oberkörper war mit den gleichen Mustern zerschnitten worden, die Josie auf ihrer Haut trug.

Galle stieg ihr in die Kehle, und sie schlug die Hand vor den Mund. Scheiße. Andere Fotos erschienen auf dem Tisch. Eine abgeschlachtete Frau nach der anderen, alle in dunklen Lachen ihres eigenen Bluts.

„Josie, ich weiß, dass das schwer ist, aber Sie sind unsere einzige Spur zu diesem Kerl." *Die Einzige, die noch am Leben ist.* Walkers Stimme war schmeichelnd und sanft, völlig im Widerspruch zu dem Grauen, das da vor ihr auf dem Tisch lag. Er hockte sich neben sie, legte eine Hand auf ihren Arm, und sie hielt sehr, sehr still.

Sie mochte es nicht, angefasst zu werden. Hatte es noch nie gemocht. Aber sie konnte es sich nicht leisten, hier die Kontrolle zu verlieren. Also rieb sie ihre Hände aneinander und versuchte, ihre Reaktion zu verbergen, bis er seine Hand fortzog.

Sobald er es tat, zwang sie sich zu atmen. Sie versuchte, sich an irgendetwas zu erinnern, das ihn identifizieren könnte. Es war ja nicht so, dass sie diesen verrückten Irren auf freiem Fuß wissen wollte, genauso wenig wie die Männer hier.

Aber der Bastard hatte sie bewusstlos geschlagen und sie in einer gottverlassenen Gasse ihrem Schicksal überlassen. „Ich weiß wirklich nicht, wie ich helfen kann."

Als Kind hatte sie wie versteinert dagelegen, als seine scharfe Klinge ihre Haut aufgeschnitten hatte. Er hatte nicht tief geschnitten, aber er hatte bewusst empfindliche Nervenenden gesucht. „Ich werde dich nicht töten, wenn du keinen Mucks von dir gibst." Sie runzelte die Stirn, ließ ihre Hände auf der Tischplatte vor sich ruhen. Da war etwas an seiner Stimme gewesen, aber es war so lange her ...

Sie hatte zu viel Angst gehabt, um sich zu bewegen – genau wie heute. Und als er sie auf den Bauch gedreht hatte, hatte sie erwartet, dass er sie töten würde, aber stattdessen hatte er seine Klinge weiter in ihr Fleisch geritzt und ein Muster geschnitzt, das den Rest ihres Lebens bestimmt hatte.

Es hatte furchtbar gebrannt, aber sie hatte kein Geräusch gemacht. Irgendwann musste sie ohnmächtig geworden sein, denn als sie aufgewacht war, war er verschwunden.

In diesem Moment hatte sie sich zitternd aufgerappelt und war losgerannt, um Hilfe zu suchen.

Sie erinnerte sich daran, wie ihr Fingerabdrücke abgenommen wurden und wie sie verzweifelt versuchte, die fettige Schwärze von ihren Händen abzuwaschen, obwohl die Bewegung ihre Nähte geöffnet hatte. „Die Cops haben seine Fingerabdrücke, glaube ich. Von dem Messer, mit dem ich am Boden festgenagelt war."

Marsh wartete im Gang und überprüfte die neuesten FBI-Verfügungen, die ordentlich an die Pinnwand vor dem Vernehmungsraum geheftet waren. Die Tür öffnete sich, und Josephine kam heraus, dicht gefolgt von Special Agent Walker. Sie hielt den Blick auf den Boden gerichtet und wäre direkt an ihm vorbeimarschiert, wenn er ihr nicht den Weg versperrt hätte.

Fluoreszierendes Licht betonte die Vertiefungen unter ihren Wangenknochen. Das Blau ihrer Augen war der einzige Farbtupfer in diesem sterilen Korridor. Obwohl er ihr nicht vertraute, stand er seiner Faszination für sie hilflos gegenüber.

Nicholl eilte aus dem Vernehmungsraum und schaute auf seine Armbanduhr. Als er Marsh sah, wurde er langsamer und lächelte berechnend.

„Danke für die Spur, Sir."

Er spürte, wie Josephine erschauderte. Ihre Kindheitsnarben waren mehr als eine Spur in einem Fall. Marsh schüttelte den Gedanken ab, denn er wusste, dass er Nicholls Hilfe brauchen würde, wenn er einen Einblick in diese Ermittlungen bekommen wollte, also schüttelte er dem Mann schweigend die Hand. Special Agent Walker stand geduldig neben Josephine und legte ihr eine Hand auf die Schulter.

Marsh streckte Walker die Hand hin, nur damit der andere sie nicht länger berührte.

„Ich bringe Ms. Maxwell nach Hause", gab Walker mit einem grimmigen Lächeln Bescheid.

Nur über meine Leiche. „Das übernehme ich schon." Marsh ließ die Hand des Agenten los und erwartete, dass Josephine protestieren würde, aber ihre Augen verrieten nur Müdigkeit und Kapitulation. „Wir haben uns viel zu erzählen."

Sie warf beiden mit zusammengekniffenen Augen einen finsteren Blick zu. Wenigstens sah sie nicht mehr so niedergeschlagen aus.

Sie entfernte sich hastig und stieg in den Aufzug. Marsh schob seinen Arm in den Türspalt, um zu verhindern, dass er sich vor seiner Nase schloss, und folgte ihr hinein. Endlich waren sie allein.

Die normalerweise streitlustige Frau hatte jetzt einen Hauch von Zerbrechlichkeit an sich, als sie sich gegen die Edelstahlwände lehnte und mit dem Finger auf den Knopf für das Erdgeschoss drückte. Schmerz stach in seiner Brust.

„Was jetzt?", fragte sie leise.

Ihr Haar hatte sich in ihrer zerknitterten Armeejacke verfangen. Unfähig zu widerstehen, schob er seine Finger in ihren Kragen und zog die silberseidigen Locken über den abgenutzten, olivgrünen Stoff. Ihre Lippen öffneten sich und ihre Nasenflügel bebten.

Sie fühlte es auch. Er konnte das Echo der Unsicherheit tief in ihren Augen sehen, den Tanz der Vertrautheit, der zwischen ihnen entflammte, obwohl sie beide erschöpft und misstrauisch und verbrannt von ihrer letzten Begegnung waren. Sie biss mit ihren kleinen weißen Zähnen auf ihre rosa Unterlippe, und die Lust schoss wie eine Supernova durch seine Lenden.

Marsh war zu schlau, um mit den Zähnen eines Fangeisens zu spielen, und zog seine Hand zurück. „Wir fahren zurück zu dir, und ich schlafe auf der Couch."

Er erwartete wieder Protest, aber auch wenn Josephine Maxwell vieles sein mochte, dumm war sie nicht.

Die zarte Haut unter ihren Augen wirkte dunkel, aber sie schaffte es immer noch, entschlossen und kampfbereit auszusehen. „Morgen verlasse ich die Stadt."

Flucht war ihre typische Reaktion. Er hätte wissen müssen, dass das ihre Antwort sein würde, und konnte sich nicht erklären, warum ihn das so aufregte. „Du lässt dem Täter freie Bahn, noch mehr unschuldige Frauen zu töten? Ich habe dich für mutiger gehalten, Prinzessin."

Es war ein fieser Trick, und Josephine reagierte, indem sie ihm die Zähne zeigte. Etwas an ihr hatte ihn schon immer an ein wildes Tier erinnert: Sie war am gefährlichsten, wenn sie in die Enge getrieben wurde. „Es ist *deine* Aufgabe, Bösewichte zu fangen, Hayes. Warum konzentrierst du dich nicht darauf?"

Nichts an ihr wirkte mehr niedergeschlagen. Das war die knallharte Josephine, mit der er im Frühjahr ein kurzes Techtelmechtel gehabt hatte. Theoretisch war die Sache zwischen ihnen ausgeglichen, aber da war er sich inzwischen nicht mehr so sicher. Er hatte sich nie ganz erholt, aber ihr schien es abgesehen von ihrer Begegnung mit einem Serienmörder gut zu gehen.

Das machte ihn sauer.

„Er wird dich finden.“

Sie sah ihn mit zusammengekniffenen Augen an, aber ihm entging das Entsetzen in ihren Tiefen nicht. Warum konnte sie ihre Wachsamkeit nicht eine Sekunde lang aufgeben? Warum konnte er es nicht? Marsh drängte sie an die Fahrstuhlwand, sich der Sicherheitskamera sehr bewusst, die jede seiner Bewegungen überwachte. Er wollte sie küssen, wollte sie in Watte wickeln, bis die Gefahr vorüber war. Aber Josephine ließ selten zu, dass jemand ihre Schwäche spürte, und nahm kein Mitgefühl oder Hilfe an, schon gar nicht von ihm.

Sie sahen einander an, ihre Augen glänzten feucht, und sein Herz galoppierte wütend in seiner Brust. Er verbiss sich die Worte, die aus ihm herausplatzen wollten. Wovor hatten sie beide solche Angst?

Der Fahrstuhl klingelte, und er trat zurück, aber nicht bevor sie ihn mit einem vernichtenden Blick traktierte und ihr Haar mit einem spöttischen Ruck über ihre Schulter warf. Als wäre er nichts. Als wäre er ein Niemand. Er lächelte fast. Eines war sicher, sie wusste, wie sie ihn provozieren konnte. Er stopfte seine Fäuste in seine Jackentaschen und wartete, dass sie vor ihm ausstieg.

Sie gingen durch die Sicherheitskontrolle, dann zu seinem Auto, und ihre Schritte hallten über den Platz vor dem hohen Gebäude wider. Das Sternenbanner flatterte im auffrischenden Wind, und Marsh genoss die Kälte auf seiner Haut. Ein Nebelhorn ertönte über der Bucht, traurig und klagend. *New York, New York.*

Josephines Absatz verfing sich an einer unebenen Stelle im

Boden, aber Marsh packte sie am Arm. Primitiver Triumph rauschte durch sein Blut, als sie ihn nicht abschüttelte. *Erbärmlich*. Er war total erbärmlich. Er musste endlich sein Gehirn einschalten und herausfinden, wie er diesen Mörder fangen konnte.

Ihm kam eine Idee. „Stehst du im Telefonbuch?"

Stirnrunzelnd schüttelte sie den Kopf. „Willst du meine Nummer?"

Marsh kannte ihre Nummer bereits. Er hatte sich entschieden, sie nicht anzurufen, weil er ein sturer Arsch war. „Angenommen, es ist derselbe Kerl aus deiner Kindheit, woher wusste er, wo er dich finden kann?"

Es gab kaum Verkehr und die Luft schmeckte leicht salzig.

Sie schien verwirrt von seiner Frage. „Ich bin nirgendwo registriert. Ich habe eine Website, aber da ist keine Adresse aufgeführt."

Das hatte er befürchtet.

„Stehst du im Wahlregister?"

Sie schüttelte den Kopf und sie gingen weiter. „Ich wähle nicht. Ich wollte nicht im System erfasst sein."

Marsh schüttelte sauer den Kopf. Andere Menschen starben für ihr Wahlrecht, und es ärgerte ihn, wenn sich Leute nichts aus diesem Recht machten. Aber das war jetzt nicht das Wichtigste.

Sie ging zur Beifahrerseite seines Wagens. „Früher dachte ich, Politiker seien sowieso alle gleich. Da habe ich mich wohl geirrt."

„Vielleicht hat er einen Profi angeheuert, um dich aufzuspüren. Einen Privatdetektiv." Marsh fragte sich, ob diese Erkenntnis der Untersuchung helfen würde oder nur reine Zeitverschwendung wäre.

Es war besser als nichts.

Eine Sirene heulte auf, rote Lichter blitzten in der Ferne.

„Er hätte meinen Namen damals aus den Zeitungen erfahren können. Sie haben lang und breit über alles berichtet." Josephine stieg ins Auto, schloss die Augen und rieb sich die Schläfen.

„Können wir jetzt bitte aufhören, darüber zu reden? Ich habe Kopfweh."

Während er ihr angespanntes Profil betrachtete, schwieg er und startete den Motor. Dieser antwortete mit einem sanften Schnurren, und Marsh fuhr auf die fast leere Straße in Richtung Village. Sie sprachen nicht mehr, nicht einmal, als sie die relativ ruhige Grove Street erreichten.

Er parkte und stellte den Motor ab, aber Josephine rührte sich nicht.

Der Schein der Straßenlaternen fiel auf ihr Gesicht und tauchte sie in Gold. Das sanfte Heben und Senken ihrer Brust verriet ihm, dass sie schlief, und ein Hauch von Genugtuung erfüllte ihn, denn er wusste verdammt genau, dass sie nicht geschlafen hätte, wenn Agent Walker sie nach Hause gefahren hätte. Allerdings musste er sich fragen, was das über seinen Sexappeal aussagte.

Er wollte sich zu ihr beugen und mit seinen Lippen über ihre streichen. Sie war nicht so eisig, wie sie die Welt glauben machen wollte, und an manchen Tagen brach es ihm das Herz zuzusehen, wie heftig sie andere von sich stieß. Seit dem Tag, an dem er sie zum ersten Mal gesehen hatte, hatte sie eine Wildheit in ihm geweckt wie niemand sonst. Es ergab keinen Sinn.

Eine Haarsträhne fiel ihr über die Wange. Sanft schob er sie beiseite, spürte ihre weiche Haut und ignorierte den Schmerz in ihm, der immer größer wurde. Was er für sie empfand, war nicht nur körperlich, deshalb machte es ihm solche Angst. Sie öffnete langsam die Augen, und einen Moment lang glaubte er, sein wider-sprüchliches Verlangen in ihren Tiefen widergespiegelt zu sehen. Dann zerrte sie am Türgriff und stieg aus.

Er seufzte, bevor er ihr folgte und nur kurz anhielt, um seine Reisetasche aus dem Kofferraum zu holen. Es war fast drei Uhr morgens. Immer noch waren Leute auf der Straße, die zwischen Clubs umhertingelten oder auf dem Weg nach Hause waren.

Betrunkenes Gelächter hallte die Straße hinunter, seltsam unbeschwert für eine Mordnacht.

„Was hast du vor achtzehn Jahren in Queens gemacht, Josephine?" Es war eine Frage, die ihn beschäftigte, seit er von dem Angriff in ihrer Kindheit erfahren hatte.

Sie blieb mitten auf der Straße stehen und hob ihr Gesicht zum Himmel. „Können wir das Thema nicht sein lassen? Bitte?"

Sie verbarg etwas. Das war an sich nichts Ungewöhnliches. Alle logen den Behörden gegenüber auf irgendeine Weise. Es ging darum, herauszufinden, welche Lügen zählten, und irgendetwas sagte ihm, dass es in diesem Fall eine entscheidende Lüge war.

In ihrem roten Backsteinhaus brannte kein Licht. Marsh stieg neben ihr die Stufen hinauf und atmete den subtilen Hauch von Zitrusfrüchten aus ihrem Haar ein. Bewusst hielt er den Atem an, als sie ihren Schlüssel ins Schloss steckte und die Tür aufdrückte. Er versuchte, sich an diesem weichen Duft festzuhalten, um den schwachen Todesgeruch, der in der Wohnung im Erdgeschoss hing, nicht einzuatmen. Es würde Marsh nicht überraschen, wenn die anderen Mieter anderswo schliefen, bis der Geruch der Gewalt so weit verflogen wäre, dass sie ihre Illusion von Sicherheit wiedererlangen könnten. Er selbst hätte ja eine Nacht im Hotel vorgeschlagen, aber ihm war klar, dass sich Josephine nie darauf eingelassen hätte.

Also stand sie nun steif und unsicher auf der Schwelle. Ihre Haut sah wächsern aus. Marsh streckte die Hand aus und schaltete das Licht im Hausflur ein, das sofort von dem Mosaikfliesenboden und den weißen Wänden abprallte, die mit Flecken vom Fingerabdruckpulver verschmiert waren.

Die Tür zur unteren Wohnung war mit Klebeband versiegelt. Es könnte Tage dauern, bis die Beweissicherungsteams sie freigeben würden.

Seine Nackenhaare richteten sich auf.

„Hat das FBI deine Wohnung durchsucht, bevor du gegangen bist?"

„Nein." Sie funkelte ihn an. „Warum sollten sie das tun? Er ist durch das Erdgeschossfenster abgehauen." Sie deutete auf die versiegelte Tür und sah aus, als wollte sie ihn ohrfeigen. „Versuchst du absichtlich, mir Angst zu machen, oder bist du einfach immer so?" Sie schloss die Haustür hinter ihm.

„Ein Mörder verfolgt dich mit einem Messer, aber ich bin derjenige, der dir Angst einjagt?" Er warf seine Tasche über seine linke Schulter, öffnete sein Halfter und zog seine Waffe.

Mit offenem Mund musterte Josephine ihn, dann ging sie kopfschüttelnd die Treppe hinauf. Er ließ sie vorangehen, ließ sie ihre Tür aufschließen, berührte dann ihren Arm und winkte sie hinter sich. Trotz der Art und Weise, wie sie mit den Augen rollte, spürte er ihren Schreck, so als würde sie erst jetzt erkennen, dass sie immer noch in Gefahr sein könnte. Der Typ hätte zurückkommen können. Er würde wissen, dass ihre Wachsamkeit nach einem Polizeiverhör nachließe. Er würde nicht damit rechnen, dass jemand sie bis nach oben begleitete.

Das solide Gewicht seiner Pistole in der Hand fühlte sich beruhigend an, als Marsh die Tür aufstieß und das Licht anknipste. Es gab keine Schatten, keine Monster, die im Begriff waren, hinter der Tür hervorzuspringen. Marsh stellte seine Tasche ab, winkte Josephine neben sich und schloss die Tür. Wenn der Unbekannte hier war, wollte er den Bastard festnageln, bevor er wieder jemanden verletzte.

„Er ist nicht hier", zischte sie.

Er verdrehte die Augen. Gott bewahre ihn vor Zivilisten. „Warum bleibst du nicht dicht bei mir, während wir uns vergewissern?"

Er streckte die Hand aus und beobachtete, wie sie unsicher nach seinen Fingern griff. Da war ein Knistern zwischen ihnen, das ihre Augen auffliegen ließ. Ihre Haut fühlte sich samtweich an. Er zog sie hinter sich her, durchsuchte alle Schränke und Zimmer und endete in ihrem Schlafzimmer.

Er ließ ihre Hand los, öffnete die hohen Lamellentüren und

durchsuchte den Einbauschrank, dann steckte er den Kopf unter das Bett, und erst als er hundertprozentig sicher war, dass die Wohnung leer und sicher war, steckte er seine Waffe weg.

Josephine sank aufs Bett und streifte ihre Jacke ab. Ihr Kopf sackte herunter, und sie sah jetzt in etwa so stark aus wie ein schlaffer Grashalm. Ihr Unterarm blieb im Ärmel stecken, und sie ruckte vergeblich an dem schweren Stoff. Marsh ging auf die Knie, ergriff ihre Hand, die sich sofort zu einer Faust ballte, und streifte die Jacke von ihren Schultern.

Sein Ellbogen ruhte auf ihrem Knie, und Hitze sprühte zwischen ihnen wie Elektrizität. Ihre blauen Augen wurden halb von ihren Haaren verdeckt, aber er spürte, wie ihr Blick auf seinen Lippen landete, bevor sie sich abwandte.

„Ich schlafe nicht mit dir", sagte sie.

„Wer hat denn gesagt, dass ich mit dir schlafen will?"

„Ich kann es in deinen Augen sehen." Sie biss sich auf die Lippe. „So wie ich es letztes Mal gesehen habe."

Er lehnte sich zurück und zog eine Augenbraue hoch. „Du meinst, als du mich um Sex angebettelt hast?"

„Ich habe nicht gebettelt ..."

„Du hast GHB in meinen Scotch getan und gesagt: *Schlaf mit mir, Marsh*. Dann hast du mich ins Bett gezerrt und mich bewusstlos gevögelt. Wie würdest du das nennen?"

Ihre Haut wurde aschfahl.

Er wusste nicht, warum er sie so bedrängte, außer, dass sie seine schlimmste Seite zum Vorschein brachte, indem sie alles, was zwischen ihnen passiert war, auf bedeutungslosen Sex reduzierte. Aber an seinen Gefühlen für diese Frau war nichts Bedeutungsloses.

„Das waren *deine* Drogen, und du hast sie mir zuerst verabreicht", argumentierte sie.

Er zuckte schuldbewusst zusammen, weil sie nicht wusste, was er sonst noch getan hatte, als sie bewusstlos gewesen war.

„Und du hast mich geküsst. Ich habe dich nicht gezwungen",

fuhr sie mit wachsendem Ärger fort. Sie versuchte, sich aus seinem Griff zu befreien, aber er wollte sie nicht loslassen, bis er einige Antworten bekam. Er wusste, warum sie ihn betäubt hatte. Ihr Plan war es gewesen, ihn auszuschalten, um der Schutzhaft zu entkommen, aber die Dinge waren außer Kontrolle geraten. Das Verlangen hatte sie beide verzehrt.

„Warum? Warum hast du mich gebeten, dich zu küssen?" Er musste wissen, ob er ihr etwas bedeutete oder nicht.

Sie schloss ihre Augen, und eine leichte Röte stieg in ihre Wangen. „Ich wollte dich ins Schlafzimmer locken, um dich ans Bett zu fesseln."

„Du hättest mir einfach sagen können, dass du auf Fesselspiele stehst."

Sie holte tief Luft, als ob sie sich um Geduld bemühte. „Ich wollte keinen Sex haben. So weit wollte ich nie gehen."

„Warum hast du es dann getan?" Seine Stimme brach. Mit einer einzigen Handlung hatte diese Frau ihn für jede zukünftige Beziehung ruiniert, und er sehnte sich wie ein liebeskranker Schuljunge nach ihr.

„Ich ..." Ihre Brust hob sich. „Ich muss die Dosis falsch eingeschätzt haben – ich hatte Angst, dir zu viel zu geben – und dann ..." Sie öffnete die Augen und ihr strahlendes Blau durchbohrte ihn. „Ich hatte noch nie Sex gehabt, und es fühlte sich ... gut an."

Er senkte den Kopf, starrte auf den Hartholzboden und fragte sich, ob sie endlich ehrlich war oder ob sie einfach nur so gut darin war, Männer zu durchschauen, dass sie ihn wieder austrickste. Er ließ sie los, und sie wandte sich ab und verbarg ihr Gesicht hinter einem blonden Schleier. Ihr zarter Hals regte sich, als sie schluckte.

Sie rollte über das Bett und erhob sich auf der anderen Seite. Ihre Miene war ernst, ihre Augen ausdruckslos. „Es tut mir leid. Du hast recht. Ich habe dich unter Drogen gesetzt und ausgenutzt. Wenn es andersherum gewesen wäre ..." Sie schauderte.

Er setzte sich stöhnend aufs Bett und rieb sich die Augen.

Scheiße. Er hatte wissen wollen, ob diese Sache sie so geprägt hatte wie ihn. Ob er ihr etwas bedeutet hatte oder immer noch bedeutete. Er hatte sie nicht verhören wollen, während sie sich noch von einer Begegnung mit einem Serienmörder erholte.

Langsam stand er auf und fuhr sich mit den Fingern durch die Haare. Er wusste, dass er ehrlich sein musste, dass er versuchen musste, etwas von der Integrität und Ehre wiederzuerlangen, nach der er strebte. Er ging zu ihr hinüber und legte seine Hände auf ihre Schultern. Kalt wie Eis sah sie ihm in die Augen, und Stolz und Scham kämpften in ihren Zügen um die Vorherrschaft. Er ging davon aus, dass ihre harte Seite gewinnen würde.

„Ich kann nicht aufhören, daran zu denken, wie großartig es war. Ehrlich gesagt war es der beste Sex, den ich je hatte", gab er grimmig zu. „Und das macht mich so verdammt fertig, dass ich nicht mehr klar denken kann."

Ihre Augen blitzten vor Überraschung, während sie seine Worte verarbeitete. Dann sah er zu, wie sie die Mauern wieder um sich herum errichtete und alle ihre Verteidigungsmechanismen aktivierte. „Du gehst mir trotzdem nicht noch einmal an die Wäsche."

Marsh schüttelte den Kopf und ging zur Tür. „Du kannst echt anstrengend sein, weißt du das?" Er wollte ihr an den Kopf werfen, dass er sie nie wieder berühren wollte, aber er wollte nicht noch mehr Lügen zwischen ihnen. Während sein Blick über ihren Körper schweifte, kam ihm eine letzte Frage zu jenem Abend vor sechs Monaten in den Sinn. „Sieht so aus als wärst du nicht schwanger geworden?"

Sie legte eine blasse, langfingrige Hand auf ihren Bauch und schüttelte den Kopf.

„Gut." Marsh hielt sich am Türknauf fest und sagte mit belegter Stimme: „Versuch zu schlafen." Er schloss die Tür hinter sich, lehnte seine Stirn gegen das kühle Holz und wollte zu gern seinen Kopf dagegen rammen. *Gut?* So viel zum Thema: Keine Lügen mehr.

Kapitel Vier

Es lag eine Stille in der Luft, eine Erwartung, die ihn erregte. Sanfter Nieselregen klebte an seinem Gesicht und kühlte seine fiebrige Haut. Dies war nicht sein Viertel, dies war nicht seine Stadt, aber es war sein Jagdrevier.

Er blinzelte zweimal und zuckte zusammen, denn sein linkes Auge schmerzte. Er hatte die Kratzer mit Makeup überdeckt. Der Biss an seinem Handgelenk brannte, aber er hatte ihn mit antibiotischer Salbe behandelt und sorgfältig verbunden. Das würde ihm dieses Miststück büßen. Sein Messer lag beruhigend schwer in seiner Tasche. Fest. Echt. Sicher. Scharf. Rachsüchtig. Erinnerungen überwältigten ihn, brachten sein Blut in Wallung und ließen den Atem in seinen Lungen stocken.

Der Blutrausch ließ nicht nach. Es fiel ihm immer schwerer, an etwas anderes als ans Töten zu denken, und das beunruhigte ihn. Die Frau in der unteren Wohnung war zu alt gewesen, um ihn wirklich zu befriedigen. Aber wer konnte schon dem Genuss widerstehen, Josephine Maxwell durch eine andere blonde Schlampe zu erschrecken?

Dabei war die andere nicht einmal eine echte Blondine gewesen.

Blätter raschelten, als ein kalter Luftstoß vom Hudson die Straße heraufwehte und den Gestank von verfaultem Seetang mit sich brachte, der von der zurückgehenden Flut freigelegt wurde. Ein Paar schlenderte Arm in Arm den Bürgersteig entlang und verspannte sich leicht, als es sich ihm näherte.

Unbesiegbar lächelte der Blade Hunter, nickte und grüßte: „N´Abend." Seine Finger glitten um den Griff der Waffe in seiner Tasche und verkrampften sich, bis seine Knöchel schmerzten.

Die Frau erwiderte sein Lächeln mit dem verschwommenen Blick einer Betrunkenen. Sie war blond, und er hätte ihr zu gern ein paar Lektionen darüber erteilt, was passierte, wenn sie nicht auf sich aufpasste, aber er verweilte nicht lange bei ihr, denn ihr Freund mit dem Cro-Magnon-Gesicht war zu offensichtlich ein Marine.

Etwas glitt um seine Beine.

„Au!" Er ließ sein Messer los, stolperte auf den Bürgersteig, bremste seinen Sturz mit den Händen ab und schürfte sich dabei die Handflächen auf.

Miau.

Die Katze saß nun auf dem Bürgersteig, sah ihn an und schlug mit dem Schwanz.

„Alles okay, Kumpel?" Der Marine drehte sich wieder zu ihm um und ließ seine Freundin in ihrem hochhackigen Rausch unsicher wackelnd stehen. Wenn sie allein gewesen wäre, hätte er seine Klinge gekonnt über ihre Haut gleiten lassen ...

Er schüttelte sich und rappelte sich auf. „Ja. Danke." Der Typ half ihm hoch und hob ihn dabei fast am Kragen vom Boden.

„Brauchst du Hilfe, um nach Hause zu kommen?" Die Stimme des Typen war schroff, aber unerwartet fürsorglich.

Ich will mit ihnen umgehen, wie sie gelebt haben, und wie sie gerichtet haben, will ich sie richten ...

„Alles in Ordnung, danke." Er lächelte und strich abwinkend seine Hose glatt.

Der Typ kniff die Augen zusammen und raunte ihm zu: „Verschwinde besser von der Straße, Kumpel. Hier läuft ein verdammter Irrer herum, der Leute wie dich zum Frühstück in Stücke schneidet."

Miau.

Der dunkelhaarige Fremde trat mit seinem Stiefel nach der Katze, die zwischen geparkten Autos hindurch in den Rinnstein floh.

Fasziniert beobachtete er, wie der barmherzige Samariter zu seiner Freundin zurückstolzierte. *New York City.* Die Stadt, die niemals schläft. In der Ferne heulte eine Sirene. Aus einem vorbeifahrenden Auto drang Hip-Hop-Musik. Er grinste. Er *liebte* diese Stadt. Vielleicht würde er eine Weile hierbleiben.

Kapitel Fünf

Dancer hielt ihm eine Ausgabe der *NY News* so dicht unter die Nase, dass Marsh das Zeitungspapier riechen konnte. Er nahm es Dancer aus der Hand und richtete sich vom Schreibtisch auf, an dem er Philip Faraday beaufsichtigte, während dieser die privaten Inventarunterlagen der Galerie am Computer abrief.

Aus der Mitte der Titelseite sprang ihm ein Foto von Josephine und ihm entgegen, das gestern Abend am Tatort aufgenommen worden war. Daneben war ein Foto von ihm hier in der Galerie mit den Duvalls und Lynn Richards.

Verdammt noch mal. Er stöhnte und schloss die Augen. Er hätte nicht gedacht, dass jemand auf die Idee käme, ein Objektiv auf ihn zu richten. Doch dann las er die Fotounterschrift – Nelson Landry. Dieser kleine Scheißer.

Er rieb sich den Nasenrücken und kniff die Augen zu, nachdem er die große, fette Überschrift gelesen hatte.

SUPERCOP AM FALL DRAN!

Ihn erwartete gleich aus mehreren Richtungen ein Anschiss. Die Wahrscheinlichkeit, dass diese Sache dem Büroleiter nicht zu

Ohren kam, war gleich null. Gut, dass Marsh es finanziell nicht nötig hatte zu arbeiten.

Philip Faraday reckte den Hals, um mitzulesen. „Sieht aus, als hätten Sie eine anstrengende Nacht gehabt, Special Agent Hayes." Als er sich wieder dem Bildschirm zuwandte, flogen die Finger des Mannes schnell über die Tastatur, um die gewünschten Daten abzurufen. „Ist das dieselbe Frau, die Sie gestern Abend zur Eröffnung mitgebracht haben?" Faraday nickte der Zeitung zu und bezog sich eindeutig auf das Foto von Josephine, das zu grobkörnig war, um ihre Gesichtszüge klar erkennen zu können.

Marsh warf dem Typen ein knappes Lächeln zu. Wenn er herausfinden konnte, wer die gestohlenen Kunstwerke an die Faradays verkauft hatte, hatte er immer noch eine geringe Chance, dieser Spur nachzugehen, eine Verhaftung vorzunehmen und zu Josephine zurückzukehren, bevor sie einen Weg fand, die Stadt zu verlassen. „Haben Sie die Dateien, die wir brauchen, zusammengesucht?"

Der Kunsthändler trug ein burgunderfarbenes Hemd mit goldenen Manschettenknöpfen, eine Designer-Sonnenbrille und eine schwarze Hose. Der klassische Galleristen-Schick. Es war deutlich einfacher, mit ihm umzugehen als mit seiner exzentrischen Schwester Gloria, die jedes Mal in Tränen ausbrach, wenn Marsh ihr eine einfache Frage stellte. Er hatte Aiden und Dancer auf sie angesetzt, was zu funktionieren schien, denn sie hatte aufgehört zu weinen, außer wenn sie zu ihm hinübersah.

„Ich arbeite, so schnell ich kann." Philip hörte auf zu tippen und sah ihn finster an. Das Licht glitzerte auf seiner dicken Brille. „Vielleicht sollte ich meinen Anwalt in die Sache einschalten."

Marsh seufzte. Es hatte eine Zeit gegeben, in der die Leute ihn für charmant gehalten hatten. V.J. *Vor Josephine.*

„Wenn Sie einen Anwalt wollen, bitte. Aber der Verkauf von gestohlenem Eigentum bringt Ihnen in diesem Land eine Gefängnisstrafe ein. Warum arbeiten Sie also nicht ein bisschen zügiger daran, mir diesen Namen zu besorgen, und ich werde mich daran erinnern, wie gut Sie kooperiert haben.“

Philip wandte den Blick ab und begann, Dokumente auszudrucken.

Marshs Handy klingelte. Er zog es aus seiner Anzugtasche und ging auf die vom Boden bis zur Decke reichende Glasfront zu, die auf den West Broadway hinausblickte.

„Hayes“, antwortete er.

„Ich werde verfolgt.“ Josephines Stimme klang abgehackt und atemlos.

„Was zum Teufel meinst du damit, du wirst *verfolgt*? Du solltest doch von Walker und Nicholl in Schutzhaft genommen werden.“

„Ja“, erwiderte sie, „was das angeht ...“

Schweiß brach auf seiner Stirn aus. Er konnte ihre Schritte vom Bürgersteig widerhallen hören, ihr Atem ging stoßweise.

„Ich habe meine Meinung geändert“, räumte sie ein, als wäre das eine vernünftige Option mit einem Serienmörder auf ihren Fersen. Verdammt, sie hatte beim letzten Mal das Gleiche gemacht, also hätte er wohl darauf vorbereitet sein sollen.

„Ich würde eher sagen, dass du das Blaue vom Himmel gelogen hast.“ Marsh stieß absichtlich mit der Stirn gegen die riesige Fensterscheibe und der Nachhall vibrierte durch sein Gehirn. „Wo bist du jetzt?“ *Bitte lass es nicht einen verlassenen und abgeschiedenen Ort sein. Ich will nicht zuhören, während irgendein Bastard dich aufschneidet –*

„Mitten auf dem Washington Square.“

Okay. Das war gut. „Siehst du Polizisten in der Nähe?“ Er winkte Dancer zu und versuchte, dessen Aufmerksamkeit zu erregen, aber der Agent reichte Gloria gerade einen Kaffee und tätschelte ihre Schulter.

„Nein“, lachte Josephine, „ausnahmsweise gibt es hier mal keine Bullen.“ Unter dem Lachen war eine schleichende Angst zu hören, die sich in sein Brustbein bohrte.

„Setz dich auf eine Bank in der Nähe des Brunnens und bleib in der Leitung. Ich komme dich holen." Er hielt seine Hand über das Telefon und winkte seinen Kollegen zu sich. „Josephine ist den FBI-Leuten entwischt, und jetzt denkt sie, dass sie verfolgt wird."

Dancer kam kopfschüttelnd auf ihn zu. „Diese Frau ist lebensmüde."

Marsh schloss die Augen.

„Entschuldigung, Boss, das war wahrscheinlich nicht gerade das, was du hören wolltest." Dancer zupfte an seinem Ohr.

Sie befand sich auf einem Platz, auf dem es von Menschen nur so wimmelte. Er bezweifelte, dass ein so versiertes Raubtier wie der Blade Hunter einen so komplizierten Tatort riskieren würde. Nicht, wenn sein Nervenkitzel darin bestand, seinen Opfern genüsslich Schmerzen zuzufügen.

Die *Total Mastery NY Gallery* befand sich zwischen der Prince Street und der Houston Street in SoHo. Nur wenige Blocks vom Washington Square entfernt.

Marsh sah zu Philip Faraday hinüber, der sich zu ihnen umgedreht hatte und ihre Unterhaltung schamlos belauschte.

Dann wandte er ihm wieder den Rücken zu und senkte die Stimme, damit nur Dancer ihn hören konnte. „Besorge Durchsuchungsbeschlüsse für die Bank- und Telefondaten und finde heraus, wo zum Teufel die Faradays das Gemälde herhaben. Wenn sie uns bis Mittag keinen Namen nennen, bring sie in die City und klage sie beide wegen Besitzes von gestohlenem Eigentum an. Das reicht für den Anfang."

Mit dem Handy am Ohr schritt er durch die riesigen Glastüren hinaus auf die Straße. „Rede weiter mit mir, Josephine."

„Was soll ich dir sagen?" Josephines Stimme war jetzt ruhiger. „Du hattest recht, ich hatte unrecht?"

Er warf einen Blick auf den Verkehr, in dem Autos Stoßstange an Stoßstange gedrängt vorwärtskrochen, und joggte zu Fuß in

Richtung Norden, wobei er den Passanten auswich. „Klingt nach einem großartigen Anfang."

Sie lachte, gerade genug, um seine explodierenden Nerven zu beruhigen. Dann verfluchte er seine Kollegen von der Verhaltensanalyse. Was zum Teufel dachten sich Walker und Nicholl?

„Woher wusstest du von den Narben?", fragte sie plötzlich.

Das war eine Frage, auf die er gewartet hatte, und die er nicht beantworten wollte.

„Du hast mich an dem Abend, als du mich in Boston unter Drogen gesetzt hast, ausgezogen, nicht wahr?" Ihre Stimme klang distanziert, als wäre sie völlig von ihm losgelöst. In dieser Nacht hatte er sie vor einem Mob gerettet und sie dann unter Drogen gesetzt, damit er den Sender injizieren und sie orten konnte, ohne ihre Bewegungen persönlich verfolgen zu müssen. Aber wenn Josephine es schon für einen Eingriff in ihre Privatsphäre hielt, dass er ihre Haut gesehen hatte, dann würde sie ziemlich sicher ausflippen, wenn sie von dem Mikrochip wüsste.

„Ich habe dich ins Bett gebracht, erinnerst du dich? Dein Shirt ist hochgerutscht, und ich habe die Narben gesehen ..." Diese Lüge war besser als die Wahrheit zuzugeben. „Nachdem ich sie gesehen hatte, erinnerte ich mich an den Polizeibericht über den Angriff, den du als Kind erlitten hast." Dies war kein Gespräch, das am Telefon geführt werden sollte.

Die Stille zog sich in die Länge, und er mochte das Gefühl nicht, dass sie sich von ihm zurückzog.

Laub hatte sich in den Dachrinnen gesammelt, schwarz und durchnässt vom Regen der letzten Nacht. Der Himmel war bewölkt, und neuer Regen kündigte sich an. Eine Sirene heulte schnell in die entgegengesetzte Richtung. Es war erst elf Uhr, aber Marsh hoffte, dass der Park voller Menschen war, die ein frühes Mittagessen genossen.

„Josephine? Bist du noch da?" Angst füllte die Stille, und sein Herz schlug wild gegen seine Rippen. „Josephine?"

Er brauchte weniger als zwei Minuten im Sprint. Seine Beinmuskeln schmerzten, heiße Luft brannte in seinen Lungen, aber er war jetzt genau dort, fast in der Mitte des Washington Square, und suchte verzweifelt nach der streitsüchtigen Blondine, die die Kontrolle über sein Leben übernommen hatte.

Und da war sie.

Erleichterung durchfuhr ihn, als er sie in der gleichen olivgrünen Jacke entdeckte, die sie am Vortag getragen hatte. Sie saß vornübergebeugt auf einer Bank, das Telefon ans Ohr gepresst, hatte einen Arm vor der Brust verschränkt, die Beine fest überschlagen, und blickte einen Typen an, der ein Transparent trug, auf dem stand: *„Kommst du in den Himmel? Mach den Test."*

Sie war in Sicherheit. Sauer wie immer, aber in Sicherheit. Und sie würde nicht in den Himmel kommen, wenn er es verhindern könnte – zumindest nicht heute.

Die Bäume waren fast kahl, nur ein paar orangefarbene Platanenblätter klammerten sich hartnäckig ans Überleben. Es war ironisch, dass sie auf einem alten Friedhof standen. Er brauchte einen Moment, um wieder zu Atem zu kommen, suchte die Gegend nach möglichen Bedrohungen ab und behielt Josephine die ganze Zeit im Blickfeld.

Da war ein Typ, der auf einer Betonbank in der Nähe saß, die *NY News* über seinen Knien ausgebreitet, während er an einem Sandwich kaute. Mitte fünfzig, Jeans, dicker rostfarbener Pullover, Glatze mit ausgleichendem Bart. Er sah aus wie ein Universitätsprofessor.

Marsh beobachtete, wie er zu Josephine hinüberblickte und die Augen zusammenkniff. Dann blätterte der Typ die Zeitungsseite um, kämpfte mit einer frischen Brise, die durch die Straßen pfiff, und drückte das Blatt gegen sein Knie. Er blickte wieder auf. Da erkannte Marsh, dass der Typ das Foto von Josephine und ihm in der Zeitung betrachtete.

So ein Gesicht vergaßen die Leute nicht so schnell.

Marsh verwarf seinen Verdacht. Auf der anderen Seite des Parks, hinter dem Torbogen, entdeckte er Walker und Nicholl in einem Lincoln, der am Bürgersteig geparkt war. Mit zusammengekniffenen Augen schüttelte er den Kopf und stemmte die Hände in die Hüften. Sie verfolgten Josephine, um zu sehen, ob sie sie irgendwo hinführte. Sie war eine verdammte Verdächtige. Oder ein Köder ...

Plötzlich stand Josephine neben ihm und hielt ihm eine Dose Cola hin. Er nahm das Getränk an, zog an der Lasche, schluckte hastig und ließ den Zucker sein Blut beruhigen.

Er gab ihr die Dose zurück und warf ihr einen herausfordernden Blick zu, auch einen Schluck zu nehmen. Josephine teilte nicht. Sie war verschlossener als Fort Knox. Aber sie nahm trotzdem einen Schluck, was ihm einen jugendlichen Nervenkitzel bescherte. Er war auf High School-Niveau zurückgefallen.

Sie wich seinem Blick aus und nahm wieder auf der Bank Platz. Ihre blasse Haut erinnerte ihn daran, dass sie letzte Nacht nicht viel geschlafen hatte und dass dies bereits ihr zweiter Kampf mit dem Mörder war. Sie war keine Anfängerin. Die erste Begegnung hatte sie fürs Leben gezeichnet – buchstäblich und im übertragenen Sinne. Wer wusste, was die gestrige Begegnung in ihr bewirkt hatte?

Er holte seine Brieftasche heraus, suchte nach der Karte von Agent Walker und wählte seine Nummer.

„Walker." Der Mann antwortete beim ersten Klingeln.

„Ist das Ihre Vorstellung von Schutzhaft?", fragte er eisig und abgehackt.

„Ms. Maxwell hat die Schutzhaft verweigert, Sir." Walkers Ton veranlasste Marsh, den Lincoln scharf ins Auge zu fassen.

„Und was haben Sie jetzt vor? Wollen Sie einfach warten, bis er sie aufschneidet, bevor Sie ihn festnageln?"

„Jetzt hören Sie mir mal zu, Hayes. Sie brauchen mir nicht zu sagen, wie ich meine Arbeit zu erledigen habe." Walkers Stimme wurde lauter, und Marsh hörte Nicholl im Hintergrund, wie er seinem Partner riet, er solle sich beruhigen.

Aber vielleicht hatte der Typ recht. Josephine war nicht

besonders kooperativ. Marsh rieb sich die Stirn. Walker war ein guter Agent mit mehreren Auszeichnungen in seiner Akte, und Marsh vermasselte seine Ermittlungen, weil er persönlich involviert war und weil er die Macht hatte, sich einzumischen.

Verdammt. Er hatte es immer verabscheut, wenn Leute ihre Macht missbrauchten, aber sieh an, es war einfach zu verlockend. Er holte tief Luft. Dann noch einmal. Das Einzige, woran Marsh glaubte, war das Gesetz. Er musste das Büro seine Arbeit machen lassen, während er Josephine beschützte.

„Sie haben recht", lenkte Marsh ein, obwohl es ihn einiges an Überwindung kostete. „Es tut mir leid."

Am anderen Ende der Leitung ließ die Spannung etwas nach.

„Haben Sie die Beweise aus dem alten Fall schon?", fragte er. „Ich könnte direkt nach Queens fahren und sie abholen ..."

„Nein, Sir, das wird nicht nötig sein ..."

„Haben Sie sie schon?" Marsh entging die ausweichende Antwort nicht. Der Typ erzählte ihm nicht alles.

„Nein, Sir." Walker stockte, als würde er überlegen, wie viel er ihm offenbaren sollte. „Die Beweise sind verschwunden. Vor etwa einem Monat wurde ein Streifenpolizist ermordet und seine Uniform gestohlen. Jemand benutzte sie, um für die Abholung der Beweise aus Ms. Maxwells altem Fall zu unterschreiben. Die Akte wurde nie zurückgegeben."

„Herrgott nochmal." Marsh fuhr sich mit der Hand durch sein kurzes Haar, dass es ihm an der Kopfhaut zog. Dieser Unbekannte war dreist und hatte einige Tricks auf Lager. „Haben Sie etwas aus den Kameraaufnahmen oder dem Abholprotokoll entnehmen können?"

Walker zögerte erneut und Marsh wurde langsam ernsthaft sauer.

„Das Einzige, worauf wir gestoßen sind, war Ihr Name, Sir."

Was zum Teufel? „Ich habe Ihnen doch gesagt, dass ich die Akten vor sechs Monaten eingesehen habe." Marsh runzelte die Stirn. Hatte er es Walker tatsächlich gesagt?

„Ja, Sir, aber der Unbekannte hat mit Ihrem Namen unterschrieben, als er die Akte entgegennahm.“

Warum zum Teufel sollte er das tun? Marsh verbiss sich zähneknirschend einen Fluch. „Vielleicht hat er das Protokoll überprüft, um zu sehen, wer diese Beweise noch angefordert hat ...“

„Mag sein.“ Walkers Antwort kam zu schnell.

„Brauche ich ein Alibi für gestern Abend, Special Agent Walker? Weil ich mir ziemlich sicher bin, dass ich Ihnen ein gutes liefern kann.“ Marsh hatte keine Zeit für diesen Scheiß. Er drehte dem schwarzen Lincoln den Rücken zu und setzte sich neben Josephine auf die Bank. Sofort war er sich ihres Geruchs und ihrer neugierigen blauen Augen bewusst.

„Es gibt über zweihundert Leute, plus meinen Partner, plus ein Date, die für den größten Teil des gestrigen Abends meine Anwesenheit in der *Total Mastery NY Gallery* am West Broadway bezeugen können.“

Josephine zog eine Augenbraue hoch, aber er wusste nicht, ob es die Tatsache war, dass er ein Alibi lieferte oder dass er ein Date gehabt hatte, die sie überraschte.

„Warum haben Sie sich die Beweise vor sechs Monaten angesehen?“ Walker lenkte seine Fragen in eine andere Richtung.

Auf keinen Fall würde Marsh Elizabeth Ward, seine ehemalige Agentin und Josephines beste Freundin, in diese Untersuchung hineinziehen. Nicht, nachdem Elizabeth alles aufgegeben und endlich ihr Leben zurückbekommen hatte.

„Josephines Vater war besorgt um sie.“ Marsh spürte, wie sie sich neben ihm versteifte, weigerte sich aber, in ihre Richtung zu schauen.

„Walter Maxwell?“, hakte Walker nach.

Marsh ließ den Kopf nach hinten sinken und reckte den Hals, während er durch halbnackte Äste zum grauen Himmel aufblickte. „So ist es“, antwortete Marsh, als er auch schon die nächste unausgesprochene Frage hörte: *Walter Maxwell, der vier-undzwanzig Stunden später tot aufgetaucht war?*

„Ich denke, wir brauchen eine Aussage von Ihnen, Sir."

Walker war ein kaltschnäuziger Bastard, das musste Marsh ihm lassen.

„Klären Sie das mit Direktor Lovine ab, dann erzähle ich Ihnen gern alles, was ich weiß." Ja, das würde er ganz gewiss nicht tun.

Marsh ärgerte sich normalerweise über die Macht und den Einfluss, die ihm sein Familienname und sein Vermögen einbrachten, aber im Moment bewahrten sie ihn davor, sich mit einer Menge Mist auseinanderzusetzen, der nicht zur Lösung dieses Falls beitragen würde. Direktor Brett Lovine und er waren zusammen auf die besten Schulen gegangen. Obwohl er persönliche Verbindungen selten zu seinem Vorteil nutzte, würde er sich nicht in eine verkorkste Verschwörungstheorie verwickeln lassen, während der wahre Mörder weitere Opfer forderte.

Josephine trommelte mit den Fingern gegen eine Holzlatte der Bank und kratzte an der abblätternden Farbe. Sie trug keine Ringe an den Fingern, und ihre Nägel waren sauber und kurz. Um sie zu beruhigen, legte er seine Hand auf ihre und war schockiert, wie kalt sie war.

„Vielleicht könnten Sie in der Zwischenzeit anfangen, ernsthaft nach dem Unbekannten zu suchen?" Marsh legte auf und griff hinüber, um Josephines andere Hand von den Riemen ihrer Tasche, die sie fest umklammerte, zu lösen. Der Kontakt fuhr ihm wie ein Stromschlag in den Magen. Sie wehrte sich einen Moment lang, aber dann schien sie nachzugeben und sackte gegen seine Schulter, als er ihre Finger zwischen seinen Handflächen rieb, bis sie anfingen, sich zu erwärmen.

Ihre Haut war glatt wie Seide und trotz der Drogen, mit denen sie ihn in jener Nacht vor sechs Monaten schwach gemacht hatte, erinnerte er sich noch sehr gut daran, dass andere Teile noch weicher waren. Verlangen durchzuckte ihn. Eine Erwiderung schoss wie ein Blitz durch ihre Augen, aber er sah auch Tränen darin. Ihre Augen glänzten feucht vor lauter angestauter Emotionen. Sie war sich seiner körperlichen Nähe bewusst, ja, aber da waren auch Kummer und Trauer. Elizabeth Wards Verschwinden hatte dazu geführt, dass sowohl Josephines Vater als auch Marion Harper, die Frau, die sie praktisch großgezogen hatte, von Gangstern ermordet worden waren, die versucht hatten, Elizabeth aufzuspüren. Er drückte ihre Finger. Kein Wunder, dass sie so durcheinander war.

„Meine Güte, wen haben wir denn hier?", hörte er Pru Duvall in ihrem langgezogenen Südstaatenton sagen.

Marsh verzog das Gesicht und sah zur Möchtegern-First Lady auf. Was machte sie auf dieser Seite von Manhattan? Soweit er wusste, hatten die Duvalls ein Apartment in der exklusiven Umgebung von Gramercy Park.

„Sie arbeiten schnell, Special Agent Marshall Hayes." Pru ließ ihren Blick an Josephines Figur auf und ab gleiten. „Wie ich sehe, bevorzugen Sie Ihre Begleiterinnen jung, dünn und blond."

Josephines Muskeln zuckten wie ein gespannter Bogen. Er ließ ihre Hände los, die sich zu knochigen Fäusten ballten, und legte seine Hand auf ihr Knie.

„Ms. Duvall, was für ein Vergnügen." Marsh machte sich nicht die Mühe aufzustehen. „Darf ich Ihnen eine sehr gute Freundin vorstellen, Miss Josephine Maxwell."

Pru Duvall lächelte Josephine steif an, die die ältere Frau wiederum rebellisch anfunkelte.

„Ach, jetzt erkenne ich Sie, Schätzchen. Sie sind das Opfer dieses schrecklichen Kerls, der mit einem Messer durch Manhattan rennt."

Josephine strich ihr blondes Haar über eine Schulter, schob seine Hand von ihrem Knie und erhob sich, während sie ihre Tasche über die Schulter warf. „Sie irren sich. Ich bin niemandes Opfer."

Sie drehte Pru den Rücken zu und funkelte auf ihn hinunter.

Das Funkeln in ihren Augen war aus purem Schneid und Höllenfeuer geschmiedet. „Kommst du?"

Die Sorge und der Frust der letzten zwölf Stunden wurden von seiner Bewunderung für ihren unbezähmbaren Geist verdrängt. Ohne ein weiteres Wort an Pru stand er auf und folgte Josephine den Weg zum Ausgang des Parks entlang, wohl wissend, dass er ihr überallhin folgen würde, wenn sie es nur zuließe.

❧

„WOHIN GEHEN WIR?" Marshs brummige Frage irritierte sie zutiefst. Sie wusste nicht, was sie mit den Gefühlen anfangen sollte, die er in ihr hervorgerufen hatte, als er erst zu ihrer Rettung herbeigeeilt war und dann ihre Hand gehalten hatte, während sie auf einer Parkbank am Washington Square saßen.

Der Schrecken, der sie erfüllt hatte, nachdem sie die Wohnung verlassen hatte, hatte sie aus dem Gleichgewicht gebracht, und sie war nicht stolz darauf, dass sie, als sie in Panik geraten war, Marsh angerufen hatte, anstatt den Notruf zu wählen.

Sie blickte über ihre Schulter und wartete darauf, dass er sie einholte. Pru Duvall warf ihnen einen vernichtenden Blick nach. Sie hatte Josie angesehen, als wäre sie etwas Widerliches, das man sich schnellstens von der Schuhsohle schaben musste.

„Sie ist scharf auf dich." Josie blickte in seine haselnussbraunen Augen auf, in denen Bernstein und Jade funkelten wie die Herbstblätter, die über die ganze Stadt verstreut waren.

Er schüttelte den Kopf. „Sie ist machtbesessen und will mich in die Knie zwingen."

„Oh, glaub mir, sie will ganz sicher, dass du vor ihr auf die Knie gehst, aber ich glaube nicht, dass es ihr dabei um Macht geht."

Er grinste und sie wandte den Blick ab.

Er verstörte sie. Er ließ ihre Gedanken abschweifen. Er ließ sie an Sex denken.

Alles an ihm zog sie an, von der Art und Weise, wie sein Anzug um seine breiten Schultern etwas spannte über seine langen, kräftigen Beine bis zu seinem perfekten Gesicht mit den markanten Wangenknochen und der vollen Unterlippe. Er roch sogar großartig, sauber und frisch wie das Meer.

Sie begehrte ihn.

Ihr Mund wurde trocken. Sie war fassungslos darüber, dass sie so etwas dachte. Während sie aufgewachsen war, war „Sex" immer ein Schimpfwort gewesen. Der Lieblingsspitzname ihres Vaters für sie war „Hure" gewesen, und das, wenn er guter Laune war. All die Jahre später schmerzten sie die unflätigen Worte ihres Vaters immer noch. Sie ballte ihre Hand zur Faust und verkrampfte die Finger so sehr, dass die Haut an ihren Knöcheln spannte. Sie hatte alles getan, um ihm das Gegenteil zu beweisen, um ihm zu zeigen, dass sie keine Hure war und dass sie nicht in der Gosse landen würde wie ihre Mutter oder der Whisky-liebende Säufer, der sie gezeugt hatte. Deshalb hatte sie nie einen Mann berührt, bis sie Anfang dieses Jahres Marsh verführt hatte. Das war eine Katastrophe gewesen, aber damals hatte es sich unglaublich gut angefühlt.

Irgendwie hatte dieser ultrakonservative Regierungsagent einen Schalter in ihr umgelegt, der sie dazu brachte, sich die Kleider vom Leib reißen und zur Sache kommen zu wollen, und das machte ihr höllische Angst. Aber nicht so sehr wie der Mann mit dem großen Messer.

Sie erschauderte.

Marsh legte seinen Arm um ihre Schultern, was sie zusammen-zucken ließ, und führte sie um eine Gruppe von College-Studenten herum, die trotz des kühleren Wetters alle Shorts trugen. Einige der Jungs musterten sie. Sie wusste, dass sie sich von den Blicken und dem Gemurmel geschmeichelt fühlen sollte, aber die Narben, die ihre Haut zierten, erinnerten sie daran, wie oberflächlich Schönheit war.

Vielleicht war es also nicht der Wunsch, sich ihrem Vater gegenüber zu beweisen, der sie davon abhielt, sich körperlichen Beziehungen hinzugeben. Vielleicht war es nichts weiter als pure Eitelkeit. Marsh so zu berühren, so eng an ihn gepresst zu gehen, ließ ihr Herz schneller schlagen und Erregung durch ihre Adern flattern. Sie hatte heterosexuelle Männer immer von sich gestoßen, weil sie Angst hatte, jemanden zu nah an sich heranzulassen. Aber im Moment hatte sie einen heterosexuellen Mann an ihrer Seite, der all ihre vielen Unzulänglichkeiten kannte, und auf einmal schienen diese gar keine so große Sache mehr zu sein.

Nun ja, wenn Narben ihr einziges Problem gewesen wären, hätte sie einfach das Licht ausgemacht ...

Aber sie war verkorkst, und das Ergebnis war, dass sie ihre Abwehrhaltung niemals wirklich aufgab. Sich auf andere zu verlassen war gefährlich, also stieß sie Marsh von sich weg. Er sah nur überrascht aus, dass sie so lange gebraucht hatte.

„Wie geht es jetzt weiter?", fragte sie.

„Ich nehme dich in Schutzhaft." Seine Stimme wurde tiefer, verführerischer und überzeugender. „Ich bringe dich in ein Safe House ..."

„Vergiss es."

Er holte Luft, als wollte er widersprechen, und zum ersten Mal in ihrem Leben fühlte sie sich gezwungen, ihm etwas zu erklären.

„Hör zu, Marsh. Die Behörden haben es sich zur Aufgabe gemacht, mich von der einzigen Person auf der Welt fortzureißen, der ich vertraut habe." An seinem Revers haftete ein Fussel. Sie konzentrierte sich darauf, ihn wegzuwischen, anstatt sich mit den Emotionen auseinanderzusetzen, die mit der Erinnerung an Marion aufstiegen. Ihr Blick blieb an seinem kräftigen Hals über seinem gestärkten weißen Kragen hängen. „Ich ertrage es nicht, noch einmal eingesperrt zu werden."

„Wärst du lieber tot?"

„Ich wollte abhauen, schon vergessen? Ich wollte verschwinden! Du bist derjenige, der darauf besteht, dass ich hierbleibe. Und ja, ehrlich gesagt wäre ich lieber tot, als in einem ‚Safe House‘ eingesperrt zu sein und darauf zu warten, dass mich jemand tötet." Ein Kloß verschloss ihr den Hals.

„Ehrlich gesagt gefällt mir diese Idee auch nicht", gestand er.

Der Wind blies ihr Haar in einem wilden Wirbel um ihr Gesicht. „Ich dachte, du willst diesen Kerl fangen?"

„Natürlich will ich das." Seine Finger drückten ihre Schultern, und sie sah zu ihm auf. „Aber nicht, wenn das bedeutet, dich in Gefahr zu bringen." Seine Finger fühlten sich durch ihre Jacke hindurch warm an, und ihr Druck nahm zu, als wollte er sie zwingen, ihm zu vertrauen.

Langsam beugte er sich vor und legte seine Stirn an ihre, wobei sich ihre Nasenspitzen berührten. Das war die intimste Geste, die sie jemals mit jemandem geteilt hatte, dieser Blick, der alles andere verschwinden ließ, und das mit einem Agenten, den sie erst monatelang gehasst und der dann monatelang ihre Fantasien dominiert hatte. Goldflecken glitzerten in seinen haselnussbraunen Augen, und seine Begierde glühte tief und heiß.

„Ich heuere privaten Schutz an ..."

„Ich kann für meinen Schutz verdammt nochmal selbst bezahlen." Es gefiel ihr nicht, im Visier eines Mörders zu sein, und sie war unerklärlicherweise enttäuscht darüber, dass Marsh sie nicht selbst bewachen würde. *Bewachen*, nichts weiter. Sie wich zurück.

„Josephine, ich kann dich nicht rund um die Uhr beschützen. Ich bleibe nachts bei dir, aber ich habe einen Fall zu lösen. Ich besorge dir Personenschutz, finde dich damit ab."

Frustriert atmete sie tief durch und erinnerte sich daran, was Elizabeth ihr über Marshs Ehrgefühl und seinen Glauben an Gerechtigkeit erzählt hatte. *Armer verblendeter Bastard.*

„Wohin warst du unterwegs?" Er blickte die Straße entlang, als würde er erst jetzt die Massen von Touristen und Kauflustigen bemerken.

„Es gibt eine Kunstgalerie auf der Mercer, die letzte Woche zwei meiner Gemälde verkauft hat. Ich wollte mit dem Besitzer darüber sprechen, welche neuen Bilder er von mir ausstellen könnte."

Er sah auf seine schicke Armbanduhr, als würde er im Geiste die Minuten zählen, die er in ihrer Gesellschaft verbringen musste. Sie knirschte mit den Zähnen und sah mit zusammengekniffenen Augen auf die Fugen im Bürgersteig. Warum war sie so wütend auf ihn, nur weil er seinen Job machte? Warum war sie überhaupt so aufgewühlt?

Das Leben hatte sie so gemacht, aber sie mochte das nicht an sich.

„Ich begleite dich. Dancer kann mich nachher ablösen, wenn ich bis dahin keinen anderen Freund hier in der Stadt erreichen kann. Du erinnerst dich doch an Steve Dancer, oder?"

Sie nickte. Es war schwer, Marshs Partner mit dem Technologie-Fimmel zu vergessen. Steve Dancer war nett zu ihr gewesen, selbst als alle anderen auf der Welt, einschließlich Marsh, sie abgrundtief gehasst hatten. Nicht einmal Nat Sullivan, Elizabeths neuer Ehemann, wollte sie um sich haben, nachdem sie Andrew DeLattio versehentlich auf seine abgelegene Ranch geführt hatte. Sie konnte ihm wohl kaum einen Vorwurf daraus machen, denn Elizabeth wäre beinahe gestorben, und das war Josies Schuld gewesen.

Ihre Schultern sackten herunter, als Marsh auf dem Weg zu ihrem Termin bereits mit einem Leibwächter telefonierte, dessen Nummer er auswendig kannte. Sie wollte ihr Leben zurück. Ihr nettes, sicheres, abgeschottetes kleines Leben, das ihr jetzt so leer und trostlos vorkam wie die Wüste.

An der Ecke des West Broadway stand ein Hot-Dog-Verkäufer, und der Duft berauschte sie mit jedem Atemzug mehr. Er erinnerte sie daran, dass sie seit gestern Mittag nur eine Scheibe Toast gegessen hatte.

„Möchtest du einen Hot Dog?", fragte sie Marsh und kramte nach Kleingeld in ihrer Handtasche.

Die Sonne blitzte zwischen den Wolken auf und traf sein dunkles Haar, um einen Hauch von Silber zu enthüllen, den sie zuvor nicht bemerkt hatte.

„Du willst hier auf der Straße essen?" Missbilligung lag in jedem seiner Worte.

„Ja." Sie wünschte, sie würde ihn nicht ganz so attraktiv finden, wünschte, sie hätte nie entdeckt, was sie als Siebenundzwanzigjährige, die nie Sex gehabt hatte, verpasst hatte. Davor war das Leben in Ordnung gewesen.

„Lass uns an einen anständigen Ort gehen ..."

„Das hier ist doch anständig." Sie schüttelte den Kopf und blies sich die Haare aus den Augen. Er war so ein Snob.

Er hatte eine Hand auf ihren Arm gelegt und deutete mit der anderen auf die Fliegen, die um den Ketchup-Spender herumschwirrten. „Das ist ja gesundheitsgefährdend."

Ernsthaft jetzt ... Sie verdrehte die Augen.

Die Sonne durchbrach nun endgültig die zerrissenen Wolken und schien warm auf seine gebräunte Haut. Er zog sie von dem einladenden Aroma fort, und widerwillig trippelte sie neben ihm her.

„Nun, es ist besser, etwas auf die Schnelle ..."

„Warum, Josephine?" Er blieb stehen und sah mit einem harten Funkeln in den Augen auf sie hinunter. „Ich dachte, Künstler wären Teil der Bohème, Freigeister? Warum hast du es immer so verdammt eilig, dass du dich nicht mal anständig um dich selbst kümmerst?"

„Ich habe Hunger, du Idiot." So ungerecht abgekanzelt zu werden, machte sie wütend und ließ ihr Temperament mit ihr durchgehen. „Ich kümmere mich sehr wohl um mich selbst." Sie legte ihren spitzen Finger auf seine Brust. „Ich habe sehr viel Übung darin, und abgesehen von diesem verdammten Serienmörder, der mir auf den Fersen ist, mache ich das ziemlich gut."

Der Menschenfluss wich ihnen aus und strömte um sie herum. Marsh warf einen mitleidigen Blick auf Josephines Erscheinung, von ihren Doc-Martens bis zu ihrer Lieblings-Armeejacke. Sie starrte zurück, wollte ihre Arme vor der Brust verschränken, wusste aber, dass das eher eine defensive als eine offensive Geste war.

„Du bist zu dünn. Ich könnte dich mit dem kleinen Finger umstoßen." Er machte es ihr nach und piekte seinen Zeigefinger in ihr Brustbein, zwischen ihre Brüste.

Die Welt blieb stehen. Die Zeit stockte. Die Menschen, die an ihnen vorbeirauschten, hörten auf zu existieren. Da war nichts als die Hitze in seinen Augen und die Energie, die zwischen den Berührungspunkten seines Fingers auf ihrer Brust und ihres Fingers auf seiner Brust zischte und kreiste, Funken durch ihr Herz und ihre Brüste wirbelte und ihr den Atem raubte.

Plötzlich presste sie ihre Hand flach auf sein weißes Baumwollhemd, als wollte sie ihn zurückhalten – aber das wollte sie nicht, und er wusste es. Er ließ langsam seine Hand sinken.

Sie war zum ersten Mal in ihrem Leben sprachlos und unterbrach ihre Verbindung ihrerseits ebenfalls.

„Komm schon." Er nahm sie sanft am Ellbogen und führte sie den Bürgersteig entlang. „Lass uns etwas essen gehen."

SIE ENTSCHIEDEN SICH FÜR EINEN KLEINEN IRISH PUB. Marsh bestellte ein Steak-Sandwich und Josephine bestellte Beef Pie, Pommes Frites und Orangensaft.

Marsh nippte an seinem Wasser, während sie schweigend dasaßen. Dieser Puls der Begierde, der sie auf der Straße gepackt hatte, erschütterte ihn. Vor sechs Monaten hatte er sie viel zu nah an sich herangelassen, und er war sich nicht sicher, ob er jemals darüber hinwegkommen würde. Die Sehnsucht nach ihr hatte sein Urteilsvermögen getrübt, seine Logik infrage gestellt und ihn dazu gebracht, das Gesetz zu brechen. Ganz zu schweigen davon, dass seine Agentin fast getötet worden wäre. Im Moment konnte er sich keine Ablenkung leisten, denn diesmal wäre es Josephines Leben, das auf dem Spiel stand.

Ihnen wurden zwei voll beladene Teller serviert, und sie schlugen begierig zu. Sie würde ihre Portion unmöglich schaffen können. Zuerst ertränkte sie ihre Pommes in Essig, dann tauchte sie sie in Ketchup und verschlang sie dann, als wäre sie kurz vorm Verhungern. Eine Pommes nach der anderen verschwand zwischen ihren zarten Lippen, und ihre rosige Zunge leckte das Salz ab.

Sie erwischte ihn dabei, wie er sie beobachtete. „Was?"

Marsh schüttelte den Kopf und starrte auf das schnell verschwindende Essen. „Ich hoffe, du tust das nicht, um mich zu beeindrucken."

„Ich bin am Verhungern." Sie wischte sich mit einer Serviette den Mund ab und hielt inne. „Und du weißt, dass ich selten etwas tue, um jemanden zu beeindrucken."

„Außer bei Marion?" Er beobachtete ihre Reaktion.

Die Gabel stockte mitten in der Luft und sie erstarrte. „Ich hätte alles für Marion getan", gab sie zu.

„Was ist mit deiner leiblichen Mutter passiert, Josephine?"

Der Schmerz war unter dem wütenden Blick begraben, den sie ihm zuwarf, und er bereute es sofort, sie provoziert zu haben, als sie die Gabel weglegte und aufhörte zu essen. Die Frau musste aufgepäppelt werden. Sie war dünner als im Frühjahr und konnte es sich nicht leisten, auch nur ein Pfund mehr zu verlieren.

Er verstand nicht, warum sie ihn so anzog. Ihre Probleme waren so groß wie das Empire State Building. Der Puls über ihrem Schlüsselbein flatterte zart, als sie mit den Schultern zuckte, und er wollte genau diese Stelle küssen.

„Sie ist abgehauen." Ihr Blick huschte nach rechts, was großartig gewesen wäre, wenn Marsh nicht gewusst hätte, dass sie Linkshänderin war, denn auch die körperlichen Hinweise für

Lügen – die selbst unter idealen Umständen nicht unfehlbar waren – zeigten sich bei Linkshändern normalerweise auf der anderen Seite.

Aber warum sollte sie lügen?

„Wie alt warst du, als sie weggegangen ist?" Er beobachtete, wie sich ihre Lippen kräuselten, als sie über seine Frage nachdachte.

„Neun."

Sie war neun gewesen, als sie angegriffen worden war.

„Deine Mutter hat euch verlassen, nachdem dich ein Psycho angegriffen hat?" *Was für eine Frau tat so etwas?*

Ihr Haar fiel ihr ins Gesicht, als sie den Kopf schüttelte. Sie nahm die Gabel wieder auf und spießte ein Stück Rindfleisch aus der dicken, duftenden Soße auf.

„Sie ist vorher gegangen." Sie steckte das Fleisch in den Mund und kaute. „Ist mit einem Typen aus unserer Kirche durchgebrannt."

„Hast du gerade *Kirche* gesagt?" Marsh hob schockiert eine Augenbraue.

Josephine grinste ihn böse an. „Ja. Ich war ein frommes kleines katholisches Mädchen bis zu dem Tag, an dem ich herausfand, dass das alles mächtiger Unsinn ist."

„Und du hast nie wieder etwas von deiner Mutter gehört?" Er hakte nach, unsicher warum, abgesehen von dem Wunsch herauszufinden, wie sie tickte. Der leere Ausdruck auf ihrem Gesicht ließ ihn wünschen, er könnte Gedanken lesen.

„Ich habe sie nie wiedergesehen." Sie lächelte traurig. „Ich kann es ihr nicht verdenken, dass sie sich aus dem Staub gemacht hat." Ihre blauen Augen trübten sich. „Nun, du hast meinen Vater ja kennengelernt, nicht wahr?"

Er nickte. Er hatte ihren Vater tatsächlich kennengelernt, diesen Dreckskerl, der bereit war, das Leben seiner Tochter für eine Flasche Whisky zu riskieren. Aber was für eine Mutter ließ ihr Kind in der Obhut eines solchen Mannes zurück?

Josephine aß ihre letzten Pommes und trank ihren Saft, während er mit seinem Essen spielte. Walter Maxwells winzige Wohnung war von Kakerlaken übersät und dreckig gewesen. Marshs Magen rebellierte allein bei der Erinnerung, und er schob sein Sandwich von sich. Josephine war als Kind durch die Hölle gegangen. Sie hatte es nicht verdient, durch die Hände eines Psychopathen zu sterben. Andererseits, wer verdiente das schon?

Sein Handy klingelte. Es war Dancer. „Stört es dich, wenn ich diesen Anruf annehme?", fragte er.

Sie schüttelte den Kopf.

„Sie haben uns einen Namen für die Quelle des Gemäldes gegeben. Das wird dir nicht gefallen", sagte Dancer.

Was könnte ihn jetzt noch umhauen? „Sprich weiter."

Ein Riese trat durch den Eingang des Restaurants und sah sich um, bis er Marsh entdeckte. Marsh winkte ihn zu sich.

„Die Firma, die den angeblich gestohlenen möglichen Vermeer verkauft hat, ist die Blue Steel Trading Corporation. Im Besitz der Gattin von Senator Brook Duvall. Prudence."

„Das soll doch wohl ein Scherz sein. Warte eine Minute." Marsh stand auf und blickte zu dem dunkelhäutigen Koloss auf, der einst unter ihm in der Marine gedient hatte. Er grinste, als er Vince die Hand schüttelte, dankbar, dass sie Freunde waren. „Schön dich zu sehen, Vince. Vincent Brandt, ich möchte dir Josephine Maxwell vorstellen. Josephine, das ist Vince."

Sie beäugten einander wie eine Schlange und ein Erdmännchen.

„Ich muss jetzt los. Lass sie nicht aus den Augen, bis ich heute Abend zurückkomme, Vince." Marsh blickte auf das engelsgleiche Antlitz des ersten Opfers des Blade Hunters hinab. „Und glaub kein Wort von dem, was sie sagt. Sie ist eine zwanghafte Lügnerin und verdammt gut darin."

Kapitel Sechs

Marsh beugte sich über den Tisch, auf dem die Buchhaltungsunterlagen ausgebreitet waren. Er war zurück im Federal Plaza und begann sich zu fragen, ob er sein Büro oder sein Zuhause in Boston jemals wiedersehen würde, obwohl New York City von Minute zu Minute attraktiver wurde.

Dancer spähte dreiundzwanzig Stockwerke aus dem Fenster hinunter, wo der Verkehr aus Spielzeugautos zu bestehen schien und die Menschen zweibeinige Ameisen waren, die von A nach B eilten. Ein Spatz hüpfte auf einem Balken, doch als Dancer an die Scheibe klopfte, flog er davon. Marsh ignorierte ihn, weil er wusste, dass sein Partner frustriert über die Wendung in der Untersuchung war. Sie standen kurz davor, in einen politischen Sumpf hineinzuwaten und konnten es sich nicht leisten, etwas zu vermasseln.

„Blue Steel Trading Corp hat das Gemälde also vor sechs Monaten für 100.000 Dollar verkauft?", fragte er.

„Ja. Was übrigens auch nicht dem geschätzten Wert des Gemäldes entspricht." Aiden Fitzgerald, ein renommierter Kunstexperte, der gleichzeitig verdeckter FBI-Agent war, musterte ein

Foto des Gemäldes, das auf einem Bildschirm zigfach vergrößert war. „Selbst mit der Unterschrift von De Hooch ist es locker eine halbe Million wert."

„Vielleicht brauchte der Verkäufer schnell Geld?"

„Oder er wusste, dass es sich um Diebesgut handelte, und wollte es loswerden", gab Dancer zu bedenken.

„Mindestens eine Person hat sich die Mühe gemacht, das Gemälde professionell reinigen zu lassen." Aiden lehnte sich in seinem Stuhl zurück – in perfekter Haltung und perfekt gekleidet. Er tippte die Finger aneinander und hob die manikürten Nägel dann an die Lippen. Die New Yorker Kunstszene war sein Revier, und er passte genau dort hinein. „Die De Hooch-Signatur sieht aus, als wäre sie schon seit Jahren da. Angenommen, darunter ist irgendwo eine Vermeer-Signatur versteckt – was im Moment noch ein großes Fragezeichen ist – warum wurde sie dann überpinselt?"

„Vielleicht, weil das plötzliche Auftauchen eines Vermeers für internationales Aufsehen sorgen würde? Vielleicht wollten sie diese Art von Medientrubel vermeiden?"

Aidens Blick wanderte zu Marsh. Die zwei Weltkriege waren Zeiten großer Umwälzungen gewesen, während derer viele Wertsachen aus den unterschiedlichsten Gründen den Besitzer gewechselt hatten. Menschen hatten ihren Reichtum und ihre Beute auf verschiedene Weisen versteckt.

„Der letzte Vermeer-Fund, der von vielen immer noch angezweifelt wird, wurde 2004 für dreißig Millionen verkauft." Aiden legte seine Hände auf die blütenweiße Kopie des Kaufvertrags. „Johannes Vermeer hat in seinem Leben bekanntlich nur drei Dutzend Gemälde geschaffen. Die meisten befinden sich in Museen, eines ist, wie Sie wissen, als gestohlen aus dem Gardner-Museum aufgeführt." Er atmete langsam aus und zupfte an seinen Lippen, während er das Foto noch einmal untersuchte – das Original wurde immer noch in einem nahen Labor unter strengeren Sicherheitsvorkehrungen als bei den Vereinten Nationen zu

Beweiszwecken bearbeitet. „Ich denke immer noch, dies könnte das Original sein. Vorausgesetzt, es ist keine verdammt gute Fälschung. Der Einsatz von Licht ...“ Seine Stimme versagte vor Bewunderung, dann schaute er auf. „Es könnte heute bei einer Auktion fünfzig Millionen einbringen – locker.“

„Warum ist es dann bei einer kleinen Galerieeröffnung in Manhattan aufgetaucht?“, fragte Marsh und rieb sich die müden Augen. Die Faradays mussten doch gewusst haben, dass das Bild mehr wert war als den Preis, den sie dafür bezahlt hatten ... Aber andererseits existierten genau deshalb Kunsthändler, nicht wahr? Um sich damit ein paar Dollar zu verdienen. „Was stand auf dem Preisschild gestern Abend in der Galerie?“, erkundigte sich Marsh.

Dancer stieß sich vom Fenster ab und ging zum Schreibtisch hinüber, um auf eine Zahl auf einer Liste zu deuten. „Achthundert Riesen.“ Er pfiff und ließ sein jungenhaftes Grinsen aufblitzen. „Ein Schnäppchen.“

Marsh trommelte mit den Fingern auf den Schreibtisch.

Pru Duvall hatte neben ihm gestanden, direkt vor diesem Gemälde, und hatte keinen einzigen Blick darauf geworfen. Überhaupt hatte sie an nichts außer an seinem Date Interesse gezeigt. Es war möglich, dass sie nichts von den alltäglichen Transaktionen der Blue Steel Trading Corp wusste und das Gemälde noch nie zuvor gesehen hatte. Aber wenn sie sich nicht für Kunst interessierte, was zum Teufel machte sie dann bei einer Galerie-Eröffnung in New York City? Er traute Pru Duvall nicht, und ihr Mann war ein Arschloch. Aber er war eben vor allem ein gut vernetztes Arschloch.

Die Duvalls steckten wohl ihr politisches Revier ab, und in der New Yorker Kunstszene wimmelte es von wohlhabenden, einflussreichen Leuten. Wer sonst könnte es sich schließlich leisten, achthunderttausend Dollar für ein Gemälde auszugeben?

„Befrag die Duvalls, Steve, aber sei sehr zurückhaltend, sehr inoffiziell. Wenn möglich bei ihnen zu Hause.“ Marsh sah auf seine Armbanduhr und fragte sich, wie Josephine und Vince wohl miteinander auskamen. Er zückte sein Handy und wählte Vinces Nummer. „Was hat der Admiral gesagt, als du ihm gesagt hast, dass wir das Gemälde gefunden haben?"

Ein Hauch von Farbe ließ Dancers Sommersprossen verschwinden, und er hatte den Anstand, betreten auszusehen. „Ich, äh, habe ihn nicht erreicht." Er scharrte mit den Füßen, bevor er sich an den Tisch lehnte. „Die Haushälterin sagte, er sei auf einem Angelausflug in Alaska."

Dancer war der beste Elektronikexperte, den er kannte, aber der Mann konnte nicht gut mit einflussreichen Leuten umgehen. Er konnte jede Frau mit den Grübchen in seinem schlichten Lächeln bezaubern, aber bei Autoritätspersonen wurde er sprachlos.

„Ich bin mir ziemlich sicher, dass es in Alaska Telefone gibt, Steve." Marsh knirschte mit den Zähnen, als es bei Vince läutete, und er keine Antwort bekam. „Ruf das FBI-Büro in Anchorage an und lass ihn aufspüren."

Es war vier Uhr nachmittags. Marsh rieb sich die Schläfe und fragte sich, was Vince und Josephine wohl trieben. Und warum gingen sie nicht ans Telefon?

„SIE IST ZU GROSS."

„Sie halten sie falsch."

„Wie zum Teufel läufst du nur mit diesem Ding herum?" Josie verrenkte ihren Hals, um zu Vince aufzublicken. Sein Lachen begann irgendwo in seinem Magen und bahnte sich seinen Weg über seine Lippen. Sie spürte, wie die Vibration ihren Rücken hinauf wanderte, weil er dicht hinter ihr stand. Mit einer riesigen Hand nahm er die Waffe aus ihrem beidhändigen Griff, steckte das Magazin ein und schob sie mühelos zurück in sein Halfter.

Die Kanone sah in seinen Händen winzig aus.

„Es ist eine Desert Eagle Pistole, Ma'am." Vinces Augen waren dunkler als Schokolade und blitzten mit dem harten, polierten Glanz eines Soldaten. „Sie wiegt mit geladenem Magazin mehr als vier Pfund."

Sie schüttelte ihre Hände und rieb ihre schmerzenden Handgelenke. „Nun, schade. Das nutzt mir nichts."

Er sah sie stirnrunzelnd an, und sie sah, wie der Diamantstecker in seinem Ohr blitzte. „Suchen Sie eine Selbstverteidigungswaffe?"

„Nein, ich denke darüber nach, Washington zu überfallen." Sie stemmte eine Hand in die Hüfte und rollte mit den Augen. „Natürlich suche ich eine Selbstverteidigungswaffe."

Gott, schon der Gedanke ließ sie zusammenzucken. Sie hatte nichts als Verzweiflung gespürt, als sie durch das Visier dieser Monsterpistole geschaut hatte. Und Verzweiflung bedeutete Angst.

Sie hasste Angst. Sie hasste Waffen. Sie kaute auf ihrer Unterlippe. *Das Leben ist scheiße. Finde dich damit ab.*

Elizabeth war in ihren verspäteten Flitterwochen mitten im Nirgendwo, sonst hätte sie sie um Rat gefragt. Aber sie würde erst nächste Woche zurückkommen, und Josie bezweifelte, dass Nat es begrüßen würde, wenn sie ihre traute Zweisamkeit störte.

Josies Finger schmerzten, weil sie so fest zusammengeballt waren, also entspannte sie ihre Hände und wünschte, sie könnte sich genug konzentrieren, um etwas zu malen, aber selbst das war ihr im Moment zu viel.

Ein Aufblitzen weißer Zähne überraschte sie. Vince lächelte.

„Das können wir arrangieren."

„Du hilfst mir, eine Waffe zu besorgen? Eine kleine?" Erleichtert darüber, die Initiative zu ergreifen, anstatt darauf zu warten, dass dieser Mörder wieder auftauchte, schnappte sie sich grinsend ihre Tasche und rannte die Stufen zur Tür hinauf. „Wohin gehen wir? Brauche ich Bargeld? Wie viel?"

Vince schaute sie an, kniff die Augen zusammen und schätzte sie ab. „Nun, wir brauchen zunächst einen Ausweis mit Foto." Er ging zu den großen Fenstern an der Vorderseite ihrer Wohnung, untersuchte die Jalousien und schloss sie dann. Das Sonnenlicht blieb draußen. „Ein Reisepass oder Führerschein tut es auch. Und wir müssen das Antragsformular online ausfüllen ..."

„Antragsformular?" Sie hatte schon die Haustür erreicht, aber bei seinen Worten sackten ihre Schultern herab, zusammen mit ihrer Stimmung. Sie griff nach der Türklinke.

„Für einen Waffenschein. Berühren Sie diese Tür nicht, bis ich es sage, junge Dame."

Sie verdrehte die Augen und fragte: „Und wie lange wird es dauern, einen Waffenschein zu bekommen?"

„Lange genug, um Ihnen beizubringen, wie man eine Pistole benutzt." Vince warf ihr einen dieser eindringlichen Blicke zu, die Marsh so gut beherrschte. So was schien man im Navy Boot Camp zu lernen.

Sie war zu verärgert, um höflich zu bleiben, legte einen Zeigefinger an die Lippen und schwang die Hüfte. „Hm, ich frage mich, ob dieser mörderische Bastard daran gedacht hat, sich eine Erlaubnis zum Tragen verborgener Messer zu holen, bevor er anfing, Frauen abzuschlachten. Ich schätze, wir sollten eine Eilmeldung darüber veröffentlichen, hm?"

„Finden Sie das lustig?" Vinces Ernst machte sie unruhig, und unruhig zu sein machte sie sauer.

Sie griff nach der Türklinke.

„Wagen Sie es nicht ..." Vince schrie nicht, aber seine Stimme war dennoch wie ein Überschallknall, der den Backstein durchdrang, und trotz seiner riesigen Statur stürzte er sich mit der Schnelligkeit eines zuschnappenden Krokodils auf sie. Aber sie war schneller.

Sie riss die Tür weit auf und sprang dann erschrocken zurück, als sie bemerkte, dass dort ein Mann stand. Ihr Herz schlug ihr bis zum Hals, als Vince auch schon seine Waffe zog und mit einem Satz bei ihr war.

„Zurück!" Er drückte sie gegen die Wand, während Special Agent Sam Walker eine tödlich aussehende Pistole zog und sie auf Vinces breite Brust richtete.

„Nein, nein, nein! FBI!" Josie bemühte sich, sich zu bewegen, versuchte, sich vor Vince zu stellen, aber seine Hand lag wie eine Metallklammer auf ihrer Brust. „Er ist vom FBI! FBI!", schnappte sie. Josie beobachtete, wie die Mienen der Männer von kriegerisch zu argwöhnisch umschlugen.

„Ausweis." Vinces Stimme duldete keinen Widerstand.

Zum Glück widersprach Sam Walker auch nicht, sondern klappte seine Jacke auf, um das goldene Abzeichen mit dem Adler darauf zu enthüllen, und Vince senkte seine Waffe, ließ sie aber nicht los. Tatsächlich verstärkte sich der Druck seiner Handfläche auf ihrem Brustbein, und Josie fiel es schwer, Luft zu bekommen. Wie komisch, dass jetzt keine Funken der sexuellen Erregung in ihr sprühten, anders als vorhin, als Marsh sie berührt hatte.

Ungefähr so komisch wie ein Herzinfarkt.

Langsam und mit unendlicher Sorgfalt steckte Vince seine Waffe weg, zog seine Brieftasche hervor und kramte einen Ausweis heraus. „Ich bin Ms. Maxwells persönlicher Leibwächter. Ich entschuldige mich dafür, dass ich eine Waffe auf Sie gerichtet habe, Sir."

Walker besaß tatsächlich die Frechheit, amüsiert dreinzuschauen, als er den Ausweis zurückgab und Vince sie weiter an die Wand drückte. Ihre Wangen fühlten sich heiß an, und ihre Lunge kämpfte mit dem Gewicht, das gegen sie drückte.

„Ich habe doch nur die Tür geöffnet", keuchte Josie.

„Sie haben einen direkten Befehl missachtet, Missy."

Missy? „Ich bin kein ..." Ihre Sicht begann zu verschwimmen. Sie wollte sich nicht entschuldigen. Sie hatte diesen Kerl nicht um Hilfe gebeten. „Ich bin kein ... verdammter Militär ..."

„Ich bin ein Marine." Vince drehte den Kopf zu ihr. „Wenn Sie wollen, dass Leute wie ich und Special Agent Walker umgebracht werden, benehmen Sie sich nur weiter wie ein verwöhntes Gör." Josie knirschte mit den Zähnen, unfähig, auch nur ein Wort aus ihren brennenden Lungen zu pressen. Sie war hier die Zielscheibe und dennoch war sie die Einzige ohne Waffe. Wie konnte das gerecht sein?

Ich habe nicht um Hilfe gebeten ...

Dunkle Augen fixierten sie, als sich die Welt in ihrem Inneren zu drehen begann, aber sie würde sich auf keinen Fall dafür entschuldigen, dass sie ihre eigene Haustür geöffnet hatte.

§

DIE TÜR ZU JOSEPHINES WOHNUNG STAND WEIT OFFEN. Marsh blickte die Treppe hinauf und rannte los, löste den Schnappverschluss von seinem Halfter und legte seine Hand auf den Griff seiner Glock. Er trug sie immer geladen.

Doch jemand rief ihm zu, als er oben an der Treppe ankam.

„Regen Sie sich nicht zu sehr auf, Hayes." Special Agent Sam Walker kam gerade aus der Vordertür, und die Müdigkeit zeichnete tiefe Falten um seine Augenränder.

Marsh steckte seine Waffe wieder ins Halfter. „Wo ist Josephine? Geht es ihr gut?" Er bahnte sich einen Weg an dem anderen Agenten vorbei und blieb abrupt stehen, als er Vince erblickte, der sich über eine auf dem Sofa liegende Gestalt beugte.

„Was ist passiert?"

Vince richtete sich auf und schüttelte den Kopf. „Mein Fehler. Ich habe die Menge an purer Sturheit, die durch ihre Adern fließt, unterschätzt. Sie ist ohnmächtig geworden, anstatt zuzugeben, dass sie einen Fehler gemacht hat."

Von der Couch kam ein Schnauben. Josephine kämpfte darum, sich aufzusetzen, aber Vince legte seine Hand auf ihren Kopf. „Bleiben Sie noch eine Minute liegen, okay?"

Zu Marshs Überraschung nickte Josephine und gehorchte. Die Jalousien waren zugezogen, wahrscheinlich zum Schutz vor Scharfschützen, obwohl Marsh bezweifelte, dass der Blade Hunter auf diese Weise angreifen würde. Es wäre nicht persönlich genug. Etwas bewegte sich in seinem Augenwinkel. Sam Walker ging an ihm vorbei die Stufen hinunter in den Sitzbereich.

„Kann ich bitte etwas Wasser haben?" Josephines Stimme war süß und verführerisch. Hitze durchfuhr ihn. Als er diesen Ton das letzte Mal gehört hatte, hatte sie ihn gebeten, mit ihr zu schlafen.

Würde sie diese Taktik auch bei jemand anderem anwenden? Sam Walker ging in die Küche, und Marsh sah ihm nach, während Verärgerung unter seiner Haut brannte. *Verdammt.* Er schüttelte über sich selbst den Kopf, weil er so höllisch eifersüchtig war.

„Dein Leibwächter hat mich fast umgebracht." Sie sah erbärmlich und zerbrechlich aus, wie sie da auf der großen scharlachroten Couch lag und Vince über ihr aufragte. Dieselbe Frau, die ihn einmal so rücksichtslos in die Eier getreten hatte, dass er fast ohnmächtig geworden wäre.

„Ja, ich dachte mir, dass Vince der richtige Typ dafür ist, Frauen umzuhauen. Deshalb habe ich ihn ja angeheuert." Er warf dem ehemaligen SEAL einen wissenden Blick zu. „Mal ehrlich, irgendwie bezweifle ich, dass Vince daran schuld ist."

Sam Walker kam mit einem Glas Wasser zurück.

„Special Agent Walker hat es gesehen – nicht wahr, Sam?" Josephine warf dem Hurensohn ein zittriges Lächeln zu, und er nickte mit einem zustimmenden Lächeln.

Finstere Gefühle krochen durch Marshs Eingeweide. *Toll.* Wieder einmal hatte sie ihn auf seine Emotionen reduziert und seine Logik ausgeschaltet.

Er seufzte und sank neben ihr auf die Couch. Sie zog ihre Beine an, um ihm Platz zu machen. Ihr Paar abgewetzter Stiefel lag nur wenige Zentimeter von seiner Anzughose entfernt. Er hob einen auf, löste die Schnürsenkel, zog den Stiefel von ihrem Fuß und ließ ihn auf den Boden fallen, bevor er ihren Fuß sanft zurück auf die Couch legte. Er tat dasselbe mit dem anderen Fuß und sah, dass Agent Walker ihn mit einem nachdenklichen Funkeln in seinen müden Augen beobachtete. Marsh ließ ihren anderen Fuß fallen, der auf dem Kissen abprallte, und hatte nicht einmal die Kraft zu lächeln, als sie ihre Füße unter ihren kecken Hintern steckte, während sie sich aufrecht hinsetzte.

Riesige Leinwände bedeckten die Wand hinter Walkers Kopf und lenkten Marshs Blick ab. Die Farben waren weiße Flammen mit gelegentlichen intensiven Farbspritzern, die sich wanden und drehten, als ob sie versuchten zu entkommen. Er erinnerte sich an das erste Mal, als er die Bilder gesehen hatte. Atemberaubend, eindrucksvoll – wie die Frau, die sie malte.

„Willst du mir erzählen, was passiert ist? Oder sollen wir einfach so tun, als wäre nichts geschehen?", fragte Marsh. Seine Anspannung verdichtete sich zu Kopfschmerzen, die ihm das Hirn aus dem Schädel zu hämmern drohten.

Vince runzelte die Stirn und warf ein: „Ich weiß nicht, ob ich sie beschützen kann, wenn sie sich weigert, grundlegende Anweisungen zu befolgen." Seine Augen waren auf Marsh gerichtet, intelligent, loyal. Seine Worte waren geschickt gewählt und stichelten Josephine, etwas, das sie nicht vertragen konnte.

„Ich brauche Du sowieso nicht. Ich werde verschwinden. Ich weiß auch schon wie."

„Ja, das hat letztes Mal ja auch so gut geklappt." Marsh war vorsichtig mit seinen Worten in Gegenwart von Sam Walker, aber ihr schmerzliches Zusammenzucken zeigte ihm, dass er genug gesagt hatte. Die Mafia hatte sie aufgespürt, nachdem sie ihren Vater und die Frau, die sie großgezogen hatte, gefoltert und ermordet hatte. Wenn Marsh ihr nicht gefolgt wäre, wäre sie jetzt wahrscheinlich auch tot. Ihre Blicke trafen sich, und ihre blauen Augen funkelten so lebhaft, dass sie aussahen, als wäre die Farbe auf eine frische Leinwand gekleckst worden.

Sam Walker nahm neben Vince auf der gegenüberliegenden Couch Platz und sah neben ihm winzig aus.

„Ich glaube nicht, dass es eine gute Idee ist, unterzutauchen." Walkers Ton war gedämpft.

Josephine rang die Hände.

„Wieso? Was haben Sie herausgefunden?", fragte Marsh.

Walker zog einen Ordner aus seiner Tasche, und sein nüchterner Blick machte Marsh hellwach.

„Detective Cochrane hat bereits Ende der 90er Jahre eine Liste möglicher Opfer erstellt, die mit diesem Mörder in Verbindung stehen. Zwei Fälle aus New Mexico und zwei aus D.C. Ich bin alle Aufzeichnungen noch einmal durchgegangen, um zu versuchen, weitere mögliche Opfer zuzuordnen ..."

„Auf welcher Grundlage stellen Sie die Verbindungen her?"

Sam blickte in die Runde. „Was ich Ihnen jetzt sagen werde, ist streng geheim. Wenn eine dieser Informationen durchsickert, werde ich Sie alle wegen Behinderung der Justiz festnehmen lassen." Er stützte seine Ellbogen auf seine Knie und hielt einen Stift locker zwischen seinen Fingern. „Sogar Sie, Sir." Er nickte Marsh zu.

Marsh nahm an, dass er sein Alibi für die Morde überprüft haben musste. Er war also aus dem Schneider. *Vorerst.* „Warum erzählen Sie es uns dann?"

„Weil ich weiß, dass Sie genug Einfluss haben, um so oder so an diese Informationen zu gelangen, und weil ich die Illusion von Kontrolle mag." Walker schien von Marshs Status nicht sonderlich beeindruckt zu sein, und Marsh respektierte ihn dafür umso mehr. Aber er würde natürlich alles tun, um Josephine vor diesem Mörder zu beschützen. Walker sah Josephine eindringlich an. „Und weil ich glaube, dass Sie das erste Opfer waren."

„Ich bin kein O..."

„Sind Sie sicher?" Marsh unterbrach die Verleugnung, die ein wesentlicher Bestandteil von Josephines Existenz war.

Walker nickte und griff nach einem Bild oben auf dem Stapel. „Ich habe mich anfangs auf diese Frau in New Mexico konzentriert, weil ich dachte, sie wäre das erste Opfer. Ihr Name ist Donna Viera. Sie wurde vor sechzehn Jahren ermordet."

Das Foto glitt mit einem leisen Zischen über die Oberfläche des Couchtisches, bei dem sich Marshs Nackenhaare aufstellten. Blond. Schlank. Ihr Körper war mit einer Reihe von kreuz und quer verlaufenden Mustern bedeckt, die stark geblutet hatten und ihre Haut überzogen.

„Todesursache?", fragte Marsh.

Josephine wandte den Blick ab und nippte an ihrem Wasser. Vince beugte sich über den Tisch und blickte auf die Fotos des ritualisierten Schlachtens.

„Sie ist verblutet." Walker zog ein weiteres Foto heraus und legte es neben das von Donna Viera. *Angela Morelli.* Die Frau von unten. *Zwei Jahrzehnte später, und der Hurensohn tötete immer noch.* Marsh versuchte, die Wut im Zaum zu halten, die ihn durchströmte.

„Diese Opfer sind wahrscheinlich das Werk derselben Person. Beide Opfer sind blonde, weiße Frauen, Ende Zwanzig bis Anfang Dreißig – attraktive Frauen."

Josephine stellte ihr Wasser abrupt ab und verschüttete es. „Ich hole ein Tuch." Sie war halb aufgestanden, aber Marsh legte eine Hand auf ihren Oberschenkel und hielt sie fest. Vince stand auf, um nach einem Geschirrtuch zu suchen. Marsh wusste, dass sie sich dem hier entziehen wollte, aber es war wichtig, dass sie verstand, in welcher Gefahr sie sich befand.

„Angela Morelli war keine echte Blondine." Walker zeigte auf den Schambereich der Frau. „Er hat ihre Genitalien gehäutet, wahrscheinlich als Strafe."

Eine Welle des Ekels stieg in seiner Kehle auf, aber Marsh unterdrückte sie. Josephine hielt sich die Hand vor den Mund, als Vince ihr das Tuch reichte. Es baumelte nutzlos zwischen ihren Fingern, also nahm Marsh es ihr ab und wischte das Wasser auf, das sie verschüttet hatte.

„Was ist sein Modus Operandi?", fragte Marsh.

Walker warf Vince einen Blick zu. „Ich weiß, dass Sie ein ausgezeichneter Soldat und ein Kriegsheld sind und so, aber wenn das hier nach draußen gelangt ...“

„Ich hatte bis vor drei Monaten Zugang zur höchsten Sicherheitsstufe, und Sie glauben, ich habe die Regeln bereits vergessen?“ Vinces amüsierter Gesichtsausdruck täuschte Marsh nicht. Die Zweifel an seinem Charakter beleidigten den Ex-SEAL.

„Vince ist die diskreteste Person, der Sie jemals begegnen werden“, versicherte Marsh.

„Und die gesetzestreueste.“ Josephine warf Vince einen bösen Blick zu, aber er erwiderte ihn mit einem leisen Lächeln und einem Augenzwinkern.

„Ich denke, Sie alle müssen verstehen, wozu dieser Mörder fähig ist.“ Walker zog zwei weitere Fotos heraus. Zwei weitere Frauen, die brutal ermordet worden waren.

„Diese Frauen wurden in ihren eigenen Häusern angegriffen. Sie waren ledig und während des Angriffs allein. Er verbringt viel Zeit mit den Opfern, wenn er kann. Den Beweisen zufolge mehrere Stunden.“

Josephine öffnete den Mund, um zu sprechen, schloss ihn aber wieder, ohne ein Wort herauszubringen.

Walker fuhr fort. „Die Beweise deuten darauf hin, dass er sie knebelt, sie an ihre Betten fesselt und sie dann schneidet. Immer wieder.“

„Irgendwelche DNA oder Spuren?“, fragte Marsh hoffnungsvoll wider aller Erwartungen.

Walker schüttelte den Kopf. „Nichts hat bislang eine brauchbare biologische Probe ergeben, bis auf das Blut, das wir auf dem Boden im Foyer gefunden haben, als Sie ihn gebissen haben, Josephine. Das ist ein echter Durchbruch. Die Analyse ist noch nicht zurück, aber sie beeilen sich.“

„Hoffen wir, dass er im System erfasst ist“, murmelte Marsh.

Mit einem Blick auf Josephine sagte Sam leise: „Nach dem, was Sie uns erzählt haben, gehen wir davon aus, dass er eine Art

Hut oder Maske trägt, zumindest bis er das Opfer gefesselt hat.“

„Warum schneidet er sie?“ Josephines Stimme klang schrill.

Walker zuckte mit den Schultern. „Piquerismus? Manche Menschen empfinden sexuelle Befriedigung beim Schneiden oder Stechen. Oder dabei, ihrem Opfer Schmerzen zuzufügen.“

Josephine schauderte und wandte sich ab. Ihre Haut war so blass, dass das Blau ihrer Adern auf ihren Handrücken sichtbar war.

„Spuren von sexuellen Übergriffen?“, hakte Marsh nach.

Walker schüttelte den Kopf.

„Er hat mich nicht vergewaltigt.“ Josephines Ton drückte Erleichterung aus. Marsh streckte die Hand nach ihr aus und rieb erneut ihre kalten Finger mit seinen. Sie drehte sich verwirrt zu ihm um. „Warum vergewaltigt er die Frauen, die er angreift, nicht?“

„Er könnte impotent sein.“ Marsh zuckte mit den Schultern. Er wusste wirklich nicht, was einen Mann dazu brachte, aus Spaß zu töten. Die Tatsache, dass die Opfer nicht sexuell missbraucht worden waren, war eine Erleichterung, aber der Täter ließ sie trotzdem leiden.

Walker blätterte in einer anderen Akte. Marsh erkannte sie und knirschte mit den Zähnen. Seine Assistentin Dora hatte auf sein Drängen hin eine Kopie des Berichts über Josephines Angriff von seinem Büro in Boston an das NYPD und das FBI geschickt. Walker holte ein weiteres Foto heraus. Es zeigte ein dünnes, hohläugiges Kind, das schlafend in einem Krankenhausbett lag.

Jeder Muskel in Josephines Körper spannte sich an. Langsam streckte sie eine zitternde Hand aus und strich über den Rand des Fotos, als wäre es lebendig und das Kind könnte aufwachen, wenn sie es störte.

Die Gestalt auf dem Bild war flachbrüstig, schmalhüftig. Androgyn. Geschlechtslos.

„Ich denke, Sie hatten in mehrfacher Hinsicht Glück.“ Josephine zuckte zusammen, aber Walker fuhr fort. „Sein Verhalten war noch nicht zum Töten eskaliert, oder Sie passten nicht zu seinem Opferprofil.“

„Glauben Sie nicht, dass er sie speziell ausgesucht hat? Glauben Sie, sie war ein Unfall? Oder ein opportunistischer Angriff?“

Walker zuckte mit den Schultern. „Das ist eine der Theorien.“

Vince starrte angestrengt auf den Tisch, die Augen auf die Bilder gerichtet. „Sind Sie das?“ Er nickte zum Bild.

Sie nickte, ihre Augen weit aufgerissen vor Schock.

Vinces tiefer Bariton bewegte die Luft. „Was glauben Sie, wie viele Frauen dieses Tier getötet hat?“

Sam Walker sah grimmig aus und rieb sich mit den Händen über das Gesicht.

„Nun, nachdem ich Ms. Maxwell befragt hatte, entschied ich mich, alle Informationen erneut durch die Datenbank laufen zu lassen, nur habe ich dieses Mal den Modus Operandi weggelassen und nur die Angaben zu den Schnittwunden verwendet.“

Sie sahen sich in die Augen, und Marsh hielt den Atem an, während sich Angst in seinem Mark festsetzte. „Wie viele?“, fragte er.

„Ich habe zehn gefunden, die zu dem passen, was wir bereits hatten: Alles Blondinen, deren Haut eher aufgeschnitten als aufgestochen wurde, einige wurden an abgelegenen Orten gefunden, andere aus Flüssen gezogen, einige verbrannt.“

„Er vernichtet die Beweise.“

Walker bestätigte Marshs grimmige Aussage mit einem Nicken. „Und jetzt ist Interpol involviert ...“ Das Schweigen zog sich in die Länge, bis Marsh den Mann am Kragen packen und die Zahl aus ihm herausschütteln wollte.

„Wie viele?“

„Wir erstellen eine Zeitleiste für Frauen, die verschwunden sind, die bis in die Mitte der 90er zurückreicht, als Josie angegriffen wurde ...“

„Wie viele?", wiederholte Marsh schroff.

„Fünfzehn. Möglicherweise mehr", gab Walker endlich bekannt. „Es ist schwierig, es mit Sicherheit zu sagen, wenn die Verwesung zu weit fortgeschritten ist. Womöglich wurden auch nicht alle Leichen gefunden ..."

Vince fluchte und wandte sich ab.

Angst und Unbehagen strahlten von Josephines straffem Körper aus wie von einer gespannten Geigensaite, die gezupft worden war. Walker sah sie an, aber Marsh wusste nicht, was der Mann von ihr erwartete. Sollte sie sich schuldig fühlen? Wofür? Er bezweifelte, dass sie ihren Angreifer kannte, obwohl sie ihnen nicht alles erzählte.

Marsh hasste es, sie verängstigt zu sehen. Es verknotete seine Eingeweide und brachte sein Gehirn durcheinander, wenn er es am meisten brauchte. Er starrte auf den Hartholzboden und erkannte, dass diese Situation noch schlimmer werden würde, bevor sie sich bessern würde – es sei denn, sie hatten sehr, sehr viel Glück.

„Warum schneidet er sie?" wiederholte Marsh Josephines Frage.

Vince runzelte die Stirn, beugte sich vor und verschränkte die Hände.

„Skarifizierung und Ritzen sind in der S&M-Szene ein großes Thema. Lustmörder sind oft in Sadismus verwickelt." Walker zuckte mit den Schultern. „Wir wissen es nicht, wir vermuten in dieser Hinsicht nur."

„Haben Sie ein Profil erstellt?"

„Die Agenten der Verhaltensanalyse arbeiten daran, und jetzt haben wir mehr Informationen – leider gibt es mehr Mörder als FBI-Ressourcen." Walker blickte stirnrunzelnd auf den Kaffeetisch und strich mit den Händen über die harte Kante. „Wir wissen, dass wir es mit einem geografisch nicht festgelegten, organisierten Täter zu tun haben."

„Der am schwersten zu fangende Typ." Es war keinem von

ihnen neu, dass sie es mit einem schlauen Bastard zu tun hatten, aber selbst schlaue Bastarde machten Fehler.

Walker blätterte einige Seiten in seinem Notizbuch um.

„Was haben Sie über ihn?", wollte Marsh wissen.

„Sein Alter." Walker presste die Lippen zusammen. „Die neuen Informationen korrigieren unsere Altersschätzung. Angenommen, er war zwischen achtzehn und fünfundzwanzig, als er Ms. Maxwell zum ersten Mal angriff, dann ist er jetzt ungefähr achtunddreißig bis fünfundvierzig Jahre alt."

Was ihm noch viele gute Jahre zum Töten bescherte ...

„Weiß?", fragte Vince.

Walker sah Josephine an, die bestätigend nickte. „Ja, ein durchschnittlich großer, weißer Mann mit grauen Augen. Das ist derzeit das Einzige, was wir mit Sicherheit sagen können."

„Was wollen Sie von mir?" Eine einzelne silberne Träne lief ihre Wange hinab. Sie wischte sie nicht weg, weil sie vielleicht dachte, sie bliebe unbemerkt, wenn sie ihr keine Aufmerksamkeit schenkte.

Marsh antwortete für Walker. „In Fällen von Serienmördern geben das erste und das letzte Opfer am meisten Aufschluss über den Täter."

Er legte das Foto von Angela Morelli neben das Foto von Josephine als Kind und schreckte innerlich vor beiden zurück. Josephine war der Schlüssel. Das war ganz offensichtlich.

Ihr Blick war von den grauenvollen Fotos wie gebannt.

„Was hast du an jenem Tag in Queens gemacht, Josephine?", fragte Marsh.

Schmerz blitzte durch ihre tiefblauen Augen, gefolgt von Verleugnung. Sie schüttelte den Kopf und öffnete dann den Mund, um zum Sprechen anzusetzen. Sie schloss ihn wieder und nahm stirnrunzelnd eine Aufnahme von Donna Viera auf.

„Oh Gott." Erschrocken setzte sie sich aufrechter hin und schwebte fast auf der Sofakante.

„Was?", bedrängte Walker sie. „Was ist?"

„Meine Mutter. Diese Frau sieht aus wie meine Mutter." Josephine schlug sich die Hand vor den Mund. „Könnte er sie in dieser Nacht verfolgt und stattdessen mich gefunden haben?"

„Hast du nicht gesagt, deine Mutter sei verschwunden, bevor du angegriffen wurdest?", erinnerte sie Marsh.

Sie verstummte, und Marsh fragte sich, ob sie ihre Geschichte zu Ende erzählen oder wie gewöhnlich schweigen würde.

Während sie sprach, wurden ihre Gesichtszüge halb von ihrem Haar verdeckt. „Ich bin ihr an diesem Tag gefolgt. Deshalb war ich in Queens." Sie kniff die Augen zusammen, eindeutig zerrissen vor Unentschlossenheit. Röte stieg ihren Hals hinauf und färbte ihre Wangen dunkel.

„Warum bist du deiner Mutter gefolgt, Josephine?", fragte er leise.

„Es ist so lange her." Sie lehnte sich gegen die Couch und starrte an die hohe Decke.

„Versuchen Sie, sich zu erinnern." Sam Walker konnte seine Ungeduld kaum unterdrücken.

Marsh warf ihm einen bösen Blick zu.

Sie lachte bitter. „Das ist ja das Problem. Ich erinnere mich. Ich erinnere mich an jedes Detail."

Die leichte Neigung von Walkers Mundwinkeln verriet Skepsis. Augenzeugen waren notorisch unzuverlässig. Und nach so langer Zeit …

„Ich hatte Angst, dass sie mich wieder verlassen würde. Als ich jünger war, war sie für ein paar Wochen weg und …" Ihr Lachen war bitter. „Nun, es war nicht gerade die beste Zeit meines Lebens."

Ihre Augen wurden glasig, als sie in die Vergangenheit blickte. „Ich war auf dem Heimweg von der Schule, als sie in den Bus stieg, in dem ich war. Sie sah mich nicht, da ich weiter hinten saß."

Marsh musste sich anstrengen, um ihre immer leiser werdende Stimme zu hören.

„Sie verhielt sich seltsam, war schick angezogen, trug Makeup und lächelte." Josephine biss mit ihren perlweißen Zähnen auf ihre Unterlippe und starrte weiter an die hohe Decke. „Ich beschloss, ihr zu folgen. Sie stieg in Queens aus und betrat ein großes Backsteingebäude mit einer Feuerleiter an der Außenwand.

Ich bin auf einen Müllcontainer geklettert und habe es geschafft, die untere Sprosse der Feuerleiter zu erwischen und mich an ihr hochzuziehen. Ich war damals Turnerin, also war es nicht schwer." Sie runzelte leicht die Stirn.

Marsh wechselte einen Blick mit Walker und fragte sich, ob sie gleich die Details hören würden, die sie brauchten.

„Ich habe in verschiedenen Fenstern nach ihr gesucht und sie schließlich gefunden." Abscheu triefte aus ihren Worten. „Sie ließ sich von einem Typen aus der St. Mary's Church gegen die Wand ficken." Langsam und bedacht nahm sie ihr Glas Wasser und leerte es. „Nett, nicht wahr? *Mehret euch* gewinnt auf einmal eine ganz neue Bedeutung."

„Erinnern Sie sich an den Namen des Typen?"

Sie schüttelte den Kopf.

„Was geschah als Nächstes?", drängte Walker mit versteinertem Gesicht.

Josephine starrte ihn an und rieb in einer mechanischen, sich wiederholenden Geste die Hände über ihre Knie. „Es war dunkel geworden – ich hatte es nicht bemerkt. Ich saß einfach auf der Feuertreppe, sah zu und wartete darauf, dass meine Mutter nach Hause gehen würde. Irgendwann wurde mir klar, dass ich von dort verschwinden musste, bevor sie mich entdeckte, also kletterte ich die Feuertreppe wieder hinunter."

Marshs Brust zog sich zusammen, als er nach Luft rang und sich Josephine als Kind von damals vorstellte.

„Plötzlich stand dieser Typ mit Maske neben mir." Sie sah Marsh starr und bleich an. „Er hielt mir seine Hand vor den Mund

und zerrte mich in die Gasse.“ Sie zuckte mit den Schultern. „Alles Weitere steht im Polizeibericht.“

Special Agent Walker tippte mit einem Stift auf einen Notizblock, der in seiner Hand erschienen war. „Könnte der Angreifer derselbe Mann gewesen sein, der mit Ihrer Mutter im Zimmer war?“

Auch der Rest ihres Haars löste sich aus seinem Knoten. Sie schüttelte es aus und band es dann wieder zusammen. „Das glaube ich nicht. Sie waren außer Sichtweite, waren ins Schlafzimmer oder Badezimmer gegangen. Ich habe die Haustür beobachtet und nie jemanden herauskommen sehen.“

„Aber ist es denkbar?“, bohrte Walker weiter.

Josephine zuckte mit den Schultern und sah verwirrt aus. „Vielleicht. Aber warum sollte meine Mutter zugelassen haben, dass er mir wehtut? Es sei denn ...“ Ihr Mund öffnete und schloss sich. Mit aschfahlem Gesicht erkannte sie, was Agent Walker andeutete. Marsh wollte sie in seinen Armen wiegen und ihre steifen Muskeln lockern, doch er wagte es nicht, sie anzurühren.

„Glauben Sie, dass meine Mutter tot ist?“ Ihre Stimme wurde schrill, und sie sprang auf die Beine. „Wie kann sie tot sein? Es gab keine Berichte über einen Mord.“

„Vielleicht wurde die Leiche nie gefunden“, gab Walker sanft zu bedenken.

„Warum hat er mich dann am Leben gelassen?“ Sie ging auf die überdachten Fenster zu, und ihre schwarze Hose lag eng an ihren schmalen Hüften an. Der zu weite Pullover hing lose über ihren Schultern.

„Vielleicht konnte er sich nicht dazu überwinden, ein Kind zu töten?“, mutmaßte Marsh. „Es wäre denkbar, dass er die Gelegenheit genutzt hat, um die Leiche loszuwerden, als du ohnmächtig wurdest.“

Josephine hörte auf, auf und ab zu gehen, schlug sich die Hände vors Gesicht und wurde von stummen Schluchzern geschüttelt.

„Verdammte Scheiße." Marsh wollte sich dafür ohrfeigen, dass er vergessen hatte, dass *die Leiche* Josephines Mutter sein könnte, und ging zu ihr, schlang seine Arme um sie und drückte ihren Kopf auf seine Brust, während ihr ganzer Körper zitterte.

„Diese Befragung ist hiermit beendet." Marsh warf Agent Walker einen finsteren Blick zu, der verärgert den Mund verzog. „Lesen Sie die Polizeiberichte, überprüfen Sie die Mieterlisten der Häuser, in deren Nähe Josephine gefunden wurde, und sehen Sie nach, ob eine der Frauen auf ihrer Liste Josephines Mutter sein könnte ... Wie heißt deine Mutter, Josephine?"

„Margo, Margo Maxwell. Margo Thomas, bevor sie heiratete." Sie murmelte die Worte in sein Hemd, das von Tränen feucht wurde und den dünnen Stoff an seiner Haut kleben ließ.

„Sehen Sie nach, ob in den sechs Monaten nach dem Angriff auf Josephine eine Frau auftauchte, die dem Profil entspricht, oder ob Margo Maxwell woanders lebend aufgetaucht ist – überprüfen Sie ihre Sozialversicherungsnummer und ihren Führerschein. Damit sollten Sie doch herausfinden können, ob sie noch lebt oder nicht."

Josephines Schluchzen wurde lauter. *Himmel*, er war so feinfühlig wie eine Neutronenbombe. Er hielt sie fest und versuchte, sie zu trösten, aber ihre Schultern verkrampften sich unter seinen Fingern und wurden hart wie Gusseisen.

„Sehen wir uns morgen, Vince?" Er sah den großen Mann an. Irgendwie wirkte er verunsichert, was darauf hindeutete, dass er diesen Job lieber aufgeben wollte. Wer könnte es ihm verübeln?

Aber seine nachtschwarzen Augen blickten zu Marsh, und der Diamantstecker glitzerte kurz in seinem Ohr. „Um sieben Uhr, Sir." Vince erhob sich von der Couch. „Ist sie okay?" Er nickte unsicher in Richtung Josephine und ihrer immer schlimmer werdenden Schluchzer.

„Ja." Marsh nickte Agent Walker zu, der seine Akten eingesammelt hatte, zögernd aufstand und aussah, als würde er nur ungern gehen.

„Ich muss sie morgen noch einmal befragen." Müdigkeit fraß sich in die Gesichtszüge des Agenten wie die Verwesung in eine Leiche.

Marsh wusste, dass Walker ein guter Ermittler war, aber im Moment war Josephine seine Priorität. „Sie wird morgen bereit sein." Bereit, dabei zu helfen, den Bastard festzunageln, der sie vor so vielen Jahren angegriffen und möglicherweise ihre Mutter getötet hatte.

Kapitel Sieben

Ihre Brust tat weh, und der Schmerz breitete sich aus und wuchs unaufhaltsam. Er lähmte sie. Zerriss sie. All die Jahre hatte sie versucht, ihre Mutter nicht dafür zu hassen, dass sie sie verlassen hatte, dafür, dass sie sie bei ihrem furchtbaren Vater zurückgelassen hatte. Aber vielleicht war ihre Mutter gar nicht gegangen, sondern war ermordet und irgendwo verscharrt worden, und niemand hatte sich genug um ihr Verschwinden gekümmert, um sie zu suchen.

Das konnte sie nicht ertragen.

Warme starke Arme umschlossen sie. Hitze und Stärke hüllten sie in einen schützenden Kokon, während Tränen über ihr Gesicht und ihr Kinn tropften. *Warum hatte niemand Fragen gestellt?*

Ihr Vater hatte alle Erinnerungen mit Alkohol fortgespült und ihr die Schuld gegeben. Und Josie hatte ihm dummerweise geglaubt. Sie hatte ihre Mutter mit einem anderen Mann gesehen und war mit kindlicher Sicherheit zu dem Schluss gekommen, dass alles ihre Schuld war. Sie hatte ihre Mutter vertrieben, weil sie nie gut genug gewesen war.

Das war typisch. Typisch und dumm und selbstzerstörerisch. Sie war neun Jahre alt gewesen. Neun Jahre alt und schuld an allem, was auf der Welt passierte – eine Überzeugung, die sich bestätigt hatte, als sie von dem Mann mit dem großen Messer bestraft worden war.

Ich werde dich nicht töten, wenn du keinen Mucks von dir gibst… Sie hatte keinen Laut von sich gegeben. Der Bastard hatte ihre Mutter ermordet, und sie hatte nie einen Mucks gemacht.

Sie stopfte sich die Faust in den Mund und versuchte erfolglos, das Schluchzen zu unterdrücken, das einfach nicht aufhören wollte.

Sie brach nicht zusammen, sie brach niemals zusammen. *Niemals.*

Aber im Moment blieb ihr nichts anderes übrig, als um ihre Mutter und das kleine Mädchen zu weinen, das sie damals gewesen war. Beruhigende Hände rieben ihren Rücken. Stützende Arme hielten sie aufrecht. Endlich ließen die Tränen nach, und sie erinnerte sich, an wem sie da lehnte.

Sie griff nach Marshs weichem Baumwollhemd, und ihre Kehle fühlte sich wund an. „Wenn er sie getötet hat … muss ich es wissen. Du musst diesen Bastard schnappen."

Seine Augen glänzten, als er mit seinen Händen über ihre Arme fuhr und sie an den Ellbogen packte. „Wir kriegen ihn." Seine Stimme war fest, und sein Tonfall drängte sie, an ihn zu glauben – an das System zu glauben. Aber würde er wirklich alles Nötige tun? Oder würde er sich wie Vincent an die Regeln halten?

„Ich brauche eine Waffe."

„Du hast schon eine Waffe. Sie heißt Vincent Brandt."

Paragrafenreiter.

Sich auf Marsh und Vince zu verlassen, fühlte sich an, als würde sie mit Handgranaten jonglieren, und das war gar nicht gut für ihr geistiges Wohlbefinden. Aber sie war nicht so töricht, es ohne jede Hilfe, die sie kriegen konnte, mit diesem Raubtier aufzunehmen. Sie wünschte nur, sie könnte sich besser verteidigen. Sie trat von Marsh zurück. Die Sonne war inzwischen untergegangen und tauchte die Wohnung in tiefe Schatten, die sie zu sehr an jene Nacht vor langer Zeit erinnerten. Sie schaltete eine Lampe ein. In ihrer Magengrube breitete sich ein unbehagliches Gefühl aus. Es war mehr als Trauer, mehr als Angst, mehr als Hass. Sie war eine Einzelkämpferin. Sie verließ sich nicht auf andere. Das war sie nicht gewohnt.

„Was ist, wenn er dich und Vince umbringt?" Unerwarteter Schmerz durchzuckte sie bei dem Gedanken. Die Worte offenbarten zu viel Schwäche, also gab sie ihnen eine andere Wendung. „Und ich ihm allein ausgeliefert bin. Er ist bewaffnet, und ich werde nichts haben, womit ich mich verteidigen könnte."

„Wenn er auf mich oder Vince oder irgendeinen anderen Agenten schießt, dann rennst du um dein Leben, schreist wie verrückt und bringst dich in Sicherheit."

Marsh zog ein ordentlich gebügeltes Taschentuch aus der Tasche und reichte es ihr.

„Du musst der einzige Mann auf der Welt sein, der noch Taschentücher mit sich herumträgt." Sie schniefte und wusste, dass sie diesen Streit niemals gewinnen würde. Auf keinen Fall würde Marsh ihr eine Waffe anvertrauen. Ehrlich gesagt machte sie ihm daraus keinen Vorwurf. Sie wischte sich das Gesicht ab, schnäuzte sich die Nase und steckte dann das weiße Leinentuch in ihre Hose. „Das gefällt mir an dir."

„Wenigstens etwas." Sein Lächeln bildete Fältchen in seinen Augenwinkeln, aber es verbarg nicht seine Traurigkeit. Oder sein Bedauern.

Sie waren nie gut miteinander zurechtgekommen, weil sie nicht wusste, wie sie sich wie eine normale Person verhalten sollte. Sie war nie normal gewesen. Sie war kaputt und unsicher. War damit aufgewachsen, ums Überleben zu kämpfen. Etwas in seinem Blick ließ sie wünschen, dass die Dinge anders wären, dass *sie* anders wäre. Sie hielt den Atem an, aber er wandte den Blick ab, als wäre ihm plötzlich unwohl. Ein unerwarteter Gedanke kam ihr, und sie sah nach unten und konzentrierte sich auf ihre

Hände. Marsh ging mit jemandem aus. Das hatte sie völlig vergessen.

„Du solltest gehen. Ich komme hier schon zurecht. Ich schließe mich ein und verspreche, niemandem die Tür zu öffnen. Geh zurück zu deiner Freundin. Sie vermisst dich sicher."

„Wovon redest du?" Marsh zog die Brauen zusammen, und sein Stirnrunzeln wurde tiefer. Dann klärte sich sein Gesichtsausdruck, und Belustigung erhellte seine Augen mit einem schelmischen Funkeln. „Ah, du meinst mein Date von gestern Abend?"

War es wirklich erst gestern Abend gewesen, dass ihre sichere, enge kleine Welt zerstört worden war? Es fühlte sich an wie vor einer Million Jahren. Eifersucht regte sich tief in ihrer Brust, ungewohnt und hässlich. Hatte er auch mit ihr den *besten Sex aller Zeiten?*

Wow, wo zum Teufel kam das denn her? Und warum war sie so wütend auf einen Mann, der so viel tat, um ihr zu helfen? Sie war eine Idiotin.

„Lynn ist achtzehn und tierisch heiß." Marsh bewegte sich auf eine Weise auf sie zu, die ihre Eifersucht in Unbehagen verwandelte. In seinen Bewegungen lag Anmut, in seinem Blick Verlangen.

„Und ich dachte, du wärst schon für mich zu alt." Sie musterte ihn ängstlich, zwang sich aber dazu, still zu bleiben. Auf vielen Ebenen gab er ihr ein Gefühl von Sicherheit,– mit einer Ausnahme. Seine Männlichkeit jagte ihr Angst ein. Er trat näher, und plötzlich stieß sie mit der Schulter an den hölzernen Kaminsims. Erst da merkte sie, dass sie zurückgewichen war.

„Ich bin zu alt für dich." Der Schalk verschwand, als er auf ihre Lippen blickte. Er senkte langsam den Kopf. Sie beobachtete ihn fasziniert, zu schwach, sich zu bewegen, weil sie wollte, dass er sie küsste. Sie hatte viele Fehler, aber sie war nie eine Heuchlerin gewesen, also stellte sie sich auf die Zehenspitzen und stützte ihre Hände auf seinen breiten Schultern ab. Sie spürte seine Überraschung in seinen plötzlich angespannten Muskeln, bevor ihre weichen, zögernden Lippen seinen warmen, festen Mund berührten. Sie schloss die Augen und ließ sich von ihm küssen. Genoss die sorgfältige Erforschung, das süße Zögern. Es war so unerwartet sanft, so fremd und so berauschend.

Er legte seine Hände auf ihren Rücken, zog sie eng an sich, und jeder Berührungspunkt jagte Erregung durch ihren Körper wie ein Stromschlag. Ihre Brüste kribbelten, ihre Brustwarzen schmerzten und wurden empfindlich. Sie fuhr mit ihren Händen durch sein Haar und fragte sich, warum jedes Gefühl verstärkt wurde, nur weil dieser Mann sie berührte.

Seine Lippen lösten sich von ihren, strichen über ihren Hals, ihr Ohr. Schauer tanzten über ihre Haut, Hitze pochte durch ihre Adern wie unstillbarer Durst. Er hob sie vom Boden hoch, und sie schlang ihre Beine um seine Hüften, seine Erektion rieb an ihr und fühlte sich so unwiderstehlich an, dass sie ihm noch näher sein wollte. Er drückte sie gegen die nahe Wand. Die solide Härte hinter ihr fühlte sich in ihrem Rücken gut an. Sicher und zuverlässig, während der Rest ihrer Welt um sie herum zusammenbrach. Er streichelte sie, und Empfindungen explodierten zwischen ihren Beinen, ließen sie ihre Muskeln anspannen, und ihr Atem stockte.

„Ich will dich. Ich will dich immer, auch wenn du mich in den Wahnsinn treibst." Sein Atem brannte an ihrem Ohr, seine Hand berührte rau ihre Brust, spielte mit ihrer Brustwarze und machte sie feucht. Ließ sie vor Verlangen erschaudern. Er rieb sich an ihr, und sie wünschte sich, er wäre in ihr und würde sie ausfüllen, während sie über diesen unerklärlichen Abgrund stürzte, hinter dem Lichter aufblitzten, Sirenen heulten und sie erstaunt aufschrie.

Es war so spektakulär, wie sie es in Erinnerung hatte. Sie schloss ihre Augen, um diese Lust in sich aufzunehmen, aber das Bild ihrer Mutter, die gegen eine Wand gefickt wurde, vertrieb alle Leidenschaft aus ihrem Kopf, und sie stieß Marsh von sich.

„Oh Gott." Übelkeit durchfuhr sie. *Hure. Schlampe.* Sie stolperte in Richtung Schlafzimmer.

Marsh packte sie am Arm und drehte sie herum. „Was ist los? Bist du in Ordnung?"

„Mein Vater hatte recht. Ich bin wie sie." Sie wischte sich mit der Hand über den Mund und versuchte, die Erinnerung auszulöschen. „Genau wie meine Mutter."

„Du bist normal", sagte er heiser und verstört. „Sex ist normal."

Sie zog sich zurück, und er ließ sie los. Wut glühte in den Tiefen seiner Augen.

„Du hast eine Freundin", flüsterte sie.

„Nein, und dass ich dir das weisgemacht habe, ist meine Schuld, nicht deine. Normalerweise spiele ich keine Spielchen, Josephine. So ein Kerl bin ich nicht." Er fuhr sich mit den Händen durchs Haar und holte tief Luft. „Ob du es glaubst oder nicht, meine Mutter versucht, mich zu verkuppeln und mich mit jeder Frau zu verheiraten, die mich haben will, aber ich habe keine Freundin. Als ich gestern Abend neben ihr stand, fühlte ich mich wie ihr verdammter Vater." Er sah so angepisst aus, dass sich ihr Herz zusammenzog. Der Gedanke, dass er heiraten würde – dass er endgültig nicht mehr für sie zu haben wäre, machte sie fertig. Dabei wollte sie doch gar nichts mit ihm zu tun haben – *schon vergessen?*

„Ich war mit niemandem zusammen, seit du ... seit wir ... Sex hatten. Seit jenem Tag interessiert mich keine andere Frau." In seinem Ton lag eine rohe Ehrlichkeit, die sie erstarren ließ.

„Das war vor sechs Monaten."

Sein Lächeln war gequält. „Ich weiß. Ich kriege dich nicht aus dem Kopf."

Sie starrte ihn an. Er ging ihr auch nicht aus dem Kopf. Es war nicht nur der Sex, obwohl das verwirrend genug war. Unabhängig vom Zustand ihrer Vagina war sie kein schüchternes Fräulein, aber dies war unbekanntes Terrain voller verbotener Früchte. Letztlich hatte sie keine Ahnung von Sex und Beziehungen. Klar, sie hatte das Wesentliche in Filmen und im Biologieunterricht gesehen, und Gott steh ihr bei, sie hatte Marsh unter Drogen gesetzt und ihn verführt, ohne zu ahnen, dass es ihr gefallen würde. Aber das schien so lange her zu sein, und die Lust, die er vor wenigen Augenblicken in ihr geweckt hatte, war so frisch, so … greifbar. Sie wollte es noch einmal – sie wollte es wieder tun und so vielleicht lernen, normal zu sein. Aber leider war für ihre Mutter Sex auf die eine oder andere Weise ihr Untergang gewesen, und hatte Josie ihre Kindheit geraubt. Und Sex war alles, was es zwischen einem Mädchen wie ihr und diesem ultrakonservativen Agenten geben konnte.

Wenn Sex schon riskant war, dann waren Beziehungen ein reines Schlachtfeld.

Marsh drehte sich um und ging zur Vordertür. Für einen schrecklichen Moment dachte sie, er würde gehen, aber er verschloss nur die Tür und schob den Riegel vor. Erleichterung überkam sie, und es hatte nicht nur damit zu tun, einem Serienmörder zu entgehen. Sie sah zu, wie er die Treppe hinunterschlenderte, anmutig wie ein Tiger, charmant wie der Teufel, und wünschte sich, sie wäre verrückt, damit sie mit ihm fertig werden könnte. Stattdessen schweiften seine Augen wieder mit diesem eindringlichen Blick über ihren Körper, und sie reagierte mit einem scharfen Einatmen.

Sie brauchten eine Ablenkung.

„Essen." Sie huschte in die Küche.

„Das zwischen uns ist noch nicht vorbei, Josephine." Seine Stimme war ein tiefes Murmeln, das ihr ein Kribbeln über den Rücken jagte.

Es war definitiv vorbei.

Sein Lachen verfolgte sie, und sie dachte törichterweise tatsächlich, es sei vorbei, bis er ihr in die Küche folgte, wo sie in einem Schrank auf Bodenhöhe nach einem Sieb suchte. Sie blickte über ihre Schulter. Marsh löste gerade den Knoten seiner Krawatte, zog sein Jackett aus und legte es sich über den Arm.

Er sah sündhaft gut aus. Prächtig. Elegant. Worte konnten

nicht einmal annähernd beschreiben, welche Wirkung sein Aussehen auf sie hatte. Und wenn er nicht gerade den Boss spielte, mochte sie Special Agent Marshall Hayes sogar. Und das machte ihr mehr Angst als die Vorstellung, dass sie wie die Kaninchen rammelten.

„Was tust du?" Er zog eine dunkle Braue hoch, und seine Augen wanderten über ihren Hintern, als könnte er nicht anders.

Die Reaktion ihres Körpers ignorierend, strich sie sich das Haar aus den Augen, entdeckte den weißen Griff des Siebs, streckte sich danach und richtete sich auf.

„Ich werde einen Kuchen backen." Sie hob eine Augenbraue, als sein Mund überrascht aufklappte. „Was ist?"

„Ich dachte, du wüsstest nicht einmal, wie man ein Ei kocht."

Sie öffnete eine Schublade, um einen Messbecher zu finden, stockte einen Moment und holte tief Luft, anstatt einfach zu kontern oder um sich zu schlagen. Es war Zeit, sich dieser Sache zu stellen. „Das liegt daran, dass wir uns nicht sehr gut kennen, meinst du nicht?"

„Wir kennen uns besser, als du zugeben willst."

Als sie sich zu ihm umdrehte, wurde sie von der vollen Kraft seines Blicks überrascht.

„Ich weiß, dass du ein ungestümes Temperament hast, hinter dem sich ein ganzes Arsenal an Unsicherheit verbirgt." Seine Stimme war samtig und ließ sie erschauern. „Ich weiß, dass du schmutzige Tricks anwendest, besonders wenn du Angst hast." Er trat einen Schritt näher, und sie wollte davonlaufen. „Ich weiß, dass du ein komisches kleines Geräusch in deiner Kehle machst, wenn du kommst."

Errötend sah sie weg. Er war der einzige Mensch auf dem ganzen Planeten, der das über sie wusste.

„Ich weiß, dass du ein mutiges kleines Mädchen warst, das eine verdammt schlimme Kindheit überwunden hat, um eine erfolgreiche Künstlerin zu werden." Er hielt inne, und sie blickte auf, weil sie nicht anders konnte. „Und ich weiß, dass du gegenüber denen, die du liebst, treu und loyal bist."

Sein Bild von ihr erschütterte sie. Sie war zickig und aggressiv und hatte die meiste Zeit ihres Lebens damit verbracht, vor der Realität davonzulaufen. Sie wusste nicht, wie er etwas Gutes hinter der Fassade sehen konnte, die sie der Welt zeigte.

Er machte einen weiteren Schritt, bis er eine Armeslänge entfernt war, fuhr mit seinem Zeigefinger sanft über ihre Stirn, strich über ihre Nase und kam auf ihrer zitternden Unterlippe zur Ruhe.

„Ich weiß, dass ich dich will."

Erschüttert von seinem beschwörenden Blick kämpfte sie gegen das erbärmliche Gefühl an, das ihre Glieder durchströmte. Sie konnte es sich nicht leisten, diesen Mann an sich heranzulassen. Aber sie würde es auch nicht überleben, ihn zu verlieren.

Sie kniff ihre Augen gegen seinen stechenden Blick zusammen. „Auch wenn ich dich nur zum Schutz vor einem Wahnsinnigen brauche?"

„Was, wenn ich dir sagen würde, dass ich dich nur für Sex will?", entgegnete er und hob dann ihr Kinn an. „Das wäre gelogen, und ich habe versprochen, nicht mehr zu lügen, wenn es um dich geht."

Ihr Herzschlag hämmerte so heftig gegen ihre Rippen, dass sie sicher war, dass er es hören konnte. Sie rannte an ihm vorbei, stürzte aus der Küche in ihr Schlafzimmer und knallte die Tür hinter sich zu. So viel dazu, nicht wegzulaufen, so viel dazu, sich ihren Ängsten zu stellen. Es gab kein Lachen, keine Freude. Nur das düstere Wissen, dass Marshall Hayes für ihre Seele gefährlicher war als jeder messerschwingende Wahnsinnige.

Er betrachtete das tote Mädchen auf dem Bett. Hand- und Fußgelenke waren gefesselt. Blondes Haar breitete sich auf den dunklen Laken aus, fast golden in diesem Licht. Blaue Augen gingen von klar und verängstigt zu undurchsichtig und leblos über. Sie starb vor seinen Augen. *Denn sie säen Wind und werden Sturm ernten.*

Es war ihre eigene Schuld.

Ich werde dich nicht töten, wenn du keinen Mucks von dir gibst ... Nur das Kind hatte geschwiegen. Aber sie war jetzt kein Kind mehr. Ein Schauer lief über seine Haut, als er sich an die Narben erinnerte. Perfekte Silberflecken auf hellweißer Haut.

Seine Schöpfung.

Genauso wie diese erbärmliche Kreatur seine Schöpfung war.

Blut tränkte die Matratze. Es hatte ihn auch bespritzt. Er zog seinen Overall aus und stopfte ihn in einen schwarzen Müllsack, den er verbrennen würde. Das Messer lag fest in seiner Hand. Schwer. Vertraut. Die Latexhandschuhe ließen seine Handflächen schwitzen. Ein notwendiges Übel. Klebeband dämpfte ihre Schreie. Ein weiteres Zugeständnis, der Nachbarn wegen.

Das Töten in der Stadt war schwieriger als das Töten in freier Natur, aber obwohl er den Nervenkitzel der Geräusche vermisste, die sie machten, wenn er sie im Wald schnitt, hatte er nicht die Absicht, erwischt zu werden. Sobald er beendet hatte, was er vor all den Jahren begonnen hatte, sobald er den Kreis geschlossen hatte, würde er fortgehen. Er würde seine Identität wechseln und für eine Weile aufhören. Würde mit anderen Methoden experimentieren, um seinen Blutdurst zu stillen.

Die Narben auf seiner Brust juckten, und er hob die Hand, um sie zu berühren. Er konnte nicht ewig aufhören. Gott wusste, dass er es versucht hatte.

Gewaltsame Erinnerungen hallten in seinem Kopf wider wie ein Hammer, der eine Stahltrommel zertrümmert. Die Enge in seiner Brust erschwerte ihm das Atmen. *Nur Jungen und Frauen schreien. Es ist an der Zeit, ein Mann zu sein.* Er öffnete seine Augen weit, damit er seine Macht sehen konnte, ohne sich an seine

Schwäche zu erinnern. Er war jetzt ein Mann, kein Kind. Er war jetzt an der Reihe zu beherrschen und zu kontrollieren.

Er begann zu zittern. Es war zu früh, um dies schon wieder zu tun, aber der Drang war zu heftig, um lange gegen ihn anzukämpfen. Die Trommeln wurden lauter. Er sehnte sich nach Kontrolle und verachtete Schwäche.

Er blickte auf die blutige Perfektion des Mädchens hinab und atmete tief durch, um die heftigen Kontraktionen seines Herzens zur Ruhe zu zwingen. Er war das Letzte, was sie auf dieser Erde gesehen hatte, und dieses Wissen erfüllte ihn mit einer Macht, die ihm niemand nehmen konnte. Er beäugte die Körperstelle, die er gehäutet hatte. Ein Tattoo hatte ihren Körper verunstaltet. Sie war seine Leinwand, sein Werk, und sie war von einem Graffiti beschmutzt worden. Kaum ein Meisterwerk, nicht einmal annähernd.

Sie hatte ihren Zweck erfüllt, und jetzt war es an der Zeit zu verschwinden. Er hob den Müllsack auf und streichelte ein letztes Mal ihr Gesicht. Vielleicht könnte er, nachdem er das Kind getötet hatte, die Vergangenheit hinter sich lassen. Er würde dafür alles zerstören, wenn es sein müsste.

Ein Schreibtisch im Queen Anne Stil und ein dazu passender Stuhl standen vor dem Fenster mit Blick auf Gramercy Park. Licht strömte durch die durchsichtigen Vorhänge und tauchte den Raum in einen sanften, fast spirituell anmutenden Glanz. Marsh blinzelte gegen die Helligkeit an. Josephine sprach nicht mehr mit ihm. Er zwang sich, seinen Kiefer zu entspannen, in der Hoffnung, dadurch die Kopfschmerzen zu lindern, die in seinen Schläfen pochten. Er hatte eine lange Nacht auf einer harten Couch verbracht, während der er trübe an die Decke gestarrt und versucht hatte, nicht an die Frau im Nebenzimmer zu denken.

Frische Pfingstrosen und Gardenien steckten in einer dicken

Kristallkugel und erfüllten den bildschönen Raum mit einem überwältigenden Duft. Eine Degas-Skizze hing über dem Kamin. Elegant. Teuer. Die Einrichtung erinnerte ihn an tausend andere Wohnzimmer von tausend anderen Damen der feinen Gesellschaft, die er im Laufe der Jahre besucht hatte, einschließlich des Wohnzimmers seiner eigenen Mutter.

Er lehnte an einem mit Damast bezogenen Sofa und versuchte, sich Pru Duvall in dieser Umgebung vorzustellen, aber es gelang ihm nicht. Irgendwie fügten sich die beiden Bilder nicht zusammen. Trotz ihrer Südstaaten-Hochnäsigkeit und ihrer edlen Herkunft schien ihre kalte Persönlichkeit besser zu Chrom, Marmor und Glassplittern zu passen.

Er selbst mit seinem teuren Anzug und den auf Hochglanz polierten italienischen Schuhen passte hingegen, Gott stehe ihm bei, genau hier hinein. Den Riemen an seinem Halfter zurechtzurücken gab ihm zumindest die Illusion, dass er mehr als nur ein Ballast der Gesellschaft war. Die Erinnerung an eine schmollende Josephine, die Kaffee nippte und schweigend aus ihrem Loftfenster starrte, schoss ihm durch den Kopf. Sie kamen aus völlig verschiedenen Welten, aber das war ihm egal. Vor ein paar Tagen hätte er sie beinahe verloren. Eine Tragödie hatte sie zusammengebracht, aber dieses Mal war er entschlossen, es zum Funktionieren zu bringen. Irgendwie.

Obwohl er es gerade am Vorabend wieder vermasselt hatte.

Pru trat ein, gefolgt von dem Assistenten, den er bei der Eröffnung der Galerie gesehen hatte. Marsh stand auf, und auch Dancer, der eine Meissner Vase mit Schlangenhenkel gemustert hatte, richtete sich auf.

Marsh warf seinem Agenten einen unbehaglichen Blick zu. *Bitte gehe dem US-Senator oder seiner Frau nicht auf die Nerven.*

„Marshall Hayes." Das Knistern in Prus Stimme war heiser. „Sie tauchen an den unerwartetsten Orten auf. Wenn ich es nicht besser wüsste, würde ich denken, Sie hätten Gefallen an mir gefunden."

Innerlich wand sich Marsh, verkniff sich aber jegliche Geste. Vielleicht hatte Josephine recht und Pru suchte nach ein wenig außerehelicher Schlafzimmer-Action. Obwohl er lieber Batteriesäure lutschen würde, warf er ihr ein freundliches Lächeln zu. „Eine Frau, die so schön ist wie Sie, muss viele Bewunderer haben."

Sie neigte höflich den Kopf und schien sein Kompliment entweder ernst zu nehmen oder einfach nur den Gesellschaftstanz aufzuführen, mit dem sie beide aufgewachsen waren. Ihr hellrosa Pullover war aus Kaschmir, ihr Rock aus malvenfarbenem Tweed. Alles an ihr schrie nach Konservatismus, bis auf das messerscharfe Funkeln in ihren Augen.

Sie drehte den Kopf und sah Dancer mit einem raubtierartigen Lächeln an. „Und wer sind Sie?"

Mit seinem zotteligen roten Haar und den Sommersprossen sah Steve Dancer eher wie ein katholischer Schuljunge als wie ein Special Agent des FBI aus. Etwas, das ihm normalerweise zugutekam. Doch im Moment sah Pru Duvall aus, als würde sie katholische Schuljungen zum Frühstück verspeisen.

Dancer ging auf sie zu und schüttelte ihr die Hand. „Special Agent Dancer. Freut mich, Sie kennenzulernen, Mrs. Duvall."

Marsh hatte eine plötzliche Vision von Huckleberry Finn, der von Cruella De Vil zu einem Modeaccessoire verarbeitet wurde.

„Das ist Geoffrey Parker, Brooks Assistent." Sie wackelte mit den Fingerspitzen in Richtung des Assistenten, und er nickte kurz, offensichtlich fühlte er sich unbehaglich mit der ganzen Situation. „Ich habe ihn mir für den Vormittag ausgeliehen."

Pru, die perfekte Gastgeberin der Gesellschaft, klingelte nach Kaffee und machte es sich auf dem Zweiersofa bequem. Was machte es schon, dass die Agenten hier waren, um sie wegen etwas so Geschmacklosem wie Kunstbetrug und -diebstahl zu vernehmen?

Marsh wartete, bis der Kaffee serviert wurde, bevor er zur Sache kam. Er stellte seine zierliche Porzellantasse auf der niedlichen Untertasse ab und fühlte sich wie ein tollpatschiger Riese. Dancer sah mit seiner eigenen Tasse genauso unwohl aus, denn er hielt sie, als müsste er ein rohes Ei balancieren.

„Mrs. Duval, Pru. Ich muss Sie nach einem Gemälde fragen, das Sie letztes Frühjahr an *Total Mastery Galleries* verkauft haben. Es war bei der Galerieeröffnung zu sehen, an der Sie neulich Abend teilgenommen haben.“

Sie wedelte mit der Hand auf eine Weise ab, die darauf hindeutete, dass es ungehobelt war, über Geschäftliches zu sprechen. „Ich habe einen Geschäftsführer, der sich um all das kümmert. Geoffrey kann Ihnen seine Karte geben.“

„Ihr Geschäftsführer wird uns einige ziemlich ernsthafte Fragen beantworten müssen, Pru. Möglicherweise im Rahmen einer Strafermittlung.“ Marsh beobachtete, wie sich ihre Pupillen weiteten.

„Wieso?“, wagte Geoffrey einzuwerfen, offensichtlich in der Hoffnung, eine potenziell gefährliche Situation zu entschärfen.

Marsh zog ein Foto des Gemäldes aus seiner Jackentasche und schob es über den Tisch. „Erkennen Sie es?“

Pru schüttelte den Kopf.

Trotz seiner vielen Jahre in diesem Beruf konnte er sie nicht deuten. „Die Blue Steel Trading Corporation hat das Bild vor etwa sechs Monaten für einen Bruchteil seines eigentlichen Wertes verkauft.“ Er erwähnte nicht, dass es sich bei dem Gemälde um einen mutmaßlichen Vermeer handelte und dass es unvorstellbar viel mehr wert war. Ein De Hooch war schon wertvoll genug und war dennoch gestohlen worden.

Pru nahm einen vorsichtigen Schluck von ihrem eigenen Kaffee. „Was hat das FBI damit zu tun, dass ich einen inkompetenten Geschäftsführer habe?“

„Das Gemälde wurde Admiral Chambers vor einigen Jahren gestohlen.“ Marsh wartete auf eine Reaktion.

„Diesem alten Wasserhuhn?“ Das Leuchten in ihren Augen war höhnisch, als sie auflachte. „Wahrscheinlich hat er es bei einem Pokerspiel verloren, nachdem er zu viel getrunken hatte, und konnte sich am nächsten Tag nicht mehr daran erinnern."

Marsh hatte bereits angenommen, Brook und Pru Duvall könnten den Admiral kennen, obwohl ihr Lachen nicht die Reaktion war, die er erwartet hatte.

„Wie dem auch sei, er hat es als gestohlen gemeldet, und Ihre Firma hat es vor sechs Monaten an *Total Mastery Galleries* verkauft. Wir müssen wissen, wo das Gemälde das letzte Jahrzehnt war und, was noch wichtiger ist, woher Sie das Gemälde hatten."

Die Fältchen um Prus Augen verzogen sich minimal. Ein Hoch auf die plastische Chirurgie. „Wie ich schon sagte, Marshall." Ihre Finger umfassten leicht ihre Tasse, Sehnen spannten sich unter ihrer blassen Haut. „Mein Geschäftsführer kümmert sich um alles."

Geoffrey räusperte sich, aber Marsh ignorierte ihn.

„Wollen Sie damit sagen, dass Sie nichts über dieses Gemälde wissen?" Er tippte mit den Fingern auf das Foto, das sie nicht einmal angesehen hatte.

Pru hob es hoch und konzentrierte sich sichtlich, als bräuchte sie eine Brille. Marsh hätte seine Dienstmarke verwettet, dass ihre Sicht laserscharf war.

„Ich interessiere mich nicht besonders für Kunst." Sie hob eine Augenbraue und sah ihn direkt an, als wollte sie ihn dazu herausfordern, ihr zu widersprechen.

„Können Sie mir sagen, warum Sie dann am Freitagabend bei der Galerie-Eröffnung waren?" Er nahm seine lächerlich kleine Tasse Kaffee und trank sie in einem Zug aus.

„Wir haben eine Einladung bekommen, also sind wir hingegangen."

„Sie kennen die Faradays nicht?"

Etwas veränderte sich in ihren Augen, als hätte sie endlich gemerkt, dass er es ernst meinte. Dass die ganze Sache keine Kleinigkeit war. Sie beugte sich vor und hielt seinem Blick stand. „Habe ich etwas Illegales getan, Special Agent Hayes? Denn wenn

Sie einen Fehltritt meinerseits andeuten, ziehe ich lieber meinen Anwalt hinzu."

Marsh hatte sich gefragt, wann sie die schweren Geschütze auffahren würde. Nun, er schien Pru Duvalls sehr niedrige Toleranzgrenze gegenüber dem US-Justizsystem erreicht zu haben. Und sie hatte die Frage nicht beantwortet. Obwohl das angesichts ihrer verbitterten Art vielleicht keine große Überraschung war.

Geoffrey ging auf Pru zu. „Ich werde Ihnen die Kontaktinformationen besorgen, die Sie brauchen, Special Agent Hayes."

Punkt. Offensichtlich war die Unterhaltung damit beendet.

Marsh neigte den Kopf. Sein Lächeln war süß wie Honig. „Ich bin sicher, Ihr Geschäftsführer kann jede Unzulänglichkeit ausräumen." Er stand auf. „Ich möchte Brook so kurz vor der Nominierungsphase auf keinen Fall Unannehmlichkeiten bereiten." Seine Miene blieb ausdruckslos.

Dancer versteckte ein Kichern unter einem Husten und zog Prus Aufmerksamkeit auf sich. Sie blickte ihn an, wie eine Katze eine Maus anstarrt.

„Das ist ein übler Husten, den Sie da haben, Special Agent Dancer", schnurrte sie. „Ich hoffe, er wird nicht schlimmer."

Dancer fasste sich schnell. „Ich achte immer sehr auf meine Gesundheit, Mrs. Duvall."

„Gut." Die Antwort wurde von einem weiteren eisigen Lächeln begleitet. Prudence Duvall verheimlichte etwas, und Marsh würde herausfinden, was es war. Bevor sie gingen, beäugte er die Meissener Vase. Er hoffte, dass Dancer das Ding verwanzt hatte.

Kapitel Acht

Josie verband ihre Arbeit mit einem Ausflug. Über ihnen ragte die Freiheitsstatue in die Höhe, 100 Meter hoher, 225 Tonnen schwerer amerikanischer Stolz. Entworfen von den Franzosen zur Feier der Unabhängigkeit von den Briten.

Wenn das nicht alles sagte!

Ölpastellfarben hatten ihre Hände fettig gemacht. Ihr Skizzenbuch lehnte an einer Mini-Staffelei, die Elizabeth ihr vor ein paar Jahren zu Weihnachten geschenkt hatte. Das Ding war verdammt teuer und keinesfalls etwas, was Josie sich jemals gegönnt hätte.

Ihre Stimmung sank schlagartig. Der Geruch von Sole lag in der Luft, aber als sie für einen Moment die Augen schloss, war sie wieder in Montana, und Andrew DeLattio bedrängte sie auf der Rückbank seines Minivans und schob seine Hand unter ihr Hemd, während er Elizabeth per Handy auslachte.

Sie stieß einen langen Atemzug aus. Sie vermisste ihre beste Freundin und bedankte sich einmal mehr bei allen Heiligen dafür, das Andrew DeLattio der Kopf weggepustet worden war, bevor er sie noch einmal verletzen konnte.

Ein Schauer des Ekels lief ihr den Rücken hinab. Er war tot, verdammt, und dieser Blade Hunter würde sein Schicksal bald teilen.

Eine Möwe schrie über ihrem Kopf und riss sie aus ihren Gedanken.

Vince lag sechs Meter entfernt im Gras ausgestreckt. Er sah aus, als würde er schlafen, aber sie war überzeugt, dass ehemalige Navy-SEAL-Kriegshelden sich schlafend stellen konnten, ohne tatsächlich zu schlafen. Es brauchte jahrelanges Training, aber niemand hatte jemals behauptet, dass es einfach war, ein SEAL zu sein.

Die Sonne fühlte sich heiß auf ihrer Wange an. Sie nahm ein blassblaues Pastell, blinzelte daraufhin und wechselte dann stattdessen zu einem dunkleren Farbton. Der Himmel war von einem leuchtenden Ultramarin. Unberührt, perfekt und friedlich.

Eine Täuschung, wie jeder New Yorker wusste.

Ihr Mund verzog sich bei den schrecklichen Erinnerungen, die sie und ihre Stadt für immer verändert hatten.

Es hieß, was einen nicht umbrachte, machte einen stärker, aber wenn das wahr wäre, wäre sie nicht so feige bei allem, was wirklich zählte.

Sie konzentrierte sich auf das Einzige, was sie gut konnte, und begann, einen Teil des Hintergrunds zu schattieren, nachdem sie die Statue und den Sockel mit breiten Strichen ausgeblendet hatte. Die Art, wie das Grün der Statue vor dem strahlend blauen Himmel schimmerte, hatte etwas Lebendiges, und sie wollte es einfangen. Fotos halfen, aber sie wusste aus Erfahrung, dass sie die Farben nicht genau reproduzierten. Pastellkreide würde es auch nicht können, aber sie hatte ihre Malfarben ebenfalls dabei. Mit Hilfe aller drei Mittel hoffte sie, der Dame gerecht zu werden.

Als gebürtige New Yorkerin hatte sie vom Tourist Board den Auftrag erhalten, eine Reihe von Bildern über New York City zu malen. Das war eine gute, einfache Aufgabe in einem Job, der so etwas nur selten bot.

Die ersten beiden Bilder zeigten das Chrysler Building und das Empire State Building. Eines war eine Nahaufnahme der Art-Deco-Details und das andere ein Denkmal einer eher asketischen Architekturperiode.

Sie schluckte den Kloß herunter, der sich in ihrer Kehle gebildet hatte. Es war schwer, Wolkenkratzer in dieser Stadt zu zeichnen. Zu viel Schmerz war damit verbunden. Sie blickte über ihre rechte Schulter auf die Stelle, an der so viele Menschen umgekommen waren, an der sich der Lauf der Geschichte geändert hatte, und wieder wurde ihre Kehle eng.

Sie drückte die Schultern nach hinten durch und hob ihr Kinn. Sie würde kein Angsthase sein, weil ein Mann sie verletzen wollte. Die Bewohner dieser Stadt waren stärker als so etwas. Sie ließen sich nicht so leicht einschüchtern, besonders wenn ihnen ein bewaffneter, massiger Leibwächter zur Seite stand.

Schnittige Möwen segelten über ihnen. Entschlossen rieb sie das Pastell über das Papier und beschloss, einfach mit ihrem Leben weiterzumachen. Sie würden diesen Bastard schnappen, und Marshall Hayes würde nach Hause nach Boston fliegen.

Die Ölpastellkreide brach unter ihrem Finger. „Verdammt."

Sie konzentrierte sich auf die Statue und nahm Hellgrün und ein dunkles Blattgrün, das für tiefere Schatten und fast schwarz war, und hielt beide in derselben Hand, während sie die Details skizzierte. Dann nahm sie das Kadmiumgelb und Weiß und verlieh der Lady Liberty mit ein paar Strichen ihr Feuer.

Für die scharfen Kanten in den Zacken des Diadems zückte sie ihr kleines Taschenmesser und schärfte die Spitze einer eisblauen Kreide.

„Haben Sie dafür eine Genehmigung?"

Sie sprang eine Handbreit von ihrem Sitz auf, doch Marsh drückte ihr eine Hand auf die Schulter und ließ damit augenblicklich ihre Entschlossenheit schwanken, die Dinge zwischen ihnen rein professionell zu halten.

Tiefe Falten zogen sich um seinen Mund, und das Sonnenlicht

betonte seinen markanten Kiefer. Sie rollte ihre Schulter von seiner Berührung weg, denn es gefiel ihr nicht, dass sie sich so freute, ihn zu sehen. „Verhaftest du mich sonst?"

„Ich habe immer noch die gleichen Handschellen", neckte er.

Hitze stieg in ihre Wangen, als ungebetene Erinnerungen aufstiegen. Ein Peitschenhieb entfesselte sich tief in ihrem Körper, ein Hauch von Leidenschaft. Sein offener Blick ließ sie blinzeln, seine Augen waren heute eher grün als braun – klar, komplex, veränderlich. Sie wusste, dass er sie beschützen wollte, aber seine tiefen haselnussbraunen Augen versprachen noch etwas anderes. Seelenversengenden Sex.

Welche alleinstehende, ungebundene Frau, die bei klarem Verstand war, würde nicht mit einem reichen, gutaussehenden FBI-Agenten schlafen wollen, der versprochen hatte, sie vor einem Monster zu beschützen? Das machte sie nicht zu einer Schlampe. Es machte sie endlich normal.

Er zog seine anthrazitfarbene Jacke aus und ließ sich neben ihr auf die Bank fallen, wobei sein Knie ihres streifte. Er starrte nachdenklich auf die Skizze, sagte aber nichts, und sein Stirnrunzeln vertiefte sich mit seinem Schweigen. Es kostete sie alle Selbstbeherrschung, ihn nicht zu fragen, was er davon hielt. Aber ihre Arbeit war immer ihre eigene gewesen, unbeeinflusst von den Meinungen anderer oder den oft gegensätzlichen Trends des Marktes.

Ein bisschen wie sie selbst.

Ihr knurrender Magen verriet ihr, dass es bereits Mittag war. Da sie nicht arbeiten konnte, während er zusah, packte sie ihre Pastellkreiden ein und legte die Skizze in ihre Mappe. Sie sah sich nach Vince um, aber der war verschwunden.

„Bist du im Dienst?", fragte sie mit sinkendem Herzen. Warum sonst sollte er hier sein?

„Er ist spazieren gegangen." Die Fältchen um seine Augen vertieften sich, als er die Statue ansah. „Ich bin gekommen, um dir mitzuteilen, dass ich heute Abend wahrscheinlich nicht in deiner Wohnung bleiben werde."

„Oh." Ihre Finger kräuselten sich. Verdammt, sie war doch nicht völlig hilflos. „Ich kann über Nacht bei Pete bleiben. Erinnerst du dich an Pete? Meinen ehemaligen Mitbewohner?"

Marshs Wangen wurden rot. „Es gibt Menschen, die vergisst man nie. Pete und sein Freund fallen in diese Kategorie." Er schloss die Augen und schüttelte den Kopf.

Weder er noch Pete wollten ihr sagen, was zwischen ihnen vorgefallen war. „Du magst keine Schwulen?"

Marsh warf den Kopf in den Nacken und lachte tief und laut. Seine Kehle war blassbronzefarben im Licht des reinblauen Himmels, sein Adamsapfel zeichnete sich deutlich ab. Josie grinste. Sie erinnerte sich nicht, wann sie ihn das letzte Mal hatte lachen gehört, und obwohl sie versuchte, an ihrem Ärger festzuhalten, gefiel es ihr.

„Die Sexualität anderer Menschen geht mich normalerweise nichts an." Dann drehte er sich zu ihr um, und sein Oberschenkel streifte ihren, wobei sie seinem Blick standhielt. „Aber als ich herausfand, dass dein Mitbewohner schwul und nicht etwa dein Liebhaber ist, der bei dir wohnt, ist mir ein Stein vom Herzen gefallen."

Sie schluckte. „Oh."

Sein Lächeln sagte ihr, dass er mehr preisgegeben hatte, als er beabsichtigt hatte, und er wechselte rasch das Thema. „Vince hat angeboten, in deiner Wohnung zu bleiben, bis ich zurückkomme", lenkte Marsh ab, „was entweder spät heute Abend oder wahrscheinlich eher morgen früh sein wird."

„Okay." Hier lief ein Serienmörder frei herum, dessen Klinge ihren Namen trug, und trotz des äußeren Anscheins war sie nicht dumm. In Wahrheit war sie den beiden Männern unermesslich dankbar, und eines Tages müsste sie mutig genug sein, ihnen das zu sagen.

Sie bückte sich und packte ihre Utensilien in ihren Rucksack.

Sie hatte genügend Details und Farbinformationen, um die Arbeit zu Hause fortzusetzen. Und sie konnte sich ohnehin nicht konzentrieren, wenn Marsh so nah war. Das störte sie, denn normalerweise lenkte sie nichts ab.

Als sie die Urne ganz unten in ihrer Tasche entdeckte, stockte sie. Sie hatte geplant, Marions Asche heute in alle Winde zu zerstreuen. Aber sie konnte es nicht. So sehr sie es auch versuchte, so sehr sie es sich vorgenommen hatte, sie konnte die Vergangenheit noch nicht loslassen.

Schmerz stieg auf, aber sie wollte Marsh nicht spüren lassen, dass etwas nicht stimmte. Die Tatsache, dass Marion tot war, hatte viel mit ihm zu tun, und sie hatte noch nicht einmal begonnen, sich in dieser Hinsicht mit ihren Gefühlen auseinanderzusetzen.

Vielleicht war das der Grund, warum sie so schnell vor ihm davongelaufen war. Wollte sie sie beide dafür bestrafen, dass sie am Leben waren, während Marion so grausam umgekommen war? Oder vielleicht war es einfach die gute altmodische Angst davor, mehr zu empfinden und sich das Herz brechen zu lassen.

„Wo willst du hin?", fragte sie.

„Nach Savannah."

„Oh." *Was zum Teufel gibt es in Savannah?* Sie weigerte sich zu fragen, da sie wusste, wie ernst er seine Arbeit nahm. Also reckte sie stattdessen den Hals und sah auf die Statue der Freiheit und Unabhängigkeit und ignorierte das Nagen an ihrem Herzen, weil genau diese Dinge in ihrem Leben fehlten. Eine Taube landete vor ihr, plusterte die Federn und pickte stolzierend nach Essensresten.

„Warst du schon mal da oben?" Sie deutete mit einer Kinnbewegung auf den malachitgrünen griechischen Monolithen und war überrascht, als er den Kopf schüttelte.

„Nein, aber ich weiß, dass der Fackelarm seit 1916 für Besucher geschlossen ist, weil deutsche Kollaborateure an der Küste von New Jersey Dynamit sprengten." In seinen Augen lag Traurigkeit. „Terrorismus ist hier nichts Neues. Was ist mit dir?" Es war eine gemütliche Frage, sie saßen im Sonnenschein und unterhielten sich scheinbar belanglos, aber diese Statue bedeutete ihr sehr viel mehr als das.

„Früher bin ich jedes Jahr mit Marion hierhergekommen. Am Wochenende nach dem Unabhängigkeitstag." Marion hasste Menschenmassen und sehnte sich danach, in die Heimat ihres Großvaters über den Ozean nach Irland zu reisen. Ihr Wunsch war nie in Erfüllung gegangen. Die Enge in Josies Kehle brannte. „Ich ... war dieses Jahr nicht hier."

Marions Tod war zu frisch gewesen. Die Schuldgefühle drohten, sie zu ersticken, und sie glaubte nicht, dass sie jemals verschwinden würden. Sie warf einen Blick auf ihren Rucksack. Heute hatte sie zum ersten Mal den Mut gehabt, hierher zurückzukehren, und das auch nur, weil sie es tun musste. Sie hatte Lady Liberty und die mit ihr verbundenen Erinnerungen so lange wie möglich gemieden.

Visionen von all diesen Kindheitsbesuchen stiegen in ihr auf, und selbst sechs Monate später war der Schmerz über den Verlust der Frau, die Josies Leben wieder auf die Reihe gebracht hatte, als sie niemanden sonst gehabt hatte, überwältigend. Sie wusste tief im Inneren, dass es nicht Marshs Schuld war, dass Marion tot war. Es war ihre. Ein Schluchzen stieg auf, und sie hielt sich die Hand vor den Mund, damit es ihr nicht entwischte.

Sie spürte Marshs Blick auf sich, die Last des Mitgefühls in seinen haselnussbraunen Augen. Aber er machte keine Anstalten, sie zu berühren. Versuchte nicht, sie zu trösten, denn das hier war nichts, was er lösen oder wiedergutmachen konnte. Sie musste selbst darüber hinwegkommen. Das stille Mitgefühl in seinen Augen deutete an, dass er ihren Schmerz, ihr Bedürfnis nach Sühne und ihre Unfähigkeit, die Schuld zu überwinden, verstand.

Er presste die Lippen zusammen und steckte die Hände in die Hosentaschen. Als er sich etwas vorbeugte, flatterte die Taube davon.

Nach ein paar Minuten des Schweigens fragte er schließlich: „Hat sich Special Agent Walker heute Morgen gemeldet?"

„Nein." Sie streckte die Hand aus, um ihr Haar aus dem Gummiband zu schütteln, mit dem sie es zurückgebunden hatte. Die Meeresbrise packte es sofort und spielte damit.

„Vielleicht hat er noch nichts gefunden." Marshs Kiefer spannte sich an.

Nichts gefunden ... Wie eine alte Leiche, die auf die Beschreibung meiner Mutter passt. Trauer und Schuld mischten sich zu einem qualvollen Kaleidoskop, das ihr den Magen umdrehte. Da sie wusste, dass sie kurz davor war, die Fassung zu verlieren, schnappte sie sich ihre Sachen und erhob sich. Schon spürte sie, wie sich Marsh hinter ihr aufrappelte.

Er packte sie am Arm und drehte sie zu sich herum. „Ich habe keine Zeit, dir nachzujagen, Josephine. Das hier ist kein Spiel!"

Sie blinzelte verzweifelt, um die Spuren ihrer Tränen zu verwischen, aber ihm mussten ihre feuchten Wangen aufgefallen sein, denn plötzlich drückte er jeden Zentimeter ihres Körpers an sich, und ihr Gesicht sank in den kühlen Stoff seines Hemdes. Sie atmete den männlichen Duft seines Eau de Cologne und den leichten Moschus von Schweiß ein. Sie konnte weder atmen noch sehen, aber sie sehnte sich so sehr nach diesem Trost, dass es keine Rolle zu spielen schien.

„Herrgott, es tut mir leid. Ich vergesse immer wieder, dass wir hier über deine Mutter reden."

Beruhigend strichen seine Hände über ihren Rücken, tröstend und lindernd. Es fühlte sich gut an, sich an ihn zu lehnen. So verdammt gut. Und viel zu gefährlich. Alleinsein war ihr Ding. So hatte sie überlebt. Der Schmerz, verletzt und verlassen zu werden, hatte sie tiefer gezeichnet als jedes Messer es je könnte, und sie war sich nicht sicher, wie sie die Dinge anders angehen sollte. Sie wich zurück, schniefte wenig elegant, wischte sich über die Augen und putzte sich die Nase.

„Willst du raufklettern?", fragte sie. Sie wusste, dass sie ihn damit überrumpelte. Sie war ja selbst überrascht. Sie wollte Marion noch ein letztes Mal dort hochbringen, bevor sie ihre Asche in den Wind streute. Sie war sich nur nicht sicher, ob sie es allein schaffen würde.

Er nahm ihre Hand und drückte sie. „Das würde ich gern, aber ich kann jetzt nicht. Mein Flug geht bald. Außerdem ist hier heute geschlossen. Vince wird heute Nacht bei dir bleiben ...“

„Schon okay.“ Sie entglitt seinem Griff. „Wir werden uns einen gemütlichen Abend machen, vielleicht einen Film schauen.“ Sie biss sich auf die Innenseite ihrer Wange, um nicht noch mehr zu sagen, was nach einem Teenagerabend klang. Der Ex-Navy SEAL trat hinter Marsh, gerade als dessen Handy klingelte, und Josephine nutzte die Gelegenheit, um sich auf den Weg zum Fährterminal zu machen. Doch Marsh hielt sie am Handgelenk zurück.

„Hayes“, grüßte er. „Wann?“ Er hielt inne, und Josie wusste, dass etwas Schreckliches passiert war, so wie sein Blick zu ihr schoss. „Ja, sie ist hier. Ich bringe sie sofort.“

Das Blut wich aus ihrem Kopf, und sie fühlte sich schwach. „Haben sie meine Mutter gefunden?“

Ihre Augen begegneten seinem fiebrigen Leuchten. „Nein. Es gab einen weiteren Mord.“

⁊⁊

MARSH SCHLÄNGELTE SICH DURCH DEN VERKEHR ZUM FEDERAL PLAZA, hielt mit einer Hand das Lenkrad fest umklammert, während er mit der anderen Hand einen Taxifahrer anhupte, der versuchte, ihm die Vorfahrt zu nehmen. Heute würde er niemandem raten, sich mit ihm anzulegen.

Neben ihm saß Josephine, blass, angespannt, in sich gekehrt.

„Haben sie irgendwelche Hinweise?“, fragte Vince vom Rücksitz.

„Am Telefon wollten sie mir nichts sagen.“ Er war so grimmig, dass sein Kiefer schmerzte, und die Nervosität kribbelte bis in seine Fingerspitzen. Aber er musste verdammt nochmal nach Savannah.

Er warf einen Blick auf Josephines regloses Profil.

„Komm mit mir." Der Vorschlag entfuhr ihm, bevor er ihn aufhalten konnte, aber jetzt, wo er darüber nachdachte, war es tatsächlich gar keine schlechte Idee.

Sie schüttelte den Kopf, und ihr blondes Haar streifte ihre schlanken Schultern. Zu schlank, um die Bedrohung dieses Monsters allein zu tragen.

„Dein Flug geht in weniger als einer Stunde." Ihre Stimme war gedämpft. Traurig. „Wenn wir diesen Mörder jemals aufhalten wollen, muss ich mit Agent Walker alles durchgehen, was mir einfällt."

Marsh verkniff sich eine Erwiderung. All das konnte sie morgen noch tun, nachdem sie die Nacht mit ihm in Savannah verbracht hatte – und das hatte nichts mit Sex zu tun, sondern ausschließlich damit, sie am Leben zu erhalten.

Aber was, wenn dieser Bastard in der Zwischenzeit eine weitere Frau ermordete?

Marsh atmete tief durch und versuchte, sich zu entspannen. Er begegnete Vinces düsterem Blick im Rückspiegel und las das unausgesprochene Versprechen in dessen Augen. Er nickte.

Er rieb sich die Schultern, um die steifen Muskeln zu lockern, sah auf die Uhr und wusste, dass er alle Register ziehen musste, wenn er rechtzeitig zum Flughafen kommen wollte. „Versprich mir eines", sagte er zu Josephine.

Ihr verwundbarer Blick verschwand. Stattdessen sah sie ihn argwöhnisch an und erinnerte ihn daran, dass sie normalerweise keine Versprechen gab.

„Was?"

„Wenn du bei Walker fertig bist, gehst du mit Vince nach Hause und weichst keine Sekunde von seiner Seite. Und ich meine wirklich für keine Sekunde."

„Ernsthaft?" Josephine grinste mit ihrer typisch angepissten

Haltung, die, wie Marsh schließlich herausgefunden hatte, nur eine Tarnung war, um ihre Angst zu verbergen. „Duschen wird lustig, aber ich bin dabei, *Großer*."

Er sah durch den Rückspiegel zu Vince, in dessen breitem Lächeln ein entschlossenes Funkeln lag.

„Aber klar, Josie. Wenn Sie denken, dass Sie es mit mir aufnehmen können, immer gern." Vince antwortete mit einem Südstaatenakzent, der Josephine erst finster dreinblicken und dann lachen ließ.

Sie hatte Sinn für Humor. Sie versuchte nur ständig, ihn zu verbergen.

Dann waren sie da, Vince stieg aus, öffnete Josephines Tür und sah sich um, obwohl Special Agent Sam Walker sie schon erwartete und durch die Windschutzscheibe winkte. Marsh ergriff Josephines Hand, bevor sie ausstieg.

„Pass auf dich auf." Er wollte etwas anderes sagen, etwas Sinnvolles, aber er wusste nicht was. Stattdessen blickte er stumm in ihre wachsamen blauen Augen. „Bitte?"

Sie nickte, stieg aus und knallte die Tür hinter sich zu. Marsh zuckte zusammen, dankbar für die solide deutsche Ingenieurskunst.

Sam Walker steckte seinen Kopf durch das offene Fenster. „Ich brauche Sie auch drinnen."

Dem Aussehen des Typen nach zu urteilen hatte er eine weitere anstrengende Nacht hinter sich. Marsh warf einen Blick auf die Uhr auf dem Armaturenbrett. „Ich kann nicht." In der Einheit für Verhaltensanalyse gab es mehr Burnout als in allen anderen Bereichen, aber wenn jemand helfen konnte, diesen Mörder zu fassen, dann waren es diese Jungs. „Ich habe einen Termin in Savannah. Ich komme heute Abend oder morgen früh zurück. Dann können wir einen geeigneten Zeitpunkt vereinbaren."

Marsh ignorierte Walkers Blick und schloss das Fenster. War er wieder zum Verdächtigen geworden? Walker trat zurück, drehte sich zu Josephine um und lächelte kurz über etwas, das sie sagte.

Marsh reihte sich in den dichten Verkehr ein, biss die Zähne zusammen und ignorierte die Wut, den Schmerz und die Verzweiflung, die durch jede seiner Nervenfasern krochen. Er hatte einen Job zu erledigen. Vince war mehr als in der Lage, sie zu beschützen. Das Problem war – er gestand es sich endlich ein – dass er nicht wollte, dass ihr jemand anderes zu nahekam, und das brachte ihn langsam um den Verstand.

Sein Handy klingelte, eine willkommene Ablenkung. Er schaltete die Freisprechanlage ein und schlängelte sich durch die Fahrspuren in Richtung Manhattan Bridge. Als eine weibliche Stimme ankündete, dass der Direktor am Apparat sei, zuckte er zusammen.

Verdammt.

„Marsh, was zum Teufel treibst du?"

„Brett, schön, von dir zu hören ..."

„Dies ist kein Freundschaftsanruf." Brett Lovine klang verärgert und sauer. Keine gute Mischung für einen FBI-Direktor, wenn auch wahrscheinlich keine ungewöhnliche.

„Was kann ich für dich tun, *Sir?*" Die Spitznamen, die sie sich als Kinder gegeben hatten, hallten in dieser zackigen Anrede wider, sodass Brett tief in sein Telefon schnaubte.

„Ich habe gerade mit Montgomery Able gesprochen. Kennst du ihn?"

„Ähhh ..."

„Das ist der Anwalt von Senator Brook Duvall, *Special Agent* Hayes." Bretts Ton grenzte an ein sarkastisches Knurren.

Autsch. „Direktor, ich habe solide Beweise, die Pru Duvall mit einem gestohlenen Gemälde in Verbindung bringen. Ich muss dieser Spur nachgehen." Er schaute in den Rückspiegel, wechselte die Spur, brauste auf die Schnellstraße und gab Vollgas. „Nur weil Brook Chancen hat, von der Partei nominiert zu werden, ist das kein Grund, ein Auge zuzudrücken. Eigentlich tue ich ihm sogar einen Gefallen, indem ich die Angelegenheit gründlich untersuche.“

Brett schnaubte wieder, aber Marsh fuhr unbeirrt fort. „Wir haben Grund zu der Annahme, dass das gestohlene Gemälde von Admiral Chambers tatsächlich ein verschollener Vermeer ist, der bei einer Auktion bis zu fünfzig Millionen Dollar wert sein könnte und die Kunstwelt in ihrer Grundfestung erschüttern wird, wenn er enthüllt wird. Jeder Hinweis auf fragwürdiges Verhalten wird Duvall wie einen Betonklotz im Wasser versinken lassen.“

Die Leitung wurde still.

Brett wägte offensichtlich die gute Publicity ab, die das FBI bei der Wiederauffindung des Gemäldes erhalten könnte, gegenüber dem schlechten Karma, das damit verbunden war, einen potenziellen zukünftigen Präsidenten zu verärgern.

„Wir wissen beide, dass Chambers ein verrückter alter Bock ist, der das Ding vielleicht verschenkt, und am nächsten Tag seine Meinung geändert hat“, wandte Brett langsam ein.

„Pru hat dasselbe gesagt.“ Marsh erkannte, dass das stimmen könnte. „Aber er hat fotografische Beweise dafür, dass das Gemälde in seiner Sammlung war, und er hat es dem FBI nun einmal als gestohlen gemeldet.“

Sein Chef schien ihm jetzt beizupflichten. „Ich möchte nicht, dass auch nur ein Wort davon an die Presse gelangt. Keine Silbe. Verstanden?“

„Jawohl, *Sir*.“ Marsh lächelte.

„Und was zum Teufel hast du mit diesem Serienmörder-Fiasko in New York City zu tun?“

„Der Fall betrifft eine enge persönliche Freundin von mir ...“

„Ja, ich habe die Fotos gesehen.“ Brett, sein Freund aus Kindertagen, brummte. „Sie ist genau dein Typ. Tu uns beiden einen Gefallen, fick sie und dann halte dich aus der Sache raus ...“

„Oder was? Willst du mich feuern?“ Wut steckte seine Zunge in Brand.

„Schon möglich."

Zu wütend, um darauf etwas zu erwidern, unterbrach Marsh die Verbindung.

Hitze strömte aus seinem Körper, und eine Adrenalinwelle ließ seine Wut bis in seinen Kopf hinaufbrodeln. Plötzlich war ihm seine Wolljacke zu stickig. Er öffnete das Fenster und ließ die kalte Brise durch das Innere des Wagens wehen, um seine Sinne zu betäuben.

Brett hatte seine Professionalität noch nie infrage gestellt. Marsh zählte bis zehn, während er überlegte, den Wagen zu wenden und nach Manhattan zurückzufahren.

Dann atmete er tief durch, nahm den Fuß etwas vom Gaspedal und überlegte, was passiert war. Das alles war ihm nur allzu vertraut und roch nach Politikern und Machthungrigen, die ihre Finger in Recht und Ordnung steckten und das trübe Wasser aufwühlten. Es stank zum Himmel.

Brett hatte nicht zurückgerufen, um ihn zu feuern.

Noch nicht.

Nun, solange er es nicht tat, würde Marsh den Dieb von Admiral Chambers' Gemälde aufspüren und hoffen, dass die Beweise überzeugend genug waren, um vor Gericht zu bestehen. Egal, wer das verdammte Ding gestohlen hatte.

Und Josephine?

Bretts Worte hatten einen wunden Punkt getroffen. Als er sich ihren klaren trotzigen Blick vorstellte, hielt er inne und wunderte sich über seine übertriebene Reaktion auf den zotigen Kommentar des FBI-Direktors. Ihre Abneigung gegen Autoritätspersonen färbte eindeutig auf ihn ab. Sie hatte von dem Moment an, als er ihr zum ersten Mal begegnet war, genau diese Wirkung auf ihn gehabt. Sie verabscheute alles, wofür er stand.

Aber er gab sie nicht auf. *Niemals.* Auch wenn er keine Ahnung hatte, wie er sie dazu bringen konnte, ihm zu vertrauen.

Er drückte wieder auf das Pedal und beeilte sich, seiner Pflicht nachzukommen und sein Versprechen einzuhalten, die Arbeit zu tun, die er liebte.

Josephine war in Sicherheit.

Das war alles, was wirklich zählte.

NELSON BEUGTE SICH ÜBER DIE FOTOS AUF SEINEM SCHREIBTISCH. Es hatte ihn fünfzig Dollar und ein bisschen geniale Detektivarbeit gekostet, um die Identität des letzten Kükens zu enthüllen, das vom Blade Hunter in Scheiben geschnitten worden war. Lynn Richards. Die Frau war erst vor zwei Abenden fotografiert worden, als sie zusammen mit Special Agent Marshall Hayes an der Eröffnung einer Kunstgalerie teilgenommen hatte. Nelson konnte sein Glück kaum fassen.

Das Geplapper im Büro war ohrenbetäubend, und die Stimmung in der Stadt begann, vor Angst und Paranoia zu brodeln. Plötzlich bekam Nelsons banaler Job, der nur von Tod, Drogen und Kriminalität handelte, die Art von Aufmerksamkeit, die normalerweise Filmstars und Pop-Ikonen vorbehalten war.

„Landry!" Seine prämenstruelle, zickige Redakteurin stand an der Tür ihres Büros und schrie durch den Raum.

Er blickte unbehaglich auf, unfähig, ihre Laune an etwas anderem als dem Funkeln in ihren Augen zu messen. „Ja, Boss?"

„Haben Sie etwas Neues über das jüngste Opfer des Blade Hunters herausgefunden?"

„Ja. Ich habe alles, über ihre Eltern, die zum Zeitpunkt des Mordes bei einem VIP-Dinner waren, bis zu ihrem Date mit einem FBI-Agenten." Er winkte ihr mit der *NY News* vom Samstag zu und deutete auf das Bild von Lynn Richards. Schweiß lief ihm seitlich übers Gesicht, denn diese Geschichte könnte ihn wieder ins Spiel zurückbringen.

„Das ist das Opfer? Sind Sie sich da ganz sicher?" Sie kam zu seinem Schreibtisch herüber und musterte ihn misstrauisch. Ihr Dauerblick.

„Ja.“

Es entstand eine Pause, die sich über das ganze Büro ausbreitete. Alle hielten den Atem an.

„Schicken Sie mir das Ganze in den nächsten fünfzehn Minuten, und ich halte die Titelseite frei.“

Er grinste. „Kein Problem, Boss.“ Aufregung summte durch ihn, als er anfing, seinen Text zu tippen.

„Was ist mit dem anderen Mädchen?“ Sie tippte mit ihrem rotlackierten Fingernagel auf die andere Frau auf der Titelseite der *NY News*.

Nelson zuckte mit den Schultern. Damit war er noch nicht weitergekommen. „Ich weiß nicht, wer sie ist. Ich arbeite dran.“

„Und der Agent?“

Der wird sich wünschen, sich nie mit mir angelegt zu haben. „Der ist für eine Stellungnahme nicht verfügbar.“

Ihre fein gezupften Brauen hoben sich. „Ich habe meine eigenen Quellen. Ich werde sehen, was ich herausfinden kann.“

Kapitel Neun

❧

„Schlafen Sie jemals, Agent Walker?" Josephine beäugte die tiefen Falten im Gesicht des Agenten.

Sam Walker verzog grimmig den Mund und schüttelte den Kopf, aber seinen blauen Augen fehlte ein echtes Funkeln. „Nicht mehr." Er rief Nicholl an, um ihm mitzuteilen, dass sie auf dem Weg zurück ins Haus waren.

Vince schwebte wie ihr Schatten hinter ihr, und plötzlich war sie dankbar dafür. Sie begannen, auf das Gebäude aus Beton und Glas zuzugehen, und hinter ihnen flatterten Fahnen laut raschelnd im auffrischenden Wind. Walker berührte mit der Hand ihren Ellbogen und alles, woran Josie wirklich denken konnte, war die große Lücke an ihrer Seite, wo Marsh sein sollte.

Und das machte sie wahnsinnig.

„Es gab einen weiteren Mord?" Vinces tiefe Stimme dröhnte wie ein Bulldozer.

Walker warf dem Ex-SEAL einen Blick über die Schulter zu. Nickte, führte seine Antwort aber nicht weiter aus. Eine eiskalte Gänsehaut überkam sie. Vielleicht wäre keine dieser Frauen gestorben, wenn sie sich früher daran erinnert oder zugegeben hätte, dass sie ihrer Mutter vor all den Jahren gefolgt war.

Sie passierten die Sicherheitskontrolle, wo Vince seine Waffe abgab, bevor sie das Atrium des Gebäudes betraten. Die Aufzugtüren öffneten sich, und eine Gruppe strömte heraus. Eine Frau schluchzte hemmungslos, und ihr hellblondes Haar war ein unordentliches Durcheinander. Josie wollte im Boden versinken, denn sie war unfähig, einem solch rohen Schmerz beizuwohnen.

Doch da sah sie die Frau und blieb wie angewurzelt stehen, ohne die Menschen zu bemerken, die sich hinter ihr drängten. „Sie." Ihr Gesicht erstarrte zu einer ängstlichen, dann wütenden Grimasse. „Sie wissen, wer das getan hat. Sie wissen, wer mein Baby getötet hat!" Sie warf sich auf Josie, und trotz all ihrer Reflexe blieb sie regungslos stehen und war aufgrund des Hasses in den Augen der älteren Frau unfähig, sich zu bewegen.

Sie wappnete sich gegen die Nägel in ihrem Gesicht und war erstaunt, als sie nach hinten gezogen und hinter Vinces breiten Rücken zu stehen kam, von wo aus sie nichts mehr sehen konnte.

Ihr Leibwächter.

Sie hatte ihn ganz vergessen.

Die Schwäche in ihren Knien traf sie unvorbereitet, und sie lehnte sich mit dem Rücken an die Wand, während die arme Frau fortgeschoben wurde. Die darauffolgende Stille war laut und ohrenbetäubend, als die Leute ringsum sie anstarrten.

Vince schob sie in den Fahrstuhl. Agent Walker stieg nach ihnen ein und rieb sich die Stirn. Vielleicht war es in der Tat ihre Schuld. Der bösartige Geist des Mörders war ein wesentlicher Bestandteil der Flammen, die sie geschmiedet hatten.

„Tut mir leid." Walker klang verstimmt.

Sie öffnete den Mund, brachte aber nichts heraus.

Als er aus dem Aufzug stieg, bat Walker: „Warten Sie hier einen Moment." Dann ließ er sie wie ungebetene Gäste auf einer Party im Korridor herumlungern.

Sie und Vince sahen zu, wie er sich Special Agent Nicholl an der Kaffeemaschine näherte und ihn dann durch eine offene Tür und außer Sichtweite zog.

„Sieht nach Ärger aus." Vince hob seine Augenbrauen in Richtung Türrahmen.

„Was meinst du?" Josie sah ihn stirnrunzelnd an, denn sie verstand nicht, bis es ihr plötzlich dämmerte. Nicholl war für diese kleine Szene unten verantwortlich.

Aber warum?

Um sie aus dem Gleichgewicht zu bringen? Das schien der wahrscheinlichste Grund zu sein, aber nochmal, warum? Was zum Teufel konnte sie ihnen noch sagen, woran sie sich nicht bereits angestrengt zu erinnern versucht hatte?

Walker kam mit dem Blick eines Mannes zurück, der jemandem, der es verdiente, einen ordentlichen Kinnhaken versetzt hatte.

„Er denkt wirklich, dass ich etwas damit zu tun habe, nicht wahr? Dass ich irgendwie Teil einer Verschwörung bin?", hauchte Josie. Sie war erstaunt, dass Nicholl so schlecht von ihr dachte.

Sam Walker erwiderte nichts, während er sie in einen Befragungsraum führte, ähnlich wie er es zuvor getan hatte. Er hielt Josie die Tür auf, legte aber seine Hand auf Vinces Arm, um ihn am Eintreten zu hindern.

„Ich muss Sie bitten, draußen zu warten."

Vince warf ihm einen verdrossenen Blick zu.

„Wenn wir das in meiner Wohnung gemacht hätten, wäre Vince doch auch dabei gewesen", warf Josie ein. „Oder willst du eine Pause machen, Vince? Wir könnten uns später wieder hier treffen."

„Ich habe Marshall Hayes versichert, dass ich Sie nicht aus den Augen lassen würde, Ma'am." antwortete Vince gleichmütig. „Pinkelpausen ausgenommen, sofern ich vorher die Toilette durchsuche."

Sie verschränkte die Arme und warf ihm einen düsteren Blick zu. „Ernsthaft?"

Er zog eine Augenbraue hoch. „Ernsthaft."

„Das hatte ich befürchtet", murmelte Walker leise. „Hayes macht sich zwar die Mühe, Ihnen einen Personenschutz zu besorgen, hat aber keine Lust, ein paar grundlegende Fragen zu beantworten ..."

„Was haben Sie gegen ihn?", fragte sie verwundert. Die beiden FBI-Agenten waren sich doch so ähnlich – beide engagiert und hartnäckig. Sie hätte gedacht, sie wären Komplizen in der Vollstreckung von Recht und Ordnung.

„Nichts", antwortete Walker schnell und nickte dann Vince in den Raum. „Mischen Sie sich einfach nicht ein, okay?"

Vince setzte sich auf einen der orangefarbenen Plastikstühle, die noch aus den siebziger Jahren stammen mussten. Der Stuhl knarrte bedrohlich, aber Vince ignorierte es, stellte seine Füße schulterbreit auseinander und verschränkte die kräftigen Arme.

Josie stellte ihren Rucksack – mit Marions Asche darin – sorgfältig auf den Boden neben einen anderen Stuhl und setzte sich. Dass Agent Walker sich weigerte, ihren Blick zu erwidern, verriet Josie, dass etwas Schreckliches passiert war.

„Haben Sie was dagegen, wenn ich das hier aufnehme?" fragte Walker.

Josie war das eigentlich scheißegal, aber sie überlegte trotzdem, ob sie ihren Anwalt anrufen sollte.

Er legte einen Schalter um und begann damit, das Datum, die Uhrzeit und ihre Namen für das Protokoll herunterzuleiern.

„Wo waren Sie letzte Nacht, Josephine?" Walker blickte auf den Tisch vor sich und fixierte die Akten, als wären sie das Interessanteste, was er jemals zu Gesicht bekommen hatte.

„Was?" Sie blinzelte ihn an. War er denn nicht in ihrer Wohnung gewesen, bis Marsh ihn und Vince rausgeschmissen hatte? Sie wusste nicht einmal, wie spät es gewesen war, sie hatte zu sehr in Erinnerungen geschwelgt. „Sie wissen, wo ich war." Ihre Finger umklammerten die Tischkante, und ihre Nägel kratzten über das dünne Furnier.

„Können Sie es bitte für das Band wiederholen?" Walker sah

unbeteiligt aus. Müde und abgespannt. Vielleicht war das nur Routine.

„Ich war in meiner Wohnung.“

„Haben Sie gestern Abend oder heute Morgen vor sieben Uhr Ihre Wohnung verlassen?“

Sie richtete ihren Rücken auf, und ihre Wirbel drückten in die unbequeme Plastiklehne. „Nein.“

„Waren Sie allein in Ihrer Wohnung?“

„Nein.“ Sie runzelte die Stirn, trommelte mit den Fingern auf dem Tisch herum und fragte sich, was das gemäß Polizeihandbuch über Körpersprache über ihre intimsten Gedanken verriet.

Walker blickte auf, und sie hatte den Eindruck, dass die Zimmertemperatur um vierzig Grad sank. „Wer war bei Ihnen?“

Sie hörte auf zu trommeln. „Special Agent Marshall Hayes war bei mir. Das wissen Sie doch alles.“

„Marshall Hayes war die ganze Nacht in Ihrer Wohnung? Sind Sie sich da sicher?“

Verdammt, was zum Teufel war hier los?

„Absolut sicher“, bestätigte sie laut für das Band.

„Sind Sie sicher, dass Sie Marshall Hayes die ganze Nacht über nicht aus den Augen verloren haben?“ Walkers Augen bohrten sich in ihre. Nach dem hitzigen Wortwechsel zwischen ihr und Marsh gestern Abend hatte sie ihre Zimmertür abgeschlossen und war nicht mehr herausgekommen. Marsh hatte um elf an die Tür geklopft und ihr gesagt, dass er auf der Couch schlafen würde. Sie hatte ihn bis zum Morgengrauen nicht gesehen. Aber sie sah unbeirrt in Sam Walkers müde Augen und log. „Marsh hat die ganze Nacht direkt neben mir verbracht.“

Walker kniff die Lippen zusammen. Vince bewegte sich sichtlich unbehaglich, wahrscheinlich weil er wusste, dass Marsh auf der Couch geschlafen hatte. Aber er sagte nichts. Er verriet sie nicht.

„Wieso wollen Sie das wissen?“, fragte Josephine.

Sam Walker seufzte tief und zog ein Foto hervor, das das

Gesicht einer jungen Frau zeigte. Ihre Augen waren matt. Der Mund schlaff. Sie war jung. Und sie war schön gewesen. „Kennen Sie sie?"

Josephine hob das Foto der Frau auf, doch Tränen ließen plötzlich ihre Sicht verschwimmen. Der Bastard hatte es wieder getan. Ihr Finger schwebte über dem Gesicht des Mädchens. Sie hätten Schwestern sein können. Die Frau in der Lobby hätte ihre eigene Mutter sein können.

„Ich habe sie noch nie zuvor gesehen." Sie biss sich auf die Lippe. „Wer ist sie?"

Agent Walker schob die zusammengefaltete gestrige *NY News* über den Tisch. Dort entdeckte sie in der Mitte ein Hochglanzfoto von sich und Marsh, wie sie zwei Abende zuvor vor ihrem Wohnhaus standen.

„Ich war auf dem Cover der *NY News*? Ich verstehe immer noch nicht ..."

Walker entfaltete die Zeitung, und ihr Blick fiel auf das andere Foto im unteren Teil der Titelseite. Sie nahm das Bild der toten Frau und hielt es neben das Bild von Marsh, der am selben Abend an einer Galerieeröffnung teilgenommen hatte.

„Oh nein." Sie drehte sich von Walker zu Vince um. „Weiß er Bescheid?"

Vince kam schwerfällig auf die Füße, lehnte sich schwer auf den Tisch und starrte auf das Bild. „Das bezweifle ich – sonst wäre er nicht gegangen."

Beide sahen zu Walker, aber Josie stellte die Frage zuerst. „Glauben Sie wirklich, dass er dazu fähig ist?" Marsh war der anständigste Mensch, dem sie je begegnet war. Er war so anständig, dass es fast schon ekelerregend war. „Marsh würde das niemals jemandem antun." Er wäre am Boden zerstört, wenn er davon erfuhr. Er würde sich die Schuld daran geben, das Mädchen zur Zielscheibe gemacht zu haben. „Und warum sollte ich mich ihm freiwillig nähern, wenn er der Typ wäre, der mich angegriffen hat ..."

„Sie sagten, Sie hätten sein Gesicht nie gesehen."

Walkers Antwort war eisig – als wolle sie ihm seinen besten Verdächtigen nehmen. Das FBI musste wirklich völlig im Dunkeln tappen, wenn sie einen ihrer besten Männer festnageln wollten.

„Man muss niemandem ins Gesicht sehen, um ihn zu erkennen. Man spürt es an der Stimme, man sieht es an der Form und Breite der Schultern." Sie öffnete ihre Handflächen weit. „Es ist das Gefühl der Berührung einer Person, der Geruch seiner Haut." Sie hielt Agent Walkers Blick stand und zwang ihn, ihr zu glauben. „Der Typ, der mich angegriffen hat, war nicht Marshall Hayes."

Vince richtete sich auf und setzte sich wieder auf seinen orangefarbenen Stuhl. „Sie wissen, dass sie recht hat, Walker. Sie wollen nur einfach Ihren schönen, saftigen Knochen nicht loslassen."

Walker verzog die Lippen zu einem bitteren Lächeln und zuckte mit den Schultern, als würde er das bereitwillig einräumen.

„Na schön." Er ordnete die Papiere. „Ich habe die Sozialversicherungs- und Führerscheinnummern Ihrer Mutter durch das System laufen lassen. Beide Nummern wurde seit ihrem Verschwinden in der Nacht Ihres Angriffs damals nicht mehr verwendet."

Der Sauerstoff verließ ihren Körper, als wäre sie gegen eine Wand geschleudert worden. „Sie ist also tot." Sie starrte auf den Tisch und bemerkte Gekritzel auf der abgenutzten Oberfläche.

„Nicht unbedingt ..."

Josie riss den Kopf hoch. „Wie meinen Sie das?"

„Vielleicht ist sie ins Ausland gegangen. Oder sie lebt unter einer falschen Identität."

Josie runzelte die Stirn. „Der Typ, mit dem sie zusammen war, war Missionar in Afrika ..."

„Afrika?" Vince richtete sich auf, plötzlich hellhörig geworden.

„Habe ich das gestern nicht gesagt?" Josie runzelte die Stirn.

Walker warf Vince einen bösen Blick zu, der ihm sagte, er solle den Mund halten, dann beugte er sich vor, um seine Notizen zu überprüfen. „Sie sagten nur, er sei ein Typ aus der St. Mary's Church gewesen."

„Er war nur ein paar Wochen im Land."

„Wo in Afrika war er Missionar?", fragte Vince.

Walker funkelte ihn wieder an und sah aus, als ob er fluchen wollte, warf dann aber einen Blick auf das Band und erinnerte sich offensichtlich daran, dass es eingeschaltet war.

„Ich weiß es nicht." Josie schüttelte den Kopf. Ihre Gedanken überschlugen sich so unverhofft, dass ihr schwindelig wurde. Vince erhob sich mit seinen ein Meter neunzig aus gestählten Muskeln, stapfte zum Diktiergerät und schaltete es aus.

„Was machen Sie da?", stammelte Walker und verstummte dann, als Vince aus seiner Jacke schlüpfte und anfing, sein Hemd aufzuknöpfen. Das Halfter, in dem normalerweise seine Desert-Eagle-Pistole hing, war leer und baumelte unter seinem linken Arm.

„Ich werde Ihnen eine neue Perspektive eröffnen." Vince öffnete sein Hemd weit und entblößte seine prächtige dunkelhäutige Brust, die mit Narben übersät war, was Josies Herz vor Schreck fast platzen ließen.

Sechs lange tiefe Narben verliefen über jede Seite seines Oberkörpers und betonten seine Rippen. Eine winzige Reihe von Punkten unterstrich die Spitze jeder Narbe.

„Vor ein paar Jahren habe ich meine Familiengeschichte bis in ein kleines Dorf in Mosambik zurückverfolgt." In der Gewissheit, dass er seinen Standpunkt klar gemacht hatte, zog Vince sein Hemd wieder zu und begann, die Knöpfe zu schließen. „Ich war zu Besuch dort, als sie versuchten, mich zu einer Narbenzeremonie zu zwingen. Sie sagten mir, ich wäre kein richtiger Mann, wenn mein Körper nicht so aussähe wie die meiner Vorfahren.

Ich antwortete, dass ich sie auf keinen Fall mit ihren alten rostigen Messern an mich heranlassen würde." Er lachte dröhnend und zuckte mit seinen massigen Schultern. „Aber ich habe mir ein paar sterile Instrumente aus einer nahen Klinik besorgt und mich schneiden lassen. Nicht, weil ich noch kein richtiger Mann war, verstehen Sie, sondern weil ich fand, dass es cool aussah." Er zog eine Augenbraue hoch und steckte sein Hemd in seine Hose. „Zum Glück war ich schon beschnitten."

„Da hast du aber Glück gehabt." Josie versuchte, den Schrecken aus ihrem Gesicht zu wischen, scheiterte aber. „Also ist das" – sie legte ihre Hand auf ihren Brustkorb, unter ihre Brust – „in Afrika üblich?"

„Es ist nicht mehr so verbreitet wie früher, aber ja." Er nickte. „Tattoos funktionieren auf dunkler Haut nicht so gut."

„Hat es wehgetan?" Walker konnte seine Abneigung nicht verbergen, und sie bemerkte den Ausdruck auf seinem Gesicht, als sein Blick auf ihre Brust fiel. War es eine unfreiwillige männliche Reaktion oder dachte er an ihre Narben? Sie verschränkte befangen die Arme.

„Höllisch, aber die Frauen stehen drauf." Er zwinkerte, und sein Diamantstecker blitzte auf.

Josie schnaubte: „Das sagt wahrscheinlich mehr über die Frauen aus, mit denen du ins Bett gehst, als über Sexappeal."

„Worauf ich hinaus will ..." Vince wurde plötzlich ernst. „Das Schneiden könnte eine Verbindung zu Afrika und zu diesem Missionarstyp sein."

Walker zupfte mit Daumen und Zeigefinger an seiner Lippe. „Wenn ich mich richtig an einige meiner grundlegenden Anthropologiekurse erinnere, ist die Skarifizierung auch bei anderen indigenen Bevölkerungsgruppen in Australien und Südamerika üblich."

Ihr Mund wurde trocken, als sie plötzlich verstand. „Er benutzt diese Frauen, als wären sie eine Leinwand, auf der er sein Werk abbilden kann." Sie schauderte.

Walker schaltete das Tonband wieder ein. „Josephine, lassen Sie uns alles durchgehen, woran Sie sich über den Mann erinnern, von dem Sie glaubten, dass er mit Ihrer Mutter durchgebrannt ist."

&

MARSHS TOSENDE KOPFSCHMERZEN HATTEN NICHTS MIT DEM NAPHTHALINGERUCH ZU TUN, der aus dem Büro von Pru Duvalls Geschäftsführer strömte, sondern mit der atemberaubenden Feuchtigkeit eines sich zusammenbrauenden Sturms. Obwohl, wenn er so darüber nachdachte, tat ihm der Kopf weh, seit er herausgefunden hatte, dass Josephine das Ziel eines Serienmörders war.

Obwohl es Anfang Oktober war, waren es über dreißig Grad, und die Luftfeuchtigkeit war jenseits jeder Messung. Schweiß klebte an seiner Oberlippe und triefte seinen Körper hinab.

Sein maßgeschneiderter Wollanzug war vielleicht perfekt für die heimtückische Kälte der Ostküste, aber in Savannah, Georgia, war es, als wäre er in eine nasse Decke gewickelt. Er zog seine Jacke aus und wartete darauf, dass Thomas Brown ein Glas Eistee einschenkte. Die kühle Flüssigkeit kondensierte an der Außenseite und sammelte sich für einen Moment auf dem dunklen Holz, bevor Brown ihm das Glas reichte.

„Danke, Mr. Brown." Marsh nahm das Glas von dem adretten kleinen Mann entgegen und trank es in einem Zug halbleer. Seine Körpertemperatur sank um den Bruchteil eines Grads.

„Gern geschehen, und nennen Sie mich ruhig Thomas." Thomas Brown lächelte. „Mehr?"

Marsh nahm dankbar an.

Thomas war ganz und gar nicht der großspurige Kerl, den Marsh erwartet hatte, sondern hatte eher das Aussehen eines Hausdieners. Sanftmütig, freundlich, ganz und gar nicht wie Pru Duvall.

„Ist es im Herbst immer so heiß?" Er hielt sich zurück und

nippte diesmal höflich an seinem Glas. Das kühle Gebräu glitt mit eisiger Köstlichkeit seine Kehle hinab.

Ein Deckenventilator surrte leise über ihm, schickte Wellen heißer Luft zurück auf den Boden und sorgte für die Erleichterung eines warmen Föns. Ein Vorhang wehte im leichten Wind. Kinderlachen durchzog die schwüle Atmosphäre mit federleichten freudigen Gesprächsfetzen. Marsh wartete ungeduldig auf Antworten, aber die Erfahrung hatte ihn gelehrt, dass ein wenig Smalltalk und Höflichkeit ihn schneller weiterbringen würden als gebellte Forderungen. Vor allem hier im Süden.

Der Raum war vollgestopft mit historischer Kleidung und Antiquitäten. Genug, um einen Laden zu eröffnen. Mottenkugeln, muffig und stechend, lagen überall verstreut wie kleine weiße Murmeln. Marsh zog heimlich eine unter seinem Oberschenkel hervor, ließ sie auf den Boden fallen und wischte seine fettigen Hände an seinem Hosenbein ab.

„Hält die Katzen von den Stühlen und die Motten von der Kleidung fern." Thomas nickte in Richtung des Geländers voller alter Kleider, die aussahen, als kämen sie vom Filmset von *Vom Winde verweht*.

„Wie bitte?"

„Die Mottenkugeln." Thomas' Augen funkelten leicht amüsiert. „Sie verhindern, dass die Katzen den Stoff beschädigen." Wie aufs Stichwort stolzierte ein flauschiger Perser hinter dem Schreibtisch hervor, den Schwanz in die Luft erhoben, und ging an Marsh vorbei.

„Sind Sie eine Art Sammler?"

„Nein, Sir." Thomas lächelte. „Eigentlich genau das Gegenteil. Das alles gehörte Miss Prus Eltern und Großeltern. Sie bat mich, alles loszuwerden." Er nahm hinter dem kleinen Schreibtisch Platz, der vollgestopft war mit Papieren und Akten, einem riesigen Computermonitor und einem alten Telefon mit Wählscheibe.

„Gehört dieses Haus auch Mrs. Duvall?"

Das Haus war ein mittelgroßes Regency-Gebäude, in einem gespenstischen Hellblau gestrichen. Fensterläden und komplizierte Eisenbalkone verschönerten es ebenso wie ein Sitzplatz mit einem Steinbrunnen und riesigen Eichen ringsum, die Schatten und Schutz vor der unerbittlichen Hitze spendeten.

Thomas nickte. „Ja. Es war ursprünglich das Haus ihrer Großmutter, aber Miss Pru hat all ihre Sachen hierhergebracht, als ihre Mutter, Miss Virginia, starb. Sie ist in einem der großen Herrenhäuser in der Abercorn Street aufgewachsen, aber das hat sie schon vor Jahren verkauft. Es ist jetzt ein Hotel.“

Marsh nickte. Er konnte sich vorstellen, wie Pru vornehm und prachtvoll aufwuchs, ähnlich wie er selbst. Aber was er nicht verstand, war, dass Pru ihr Elternhaus verkaufte und in dieses Haus zog, das zwar schön und historisch, aber nicht so prächtig oder großartig war, wie es das Zuhause ihrer Kindheit gewesen sein musste. Villen eigneten sich deutlich besser, um politische Genossen zu unterhalten.

„Irgendeine Ahnung, warum sie verkauft hat?“, fragte Marsh.

Das Weiße in Thomas’ Augen hatte einen leichten Gelbstich. „Ich weiß es nicht genau, Sir. Miss Pru vertraut sich mir nicht an, sie bezahlt mich nur dafür, dass ich mich hier unten um ihr Eigentum kümmere, wofür ich sehr dankbar bin.“

Thomas Brown war mindestens fünfzehn Jahre älter als Pru, und Marsh fragte sich, von wie vielen Leichen im Keller der Familie er wusste. *War er früher womöglich ihr Liebhaber gewesen?*

„Wie oft kommt Miss Pru her, Thomas?“, wollte Marsh wissen.

Der Mann blickte auf seine braunen Lederschuhe, die seitlich aus dem Schreibtisch ragten. Sie waren abgetragen, aber nicht schäbig, ein bisschen wie der Mann selbst.

„Nicht oft.“ Thomas sah zu ihm hinüber und kniff die Augen zusammen, als würde er nachdenken. „Vielleicht zweimal in den letzten drei Jahren … Sie hat in letzter Zeit immer mal wieder in Australien gelebt.“

Okay, die Liebhabergeschichte schien ein bisschen weit hergeholt.

Marsh zog ein Foto von Admiral Chambers' Gemälde heraus. „Sie haben dieses Gemälde vor ungefähr sechs Monaten an eine Firma namens *Total Mastery NY* verkauft. Erinnern Sie sich daran?"

Thomas warf Marsh einen Blick zu, der andeutete, dass er ein Schwachkopf war.

„Natürlich erinnere ich mich." Thomas faltete seine Hände vor seinem Bauch. „Ich habe mich sehr gefreut, einen so guten Preis zu erzielen."

Marsh sagte dem Mann nicht, dass es ein Vielfaches dessen wert war, was er dafür bekommen hatte – oder gar nichts, wenn es gestohlen war.

„Wo haben Sie das Bild her, Thomas?"

„Aus der Villa." Seine geschwollenen Finger strichen langsam durch sein kurzgeschorenes schwarzes Haar. „Miss Pru hat mir aufgetragen, alles zu verkaufen, was nicht für die Einrichtung dieses Hauses hier benötigt wird. Sie hatte bereits alles ausgewählt, was sie behalten wollte." Der Mann nickte in Richtung der Kleider und des Porzellans, die jeden Raum überfüllten. „Fünf Jahre hat es gedauert, aber das ist jetzt alles, was noch davon übrig ist."

Das war Marsh keine Hilfe. „Erinnern Sie sich, wann dieses Gemälde in der Villa ankam oder wie es dort hingelangt ist?"

Seine Schokoladenaugen funkelten. „Ich weiß nicht einmal genau, wo ich es gefunden habe", meinte er stirnrunzelnd. „Aber als ich es fand, dachte ich, es könnte wertvoll sein, weil es so alt aussah. Ich habe es zu einer örtlichen Firma geschickt, um es reinigen zu lassen." Er zuckte mit den knochigen Schultern, die die dünne Baumwolle ausbeulten. „Als es zurückkam, war es fast nicht wiederzuerkennen. Der ganze schwarze Dreck war weg." Er lächelte. „Mir ging es nur darum, das Geld für die Restaurierung zurückzubekommen und einen vernünftigen Gewinn zu machen. Was soll das alles, Special Agent Hayes?"

Das Gemälde war gereinigt worden, nachdem es dem Admiral gestohlen worden war. „Wissen Sie, ob Mrs. Duvall das Gemälde gesehen hat, nachdem es gereinigt und bevor es verkauft wurde?" Marsh rieb sich mit der Hand über das Gesicht und erkannte einen drohenden politischen Albtraum. Die Herkunft des Bildes festzustellen, erwies sich als schwieriger, als er erwartet hatte. Konnte es sein, dass zwei identische Gemälde im Umlauf waren?

„Ich weiß es nicht genau." In den sanften Augen lag ein Hauch von Mitleid. „Ich glaube nicht."

„Haben Sie einen Herkunftsnachweis?" fragte Marsh. Das hier entpuppte sich als Zeitverschwendung.

Thomas lächelte, und seine Wangen formten dunkle, pralle Kugeln. „Alle wichtigen Papiere gingen nach dem Bürgerkrieg bei einem Brand verloren." Donner rollte in der Ferne, und weißes Licht flackerte durch den Raum. Er schob seinen Stuhl zurück und spähte aus dem Fenster, als das Klappern von Pferdehufen vorbeihallte. „Ironisch, dass das Haus von Sherman verschont wurde, nur um von einer Küchenmagd in Brand gesteckt zu werden, finden Sie nicht? Ein Sturm zieht auf", schloss Thomas.

Marsh nickte. Sein ganzes Leben fühlte sich wie ein Sturm an, und hier saß er in Savannah und erfuhr absolut nichts Neues. Sein Telefon vibrierte in seiner Hosentasche.

Er überprüfte die Nummer – *Scheiße*.

Er steckte das Telefon wieder in seine Tasche, ohne zu antworten. Er hatte noch eine Frage. „Wie verkaufen Sie die Sachen, Thomas? In einem Auktionshaus?"

„Miss Pru hat einen Großteil der schöneren Antiquitäten und dergleichen an ein vornehmes Auktionshaus geschickt und mir den Rest überlassen." Thomas nickte zum Computer. „Ich stelle sie meistens ins Internet."

Überrascht zog Marsh die Augenbrauen hoch. „Sie haben das Bild online verkauft?" *Heiliger Strohsack.*

„Oh ja." Thomas nickte langsam. „Die Wunder des Internets."

Marsh legte seine Jacke über seinen Arm, dankte dem Mann und verabschiedete sich. In Savannah würde er keine Antworten finden, nur eine Staubschicht alten Reichtums und ein Mysterium, das ihn durch die Entfernung von Zeit und Raum anschrie. Wieder klingelte Marshs Handy, und diesmal musste er den Anruf annehmen.

Er stand auf der Vordertreppe mit Blick auf einen moosbewachsenen Platz. „Hayes."

„Marsh..."

Es war Josephine, und sein Herzschlag beschleunigte sich, während ein Adrenalinstoß in seinen Blutkreislauf schoss. Er zuckte zusammen, als ein Donnerschlag über ihm grollte.

„Alles okay?" Er sagte sich, er brauche nicht in Panik geraten. Vince war kein Idiot.

„Es geht mir gut. Vince steht hier neben mir." Sie senkte ihre Stimme, und die Worte wurden gedämpft, als hätte sie ihre Hände vor den Mund gelegt. „Hat das FBI schon mit dir über den neuesten Mord gesprochen?"

„Darüber kann ich nicht am Telefon reden." Dies war keine sichere Leitung, und er hatte nicht vor, irgendetwas zu verraten, falls irgendein Bastard mithörte.

Josephines Schlucken war hörbar – eher ein Würgen. „Es war dein Date. Das Mädchen, das du zur Eröffnung der Kunstgalerie mitgenommen hast. Es tut mir so leid. Ich dachte, dass du es so schnell wie möglich erfahren musst. Er hat sie getötet, Marsh. Er hat sie getötet."

Kapitel Zehn

Finsternis erfüllte das unbeleuchtete Treppenhaus. Ein dünner Lichtstreifen schien unter einer Tür hervor, aber die anderen Wohnungen waren schwarz und leer. Marsh stützte eine Hand gegen den Türpfosten und konzentrierte sich aufs Atmen. Ein und aus. Tiefe, beruhigende Atemzüge, die das Blut in seinen Adern zu einem lähmenden Gurgeln verlangsamten.

Der Mord an Lynn Richards hatte etwas Grundlegendes in ihm verändert, wie eine tektonische Platte, die stetig an einem geologischen Abgrund rieb.

Er hatte gerade noch den letzten Anschlussflug von Atlanta hierher erwischt, und obwohl es beinahe Mitternacht gewesen war, war er direkt zum Haus der Richards gefahren, um ihnen sein Beileid auszusprechen. Das war nicht gut gelaufen. Ihre Tochter war tot – seinetwegen. Marsh ballte vor Wut die Fäuste. Es war schlimm genug, dass Josephine ins Visier geraten war, und Angela Morelli und all die anderen Frauen, die dieser Mistkerl so brutal ermordet hatte. Aber der Täter hatte den sadistischen Mord an dieser jungen Frau allein aufgrund der Tatsache ins Auge gefasst, dass sie auf der Titelseite einer Zeitung neben ihm gestanden hatte ...

Sie war noch so jung gewesen.

Herrgott. In der Marine hatte er Männer unter seinem Kommando verloren, und das Bedauern über ihren Verlust hatte sich wie ein Projektil in seine Brust gebohrt. Aber das hier? Er wollte toben, doch stattdessen richtete er sich auf und schob den Schlüssel in die Tür. Sie schwang auf, und Vinces Desert Eagle zielte direkt auf sein Herz.

„Gut, dass ich vorher angerufen habe, was?" Marsh erkannte Mitgefühl in Vinces Blick. Dieser Mann hatte Gott weiß was in mehr Kriegsgebieten getan, als es Staaten gab, und er kannte das Gefühl von Verlust. Sie sahen einander einen Moment lang schweigend an, bevor Marsh den Blick abwandte.

„Es zahlt sich aus, in der Todeszone besonders wachsam zu sein, Marshall. Und jetzt ist es an der Zeit, uns daran zu erinnern." Vince steckte seine Waffe ins Halfter, nahm seine Reisetasche und warf sie sich über die Schulter. „Wir sehen uns morgen früh."

„Pass auf dich auf, Vince."

Vince nickte zackig, entfernte sich, und seine raschen Schritte hallten mit abgehackter Kadenz von den Wänden wider. Marsh schloss die Tür hinter sich und verriegelte sie. Dann lehnte er seinen Kopf gegen das kühle Holz, von Emotionen überwältigt.

„Es war nicht deine Schuld." Josephines Stimme kam aus der Dunkelheit.

Er wirbelte herum und beobachtete, wie ihr Schatten unsicher neben ihrer Schlafzimmertür verharrte.

„Doch." Seine Stimme war heiser. „Das war es." Er rieb sich die Kehle in der Hoffnung, den Knoten loszuwerden, der ihn zu ersticken drohte.

Josephine ging zu den Fenstern hinüber und blickte hinaus auf die dunkle Straße. Schritte erklangen schwach die Straße entlang, wahrscheinlich eilte Vince zurück in sein anderes Leben. „Du kannst nicht alles kontrollieren."

„Ich wollte nie mit ihr ausgehen." Die Erinnerung daran, wie er sie behandelt hatte, weil sie nicht Josephine war, weil seine

Mutter sie auf ihn angesetzt hatte, nagte an ihm. Er war ein rückgratloser Idiot gewesen, und jetzt war sie tot.

Seine Augen folgten sehnsüchtig Josephines Bewegungen im Dunkeln. Der Mond streifte den Saum ihres Nachthemds und tauchte ihr Profil in Silber. Die Umrisse ihres Körpers waren durch den beleuchteten Stoff sichtbar und erfüllten ihn mit einem schmerzenden Verlangen. Bitterkeit durchfuhr ihn, während Selbsthass ihn zerfraß. Selbst Lynns Tod konnte sein Verlangen nach dieser Frau nicht auslöschen – wenn überhaupt, machte er es nur noch schlimmer. Die kommenden Stunden könnten alles sein, was ihnen blieb. Vielleicht würde Josephine nie ihm gehören, und obwohl er sterben würde, um sie zu beschützen, gab es im Leben keine Gewissheiten. Die einzige Gewissheit war der Tod.

„Ich wollte nicht mit ihr ausgehen, weil sie nicht du war." Die Worte sprudelten aus ihm heraus, obwohl er sie in seinem Kopf eingeschlossen halten wollte. *Verdammt.*

Ihre Hände griffen nach dem Stoff an ihrer Brust. „Ich ..."

„Sag es nicht." Er fuhr sich mit den Händen durchs Haar und bewegte sich hölzern die Treppe hinunter. „Ich will dein Mitleid nicht."

Sie kam auf ihn zu, blieb aber ein paar Meter entfernt stehen. „Ich habe dich nie bemitleidet, Marsh. Ich habe dich gehasst und auch die Dinge, die du mich fühlen lässt, aber ich habe dich nie bemitleidet. Das war nicht deine Schuld ..."

„Es *war* meine Schuld", widersprach Marsh leise. „Wenn ich sie nicht zu dieser Galerieeröffnung mitgenommen hätte, wäre sie jetzt nicht tot."

Josephines Schultern spannten sich an, und ihr Kinn hob sich. „Wenn deine Mutter dich nicht zu diesem Date breitgeschlagen hätte, wenn der Fotograf euch nicht fotografiert hätte, wenn die Zeitung uns nicht zusammen auf die Titelseite gebracht hätte." Sie rückte vor, bis nichts mehr zwischen ihnen war als knisternde Moleküle. „Wenn ich nicht überlebt hätte."

Schmerz zerriss seine Brust. *Herrgott.* Es war seine Schuld. Er ließ sich auf die Couch sinken und schlug die Hände vors Gesicht. Der Geruch von Naphthalin klebte trotz endlosen Händewaschens immer noch an seiner Haut. Er war widerlich. Sein Magen rebellierte. *Ekelhaft*. Oder vielleicht war *er* einfach nur ekelhaft.

Er holte tief und zitternd Luft, spürte, wie Josephines Arme sich um ihn legten, leicht, unsicher, als hätte sie keine Ahnung, wie man jemanden tröstete. „Dieser Bastard hat sie umgebracht, als wäre sie wertlos. Hat sie abgeschlachtet, weil er das FBI provozieren wollte. Sie war doch gerade erst achtzehn."

„Ich will helfen. Bitte sag mir, was ich tun kann, um dir zu helfen."

Handschellen wären jetzt gut. Sie könnte ihn fesseln und ihn dann um den Verstand vögeln. Das würde helfen. *Verdammt*. Er wollte in ihr versinken. Wollte jeden verzweifelten Gedanken in ihrem zarten Inneren vergraben, das sich so eng um ihn schlang, bis sich die Schuldgefühle nicht mehr in seinen Kopf einschleichen konnten. Dann könnte er so tun, als würde das Böse nicht ungehindert durch ihre Welt wüten. Er könnte so tun, als würde das Gesetz noch gelten, als würden sie diesen kranken Bastard festnageln und als wäre Josephine dann in Sicherheit. Aber das geschah womöglich nie. Vielleicht erwischten sie dieses Monster nie.

Josephine drückte seinen Kopf an ihre Brust und wiegte ihn.
Sie wiegte ihn.
Er hob den Kopf, sodass ihre Augen auf gleicher Höhe waren, und ihr strahlendes Blau war einfarbig im Mondlicht. Die Haut um ihren Mund war gespannt, ihre Lippen zusammengepresst, als würde sie Gefühle mit Gewalt in sich zurückhalten, unfähig, sie loszulassen, widerstrebend, sie auszudrücken. Er umfasste ihre Wange, rieb mit seinem Daumen über ihre weichen Lippen und spürte, wie sie sich ein wenig entspannte, als sie ausatmete. Sie roch nach Grapefruit, als hätte sie gerade geduscht, ihre Haut war noch leicht feucht.

Sie wetterte nie gegen das Schicksal oder die schrecklichen

Dinge, die ihr widerfahren waren. Ganz gleich, was dieser Mörder ihr antat, sie wich keinen Zentimeter zurück, und Marsh glaubte nicht, dass es daran lag, dass sie keine Angst verspürte. Sie hatte sich einfach hinter so vielen emotionalen Abwehrmechanismen verbarrikadiert, dass sie fast unerreichbar war.

Fast.

„Ich denke, du bist ein besserer Mann als die meisten anderen." Sie nahm seine Hand und drückte sie gegen ihre Wange.

Das versuchte er. Er wollte besser sein als die anderen. Wollte gut genug sein, um die Lücke zu füllen, die sein älterer Bruder hinterlassen hatte, den er von ganzem Herzen geliebt hatte. Gut genug, um Bösewichte zu fangen.

Seine Finger glitten über ihre Wange, streiften ihr Ohr und tauchten tief in die seidigen Locken ihres Haares. Er zog sie näher an sich heran und spürte ihren Widerstand in jedem Muskel, jedem Wirbel, in jedem stoßweisen Atemzug, den sie tat.

„Ich will dich."

„Ich kann nicht ..." Sie zog sich leicht zurück.

„Du konntest es letztes Mal", gab er zurück. Der Trommelschlag seines Herzens hallte in seinen Ohren, versengtes Blut schoss durch seine Adern, schrie ihn an, in sie einzutauchen und sie zu verschlingen. Aber es war kein unerlaubter Verstoß. Kein Zwang. Keine Drogen. Keine Schuld. Nichts als ehrliches Verlangen.

Er streichelte leicht die zarte Haut ihrer Handgelenke und lehnte sich zurück, sodass seine Schultern auf der Couch ruhten.

Er befreite sie.

Sie war nicht feige. Sie hatte sich im vergangenen Frühjahr ins Visier des organisierten Verbrechens gebracht, um Elizabeth zu helfen, und war nicht gestrauchelt. Aber wenn es um die Leidenschaft ging, die zwischen ihnen brannte, um dieses verrückte, feurige Knistern, rannte sie immer davon.

„Geh ins Bett", seufzte er und setzte ein trauriges Grinsen auf, frustriert und sauer, weil er etwas von dieser Frau brauchte, was sie eindeutig nicht von ihm wollte oder brauchte. Er schloss die Augen, damit sie seine Schwäche nicht sehen konnte.

Die Stille war ohrenbetäubend. Das einzige Geräusch war ihr Atem, ein leichtes, unschlüssiges Geräusch.

Er wollte sie nicht, wenn sie unschlüssig war. „Geh ins Bett, Josephine."

Kühle Finger berührten ihn durch die weiche Wolle seiner Hose, und er zuckte heftig zusammen. Die Liebkosung verwandelte seidigen Schmerz in vulkanische Hitze, die ein Geräusch zwischen seinen zusammengebissenen Zähnen hervorpresste, das klang, als würde er sterben.

Sie zögerte.

„Hör nicht auf." *Mr. Cool.* Leicht bewegte er ihre schlanken Finger dorthin, wo sein Körper um ihre Aufmerksamkeit flehte. Er wollte niemand anderen, und er würde sie wahrscheinlich verschrecken, sie verscheuchen, aber er brauchte ihre Berührung. Er brauchte es, dass sie ihn berühren wollte.

Mit der anderen Hand drückte sie ihn zurück gegen die Couch. Mondlicht fiel durch die hohen Fenster und hüllte sie in Schatten, machte sie so mächtig wie eine Prophezeiung. Er ließ sich von ihr festnageln, wissend, dass er dem Untergang geweiht war, wissend, dass sie ihn mit nichts anderem als dem Druck ihrer schlanken Hände oder einem sanften Wort vollkommen beherrschen konnte.

Ihr Haar glänzte und fiel nach unten, um ihr Gesicht zu verdecken, wo er doch verdammt nochmal ihre Züge sehen wollte. Dann berührte sie ihn erneut – eine Erkundung, bei der er erneut zusammenzuckte und mit dem Ellbogen gegen die Holzlehne der Couch stieß. Er knirschte mit den Zähnen, und Schweißperlen traten ihm auf die Stirn, denn jedes Lustneuron in seinem Körper klammerte sich an ihre Berührung wie Eisenspäne an einen Magneten. Sie zog ihre Hand zurück, und für eine Sekunde dachte er, er würde aufjaulen müssen. Dann zog sie an seinem Gürtel und schnitt ihm beinahe die Blutversorgung ab, bevor sie die Schnalle öffnete und das Lederband aus den Schlaufen zog.

Sanft strichen ihre Finger über seinen Bauch, während sie den Knopf öffnete und den Reißverschluss mit einem Geräusch nach unten zog, das heißer klang als seine erotischsten Fantasien.

„Ich habe das noch nie gemacht." Ihr Mund war nah an seinem, als sie ihm ins Ohr flüsterte und ihre Hand über seine anschwellende Hitze gleiten ließ.

Er konnte nicht atmen, geschweige denn sprechen.

Ihre Hände bewegten sich samtweich über ihn, und es schien vor Hitze zwischen ihnen zu dampfen. „Sag mir, wenn ich etwas tue, das dir nicht gefällt." Ein wahnhaftes Lachen ertönte in seinem Kopf. Das war unmöglich.

Sie kniete neben ihm auf der Couch, und ihre Knie gruben sich warm in seinen Oberschenkel, als ihre Finger höher wanderten, über seinen Bauch, und einen Knopf seines Hemdes öffneten.

Er zog sie auf seinen Schoß, und Lichtstrahlen blitzten hinter seinen Augen auf, als sie sich rittlings auf ihn setzte und auf so intime Weise zu ihm passte, dass sein Gehirn dahinschmolz – besonders als er bemerkte, dass sie keine Unterwäsche trug.

Seine Hände griffen nach ihren festen Schenkeln, vergruben sich in ihnen, und sie hinderten sie daran, sich zu bewegen, obwohl ihm ihre zitternden Muskeln verrieten, dass sie genau das tun wollte.

„Josephine." Seine Stimme war rau.

Sie öffnete die Augen und sah aus, als wäre sie aus einer Trance erwacht. Er wollte sie nicht unterbrechen, aber er wollte heute Abend auch keine Spielchen spielen, und er würde keine Missverständnisse zwischen ihnen dulden.

„Ich will nicht wie ein Teenager herumschmusen. Ich will dich ins Bett bringen und ..."

„... mich um den Verstand vögeln."

„Es ist mehr als das." Die Heftigkeit in seiner Stimme erschütterte sie beide.

„Ich möchte nicht, dass es mehr ist." Sie streckte die Hand aus und legte sie auf seine Schulter. „Können wir es nicht einfach tun? Sex haben? Wie normale Erwachsene? Oder vermasseln wir das Ganze dann wieder?"

Er packte den Saum ihres T-Shirts, zu schnell, als dass sie protestieren konnte, und zog es ihr über den Kopf.

„Normale, ausgeglichene Erwachsene ziehen sich aus, wenn sie Sex haben", murmelte er. Keiner von ihnen war normal oder ausgeglichen, aber das war ihm egal.

„Normale Menschen sehen nicht so aus." Ihre Hände hoben sich, um ihren Oberkörper zu bedecken.

„Nicht", flehte er. „Bitte nicht. Deine Narben stören mich nicht. Ich bezweifle, dass sie irgendjemanden außer dir stören." Er berührte ihre kleine perfekte Brust, und sie schaukelte auf ihn zu. Ihr Kopf sank nach vorn, und das Haar fiel ihr über die Schultern.

Das erinnerte ihn daran, dass sie nackt war und er noch ziemlich vollständig bekleidet.

Eine wahrgewordene Fantasie. Wenn er noch heißer würde, würde er Feuer fangen. Er fuhr mit seinen Händen über ihren Rücken und strich über die Stelle, wo er vor all den Monaten den Sender implantiert hatte, unwillig, ihre Aufmerksamkeit auf die Stelle zu lenken, aber dennoch neugierig. Die Haut fühlte sich seidenweich an, und er spürte keinen Hinweis auf den Mikrochip, der unter ihrer geschmeidigen Haut verborgen war. Schaudernd bewegte er sich weiter, um die sanfte Wölbung ihrer Brüste mit ihrer eigenen Handfläche zu umfassen und sie die Schönheit und Sinnlichkeit ihres eigenen Körpers spüren zu lassen. Ein leises Stöhnen entfuhr ihren leicht geöffneten Lippen.

Er zeichnete eine silberne Narbe nach und rieb sanft an der Stelle, wo sie endete, genau an der Spitze ihres Hüftknochens.

„Du bist wunderschön", sagte er.

„Nein, das bin ich nicht." Ihr Kopf hob sich, und Feuer blitzte im Mondlicht in ihren Augen auf. „Du musst mir nicht schmeicheln. Ich werde auch so mit dir schlafen."

„Eben drum." Mit dieser Frau fertigzuwerden war eine permanente Herausforderung, und wenn kein Blut in seinem Gehirn zirkulierte, war es besonders schwierig, fast unmöglich. „Warum glaubst du mir nicht, wenn ich dir sage, dass du die schönste Frau bist, der ich je begegnet bin?"

Er hielt ihrem Blick stand; sah Misstrauen und Unsicherheit in ihr kämpfen.

„Wir werden so oder so miteinander schlafen." Er ließ seine Hand nach unten gleiten und strich mit seinem Finger langsam ihren Körper hinab und dann zwischen ihre Beine. Er tauchte einen Finger zwischen ihre Falten. „Warum sollte ich lügen?"

„Oh Gott", hauchte sie und stützte sich mit ihren Händen an seiner Brust ab. „Ich weiß nicht."

Sie war feucht, und der Wunsch, in sie einzutauchen, überwältigte ihn fast, aber er wollte ihr alles geben, sie dazu bringen, Sex als eine wunderbare Sache zu sehen, nicht als eine Grube der Verdorbenheit.

Er hielt sie mit einer Hand im Rücken fest und zog sie näher. Sanft nahm er ihre Burstwarze in den Mund und saugte daran, während er sie mit seiner Zunge umkreiste. Ein gehauchtes Stöhnen hallte durch den Raum und prallte von den hohen Decken ab. Angespannte, keuchende Atemzüge hallten im Rhythmus seiner Finger wider. Sie grub ihre Finger in seine Schultern, und ihre Nägel schnitten tief, als er seine Hand gegen ihren Kitzler drückte und die Stelle fand, die sie dazu brachte, sich zu winden. Sie explodierte gegen ihn, die Lippen geöffnet, die Augen geschlossen, erschauderte und zitterte nackt in seinen Armen. Sie beruhigte sich langsam und legte ihre Stirn an seine Schulter. Das Gefühl ihres Atems an seinem Hals erfüllte ihn mit Befriedigung. Ein wichtiger Teil seines Lebens rückte wieder an seinen Platz.

Verlangen durchströmte ihn immer noch, aber es wurde durch Geduld gemildert. Er würde sie nicht drängen. Würde nichts überstürzen. Vielleicht war sie nicht bereit für mehr—

Doch ein Biss in seinen Hals riss ihn aus seinen Gedanken. Sie bäumte sich auf, dieser wunderschöne Engel, herrlich nackt auf seinem Schoß. „Du bist viel zu zurückhaltend."

„Ich mache das letzte Mal wieder gut." Seine Stimme war rau, heiser. Er nahm eine seidene Haarsträhne und zog sie über ihre Brust.

„Du hast gesagt, das letzte Mal war der beste Sex, den du je hattest", erinnerte sie ihn.

Leicht strich er mit einer Fingerspitze über die empfindliche Haut an ihrem Schenkel und beobachtete, wie sie erschauderte. „Glaubst du mir etwa nicht?"

Das Geräusch, das von ihren Lippen kam, war ein scharfes Einatmen. „Nein, aber meine Erfahrung ist begrenzt."

Marsh verlagerte sie beide auf den Boden.

„Was machst du?", fragte sie. In ihrer Stimme lag so viel Neugier, dass er nicht aufhörte.

„Ich gebe dir einen Crashkurs mit einigen der Highlights." Er glitt an ihrem Körper hinab, um sie zu kosten. Ihr weiblicher Duft explodierte in jeder Faser seines Körpers. Sein Kopf war völlig leer, Lust explodierte durch seine Adern und legte einen Schalter in ihm um.

„Oh Gott." Sie wölbte sich, als seine Zunge durch ihre Falten glitt. „Ich kann nicht glauben, wie gut sich das anfühlt. Ich glaube nicht, dass ich das ertragen kann."

„Willst du, dass ich aufhöre?" Seine Worte waren gedämpft und grimmig.

„Noch nicht." Sie lachte. Gott sei Dank. Es war ein so ungewöhnlicher Laut, dass er fast aufgehört hätte. Doch stattdessen packte er ihren Hintern, neckte und streichelte, schnupperte und knabberte, wollte in ihr sein, wollte aber auch, dass es ewig andauerte. Wollte es wiedergutmachen. Solange er an nichts anderes denken musste, war er glücklich, ihr dabei zuzusehen, wie sie die Kontrolle verlor. Sie versteifte sich, öffnete den Mund zu einem lautlosen Schrei, und wölbte den Körper wie eine ursprüngliche Vision von Weiblichkeit.

Wunderschön.

Sex war nicht geschmacklos oder schmutzig. Er war wunderschön. *Sie* war wunderschön.

Er hob den Kopf. Sie lag keuchend auf dem Boden. Das schwache Licht beschien ihre blasse Haut und ihre zierliche Gestalt. Zierlich, aber nicht schwach.

Der Anblick, wie sie nackt dalag, machte ihn wahnsinnig, aber er bemerkte auch eine Veränderung in der Atmosphäre, als sie anfing, wieder klarer zu denken. Alarmglocken läuteten, aber er war auch neugierig. Steif, pochend, wahnsinnig, gespannt wie die Saite eines Bogens. Die dünnen Narben, die sich kreuz und quer über ihren Oberkörper zogen, wurden im Mondlicht hervorgehoben. Plötzlich ereilten ihn Visionen von Lynn Richards. Er rieb sich mit den Händen übers Gesicht und setzte sich auf, als die Realität ihn einholte.

Ihre Hand fand seine. Ihre Stimme war leise in der Dunkelheit. „Egal wie weit ich fliehe, er ist immer bei mir. In meinem Kopf. Immer."

Er wollte ihr sagen, dass sie dieses Monster fangen würden, bevor es erneut tötete, aber Marsh war sich da keineswegs sicher. Nicht mehr. „Ich kann dir helfen, ihn für eine Nacht zu vergessen." Er streckte seine Hand aus. „Komm. Lass uns ins Bett gehen."

„WAS HAST DU IHM GESAGT?" Seine Stimme war heiser. Durch die geöffneten Dachbodenfenster drang Licht aus der Nachbarschaft. Seine Haut kribbelte und sein Schwanz pochte vor Erwartung, so instinktiv, dass er durch seine Haut platzen und die Nacht verschlingen könnte. Die Gerte knallte hart auf ihren nackten Hintern.

„Au!" Eine dünne dunkle Linie teilte ihre blasse Haut. Farbe sickerte in die Schatten. „Nichts. Bitte, bitte! Ich habe ihm nichts gesagt!" Pru Duvall schluchzte gegen das Kissen, in das er ihr Gesicht gedrückt hatte, als sie den Raum betreten hatte. Er hatte ihren Tweedrock hochgeschoben und sich in sie gerammt, bis sie gewimmert hatte.

Dann hatte er aufgehört.

Das Heulen einer Sirene erreichte den hohen Dachboden. Lärm, Heulen und Kreischen. Verzweifelte, unbedeutende Leute, die erbärmliche unbedeutende Taten vollbrachten.

Die wirkliche Macht war hier. Sie flatterte durch die Nacht wie die Flügel einer Fledermaus, lautlos, unsichtbar, so greifbar wie die Gerte, die er zwischen seinen Fingern hielt.

Schlag.

„Gott." Pru schluchzte. „Ich kann nicht mehr."

Er berührte ihre Haut und spürte sie unter seiner Fingerspitze zusammenzucken. Pru Duvall mochte die zukünftige First Lady der Vereinigten Staaten von Amerika sein, aber in ihrem Herzen, in ihrer Seele war sie nicht mehr als Düsternis und Verzweiflung.

„Bitte ..." Ihre Stimme überschlug sich.

Er hatte darüber nachgedacht, sie zu töten, aber eine kleine Stimme tief in seinem Inneren sagte ihm, dass es so wäre, als würde er sich selbst das Leben nehmen, wenn er Pru tötete. Und dazu war er noch nicht bereit.

Das abgenutzte Leder am Ansatz der Gerte fühlte sich unter seinen empfindlichen Fingerspitzen weich und ausgefranst an.

Trommeln schlugen in der Dunkelheit, aber es waren keine Todestrommeln, nur Trommeln der Erregung und der Lust. Wenn das nur alle seine Bedürfnisse befriedigen würde. Er hatte ihre Hände hinter ihrem Rücken gefesselt. Nicht mit den mit Samt gefütterten Handschellen, die andere Leute benutzten, sondern mit einem Drahtseil, das er einem Polizisten – einem nun toten Polizisten – gestohlen hatte, als er in die Stadt gekommen war.

„Ich werde ihn vernichten." Er fuhr mit einem Finger sanft über die anschwellende Hautlinie. *Macht.* Er senkte seine Lippen, um leicht über ihre Haut zu blasen und den Schmerz fortzuküssen. *Kontrolle.*

Pru erschauderte, und das Weiß in ihren Augen leuchtete.

„Gut", zischte sie.

Er kratzte mit seinen Zähnen über ihre perfekte Haut. Biss sie sanft am Ansatz ihrer Wirbelsäule und rieb mit der Länge der Reitgerte zwischen ihren Beinen.

„Bitte?" Ihre Klein-Mädchen-Stimme brach, während sie ihr Gesäß auf ihre Oberschenkel zurücksinken ließ.

Knall.

„Verdammt."

Er peitschte sie härter und riss ihre Haut auf.

Knall.

„Es tut mir leid, es tut mir leid. Bitte, bitte, töte mich nicht. Ich kann dir helfen. Ich werde alles tun, was du willst." Das tat sie immer. Deshalb passten sie so gut zusammen.

Kapitel Elf

Ein Lichtstrahl schnitt durch die Decke, als ein Auto langsam die Straße entlangfuhr. Josephine lag wie eine Katze an ihn geschmiegt, den Kopf an seine Schulter gekuschelt, und er wusste nicht, was er mit ihr tun sollte. Eine primitive Sehnsucht hatte ihn dazu getrieben, sie in dieser Nacht so oft wie möglich zu lieben, wie ein wilder Hirsch, der seine biologisch bestimmte Gefährtin für sich beansprucht.

Und wenn er ehrlich war, ließ der Gedanke an Josephine, die mit seinem Kind schwanger sein könnte, ein Gefühl der Zufriedenheit in ihm aufsteigen. Was völlig verrückt war.

Er hatte schon in jungen Jahren zahlreiche Freundinnen gehabt. Reich zu sein war dabei normalerweise kein Problem, aber diesmal war es anders. Diesmal sprach es gegen ihn, dass er Geld hatte. Dieses Geld würde Josephine, die sanft an seiner Brust schlummerte, dazu bringen, sich wie ein Kaninchen an einen sicheren Ort zurückzuziehen.

Und er wollte nicht, dass sie davonlief. Sie hatten sich stundenlang geliebt, und selbst jetzt erweckte der Duft ihrer Haut, ihres Haares, ihrer Essenz noch Verlangen in ihm. Er wollte sie nicht verlieren, aber er wusste nicht, wie er sie behalten sollte. Sie war zu unsicher, zu defensiv, zu wild.

Auf der Straße schepperte es, Metall auf Beton, als würde eine Dose über den Bürgersteig rollen. Sanft löste sich Marsh von ihrer Wärme, trat ans Fenster und sah auf die Straße hinab.

Die Morgendämmerung war nur wenige Minuten entfernt. Ein Mann, der sich gegen den kalten Wind stemmte, ging mit einem Dalmatiner spazieren, dessen Schwanz wie eine Peitsche hin und her wedelte. Laub flog raschelnd hinter ihm her, und der Hund markierte sein Territorium an den Metallgittern, die den Fuß jedes Baums säumten.

Marsh fühlte sich beobachtet.

Wer war in dieser Nacht noch da draußen? Beobachtete ihn der Blade Hunter gerade?

Warum hatte der Hurensohn diese Sache zu etwas Persönlichem gemacht?

Decken raschelten im Bett.

„Wo schaust du hin?", fragte Josephine. Angst lag in ihrer Stimme und spannte seine Nerven angesichts der heimtückischen Drohung an.

„Da ist nur irgendein Typ, der mit seinem Hund Gassi geht." Er sah sie an.

Stöhnend ließ sie sich auf die Decke fallen. „Ich hasse das."

Er entfernte sich vom Fenster und setzte sich aufs Bett. Die Matratze sank unter seinem Gewicht ein. „Ich auch."

Worte halfen nicht. Das Versprechen, den Mörder zu fassen, half nicht. Das Einzige, was helfen könnte, wäre, dieses Untier tatsächlich hinter Gitter zu sperren. Marsh ging um das Bett herum, hob seine Hose auf und durchwühlte seine Taschen nach seinem Handy.

Als er auf den Bildschirm schaute, sah er, dass er mehrere Anrufe verpasst hatte, aber nicht die, die er erwartet hatte.

„Ich verstehe nicht, warum Agent Walker mich noch nicht für ein Verhör einbestellt hat."

„Pah.“

„Was meinst du damit?“ Alarmiert blickte er auf, ging zurück zur Seite des Bettes und ließ sein Handy und seine Waffe fallen.

„Ich, ähm ...“ Josephines Stimme klang durch das Laken gedämpft.

„Hat Walker etwas gesagt?“

Josephine setzte sich im Bett auf, zog das Laken über ihre Brüste und sah mit ihrem zerzausten Haar und ihrer prallen Unterlippe verführerischer aus denn je.

„Nein, *ich* habe etwas gesagt.“ Sie presste ihre Lippen zusammen und erwiderte seinen Blick. Der Mond war untergegangen, aber es gab genug Dämmerlicht, um zu erkennen, wie ihre Augen seinem Blick auswichen.

„*Was* hast du ihm gesagt?“, fragte er misstrauisch.

Sie hob ihr Kinn und strich ihr Haar mit einer ihm inzwischen vertrauten Geste aus den Augen. Marsh erkannte die kämpferische Haltung ihres Kiefers.

„Er wollte es dir anhängen.“

Ihre Worte machten ihn stutzig. „Er würde seinen Job nicht ordentlich machen, wenn er mich nicht als Verdächtigen in Betracht ziehen würde.“ Und diese Tatsache machte ihn wütend. All die Dienstjahre für sein Land zählten nichts. Und genau so sollte es sein, erinnerte er sich.

„Nun, ich weiß, dass du es nicht getan hast.“ Sie funkelte ihn an, als wäre er ein Idiot.

Hm. „Was hast du ihm gesagt?“

„Ich habe ihm gesagt, dass du bei mir warst.“ Sie strahlte Trotz aus.

„Aber soweit du oder Agent Walker wissen, hätte ich mich mitten in der Nacht davonschleichen und Lynn ermorden können.“ Er nickte in Richtung der verschlossenen Zimmertür, die sie letzte Nacht voneinander getrennt hatte.

Sie schüttelte den Kopf. „Ich weiß, dass du nicht dieses Monster bist.“

Dachte Walker genauso? Er bezweifelte es.

Wieder warf sie ihm einen Blick zu, als wäre er blödsinnig geworden.

„Ich habe Walker gesagt, dass du die ganze Nacht *mit mir zusammen* warst", gestand sie.

Eine hauchdünne Woge der Wut durchfuhr ihn. Scharf. Tödlich. Er sah weg und hatte plötzlich Angst vor seinen Gefühlen. „Du hast einen FBI-Agenten in Rahmen einer kritischen Untersuchung angelogen?"

„Ja", bestätigte sie ohne zu zögern und warf ihr Haar zurück.

„Und das macht dir nichts aus?" Seine Kiefer pressten sich so fest zusammen, dass er kaum sprechen konnte.

„Es ist nicht das erste Mal." Ihre hochgezogenen Brauen funkelten provozierend.

Himmel nochmal. Das wusste er, aber hier ging es um einen Serienmörder. Ein kurzer, frustrierter Atemzug entfuhr seinen Nasenlöchern. Er saß in einer Zwickmühle. Wenn er die Wahrheit gestand, brandmarkte er Josephine als Lügnerin, und das könnte jede Aussage, die sie machte, infrage stellen. Aber wenn er Walker nicht die Wahrheit sagte, erniedrigte er sich und seine Ethik. Er hatte sich schon einmal kompromittieren lassen, und verdammt noch mal, auch darin war Josephine involviert gewesen.

„Was ist das Problem?" Sie stieg aus dem Bett, nackt und verdammt ablenkend, was, so wie er Josephine kannte, wahrscheinlich genau ihre Absicht war. „Ich dachte, du willst diesen Kerl schnappen? Dich in seine Tricks verstricken zu lassen wird dir dabei kaum helfen." Sie verschränkte ihre Arme über ihren Brüsten.

Seine Augen verweilten unwillkürlich auf ihr. Diese Frau war seine Achillesferse, und er ärgerte sich über seine Schwäche.

„Was soll ich tun, wenn du wegen eines Mordes verhaftet wirst, von dem ich weiß, dass du ihn nicht begangen hast?", fragte sie leise. „Dieser Freak weiß, dass wir uns etwas bedeuten. Er will dich aus dem Weg schaffen, und er weiß, wie er die Cops manipulieren muss, um das zu erreichen."

Ein sichtbares Zittern überlief sie, vor Kälte oder Angst – er konnte es nicht sagen. Er trat näher und legte seine Hände auf ihre Schultern, aber die schlanken Knochen unter ihrer Haut waren unnachgiebig.

Dieser Täter führte die Polizei an der Nase herum. „Vince wird so lange hierbleiben, wie es nötig ist. Bei Bedarf können wir zusätzliche Sicherheitsleute anheuern. Ich werde nicht zulassen, dass dir etwas Schlimmes widerfährt, Josephine."

„Ich will keine ‚zusätzlichen Sicherheitsleute'. Ich will dich." Sie stellte sich auf die Zehenspitzen, schlang ihre Arme um seinen Hals und küsste ihn.

Er war so überrascht von diesem freiwilligen Akt der Zuneigung, dass er nur dumm dastand. Nur ein Teil seines Körpers reagierte. Als sie ihn losließ, war sein Gehirn wegen Blutmangel leer.

„Der Blade Hunter versucht, dich in diese Ermittlungen zu verwickeln, um die Polizei zu verwirren und die Aufmerksamkeit von sich abzulenken." Sie knabberte an seiner Unterlippe. „Das heißt, er beobachtet mich – uns. Er will deinem Ruf schaden und mich allein und verwundbar zurücklassen." Sie fuhr mit ihren Lippen über sein Kinn. „Er hat mir schon genug genommen. Diesmal werde ich ihm nicht geben, was er will. Wenn ich eine Notlüge erzählen muss, um es zu verhindern, dann wird mir das nicht den Schlaf rauben."

Sie hatte recht, aber moralisch nagte es trotzdem an ihm, dass sie die Institution belogen hatte, der er sein Leben gewidmet hatte. Mit einer Hand, die seine Erektion streichelte, und der anderen Hand um seinen Hals gelegt zog Josephine ihn zum Bett, und er leistete keinen sonderlichen Widerstand.

MARSH SCHENKTE KAFFEE AUS DER HOCHMODERNEN KAFFEEMASCHINE IN JOSEPHINES KÜCHE EIN.

„Möchtest du auch?", fragte er über seine Schulter Vince, der gerade angekommen war.

Vince nickte und setzte sich auf den zweiten Stuhl in der kombüsengroßen Küche.

Marsh goss vier Tassen des dickflüssigen Gebräus ein und stellte eine für Josephine, die unter der Dusche stand, auf den Tresen. Steve Dancer lümmelte auf dem anderen Stuhl, sein Hemd war zerknittert, und seine Socken passten nicht zusammen.

Marsh war in einem Umfeld aufgewachsen, das körperliche Perfektion verlangte, erst zuhause, dann in der Schule, bei der Marine und schließlich beim FBI. Dancer hatte es irgendwie geschafft, diesbezüglich durch alle Ritzen zu schlüpfen. Es hätte Marshs Geschmackssinn entsetzen müssen, dass der Typ braune Schuhe zu einer schwarzen Hose und einem marineblauen Sakko trug, aber es war ihm scheißegal. Steve Dancer war einer der klügsten Menschen, die er kannte – und einer der nettesten. Als einziges Kind einer alleinerziehenden Mutter hatte sich Dancer mit drei Jobs durch das MIT gekämpft. Männer unterschätzten ihn wegen seiner Sommersprossen und seines ungepflegten Aussehens, Frauen wollten ihn bemuttern. Marsh wusste nicht, warum er sich beim FBI gemeldet hatte, aber er war klug genug, dankbar dafür zu sein, dass er zu seinem Team gehörte.

„Warum hast du zugelassen, dass Josephine Walker anlügt, Vince?" Marsh war immer noch sauer, dass er in einem Lügennetz gefangen war. Er mochte es nicht, manipuliert zu werden.

„Sie hat nicht *direkt* gelogen." Vinces weiße Zähne glänzten zwischen seinen burgunderfarbenen Lippen. „Sie hat eine Andeutung gemacht." Er zuckte mit einer massiven Schulter. „Walker hat es ihr abgekauft, aber, Mann, war er sauer."

„Er bräuchte doch nur die Daten der anderen Morde zu überprüfen. Ich dachte, das hätten sie längst getan." Marsh holte tief

Luft und blies sie durch die Nase aus. „Warum hat er es plötzlich auf mich abgesehen?"

Vince rieb seine tellergroßen Hände über sein kurzgeschorenes Haar, und sein Ohrstecker blitzte auf. Er warf ihm einen trockenen Blick zu. „Du weißt, warum."

Josephine.

Eifersucht war menschlich. Aber dass er eine Beziehung zu Josephine hatte, sollte doch die Ergreifung eines Serienmörders nicht beeinträchtigen.

„Hat der Mörder wieder zugeschlagen? Hat jemand etwas gehört?", fragte Marsh und rührte in seinem Kaffee herum. Dancer und Vince schüttelten den Kopf.

„Vielleicht hat er sich die Nacht freigenommen." Dancer nippte an seinem Kaffee und zuckte zusammen. Er war kein Morgenmensch.

Oder vielleicht haben sie die Leiche einfach noch nicht gefunden.

„Wo stehen wir mit der De-Hooch/Vermeer-Ermittlung?", erkundigte sich Marsh.

Dancer pustete auf seinen Kaffee. „Ich habe mir die Internetaufzeichnungen angesehen. Der Verkauf sieht echt aus."

„Mit oder ohne Durchsuchungsbeschluss?" Vinces Augen schärften sich vor Interesse.

Sommersprossen tanzten auf Dancers Wangen. „Im Gegensatz zu anderen hier halte ich mich immer an die Regeln."

„Unsinn", murmelte Marsh vor sich hin.

Vince grunzte, wandte sich wieder seinem Kaffee zu und nahm einen Muffin aus einer Schachtel in der Mitte des Tisches, die Dancer von einer Bäckerei um die Ecke mitgebracht hatte.

„Laut Thomas Brown befand sich das Bild jahrzehntelang in der Familienvilla. Aber laut Admiral Chambers wurde es ihm vor ein paar Jahren gestohlen."

Marsh blickte zur Decke hinauf. Angesichts der Bekanntheit beider Familien stand er vor einem weiteren potenziellen Skandal.

„Wir müssen noch einmal mit Chambers sprechen und seinen Bericht über den Diebstahl prüfen."

„Er ist wieder zu Hause." Dancer fuhr sich durchs Haar, das ihm in die Augen zurückfiel. „Er hat gestern Abend einen Flug aus Anchorage genommen."

Die Angst zermürbte Marsh. Er hatte einen Job zu erledigen und einen Posten zu halten. Keines von beidem war damit vereinbar, Josephine rund um die Uhr vor einem Mörder zu beschützen.

„Ich schätze, dann fahren wir nach Boston." Er verzog das Gesicht.

„Was ist mit ..." Vince warf einen Blick über die Schulter und deutete mit dem Kinn auf die offene Tür.

Marsh lehnte sich gegen die Küchentheke. Josephine in New York City zu lassen bedeutete, sie verwundbar zu machen. Vince konnte sie zwar die meiste Zeit beschützen, aber Marsh musste wissen, dass sie rund um die Uhr in Sicherheit war.

„Sie kommt mit."

„Das wird ihr nicht gefallen", meinte Vince kopfschüttelnd.

Ein Scharnier knarrte, und nackte Füße platschten über die Dielen. Josephine schlich zur Tür, sah die drei Männer in ihrer Küche an und streckte schweigend die Hand nach Kaffee aus. Marsh nahm den Becher und reichte ihn hinüber, wobei sich ihre Finger berührten. Allein dieser Funke der Berührung ließ sie erröten. Dancer begegnete Marshs Blick und zog wissend eine Augenbraue hoch.

Marsh ignorierte den anderen Agenten und sah stattdessen wieder zu Josephine. „Du musst mit uns nach Boston kommen."

Ein leiser Atemzug entwich ihren Lippen. „Hat er wieder getötet?"

„Nein." Marsh räusperte sich. Es war ein vernünftiger Plan. Josephine würde zustimmen. „Das hat nichts mit den Morden zu tun. Ich muss im Rahmen der Ermittlungen, die ich leite, nach Boston." Er starrte in ihre kobaltblauen Augen, die langsam zufroren. „Auf diese Weise können wir dich im Auge behalten, anstatt dich hier in New York verwundbar zurückzulassen." Er versuchte, ihrem Blick standzuhalten, aber es war, als würde sie vor seinen Augen verschwinden.

„Ich werde vor diesem Arschloch nicht weglaufen. Dieses Mal nicht ..."

„Es ist kein Weglaufen, wir sind nur vorsichtig", versuchte Marsh ihren Einwand auszuräumen. „Nimm alles mit, was du zum Malen brauchst, und wir bringen dich irgendwo unter ..."

„Meine Leinwand ist sechs Meter hoch." Sie klang distanziert, als hätte sie sich bereits abgekapselt.

„Arbeite ein paar Tage an etwas anderem." Sein Ton wurde lauter und versuchte unbewusst, den Panzer zu durchdringen, den sie um sich herum aufbaute.

Ihr Blick kehrte zu seinem zurück, aber er war leer. Da war nichts mehr von der Leidenschaft, nichts von ihrem üblichen Temperament.

„Ich habe einen Auftrag zu erledigen." Sie presste ihre Lippen zusammen. „Es ist vielleicht keine wichtige oder lebensrettende Arbeit – aber es ist meine Arbeit, und ich gebe sie nicht wegen dieses Hurensohns auf." Sie blickte direkt durch ihn hindurch, sah ihn nicht. Sie sah diesen messerschwingenden Bastard. „Vince kann auf mich aufpassen." Sie verließ den Raum und lächelte vage in die Runde. Ihre blasse Haut wirkte in der Morgensonne beinahe weiß.

„Josephine." Panik schlich sich in seinen Ton. Sie behauptete, sie würde nicht weglaufen, aber sie log. Er hatte Gezeter erwartet, aber er war davon ausgegangen, sich am Ende durchzusetzen. Doch ihr Rückzug ging über ihn hinaus, und er hatte sie noch nie zuvor so vollständig in sich gekehrt gesehen. „Pack deine Sachen, wir fahren heute Mittag los."

Es ertönte keine Antwort, sondern nur das Klicken des Schlosses an der Schlafzimmertür und das erwartungsvolle Gewicht der Stille.

„Nun, das ist ja prima gelaufen." Dancer kippte den Rest

seines Kaffees hinunter und leckte sich den Zuckerguss von den Fingern. „Soll ich Beruhigungsmittel besorgen oder schaffst du das?"

DAS LICHT WAR PERFEKT. Wenn sie sich auf die Farbe konzentrieren könnte, darauf, wie sie die Falten der Toga der Freiheitsstatue gleichzeitig fließend und solide erscheinen ließ, wäre alles in Ordnung. Sie drückte Permanentgrün, etwas Phthalogrün und einen Klecks kobaltgrünes Acryl heraus und starrte benommen auf ihre Palette. Ihre Hände zitterten, als das Gefühl langsam in ihren Körper zurückkroch.

Das würde nie funktionieren. Mit Marshall Hayes zusammen zu sein, würde nie funktionieren.

Er konnte sie nicht für immer beschützen, und sie wollte ihn nicht aus reinem Pflichtgefühl um sich haben. Sie wollte ihn auch nicht in Gefahr bringen oder sich Sorgen um ihn machen müssen. Sie schloss die Augen und schwankte. Sie war eine Idiotin.

Sie hätte gleich am ersten Tag abhauen sollen, aber sie hatte gezögert, und das war ihr erster Fehler gewesen.

Libertys erhobener Arm verspottete sie. Dieses Gemälde sollte den unbezwingbaren Geist von New York City darstellen. Ihr Gemälde sollte den aus der Asche der Trauer auferstandenen Phönix und den Mut der Menschen dieser großartigen Stadt verkörpern. Aber wie konnte sie hoffen, dem gerecht zu werden, wenn sie nicht einmal ohne Leibwächter durch die Straßen gehen konnte? Sie verachtete, was aus ihrem Leben geworden war. Sie war kein schwacher kleiner Trottel, der am Wort eines Mannes hing und erwartete, dass er sich um sie kümmerte. Sie wollte auch nicht die dumme Blondine in einem Horrorstreifen sein, die von einem Monster mit einem großen scharfen Messer erwischt wurde, während sie im Keller den Sicherungskasten überprüfte.

Marshall Hayes war ihr auf eine Art und Weise unter die Haut gegangen wie kein anderer Mann zuvor. Sie wollte an ihn glauben, wollte sich auf ihn stützen und wusste, dass sie es nicht riskieren konnte.

Sonnenlicht drang durch die hohen Glasfenster und erzeugte winzige Schweißperlen auf ihrer Schläfe. Mit neun Jahren hatte sie gelernt, dass der Schlüssel zum Überleben darin bestand, zu schweigen. Zieh den Kopf ein und misch dich nicht ein. Zeig deine Gefühle nicht. Lauf davon, versteck dich, beobachte, überlebe, schlag zu wenn nötig und halte den verdammten Mund. Das Bild ihres Vaters tauchte in ihrem Kopf auf, wie er sie beschimpfte, weil sie die Kühnheit besessen hatte, ihrer Mutter zu ähneln. Was hätte Walter Maxwell anders gemacht, wenn er gewusst hätte, dass seine Frau ermordet worden war, statt ihn zu verlassen? Josephine runzelte einen Moment die Stirn. Es wäre nur ein anderer Vorwand gewesen, um sich zu Tode zu trinken.

Kein Wunder, dass ihre Mutter einem anderen Mann in die Arme gelaufen war. Marion hatte Josie gerettet, sie aufgenommen, und am Ende hatte Josie es ihr gedankt, indem sie der Frau, die sie liebte, einen qualvollen Tod beschert hatte.

Schmerzhafte Todesfälle folgten ihr in letzter Zeit überallhin, und sie konnte den Gedanken nicht ertragen, dass es diesmal Marsh treffen könnte. Aber sie würde auch nicht zulassen, dass ein Mann – nicht einmal ein guter Mann wie Marsh und schon gar kein fieser Bastard wie der Mörder – über ihr Leben bestimmte.

Ihre Finger schlossen sich um den Griff des Pinsels, und sie tauchte ihn in das dicke Kobaltgrün, bevor sie sich der Trittleiter näherte und ihren Fuß auf die erste Sprosse stellte.

„Bist du schon bereit, vernünftig mit dir reden zu lassen?" Marshs Stimme kam von der Tür, und ihr Blut geriet in Wallung.

Die ganze letzte Nacht hatten sie sich aneinandergeklammert. Aber er gab ihr das Gefühl, bloßgestellt zu sein, und sie konnte sich diese Verwundbarkeit nicht leisten. Sie schüttelte den Kopf und tupfte die erste leichte Farbschicht auf die rechte Seite der

Statue. Sie konnte sich nicht dazu überwinden, ihm jetzt gegenüberzutreten.

„Wirst du mir sagen, warum, oder mich einfach ignorieren?" Sein Bostoner Akzent war noch flacher als sonst und eisig genug, um sie erschauern zu lassen. In dem Cottage in Vermont hatte sie sich sechsunddreißig Stunden lang geweigert, mit ihm zu sprechen. Dann hatte sie ihn verführt. Sie wusste nicht, wie viele Fehler ein Mensch im Leben machen konnte, aber es sah so aus, als wäre sie dabei, es herauszufinden.

Sie räusperte sich. „Ich kann nicht weglaufen, solange er andere Frauen jagt." Sie hob ihr Kinn und ignorierte das leichte Zittern, das sie durchfuhr, als sie sich umdrehte und ihn ansah, wie er dort in einem dunkelblauen Anzug und einer scharlachrot gestreiften Krawatte stand. Schön und stolz. Ihr Hals schmerzte bei seinem Anblick. „Ich bleibe. Du gehst. Ich verspreche, dass ich die Wohnung nicht verlasse."

„Hat dir letzte Nacht nichts bedeutet?" Seine Stimme hatte eine Schärfe, die sie langsam sauer machte.

Die Leiter wackelte ein wenig. „Letzte Nacht war gut, Marsh, aber ich organisiere mein Leben nicht danach, dass du jemanden in deinem Bett hast. Ich habe Arbeit zu erledigen."

„Denkst du, ich will dich in Boston haben, damit ich dich ficken kann?"

Sie kletterte von der Leiter und stand ihm nun doch direkt gegenüber. Hitze und Wut strahlten von ihm ab wie Düsentreibstoff. Das lief nicht so, wie sie es geplant hatte.

„Denkst du, ich kann es nicht ein paar Nächte ohne Sex aushalten, wenn ich seit Monaten wie ein Mönch lebe?" Bernstein kämpfte mit Jade, als seine Pupillen aufflackerten.

„Ich weiß es nicht. Ich weiß nichts von diesen Dingen." Ihre Stimme erhob sich. „Nichts davon ergibt Sinn."

Mit einem scharfen Ruck nahm er Pinsel und Palette von ihren starren Fingern und legte sie auf den Tisch. „Etwas ergibt Sinn."

Josephine atmete stoßweise ein, als er ihr Shirt packte und sie eng an seinen Körper zog. Seine Lippen pressten sich auf ihre, und Wut und Frust trieften unter dem Druck seiner Zähne.

Seine andere Hand drückte sich an ihren Rücken, brachte sie in innigen Kontakt und schickte pulsierende Explosionen der Begierde von ihren Brüsten bis zwischen ihre Schenkel.

Seine Lippen verzogen sich sanft, straften seine Wut Lügen, und er knabberte an ihrem Mund, bis sie den Kuss erwiderte und ihre Hände auf seine Schultern legte. Sie schloss ihre Augen gegen die Schwäche, die sie überfiel, und hielt sich an ihm fest, als ein Durcheinander von Emotionen in ihr aufstieg. Er verlangsamte seinen Kuss, und sie schmeckte Sanftmut. Dann öffnete sie ihre Augen und erhaschte seinen Schmerz, bevor er ihn rasch verbarg.

„Hier geht es nicht um Sex, Josephine. Du weißt, was immer zwischen uns passiert, ist viel mehr als nur Sex, und das gefällt mir nicht mehr als dir. Aber es ist real, und es wird in absehbarer Zeit nicht aufhören." Seine Worte waren matt und zerrten an ihrer Entschlossenheit. „Aber wenn du mit mir nach Boston kommst, dann nur deshalb, weil ich einen mörderischen Schwachkopf daran hindern will, dich aufzuschlitzen und zu beenden, was er vor all den Jahren begonnen hat."

Übelkeit überkam sie, wie er es beabsichtigt hatte. Marsh versuchte, ihr Angst zu machen. Als ob das nötig wäre. Aber sie hatte nicht vor, sich von diesem Psychopathen erwischen zu lassen. Sie wusste auf sich aufzupassen.

Sie löste sich aus seinen Armen. „Vince ist hier."

Marsh stockte und blickte auf dem Weg zur Tür noch einmal über seine Schulter zurück. „Aber ich wollte es tun ... *ich* wollte derjenige sein, der dich beschützt."

Kapitel Zwölf

Josies mit Farbe gesprenkelte Zehen lugten aus ihren türkisfarbenen Pailletten-Flip-Flops hervor. Der ausgefranste Saum ihrer Jeans kitzelte ihren empfindlichen Fußrücken. Weder dieser Anblick noch das Gefühl lockerten ihren angespannten Kiefer oder ihre verkrampften Schultern. Wut brannte sich eine Schneise durch ihre Knochen, und sie klammerte sich daran, in einem verzweifelten Versuch, sich zu konzentrieren.

Sie schnappte sich einen neuen Pinsel der Größe 20 und eine riesige Tube Weiß und warf sie in ihren Korb. Neue Schwämme, Conté-Buntstifte und ein scharfes dreieckiges Spachtelmesser folgten.

Sie schob sich an Vince vorbei und warf ihm einen spitzen Blick zu.

Männer.

Polternd stellte sie den Korb an der Kasse ab, wo die kaugummikauende Verkäuferin nur langsam ihre Anwesenheit registrierte und begann, ihre Einkäufe zu scannen. Na und, dann benahm sie sich eben unvernünftig!

Immerhin wollte ein Mörder ihr Leben zerstören und

Marshall Hayes wollte es kontrollieren. *Sie* wollte einfach nur ihre Unabhängigkeit zurück. Sie brauchte Raum zum Nachdenken.

„Er will Sie nur beschützen", murmelte Vinces tiefe Stimme in ihr Ohr, aber anstatt sie zu beruhigen, schürte er damit ihre Wut nur.

„Ich dachte, dafür wärst du da." Sie warf ihm einen abschätzigen Blick zu.

Die Verkäuferin hörte auf zu kauen und warf Vince, der breitschultrig hinter Josie stand, einen nervösen Blick zu. Vinces Augen schweiften zur Verkäuferin, und er hob fragend eine Augenbraue.

Josies Gezeter lenkte unerwünschte Aufmerksamkeit auf die beiden. „Machen Sie sich wegen ihm keine Sorgen, er ist nur mein Leibwächter und außerdem ein mit zahlreichen Orden behängter Kriegsheld", versicherte sie der Verkäuferin, während sie bezahlte.

„Hat Ihnen schon mal jemand gesagt, dass Sie so feinfühlig wie eine Kettensäge sind?", murmelte Vince.

„Hm, jetzt, wo du es erwähnst – das habe ich tatsächlich schon mal irgendwo gehört." Sie sammelte ihre Einkäufe zusammen, marschierte aus dem Laden auf die Straße und kämpfte gegen den Wind an, der ihr durch den dünnen schwarzen Pullover auf die Haut peitschte. Es war kälter als es zu dieser Jahreszeit hätte sein sollen. Ein eisiger Wind blies mit der Schärfe von Bärenklauen vom Wasser her, und sie erschauderte. Kunst und Wut hatten sie völlig eingenommen, seit sie sich an diesem Morgen mit Marsh gestritten hatte. Gut, dass sie schon angezogen gewesen war, bevor ihr die Farbe ausgegangen war, sonst würde sie nun wahrscheinlich nackt hier stehen.

Unfähig, sich auf ihren Auftrag zu konzentrieren, hatte sie die Liberty beiseitegeschoben und reine Emotionen auf eine frische Leinwand gesprengt. Das Ergebnis sah aus wie ein Straßenmord, und ihr war flau im Magen geworden, als sie die Inspiration für das Bild erkannte.

Gekonnt wich sie Touristen und New Yorker gleichermaßen aus und eilte den Bürgersteig entlang. Sie sollte Agent Walker anrufen, um zu fragen, ob es Neuigkeiten gab.

Der Duft von Pizza mischte sich mit Abgasen, als sie an der Bordsteinkante schwebte, kurz den Verkehr überprüfte und dann zur Bleeker hinüberging, ohne sich darum zu kümmern, ob Vince ihr folgte oder nicht. Als sie in die Grove Street einbog, blickte sie über die Schulter und entdeckte den Mann in ihrem Schatten. Leise, beängstigend, wachsam.

Und das machte sie furchtbar sauer. Nicht, weil sie Vince nicht mochte, sondern weil sie es verabscheute, beschützt werden zu müssen. Sie hasste es, dass andere sich ihretwegen in Gefahr begaben. Der Blade Hunter spielte mit ihnen wie mit Marionetten und ließ sie nach seiner Pfeife tanzen. Sie hasste das. Sie war ihre ganze Kindheit lang von der Angst kontrolliert worden, dass er zurückkommen würde, und jetzt war er hier.

Bilder von verstümmelten Frauen schossen ihr durch den Kopf, darunter das von der Zeit entstellte Gesicht ihrer Mutter und grausame Bilder von verschiedenen Tatorten. Sie schlug sich die Hand vor den Mund und blieb mitten auf der Straße stehen.

„Alles okay?", fragte Vince hinter ihr.

„Nein, aber ich werde es überleben." *Hoffentlich.* Dann entdeckte sie Marsh, der auf der anderen Straßenseite vor ihrem Sandsteinhaus stand und zu den Fenstern hinaufblickte, und wurde von einer Gefühlswelle überwältigt. Sie hatte angenommen, er wäre bereits nach Boston abgereist, aber er sah aus, als stünde er schon seit Stunden dort.

Vince legte ihr eine Hand auf die Schulter. „Seien Sie vernünftig."

„Wieso? Brauchst du Urlaub von mir, Schätzchen?" Sie lächelte den großen Mann an.

Weiße Zähne blitzten auf, und er drückte ihre Schulter. „Das hier ist Urlaub, *Schätzchen*." Er gab ihr einen sanften Schubs.

Großartig. Sie war ein Weichei, umgeben von Superhelden mit schweren Geschossen.

Marsh drehte sich zu ihr um, als sie auf ihn zuging. „Bist du zur Vernunft gekommen?" Seine Worte schürten ihr Temperament erneut, und sie zitterte vor Wut.

„Ich bleibe."

Enttäuschung blitzte in seinen haselnussbraunen Augen auf, und es tat weh. Verdammt, genau deshalb ließ sie sich mit niemandem ein. Allein zu sein war viel einfacher, als zu versuchen, die Erwartungen einer anderen Person zu erfüllen. Und zu wissen, dass sie diesen Mistkerl vermissen würde, wenn er ging, fühlte sich ungefähr genauso toll an, wie herumzusitzen und darauf zu warten, dass ein Serienmörder zuschlug. Aber vielleicht war es besser so.

Sie klemmte ihre Tasche mit ihren Einkäufen unter einen Arm und schloss die Haustür auf. Marsh trat hinter sie, und sie warf einen Seitenblick zu Vince, der zum Abschied die Hand hob.

„Er besorgt nur genug Essen und Ausrüstung für die nächsten achtundvierzig Stunden." Marshs Ton war neutral und verriet nichts. Das brauchte er auch nicht. Er hatte seine Meinung mehr als deutlich gemacht.

„Er muss nicht die ganze Zeit bleiben." Sie stieß die Tür auf und erschrak, als Marsh sie in seinen Armen herumdrehte und direkt im Flur gegen die Wand drückte.

„Warum tust du so, als wäre dir das alles egal?"

Ihre Nackenhaare stellten sich auf, aber sie sagte nichts.

„Warum tust du so, als könnte dir niemand etwas anhaben?" Seine Muskeln schienen vor Anspannung fast zu zerreißen, und die Haut um seinen Mund war kreideweiß. In ihren Ohren toste es wie in einem wildgewordenen Wespennest. Sie hatte ihn in diesen Zustand versetzt und hasste sich dafür.

„Was würdest du tun, wenn er dich erwischen würde?" Er wich zurück, als könnte er es nicht ertragen, sie noch einen Moment länger zu berühren. „Was würde ich tun?"

Mit pochendem Herzen ging sie die Treppe hinauf.

„Josephine!" Der Schmerz in seiner Stimme brachte sie dazu, sich doch wieder zu ihm umzudrehen. Seinen Augen funkelten lebhaft und voller Emotionen, mit denen sie nicht zurechtkam.

„Ich kann das nicht, Marsh. Ich weiß nicht einmal, wie man unter normalen Umständen in einer Beziehung miteinander umgeht." Zu ihrem Entsetzen kamen ihr die Tränen. „Im Moment kann ich an nichts anderes denken, als das hier lebend durchzustehen."

Als sie die Treppe hinaufraste, hallten ihre Schritte durch das Treppenhaus. Ihr Herzschlag ging immer schneller, ihre Lungen platzten fast vor Sauerstoffmangel, aber sie konnte nicht atmen.

Sie schaffte es bis in den zweiten Stock, bevor Marsh ihr folgte. Sie lief nicht vor ihm davon. Sie brauchte einfach etwas Luft zum Atmen.

Am oberen Ende der Treppe blieb sie abrupt stehen.

Die Tür zu ihrer Wohnung stand offen. *Habe ich sie offengelassen?* Sie war sich nicht sicher. Aber das Holz neben dem Schloss war zersplittert. Die Tür war aufgebrochen worden.

„Stell dich hinter mich." Marsh zog seine Waffe.

Adrenalin ließ das Blut durch ihre Ohren rauschen. Sie packte die Rückseite von Marshs Jacke und klammerte sich verzweifelt daran.

Scheiße. Scheiße. Scheiße. Ihr Herz hämmerte, und Schweiß lief ihr den Rücken hinab.

Er griff mit einer Hand hinter sich, löste ihre Finger von seiner Jacke und zog sie an seine Lippen. Er gab ihr einen kurzen Kuss und warf ihr ein angespanntes Lächeln zu, bevor er sie wieder hinter sich winkte. Ohne den Blick von der Tür abzuwenden, holte er sein Handy hervor, wählte eine Kurzwahl und drückte Josie das Gerät in die Hände.

„Was jetzt?", hauchte sie.

Marsh hielt seinen Finger an die Lippen und sagte leise: „Wir warten."

„Worauf?", erwiderte sie flüsternd.

Es dauerte ungefähr sechzig Sekunden, bis unten eine Tür aufschlug und Stiefel die Treppe hinaufpolterten.

„Auf Verstärkung." Marsh lächelte, und die Wirkung war elektrisierend.

Vince kam mit gezogener Pistole, Schweiß auf der Stirn und einem tödlichen Gesichtsausdruck oben an der Treppe an.

Wortlos gingen die beiden Männer in Position und stürmten in die Wohnung, wie Josie es schon tausendmal im Fernsehen gesehen hatte. Marsh zog sie mit hinein, und der Griff um ihr Handgelenk war so fest, dass es schmerzte, aber sie beschwerte sich nicht. Das Letzte, was sie wollte, war, allein gelassen zu werden. Was für ein großartiger Moment für diese Erkenntnis. Verdammt, sie war nichts als eine sture Idiotin.

Der Flur sah unberührt aus. Marsh und Vince durchsuchten jedes mögliche Versteck, überprüften die Küche, das Bad und alle Schränke.

Josie folgte ihnen in ihr Arbeitszimmer und stand fassungslos in der Mitte des Raumes. Er hatte ihr Bild mitgenommen ...

Benommen ließ sie sich ins Gästezimmer manövrieren, während die beiden unter dem Bett und in den Einbauschränken nachsahen. Übelkeit kroch ihr in den Hals. Er war hier gewesen. Ein Schauer von Ekel fuhr über ihre Haut. Sie folgte Marsh zurück ins Wohnzimmer. Weitere Schritte hallten die Treppe hinauf und sie hörte Stimmen rufen. Die Agenten Dancer und Walker stürmten in die Wohnung, aber Marsh und Vince blickten nicht auf. Sie konzentrierten sich auf das letzte mögliche Versteck für einen Eindringling. Ihr Schlafzimmer.

Angst klebte auf ihrer Zunge, als sie ihnen folgte.

Die weißen Decken waren mit kräftigem Rot bespritzt, und die Farbe tropfte auf den Dielenboden. Der Gestank von Terpentin und Farbe stieg ihr in die Nase. Er hatte ihre Arbeitswerkzeuge als Waffen des Schreckens benutzt. Die an die Wand geschmierte Nachricht ließ ihr Herz vor Grauen erstarren.

DU WIRST STERBEN.

„Dafür muss er erst mal an mir vorbei." Marsh steckte seine Waffe weg.

Sie wollte nicht, dass dieses Monster in Marshs Nähe kam. Sie verschränkte die Arme vor der Brust und versuchte, ihr Zähneklappern zu unterdrücken. „Das hat er an dem Abend zu mir gesagt, als er Angela Morelli getötet hat. ‚Nächstes Mal stirbst du.'"

„Lustig, dass Sie bislang vergessen haben, das zu erwähnen", fauchte Special Agent Walker.

„Lustig?" Ihre Stimme klang schrill. „Ich dachte, dass diese Botschaft so offensichtlich ist, dass sogar das FBI sie verstehen sollte."

„Wir müssen das ganze Gebäude durchsuchen, falls er sich irgendwo versteckt hält. Ich rufe Verstärkung, aber wie wäre es, wenn wir in der Zwischenzeit unten anfangen?" Walker nickte Dancer zu, und er und Vince folgten dem Agenten für Verhaltensanalyse aus der Wohnungstür.

Josies Knie schlotterten, und Marsh hob sie in seine Arme und legte sie sanft auf die Couch.

Ihre Zähne klapperten. „Er will mir zeigen, dass er an mich rankommen kann, wann immer er will."

„Er macht sich über uns alle lustig." Marsh stemmte die Hände in die Hüften und sah sie eindringlich an. „Ich schwöre, dass ich nicht zulassen werde, dass er dich erwischt, Josephine."

„Ich hasse es, dass du recht hattest, aber dich muss es wohl freuen."

„Nein." Er presste seine Lippen zusammen, offensichtlich um sein Temperament zu zügeln. „Aber ich bin froh, dass du nicht allein hier warst, als der Bastard eingebrochen ist."

Wohl wahr.

„Ich war doch nur eine halbe Stunde weg." Plötzlich kam ihr ein Gedanke. „Wie ist er überhaupt ins Haus gekommen? Hast du ihn durch die Haustür eintreten sehen?"

Marsh schüttelte den Kopf und sah sich in der Wohnung um. „Er muss einen Schlüssel aus Angela Morellis Wohnung gestohlen haben. Ich dachte, der Hausmeister tauscht die Schlösser aus."

„Er kommt erst am Freitag."

„Hast du irgendwo in der Wohnung einen Ersatzschlüssel?"

Josie schüttelte den Kopf. „Den letzten habe ich Vince gegeben. Elizabeth und Pete haben die anderen beiden."

„Ich weiß immer noch nicht, woher dieses Arschloch weiß, wo du wohnst."

Agent Walker kehrte in die Wohnung zurück. „Wir müssen die Spurensicherung rufen ..."

„Sie glauben doch nicht wirklich, dass er Spuren hinterlassen hat, oder?" Marsh sah seinen Kollegen mit hochgezogener Augenbraue an.

„Ich werde jedenfalls keine Gelegenheit versäumen, doch etwas zu finden, Sir", entgegnete Walker.

„Irgendwelche Treffer mit seiner DNA?", fragte Marsh.

Sie hatte das Blut ganz vergessen, das er nach ihrem Biss verloren hatte. Die Erinnerung drehte ihr den Magen um.

Sam Walkers Lippen wurden schmal. „Er ist nicht im System erfasst."

Marsh runzelte die Stirn. „Haben Sie den Rest des Gebäudes überprüft?"

„Wir sind dabei. Mehrere Teams gehen gerade jede Wohnung durch. Die meisten sind nach dem Morelli-Mord noch leer. Wir werden so schnell wie möglich eine Videoüberwachung vor und hinter dem Grundstück und im Flur einrichten."

Warum hatte er das nicht schon vor ein paar Tagen getan?

Sie blickte nach unten, und die rote Farbe auf ihren Fingernägeln stach ihr wie frisches Blut entgegen. „Er hat etwas mitgenommen. Ein Gemälde, an dem ich arbeite."

„Welches Gemälde?", fragten beide Agenten gleichzeitig.

Josie fühlte sich unbehaglich, als hätte sie die Opfer des Mörders verraten, indem sie ein Bild ihrer Qualen gemalt hatte.

Es war abstrakt gewesen, aber der Blade Hunter hatte genau gewusst, was er gesehen hatte.

„Ich habe erst heute Morgen damit angefangen." Sie schwankte leicht, ihr war schwindelig. „Es ist abstrakt, aber es geht um die Morde. Es geht um Blut und Schmerz."

Marsh drückte sanft ihren Kopf zwischen ihre Knie, bevor ihr klar wurde, dass sie kurz davor war, ohnmächtig zu werden. Er kniete neben ihr auf dem Teppich. „Du kommst mit mir, Josephine, und wenn du dich wehrst, lege ich dir Handschellen an und schleife dich mit."

„Es gibt immer noch die Option der Schutzhaft." Sam Walker sprach mit Marsh, nicht mit ihr. Sie ergriff Marshs Hand und drückte sie, um ihm zu sagen, was sie von dieser Idee hielt.

„Schon in Ordnung, Agent Walker." Er rieb sanft ihre Hand. „Sie wird mich für ein paar Tage begleiten. Danach müssen wir eine andere Lösung finden, bis wir diesen Kerl schnappen."

„Die ganze Stadt ist in höchster Alarmbereitschaft. Die Medien spielen verrückt, was uns hoffentlich bald mehr Ressourcen einbringt", bemerkte Walker.

„Kannst du aufstehen?", fragte Marsh sie leise.

„Natürlich." Sie hoffte es zumindest.

„Gibt es hier etwas, ohne das du nicht leben kannst?" Er streckte seine Hand aus, als erwartete er, dass sie nein sagte.

Aber sie schüttelte ihn stattdessen ab und stolperte zum Schrank neben der Eingangstür. Ihr Rucksack lag noch auf dem Boden. Sie öffnete ihn und spähte hinein. Marions Asche war sicher in der kleinen Urne verstaut, die Josie bemalt hatte.

„Nur das hier." Sie schloss den Rucksack und ignorierte sein neugieriges Stirnrunzeln. „Alles andere ist unwichtig."

FÜNF STUNDEN SPÄTER BEOBACHTETE MARSH, wie Josephines Hüften wiegten, als er ihr und seiner Mutter ins Obergeschoss seines Elternhauses folgte.

Verschiedene Stränge seines Lebens gerieten gerade auf Kollisionskurs.

Sie glitten wie Gespenster über den dicken persischen Läufer, und ihre Schritte waren leise wie der Schlag von Mottenflügeln. Der feine Geruch von Bienenwachs kitzelte seine Nase und brachte Erinnerungen zurück, die mit jedem Jahr unaufhaltsam verblassten. Zwei Jungen kämpften sich mit Schwertern durch diesen Flur, rutschten das Geländer hinunter und kletterten über Möbel. Er steckte die Hände in die Hosentaschen und verjagte die Bilder.

Sein Leben stand im Begriff, sich zu ändern. Wieder einmal.

Ob sie es merkten oder nicht, die beiden wichtigsten Menschen in seinem Leben taxierten einander. Josephine blieb auf der Schlafzimmerschwelle stehen. Es war dasselbe Zimmer, in dem sie vor sechs Monaten untergekommen war, aber damals waren seine Eltern nicht da gewesen. Würde Josephine das Zimmer wiedererkennen? Die Einrichtung hatte sich verändert.

Seine Mutter wanderte in ihrem riesigen Haus am Louisburg Square jeweils rastlos von einem Raum zum nächsten und dekorierte jeden von ihnen in einem verzweifelten Versuch, die Lücke zu füllen, die der Tod ihres ältesten Sohnes hinterlassen hatte. Marsh riss sich bei der Arbeit den Arsch auf und sein Vater spielte Golf. Wie sonst ging man mit dem Verlust eines geliebten Sohnes und bewunderten Bruders um?

Josephine ließ ihren Rucksack vorsichtig neben dem Bett auf den Boden sinken, wo er mit einem dumpfen Geräusch landete.

Was zum Teufel ist in dem Ding drin?

Das Bett war mit einer großzügigen Mischung aus glänzenden malvenfarbenen, cremefarbenen und violetten Laken bezogen, und darauf häuften sich genügend Decken und Kissen, um einen kanadischen Winter zu überstehen.

„Ich kann nicht fassen, was der armen Lynn geschehen ist." Beatrice Hayes stand im Raum, ihre Hand aufs Herz gedrückt, und schüttelte leicht den Kopf. „Ich habe angerufen, um mein Beileid auszudrücken, aber Lydia hat nicht abgenommen. Sie steht unter Medikamenten." Ihre Augen huschten nervös umher.

Lydia –Lynn Richards Mutter.

Josephine begegnete seinem Blick und Schuldgefühle schwangen zwischen ihnen.

Seine Mutter faltete und streckte ihre Hände vor ihrer Brust, wahrscheinlich verunsichert durch den wenig freundlichen Ausdruck auf Josephines Gesicht. Dies war das erste Mal überhaupt, dass Marsh eine Frau mit nach Hause brachte, und sie war nicht gerade das unschuldige Mädchen von nebenan.

„Josephine wurde zweimal von diesem Mörder angegriffen, einmal als sie noch ein kleines Kind war." Marsh wusste, dass er in die Hölle kommen würde, weil er das Mitgefühl seiner Mutter schürte, vorausgesetzt, Josephine tötete ihn nicht zuerst, weil er ihr Geheimnis preisgegeben hatte. Seine Mutter wurde sichtlich sanftmütiger, und ihre mütterlichen Instinkte waren stark genug, um die Tatsache zu übersehen, dass Josephine kein Kind mehr war, sondern eine erwachsene Frau, nach der sich ihr Sohn verzehrte.

„Ich werde versuchen, Ihnen ein paar Sachen zum Anziehen zu suchen, Liebes." Bea runzelte die Stirn, als sie Josephines hochgewachsene, schlanke Figur betrachtete. Seine Mutter war mindestens sieben Zentimeter kleiner und vier Nummern breiter. „Aber ehrlich gesagt ist es wohl besser, wenn du in die Boutique am Ende der Straße gehst, Marshall, und ihr ein paar Sachen kaufst. Ich kann nicht glauben, dass er Ihnen keine Zeit gegeben hat, sich umzuziehen."

Na klar, weil Kleidung viel wichtiger war, als Josephine aus der Gefahrenzone zu bringen.

Josephine blickte auf ihre mit Farbe bespritzte Jeans und runzelte verwirrt die Stirn. „Das FBI wollte meine Wohnung durchsuchen, und ich wollte nichts anziehen, was der Typ angefasst haben könnte ..."

Bea rieb sich entsetzt den Hals. „Oh, natürlich nicht. Bitte verzeihen Sie mir, Liebes. Ich weiß nicht, was ich mir dabei gedacht habe." Sie schauderte leicht, ging hinüber und umarmte Josephine kurz, als wäre das schlimmste Verbrechen, das seine Mutter sich vorstellen könnte, dass jemand ihre Unterwäsche berührte. Er hoffte bei Gott, dass sich das nie ändern würde.

Josephines wilde, verzweifelte Augen warfen einen flehenden Blick in seine Richtung, aber er zuckte nur mit den Schultern.

Das geschah nun mal, wenn zwei Welten kollidierten.

„Du hast das Zimmer neu eingerichtet?" Er startete den Versuch einer belanglosen Unterhaltung.

Seine Mutter ließ Josephine los und lächelte, erleichtert darüber, von den kleinen Dingen des Lebens abgelenkt zu werden. „Ja, Schatz, aber dein Vater war nicht glücklich, als ich die Holzvertäfelung weiß streichen ließ."

Ach, wirklich? Marsh hustete.

„Nun, ich habe es ihm erst gesagt, als es bereits fertig war." Sie drückte seinen Arm, und ihre Finger strichen sanft über seinen Jackenärmel. Er wettete, dass sein Vater böse geworden war, als das Antikholz einen neuen Anstrich bekommen hatte, aber niemand machte sich wirklich viel daraus, solange seine Mutter glücklich war. Nur war sie nie wirklich glücklich. Der ewige Schmerz verweilte in ihren Augenwinkeln und in den Falten um ihren zarten Mund.

Und deshalb hatte er sich mit einer jungen Frau verabreden lassen, die nun tot war.

„Es macht den Raum viel heller, findest du nicht?" Beas ängstliche haselnussbraune Augen, seinen eigenen so ähnlich – Roberts Augen so ähnlich – ruhten auf ihm.

Er wollte *Ja, es erhellt den Raum* sagen, aber der Kloß in seiner Kehle verhinderte es.

Wen interessiert das schon?

Das Lächeln seiner Mutter schwand.

„Es ist wunderschön." Josephine stand unsicher neben dem Bett, als hätte sie Angst davor, sich hinzusetzen. Sie räusperte sich, ging zum Flügelfenster und spähte auf den dunklen Platz hinaus. „Ein ziemlich schickes Häuschen hast du hier, Marsh."

„Und die Sicherheit ist erstklassig." Er schielte auf seine Mutter hinunter. „Das Alarmsystem, das wir installiert haben, ist doch noch in Betrieb, oder?"

Bea winkte ab. „Dein Vater löst mit seinen mitternächtlichen Spaziergängen in die Küche immer wieder dieses alberne Ding aus." Sie lächelte, und ihre glatten Wangen schlugen Falten. „Wir lassen den Außenalarm natürlich eingeschaltet, aber hier drinnen ..." Sie verstummte.

„Ich rede mit Dad. Bis wir diesen Mörder gefasst haben, müssen wir davon ausgehen, dass er Josephine auch hier aufspürt." Er hielt dem Blick seiner Mutter stand und las ihre stumme Frage, warum er Gefahr in ihr Haus gebracht hatte. Sie war jedoch zu höflich, ihm deswegen Vorwürfe zu machen.

Josephine streifte durch den Hintergrund wie ein Tiger, der in einem zu kleinen Käfig eingesperrt war. Die Pailletten auf ihren Flip-Flops schimmerten im Licht des verzierten Kronleuchters.

„Wie lange kennen Sie meinen Sohn schon?", fragte Bea und lächelte Josephine so arglos an, dass Marsh sie am liebsten warnen wollte, aber sie antwortete arglos.

„Eine gemeinsame Freundin ist im April in Schwierigkeiten geraten." Josephine zuckte mit den Schultern und bemerkte seine Grimasse nicht, doch seiner Mutter entging nichts.

Bea drehte sich wieder zu Josephine um und begutachtete sie volle zehn Sekunden lang, wobei nur die tickende Stiluhr die Stille füllte. Die Beleuchtung ließ Josephines Haar weiß gegen das dunkle Fenster erscheinen, in dem sich alle drei wie Gespenster spiegelten.

Marsh wurde sich plötzlich möglicher Zuschauer bewusst,

ging hinüber und schloss die Vorhänge, worauf er hochaufgerichtet an Josephines Schulter stehenblieb.

Mit scharfen Augen und nachdenklichen Lippen musterte Bea sie beide sorgfältig. Dann nickte sie. „Sie müssen Angst haben, Josephine. Darf ich Sie Josephine nennen?"

„Eigentlich bevorzuge ich Josie." Sie strich eine helle Haarsträhne hinter ihre zarte Ohrmuschel.

Marsh stieß einen tiefen Atemzug aus.

„Aber Josephine ist so ein schöner Name", wandte Bea bewundernd ein, doch Josephine zog die Augenbrauen zusammen und ihre Mundwinkel verzogen sich nach unten, als sie ihm einen gereizten Blick zuwarf.

Marsh hatte Josephines Namen immer geliebt und sich geweigert, sie Josie zu nennen ... und doch mochte sie ihren Namen nicht. Vielleicht, weil er altmodisch und förmlich war, oder vielleicht war sie als Kind dafür gehänselt worden. Er schob seine Hände in die Hosentaschen und starrte auf einen Kratzer, der die ansonsten makellose Oberfläche seines Schuhs verunstaltete.

Seine Mutter öffnete eine weiß gestrichene antike Kommode und zog Nachtwäsche hervor. Sie legte einen Satinpyjama auf die Steppdecke und holte dann einen passenden Morgenmantel. Beide Stoffe waren tiefpflaumenfarben und hatten genau die gleiche Farbe wie die Tagesdecke. Die Abstimmung der Inneneinrichtung hatte neue Extreme erreicht.

Was würde Josephine von einer Frau halten, die ihre ganze Zeit damit verbrachte, Wände zu tapezieren und Farbmuster aufeinander abzustimmen, und warum zum Teufel kümmerte es ihn überhaupt, was Josephine von seiner Mutter dachte?

Scham stieg in ihm auf. Seine Mutter wirkte stumpfsinnig, eine dieser müßigen reichen Damen, obwohl sie so viel mehr war als das. Schuld mischte sich mit Selbstekel. Was gab ihm das Recht, über die Frau zu urteilen, die ihm das Leben geschenkt hatte? Oder über die Frau, in die er sich törichterweise verliebt hatte?

Er hätte in ein Hotel gehen sollen. Diese beiden Frauen hätten sich nie begegnen müssen, und doch …

„Sie haben ein wunderbares Auge für Farben, Mrs. Hayes." Josephine trat vor und strich langsam über die Bettdecke. „Und für Texturen."

Er wandte sich ab und versuchte durch Gedankenübertragung, seine Mutter zu zwingen, den Raum zu verlassen. Er wollte unbedingt hier raus, wagte es aber nicht, die beiden Frauen allein zu lassen.

„Oh, das ist nicht alles mir allein zuzuschreiben." Seine Mutter seufzte. Es war ein flatterndes, zerreißendes Geräusch. „Ich habe einen Innenarchitekten, der mich berät." Ihre Hand schüttelte ein Satinkissen auf. „Aber eine alte Frau ohne Enkelkinder braucht nun mal ein paar Ablenkungen, um sich die Zeit zu vertreiben, finden Sie nicht?"

Mit einem vielsagenden Blick zwischen den beiden huschte Beatrice Hayes aus dem Raum und hinterließ eine lange Stille, in der keiner von ihnen atmete.

„Sie muss sich wirklich sehr verzweifelt Enkelkinder wünschen, wenn sie erwägt, mein Blut in den Stammbaum der Hayes-Familie aufzunehmen." Josephine wackelte mit den Augenbrauen und warf ihm ein angestrengtes Lächeln zu. „Erfüllen wir ihr den Wunsch jetzt gleich oder später?"

Mit Schocktaktiken hatte sie in der Vergangenheit immer gute Erfolge erzielt. Sie waren ein Abwehrmechanismus, um andere fernzuhalten, damit sie nicht verletzt wurde. Aber er war inzwischen schlauer als das. Er durchschaute sie. Also hielt er ihrem Blick stand und wartete, bis sie aufhörte, herumzuplappern.

„Meine Mutter wurde adoptiert. Sie weiß, dass sie Glück hatte, zu wohlhabenden Eltern zu kommen, aber noch wichtiger ist, dass sie Eltern fand, die sie liebten. Sie macht sich kaum etwas aus Blutsbanden und sehr viel aus Familienzusammengehörigkeit." Sein Blick glitt über ihr Gesicht, und er hoffte, dass er in der Lage wäre, die Barrieren niederzureißen, die sie so lange beschützt hatten. Vielleicht würde sie sich nie wirklich öffnen oder ihn an sich heranlassen, aber er war noch nicht bereit aufzugeben.

Er drehte sich um und ging, um ihr den Raum zu lassen, von dem er wusste, dass sie ihn brauchte.

Zwei Stunden später strich Josie mit einer Hand über die seidene Wandtapete, als sie die kunstvoll geschnitzte Treppe hinunterstieg. Ihre Schritte wurden vom dicken Teppich gedämpft. Sie war so nervös, dass sich ihr der Magen zusammenkrampfte. Der Wunsch, davonzulaufen, war überwältigend. Sie hatte sich in ihrem ganzen Leben noch nie so überfordert gefühlt.

Außerdem kam sie zu spät zum Abendessen.

Sie wäre lieber in ihrem Zimmer geblieben und hätte von einem Tablett gegessen, oder sich einfach selbst in der Küche bedient. Sie hätte es sogar vorgezogen, zu hungern, aber Marshs Mutter hatte sie sehr höflich eingeladen, sich ihnen zum Abendessen anzuschließen, und Josie konnte mit Höflichkeit schlechter umgehen als mit Feindseligkeit. Und das erschreckte sie zu Tode.

Sie strich verlegen mit einer Hand über eine marineblaue Leinenhose und spürte die weiche Textur mit einem angenehmen Schauer. Dazu trug sie eine marineblaue Strickjacke mit weißen Punkten mit einem rot-weißen Streifen entlang der Borte. Das Outfit gefiel ihr. Es war sexy und fröhlich, und sie hätte es in einem Geschäft keines Blickes gewürdigt.

Nicht, dass es im Outdoor-Laden viele gepunktete Outfits gäbe ...

Marsh war vor zwanzig Minuten mit einer großen Tasche voller Kleider aufgetaucht, hatte sie auf ihr Bett geworfen und war wieder gegangen, ohne ein Wort zu sagen. Und sie hatte sich verzweifelt gewünscht, er würde bleiben.

Ein Lachen ertönte aus dem Esszimmer, gefolgt vom sanften Grollen eines amüsierten Mannes.

Widerstrebend tat sie den letzten Schritt, und plötzlich tauchte Marsh lautlos aus dem Nichts neben ihr auf.

„Herrgott!“ Sie zuckte zusammen.

„Nicht ganz.“ Er musterte sie von oben bis unten und nickte. „Passen dir die Sachen?“

„Ja, sie passen. Ich bin es, die nicht hierher passt“, murmelte sie.

Er starrte an die Decke und sah konzentriert aus, als würde er bis zehn zählen.

Warum war er verärgert?

Sie war doch schließlich mit ihm gekommen, oder nicht?

Aber sie hatte ihm diesen ganzen Prozess zugegebenermaßen so schwierig wie möglich gemacht. Sie seufzte. Sie brauchte einen Moment, um zuzugeben, dass sie unfair war und dass ihre Verärgerung mehr mit ihrer eigenen Unsicherheit und ihren derzeitigen Umständen zu tun hatte als mit Marshs Verhalten. Sie atmete tief und beruhigend ein. „Danke. Für die Kleidung. Für alles.“

Sein Gesichtsausdruck wurde weicher, aber sie wurden unterbrochen, bevor er etwas erwidern konnte.

„Ah, da ist sie ja ...“ Eine dünnere, ältere Version von Marsh erschien in der Tür, und Josie stählte sich. Während andere Leute soziale Kontakte pflegten, zog sie es vor, zuhause zu bleiben und zu malen oder fernzusehen. Sie hasste es, neue Menschen kennenzulernen. Und jetzt verspürte sie zudem den unerwarteten Druck, Marshs Eltern zu beeindrucken, nur weil sie eben Marshs Eltern waren.

Wer war die letzte Person, die etwas von ihr erwartet hatte, fragte sie sich?

Marion.

Josie schluckte den Kloß hinunter, der beschlossen hatte, sich in ihrer Kehle festzusetzen.

„Dad, ich möchte dir Josephine Maxwell vorstellen. Josie, das ist mein Vater, General Jacob Hayes."

Ihr Mund klappte auf. Er hatte sie *Josie* genannt. Sie warf ihm einen schockierten Blick zu, aber er hatte sich bereits abgewandt, und sein Vater streckte ihr eine Hand entgegen. Es war schwer, dem hellgrünen Blick des Generals standzuhalten, der voller unausgesprochener Neugier und stiller Musterung war. Jacob Hayes warf seinem Sohn einen scharfen Blick zu, als er ihre nackten Füße entdeckte.

„Hast du Josie keine Schuhe gekauft?"

Marsh hatte ihr sogar mehrere Paar Schuhe gekauft – Sandalen, Laufschuhe, Stiefel. Zu viele schöne Dinge für ein paar kurze Nächte. Sie würde einen Weg finden müssen, sie zurückzugeben, sonst müsste sie die nächsten zehn Jahre damit verbringen, sie ihm zurückzuzahlen.

Sie wackelte mit ihren nackten Zehen, während alle auf ihre Füße starrten. „Ehrlich gesagt habe ich gefürchtet, ich könnte zur Haustür hinausstürmen, wenn ich Schuhe trage. Das wollte ich lieber nicht riskieren."

Eine gefühlte Ewigkeit lang musterte Marshs Vater sie.

Dann stieß er ein geschnaubtes Lachen aus. „Sind Sie so nervös?" Er blickte ängstlich über seine Schulter. „Mein einziger Rat, was Marshs Mutter angeht, ist folgender: Lassen Sie sich nicht von ihr beim Fluchen erwischen. Meine Güte, dreißig Jahre in der Armee, und sie denkt immer noch, dass „Verflixt" ein passender Ausdruck für alle Gelegenheiten ist ... selbst für Mord und Totschlag."

Josie grinste – er schien ein netter alter Kerl zu sein. Marsh stand schweigend neben ihr, und sie wusste, dass er ihren Kommentar über ihre Fluchtgedanken bereits in seinem effizienten Gehirn abgelegt hatte. Sie wurde in das elegante Wohnzimmer geführt, und man bot ihr einen Stuhl neben dem Kamin an. Sie fühlte sich, als wäre sie in einen kitschigen Weihnachtsfilm versetzt worden.

„Möchten Sie einen Drink?", fragte der General sie.

„Nein danke."

„Trinken Sie doch ein Pimm´s, Liebes." Bea sah leicht fröhlich aus, lächelte und hob ihr randvolles Glas.

Josie mied Beas hoffnungsvollen Blick und räusperte sich. „Ich trinke eigentlich keinen Alkohol. Aber ich hätte sehr gern ein Glas Wasser, bitte." Sie lächelte Marsh gezwungen an, weil sie wusste, dass sie sich nicht an das anpasste, woran seine Familie gewöhnt war. Aber sie konnte nicht vorgeben, etwas zu sein, was sie nun einmal nicht war.

Marsh ging, um ihr etwas Wasser zu holen. Er war seltsam still, und seine Eltern wechselten einen bedeutungsvollen Blick.

Josie nahm das Glas von Marsh entgegen und dankte ihm mit einem Lächeln. Aber sein Gesichtsausdruck änderte sich nicht. Er war auf der Hut. Argwöhnisch.

„Erzählen Sie uns doch, was machen Sie so, meine Liebe?", fragte der General.

„Meinen Sie, wenn ich nicht gerade von einem Serienmörder verfolgt werde?" Josie lächelte etwas zu grell. Auf keinen Fall würde sie so tun, als wäre sie ein ganz normales Date. Das wäre gewiss einfacher gewesen, aber Josie hatte sich noch nie für den einfacheren Weg entschieden. Es würde kein Happy End für sie und Marsh geben. Es war nicht fair, ihnen allen etwas anderes vorzugaukeln. Was sie teilten, war heiß und gefährlich und würde in dem Moment erlöschen, in dem sie den Mörder erwischten oder er sie erwischte. „Eigentlich bin ich Künstlerin."

Beas Lächeln war entzückt. Der General nahm einen Schluck von seinem Drink.

„Und was ist mit Ihrer Familie, Josephine? Was macht Ihre Familie?", fragte der General.

Oh je, sie unterzogen sie einer Tauglichkeitsprüfung.

Sie wollte Marshs Eltern nicht wehtun, aber sie konnte sie nicht länger in dem Glauben lassen, dass dies eine Familienvorstellung der zukünftigen Mrs. Hayes war. Sie wusste, dass Marshs

Eltern ihn verheiraten wollten, aber sie war gewiss nicht das richtige Mädchen dafür. Die Tatsache, dass ein winziger Teil ihres Gehirns sich das Gegenteil wünschte, irritierte sie.

Marsh ging in der Nähe eines Fensters, das auf die Straße hinausging, auf und ab. Sie hatte keine Ahnung, was er dachte, aber er half ihr hier definitiv nicht aus der Klemme.

„Mein Vater war ein Fabrikarbeiter, der den größten Teil seines Lebens berufsunfähig war, und meine Mutter war Schulsekretärin, bevor sie verschwand. Nun, bevor sie nach neuestem Stand vermutlich ermordet wurde, nachdem sie eine Affäre mit einem Missionar aus Afrika hatte, der zu Besuch im Land war."

Das Feuer knisterte, und Bea schlug sich erschrocken eine Hand vor den Mund. Marsh drehte sich um, um sie anzusehen, aber sie konnte das Funkeln in seinen Augen nicht deuten. „Das FBI glaubt, dass meine Mutter das erste Opfer dieses Verrückten war, der jetzt hinter mir her ist." Das kühle Wasser wirkte wohltuend in ihrer Kehle. „Die einzige Person, die sich je wirklich um mich gekümmert hat, war eine Frau namens Marion. Leider wurde sie im Frühjahr gefoltert und getötet, und ich bin mir ziemlich sicher, dass das meine Schuld war."

Entsetzt über die Tränen, die ihr in die Augen stiegen, sah sie zu Marsh und erkannte mit einem Schlag, dass sie Marions Tod nicht auch nur im Entferntesten überwunden hatte. Sie hatte noch nicht einmal begonnen, sich selbst zu vergeben. „Ihre Asche ist oben in meinem Rucksack, weil ich den Gedanken nicht ertragen kann, mich für immer von ihr zu verabschieden." Sie stellte das Glas auf den nahen Tisch, aus Angst, sie könnte es fallen lassen und es würde zerspringen und in tausend Stücke zersplittern, so wie ihre Selbstbeherrschung. „Ich sollte wohl besser gehen."

„Nein." Bea erhob sich und streckte ihr beide Hände entgegen. Tränen füllten ihre Augen, und Josie erstarrte, unfähig, die Empathie im Blick der älteren Frau zu ertragen. Marshs Mutter sollte jetzt die Nase rümpfen – ob sie nun selbst adoptiert worden war oder nicht. Es war offensichtlich, dass Josie für ihren geliebten Sohn völlig ungeeignet war.

„Verzeihen Sie uns." Marshs Mutter schluckte und blinzelte die Tränen fort. „Wir hätten Sie nicht so ausfragen sollen. Es ist ja nicht so, als hätte unsere Familie keine tragischen Verluste erlebt, aber ich bin sicher, Marsh hat Ihnen alles darüber erzählt."

Josie sah Marsh mit großen Augen an, denn er hatte ihr nie etwas über seine Familie gesagt. Sie hatte auch nie gefragt. Er blickte zu Boden und verzog den Mund, bevor er sie mit einem resignierten Blick ansah.

Seine Mutter starrte ins Feuer, und ihre Trauer war so greifbar wie der Regen an der Fensterscheibe. Der General hustete. Marsh trat neben Josie und nahm ihre Hand. Ihre Finger lagen kühl auf seiner erhitzten Haut. Er führte sie durch das Zimmer zu einem Foto hinüber, das zwischen zwei Flügelfenstern an der Wand hing. Sie hatte es auf den ersten Blick für ein Foto von Marsh gehalten, als sie es sich vorhin kurz angesehen hatte. Jetzt wurde ihr klar, dass die Uniform eine andere war. Eine der Army, nicht der Navy.

„Das ist mein Bruder, Robert." Marshs Stimme war betont gleichmäßig. „Er starb im Irak."

Josie blickte auf das Foto des umwerfend gutaussehenden jungen Mannes, eines Mannes, der Marsh so ähnlich war, dass ihr Herz schmerzte.

Beatrice Hayes begann leise zu weinen. Jacob reichte ihr ein Taschentuch, und diese Geste ließ Josies Blick zu Marsh huschen, der seine Lippen zu etwas verzog, was die meisten Leute für ein Lächeln halten würden. Aber sie wusste es besser: Es war ein Aufflackern von Schmerz.

„Es kommt mir vor, als wäre es gestern passiert", schluchzte Bea leise. Der General rieb ihren Rücken in einer beruhigenden und gleichsam hoffnungslosen Geste, so als hätte er es schon eine Million Mal gemacht und wüsste, dass es nichts half.

Die Trauer war zu groß, um jemals überwunden zu werden.

„Der Schmerz geht nie wirklich weg, oder?" Josie zwang diese

Worte aus ihrer Kehle, bevor sie sich zuschnüren konnte. „Einen geliebten Menschen zu verlieren, ist ...“

Beatrice sah sie an, und die emotionale Verbindung zwischen beiden war wie dehnbarer Stahl. Ihre Augen schienen in Josie hineinzureichen und sie zu beruhigen. Seit Marion gestorben war, hatte Josie keinen solchen Trost mehr empfunden. Sie wollte weinen.

Josies Kopf schnellte hoch, und sie sah Marsh an.

Sie war in eine Falle geraten, die so einfach war, dass sie sie nicht gesehen hatte. Diese Frau hatte sie in ihre Welt hineingezogen, in Marshs Welt, und sie dazu gebracht, sich um jemand anderen als sich selbst zu sorgen – ein Gefühl, das sie eifrig vermied und das doch so mühelos wie ein Widerhaken in ihren Körper eingedrungen war.

Marsh beugte sich zu ihr hinunter, und sein Atem streifte warm ihre Wange. „Willkommen in meiner Welt.“

MARSH ZÖGERTE, als er die Tür zu Josies Zimmer öffnete. Schatten huschten über die Wände, der Geruch von altem Holz wurde überlagert vom süßen Duft einer Kerze, die sie neben dem Bett angezündet hatte. Er betrat das Zimmer. Sie war vollständig angezogen, saß vorgebeugt auf einem Stuhl mit gerader Rückenlehne, die Ellbogen auf die Knie gestützt, und sah auf die leere Straße hinaus.

Geräusche wurden durch die dicken Scheiben jahrhundertealten Glases gedämpft, Geräusche der abgelegenen Innenstadt in dieser wohlhabenden Zitadelle, nur der Wind rauschte und rüttelte an den Fensterläden.

Schockiert von der Zerbrechlichkeit ihrer Erscheinung griff er nach ihrer Hand und zog sie vorsichtig auf die Beine.

„Ich muss von hier fort.“ Ihre Stimme zitterte, als wären ihre zarten Stimmbänder überspannt.

Er hielt sie fest, zog ihren Kopf an seine Brust. „Bleib. Bleib bei mir.“

„Ich kann nicht. Ich möchte nicht, dass jemand verletzt wird.“ Ihr Körper zitterte gegen seinen. Aber trotz ihrer Worte schlang sie ihre Arme um seinen Hals, drückte ihre Lippen auf seine, und er wusste, dass sie ihn noch nicht verlassen würde.

Kapitel Dreizehn

Sie frühstückten um sechs Uhr morgens an der hohen Küchenanrichte, und Marsh konnte kaum glauben, wie sehr er diese so banale Handlung genoss. Für eine Weile konnten sie so tun, als wären sie ganz normale Leute, die einander kennenlernten, und als würde Josie nicht von einem Mörder gejagt. Dann sah er die aktuelle Website der *NY News* und Anspannung streckte seine Wirbelsäule und seine Schultern wie ein Kruzifix. „Verdammt."

„Hüte lieber deine Zunge. Deine Mama duldet keine Schimpfwörter." Ihre Keckheit verpuffte, als er den Laptop zu ihr drehte.

„Oh nein."

Helle Lichter strahlten von der Küchendecke herab und betonten ihr Entsetzen darüber, dass ihre Vergangenheit für die ganze Welt sichtbar gemacht wurde. Ihre Hände ballten sich zu Fäusten, und die Knöchel traten weiß unter ihrer zarten Haut hervor. Die *NY News* war irgendwie an das Foto gekommen, das nach Josies erster Messerattacke von ihr aufgenommen worden war. Das düstere Schwarz-Weiß-Bild eines hohläugigen Kindes starrte ihr neben der fettgedruckten Überschrift „Das erste Opfer" entgegen.

Dieser Fall würde wieder aufgerollt werden, immerhin hatte ein Serienmörder New York zwanzig Jahre lang unsicher gemacht. Natürlich war das eine Schlagzeile für die Titelseite.

Marsh sah auf die Bildunterschrift. *Verdammter Nelson Landry.*

Dies war die Rache des Reporters dafür, dass Marsh seine Ermittlungen zu Elizabeths Verschwinden im vergangenen Frühjahr unterbunden hatte. Karma war ein echtes Miststück. Sein Handy klingelte. Dancer.

„Yo Boss."

„*Yo?*" Marsh rieb sich den Nasenrücken. „Ich bin ein hochrangiger FBI-Agent und dein Chef, und du begrüßt mich mit *Yo?*"

„Heute spricht Donnie Brasco durch mich. Also sage ich Yo." Dancer pfiff, sichtlich aufgeregt. Marsh erkannte die Titelmelodie von *Der Pate.* Bitte, Gott, lass die Mafia nicht involviert sein, obwohl es da gewisse Gerüchte über den Gardner-Raub gab …

„Was hast du? Und warum bist du Joe Pistones Medium?" Marsh zwang sich zu einem scharfen Ton, wusste aber, dass er seinen Kollegen keine Sekunde lang damit täuschen konnte.

„Weil ich in New York Undercover gehen werde, Boss."

Alarmglocken schrillten in Marshs Kopf, und der Druck in seinem Kiefer begann, ihm Kopfschmerzen zu bereiten. Diese beiden Fälle würden ihn sicher noch umbringen. „Was meinst du damit? Ich dachte, du wärst in Boston, um mir zu helfen, den Admiral zu befragen."

„Ich *wollte* in Boston sein", korrigierte Dancer ihn und klang viel zu fröhlich.

Marsh knirschte mit den Zähnen und lockerte seine Krawatte, während seine Körpertemperatur stieg. Er bekam ein sehr ungutes Gefühl bei dieser Sache. Dancer war brillant, aber er konnte auch eine furchtbare Nervensäge sein, wenn er wollte. Eine tickende Zeitbombe. Der Nerd-Teenager, der zu lange unbeaufsichtigt im Computerlabor gelassen wurde und schließlich die NASA hackt.

Marsh warf Josie einen kurzen Blick zu. Er schien tickende Zeitbomben irgendwie anzuziehen.

Vielleicht fühlte er sich von ihrer Gefahr angelockt, von ihrer Missachtung der Regeln, an die er gebunden war.

Josie erwiderte seinen Blick, und ihre kristallblauen Augen spiegelten eine seelentiefe Wunde wider. Er wollte sie in die Arme nehmen, sie in Sicherheit hüllen. „Spuck es aus, Steve, bevor ich deine Versetzungspapiere nach Fargo unterschreibe."

„Fargo wäre gar nicht so schlecht ..."

„Dann eben D.C." Der Gedanke an all die Politiker dort würde ihn mehr aus der Fassung bringen als Kettensägen und Permafrost.

„Na schön. Irgendetwas an diesem Fall passt hinten und vorne nicht zusammen", erklärte Dancer leise.

„Erzähl mir etwas, was ich nicht weiß."

„Ich dachte, ich gehe der Sache mal auf den Grund ..."

„Und worauf bist du dabei gestoßen?" Normalerweise war Geduld seine Stärke, aber im Moment ... ergab nichts einen Sinn. Seine Konzentration wurde in eine Million verschiedene Richtungen gezogen, und das Einzige, was er wirklich wollte, war ein Lächeln auf Josies Gesicht zu zaubern und dafür zu sorgen, dass es dort blieb.

„Noch nichts, aber Pru Duvall hat gestern Abend im Büro angerufen, kurz bevor ich meinen Flug nehmen sollte. Sie hat mich heute zum Mittagessen eingeladen."

Marsh schloss die Augen. „Lass dich nicht mit dieser Frau ein, Dancer, ich meine es ernst ..."

„Ich habe zugestimmt, mit ihr zu Mittag zu essen ..."

„Um Himmels willen."

Seine Mutter kam in die hell erleuchtete Küche, und er wandte ihrem erstaunten Gesichtsausdruck den Rücken zu. Es gab einen guten Grund, warum er keine Arbeit mit nach Hause brachte.

„Es ist nur ein Mittagessen, Boss."

„Ich vertraue ihr nicht, Steve. Triff sie nicht ohne Verstärkung. Nicht einmal zum Mittagessen." Marshs Finger verkrampften sich in einem tödlichen Griff um das Telefon. Schmerz schoss durch seinen Schädel, als seine Sinne schließlich überlastet waren. Blindlings stand er auf und griff nach einer Packung Aspirin, die sie im Küchenschrank aufbewahrten.

„Ich weiß nicht, wie du das machst, Marshall", flüsterte seine Mutter und schüttelte den Kopf, während sie mit einem silbernen Löffel ihren Milchtee in einer Porzellanteetasse umrührte.

In Gedanken zählte Marsh bis zehn. Auf Lateinisch.

„Komm schon, Boss. Sie ist eine Politikergattin mittleren Alters. Was kann sie einem speziell ausgebildeten und bewaffneten FBI-Agenten mit einem messerscharfen Verstand wie meinem schon antun?"

„Mir fallen da gleich mehrere Dinge ein."

Dancer schwieg einen Moment. „Vertraust du mir nicht?"

Marsh seufzte, klemmte das Telefon zwischen Ohr und Schulter, füllte ein Glas Wasser und schluckte dann zwei Tabletten. Er musste sich entweder beruhigen oder Sport treiben. Er musste diesen Kunstfall lösen, den er allmählich für eine persönliche Fehde zwischen zwei wohlhabenden Familien hielt, damit er den Mörder finden konnte, dessen Hauptziel es war, die Frau, die er liebte, in Stücke zu schneiden.

Was für eine höllische Erleuchtung, während sein Gehirn pochte und seine Mutter versuchte, Josie, die blasser als Alabaster war, ein Lächeln zu entlocken.

„Dir vertraue ich, Dancer. Es ist Mrs. D, der ich nicht vertraue." Marsh seufzte, die Entscheidung war bereits getroffen. Sie mussten diesen Fall vom Schreibtisch bekommen. „Ich möchte, dass du dich bei mir meldest, vorher und hinterher."

„Soll ich für alle Fälle auch ein SWAT-Team bestellen? Sie könnten uns zum Mittagessen begleiten. Sogar SWAT-Jungs müssen mal was essen."

Bei der Erinnerung an den wilden Ausdruck auf Prus Gesicht,

als sie Dancer neulich morgens angestarrt hatte, erschien ihm das keine so abwegige Idee zu sein.

„Ich komme schon klar. Versprochen." Dancers Handyempfang schwankte.

„Pass auf dich auf."

Marsh beendete das Gespräch und warf das Telefon auf die Küchenplatte, wo es scheppernd landete. Mit einem lauten Atemzug ging er um die Theke herum und schlang seine Arme um Josies Taille. Er ignorierte seine Mutter, ignorierte Josies anfängliche Steifheit und tauchte sein Gesicht in ihr Haar, während er darauf wartete, dass seine Kopfschmerzen nachließen.

Nichts anderes zählte mehr, außer sie zu beschützen.

Sie saßen einige Zeit schweigend da. Er arbeitete und Josie las auf seinem iPad die Nachrichten. Seine Mutter hatte sie verlassen, um das Mittagsmenü für einen Empfang ihrer Freundinnen zu überwachen.

„Warum tust du das?" Die Neugier in Josies Ton unterbrach seine Konzentration.

Er blickte auf, sah in ihre leuchtenden Augen und fragte sich, wie es wäre, sie jeden einzelnen Tag seines Lebens zu sehen. Er schüttelte den Kopf und versuchte, den Gedanken zu verjagen. Dies war nicht der richtige Zeitpunkt, um an die Zukunft zu denken. Sie mussten erst die Gegenwart überleben. „Warum mache ich was?"

„Das." Sie wedelte mit der Hand über den FBI-Ausweis, der auf der Küchentheke lag. Vorsichtig nahm sie das glatte schwarze Lederetui an sich und klappte es auf, sodass die goldene Marke glänzte. „Es ist ganz offensichtlich nicht des Gehaltes wegen."

Er musterte sie, während sie sein Abzeichen studierte – ein Abzeichen, das er sich trotz seiner Kontakte hart erarbeitet hatte. Sie biss sich auf die Lippe und runzelte die Stirn, wie immer, wenn sie zu viel nachdachte. Sie trug ein weites Kleid mit hohen braunen Wildlederstiefeln und einer langen braunen Strickjacke und sah darin weiblicher aus, als er sie je gesehen hatte. Er hatte die Kleidung in einer nahen Boutique besorgt. Er hatte der Verkäuferin einfach ihre Kleidergröße genannt, ihr seine Kreditkarte gegeben und sie gebeten, von jedem Outfit eins einzupacken. Er wusste, dass sie in allem gut aussehen würde. Das Kleid war locker – sonst hätte sie es nicht getragen – aus verschiedenen Stoffen mit einem kleinen Raffhalter, der ihre kleinen Brüste und ihre schmale Taille betonte. Alles an ihrem Aussehen schrie nach altem Reichtum und privilegiertem Leben. Der Schein trog, aber das war ihm scheißegal.

Sein Mund wurde so trocken wie die Mojave-Wüste.

Als er bemerkte, dass er sie benommen anstarrte, drückte er seine Hand auf die Waffe, die unter seinem Arm lag. „Was soll ich sonst tun?", fragte er.

Er wich einer Antwort aus, und sie wussten es beide. Marsh sah auf seine Armbanduhr und bemerkte dann, dass Josie nichts an ihren Handgelenken trug, außer einer Gruppe von drei blassen Sommersprossen.

Die Kluft zwischen ihren Welten könnte nicht größer sein, und doch kümmerte Marsh sich einen Dreck um ihren Mangel an Geld oder familiären Verbindungen – es war Josie, der es etwas ausmachte, Josie, die sich dafür entschied, das Stigma ihrer Vergangenheit nicht abzulegen und stattdessen zu beschließen, nicht in seine Welt zu passen.

Er musste einen Weg finden, ihr verständlich zu machen, was ihm wirklich wichtig war – wer er hinter dem Abzeichen und dem Namen war.

Ihm blieben mehrere Stunden, bevor er mit dem Admiral verabredet war. Der Mann lebte in einem Old-Colonial-Haus in Charlestown. Dies war nicht nur der Tatort, sondern auch der Ort, an dem sich der alte Mistkerl am wohlsten und hoffentlich unvorbereitet fühlte. Marsh stand auf und steckte sein Handy und seine Dienstmarke ein. „Komm mit. Ich werde dir etwas zeigen."

„Was willst du mir zeigen?" Zwischen ihren Brauen bildeten sich zwei Falten, als sie zu ihm aufsah.

„Warum ich FBI-Agent geworden bin." Er nahm eine dunkelbraune Samtjacke und hielt sie ihr hin, damit sie erst einen Arm, dann den anderen durch die warmen Ärmel gleiten ließ.

Er führte sie durch das Haus zum georgianischen Bogen der Haustür. Vince würde sich hier um halb zwölf mit ihnen treffen, nachdem er beschlossen hatte, die letzte Nacht in New York zu verbringen. Marshs persönliche Assistentin Dora hatte einen Mietwagen organisiert, weil sein BMW ebenfalls noch in New York war und wahrscheinlich auch die nächsten Tage dortbleiben würde. Er sah sich auf der eleganten, gepflasterten Straße um und starrte auf einen winzigen Smart, der draußen neben dem Bordstein stand.

„Was zum Teufel ist das?", knurrte er.

Josie schnaubte laut und legte eine Hand auf seine Brust. Er spürte die Berührung bis zu seinem Herzen.

„Ich sagte, ich wollte etwas Unauffälliges. Das ist nicht unauffällig."

„Jetzt wünschte ich, ich hätte Autofahren gelernt." Josie gluckste tatsächlich, als sie aus der Vordertür trat. „Ich wette, es ist viel umweltfreundlicher als das Monster, das du fährst."

Marsh suchte die Gegend nach Reportern oder Mördern ab, aber Josie schien nicht daran zu denken, dass ihr jemand hierher gefolgt sein könnte. Sie würden sie wahrscheinlich nicht aufspüren können, aber sie würden sie verfolgen, sobald sie nach New York zurückkehrte.

Er blinzelte und sah sie erstaunt an. „Was meinst du damit, dass du wünschtest, du hättest es gelernt?"

„Nun, ich kann natürlich fahren, aber ich habe keinen Führerschein." Josie grinste ihn breit an. Das war nie ein gutes Zeichen.

„Aber du hast doch meinen BMW im Frühling zum Flughafen gefahren."

„Das war nicht so einfach. Ich wäre beinahe gegen einen Baum gekracht, noch bevor ich die Einfahrt verlassen habe, und Logan Airport war ein Alptraum." Sie schauderte leicht. „Ich habe den gefälschten Ausweis, den Elizabeth mir gegeben hat, benutzt, um in Montana ein Auto zu mieten."

Na großartig. Er knirschte mit den Zähnen. Er war in eine Frau verliebt, die ohne jegliche Skrupel das Gesetz brach. Sie war völlig durchgeknallt, und er wollte ihr erklären, warum er zum FBI gegangen war?

Vielleicht war er der Verrückte.

Das Gardner-Museum befand sich nur ein paar Meilen westlich von Huntington, vorbei an der Northeastern University und neben Louis Prang. An Spieltagen konnte man das Gebrüll der Red Sox-Fans weniger als eine Meile entfernt hören.

„Hast du schon mal vom Isabella-Stewart-Gardner-Museum gehört?", fragte Marsh Josie, als sie aus der Blechdose kletterten. Der Stoff ihres Kleides klebte an ihrem Körper, als sie ihre Arme träge in den Himmel streckte. Je mehr Zeit er mit ihr verbrachte, desto mehr brachte er sich in Schwierigkeiten. Seine Lust auf sie ließ nicht nach. Seine Sehnsucht ließ nicht nach.

„Ja." Josie schlang ihre Arme um sich, und sie schlenderten den Bürgersteig entlang, wobei ihre Schritte perfekt synchron erklangen, wie die eines gewöhnlichen Pärchens, das einen Tagesausflug machte.

Es war noch zu früh, um für das Publikum geöffnet zu sein, aber er hatte vorher angerufen und mit dem Kurator gesprochen. Als leitender FBI-Agent, der den Diebstahl untersuchte, war es nicht schwierig für ihn, ins Museum zu kommen, und als einziger Sohn einer prominenten Bostoner Familie, die das Museum seit seiner Gründung im Jahr 1903 finanziell unterstützte, wäre er wahrscheinlich auch so hineingelangt.

Ein Wachmann, den Marsh kannte, ließ sie ein. Er und Josie

traten durch eine kleine Tür und blinzelten wegen der plötzlichen Lichtveränderung in den schwach beleuchteten Korridoren.

Sobald sich seine Augen an die Umgebung gewöhnt hatten, beobachtete Marsh, wie Josie den Palazzo im italienischen Stil bestaunte. Torbögen aus rotem Backstein umgaben einen Innenhof, und das uralte Mauerwerk war mit der natürlichen Schönheit von Gras und Blumen verziert.

Ihre Augen leuchteten auf, schärften sich und ein verwundertes Lächeln umspielte ihre Lippen – Lippen, die er den Großteil der Nacht über gekostet hatte. Das Herzstück in der Eingangshalle war ein römischer Mosaikfliesenboden, der die Gorgo, Medusa, passenderweise von Statuen umgeben, darstellte. Er war fast zweitausend Jahre alt, aber die Farben leuchteten immer noch.

Im Kreuzgang war es still wie auf einem Friedhof.

„Im März 1990 kamen zwei Diebe, die als Bostoner Polizeibeamte verkleidet waren, hierher und stahlen elf Gemälde und zwei Artefakte, deren Wert damals auf mehr als zweihundertfünfzig Millionen Dollar geschätzt worden war." Heutzutage reichten die Schätzungen bis zu einer Milliarde, aber es ging nicht ums Geld. Marsh steckte seine Hände in die Hosentaschen und starrte auf einen uralten Marmorsarkophag, in den hübsche Frauen geschnitzt waren, die Weintrauben pflückten. Das Bild war ein schmerzhafter Kontrast zur schlichten Holzkiste, in der sein Bruder nach Hause gebracht worden war.

„Ich hatte einen Bachelor in Kunstgeschichte in Harvard gemacht und sollte die Familientradition fortsetzen, laut der der zweite Sohn Anwalt wird." Ein Schauder durchfuhr ihn. „Gott, kannst du dir das vorstellen?"

Josie ließ einen Blick auf seine auf Hochglanz polierten Schuhe schweifen, berührte mit einem Finger seinen grauen Wollanzug und zog eine Augenbraue hoch. „Ja."

Er ergriff ihre Hand und hielt sie fest. Er wollte ihr zeigen, wer er war. Wer er gewesen war. Es war ein kühler Tag gewesen.

Kälter als sonst. Er spürte immer noch den Biss des Reifs und die Unregelmäßigkeit des Eises, das unter seinen Schuhsohlen rutschig war. „Ich hatte seit ein paar Monaten Jura studiert und jede Sekunde gehasst. Ich bin hierhergekommen, weil …" Das tragische Gefühl des Verlustes stieg ihm in die Kehle. Selbst jetzt noch. Selbst nach all diesen Jahren.

Sie drückte sanft seine Hand und drehte sich zu ihm. „Weil du gerade deinen Bruder verloren hattest."

Er biss die Zähne zusammen und nickte. Er wusste nicht, wie sie das gewusst hatte, aber sie wusste es. Er war an diesem Tag hierhergekommen, weil dies Roberts Lieblingsort auf der ganzen Welt gewesen war. Der Ort, an dem Robert seiner Freundin Hannah einen Heiratsantrag gemacht hatte, bevor er in den Krieg gezogen war. Marsh war lieber hierhergekommen, als sich der Trauer seiner Eltern zu stellen.

Der Dekan hatte Marsh aus der Vorlesung gerufen und ihm die schreckliche Nachricht überbracht. Marsh war nie wieder in einen Hörsaal zurückgekehrt. „Wer ist dein Lieblingsmaler?" Marsh wechselte das Thema.

Er zog sie an der Hand und führte sie weiter. Er musste das hier richtig machen, musste ihr zeigen, dass sie doch gar nicht so verschieden waren. Sie ließ sich von ihm führen, was schon ein Wunder an sich war.

„Der Technik nach zu urteilen? Rembrandt. Im Einsatz von Licht? Turner. Einsatz von Farbe? Vermeer. Und für Originalität zusätzlich zu erstaunlicher Zeichenkunst? Picasso." Sie beugte sich vor, um einen genaueren Blick auf den verschnörkelten Fuß einer zerstörten Säule zu werfen. „Obwohl ich dir vielleicht andere Antworten geben werde, wenn du mich morgen danach fragst." Nicht, dass sie wankelmütig war … ihr Lächeln erdete ihn.

Ihre Schritte hallten leise auf den Steinplatten wider.

„Schließ die Augen", befahl er.

„Wieso?", fragte sie, aber er verlangsamte sein Tempo, als er bemerkte, dass sie tatsächlich die Augen geschlossen hatte, ein subtiles Zeichen des Vertrauens, das ihn sowohl beglückte als auch erschreckte.

Vorsichtig führte er sie ein paar Stufen hinunter, bis sie in einem dunklen Flur standen. Hier war die Luft kühler. Über ihren Köpfen, außer Sichtweite, bewachte eine Überwachungskamera ein Meisterwerk, das in strahlender Isolation hing.

Er legte seine Hände auf ihre Schultern und drehte sie so, dass sie zum anderen Ende des Korridors blickte. Sie konnten vom Sicherheitssystem weder gesehen noch gehört werden – er hatte an allen Sicherheitsupdates mitgewirkt, die sie installiert hatten, und kannte alle Schwachstellen.

Er stellte sich hinter sie, schlang seine Arme um ihre Taille und flüsterte ihr leise ins Ohr. „Das ist mein Lieblingsbild." Er biss sanft in ihr Ohrläppchen, und seine angespannte Erwartung verwandelte sich in benommene Leidenschaft, als sie langsam einen Atemzug ausstieß.

„Es ist wunderschön", flüsterte sie und betrachtete das Gemälde, während sie sich gegen ihn lehnte. Sie griff nach seinen Unterarmen und erschauderte auf eine Weise, die durch seinen Körper bis zu seinen Knochen vibrierte.

Er drückte sie fest an sich und umfasste ihre Brust, während sie die kunstvoll beleuchtete Leinwand betrachtete, die von John Singer Sargent gemalt worden war. *El Jaleo* war mehr als drei Meter breit und zwei Meter hoch und zeigte eine Flamenco-Tänzerin in einer Kleinstadt-Kneipe. Das Gemälde wurde von einem maurischen Bogen eingerahmt, und die Intimität der Umgebung gab einem das Gefühl, direkt in eine spanische Taverne getreten zu sein.

Mit ihren klaren blauen Augen und ihrem loyalen Charakter hatte Josie eine vortrefflichere Wirkung auf ihn als jedes Gemälde. Er streichelte ihre verhärtete Brustwarze durch das dünne Baumwollkleid, während goldenes Licht vom Gemälde reflektiert wurde, um den Boden, die Wände und Josie in glänzendes Feuer zu tauchen.

„Ich liebe die Art und Weise, wie sich das Licht durch das Bild bewegt." Seine andere Hand glitt tiefer, und die Kühle ihres Kleides ergoss sich über sein Handgelenk. Blondes Haar fiel ihm über den Arm, als sie ihren Kopf zur Seite neigte und er den Puls in ihrer Kehle pochen sehen konnte.

„Ich mag das Licht auch ..." Sie schnappte nach Luft, als er seinen Finger in sie gleiten ließ. Sie war heiß wie Feuer und zart wie chinesische Seide.

„Ich liebe die Energie der Tänzerin, die Leidenschaft des Publikums." Hitze versengte seine Handfläche. Er konnte die Anspannung ihrer Muskeln spüren, das Salz schmecken, als Schweiß auf ihre Haut trat.

„Oh Gott. Das Gemälde ist mir egal. Ich will dich, Marsh. In mir. Jetzt und hier." Ihre Stimme wurde leise und verstummte dann, als er seine Handfläche gegen ihren Hügel drückte und ihre geheimen Stellen streichelte.

„Ich kann nicht, Josie." Seine Stimme war nicht mehr als ein leises Knurren. „Das ist gegen das Gesetz." Er grub seine Zähne in ihre Schulter, als sie mit einem unkontrollierten Schaudern kam. Seine eigene Erregung pochte in ihm, aber er atmete durch und hielt Josie sanft fest, als sie wieder auf die Erde zurückkam.

Langsam drehte sie sich in seinen Armen um, legte ihre Arme um seinen Hals, und blickte ihn mit vor Begierde dunklen Augen an.

„Ich wette, ich könnte dich dazu bringen, deine Prinzipien zu vergessen, Special Agent Hayes." Ihre Lippen waren eine weiche Versuchung.

„Das ist dir schon gelungen." Sanft zog er sich zurück, machte einen Schritt zur Seite und gab sich Zeit, damit sich sein Atem beruhigte und sein Blut abkühlte. „Aber du wolltest wissen, warum ich zum FBI gegangen bin. Was mich in die Strafverfolgung getrieben hat." In dem Bemühen, die Emotionen, die ihn in diesem Gebäude immer verzehrten, im Zaum zu halten, führte er sie zurück durch den Innenhof und einige Stufen hinauf, vorbei an italienischen Meisterwerken und unbezahlbaren japanischen Paravents, in das Holländische Zimmer mit seiner dunkel getäfelten Decke und den schweren Eichenmöbeln.

❧

JOSIE STAND IN DER MITTE DES RAUMES, ehrfürchtig angesichts der zeitlosen Meisterwerke. Dann entdeckte sie es. „Da hängen leere Rahmen an der Wand." Trotz der Sonne, die durch die großen Rundbogenfenster schien, und der noch nicht vollständig abgeklungenen Lust, die ihre Glieder schwach machte, legte sich Eiseskälte über ihre Haut und ließ ihre Kopfhaut prickeln.

„Isabella Gardner hat in ihrem Testament sehr klare Anweisungen hinterlassen, wie dieses Museum zu führen ist." Marsh hielt seine Hände steif an seiner Seite. „Der Kurator darf keine Änderungen an der Dauerausstellung vornehmen, also bleibt uns nur das hier ..." Marsh ging zu einer Wand und deutete auf die gähnende Leere in einem Rahmen. „Rembrandt." Er ging weiter, seine Stimme wurde grimmiger, während er durch den Raum ging, „Vermeer. Rembrandt. Flinck."

Da war nichts als deprimierende Leere, ein trauriges Zeugnis gescheiterter Sicherheitsvorkehrungen und menschlicher Gier.

„Isabella Gardner hat ihr Leben damit verbracht, Kunst zu sammeln, und sie hinterließ sie dem amerikanischen Volk, das sich daran erfreuen sollte. Mein Bruder hat sein Leben für dasselbe amerikanische Volk gegeben." Seine Stimme hallte leise von den dunklen Wänden wider und klang in der exklusiven Atmosphäre wie ein Sakrileg. „Diese Mistkerle haben sich einen Scheiß darum gekümmert. Sie sind einfach hier hereinspaziert und haben sich genommen, was sie wollten."

Als er sich zu ihr umdrehte, waren seine Augen heller als Glas. „Deshalb habe ich das Jurastudium abgebrochen und bin zur Navy gegangen – um meinen Bruder zu ehren. Aus diesem Grund" – er deutete mit dem Finger auf die geplünderten Mauern – „bin ich zum FBI gegangen und habe sie überredet, eine Abteilung für Kunstdiebstahl zu gründen, die es damals noch nicht gab. Ich wollte die Genugtuung spüren, diese Bastarde aufzuspüren und die fehlenden Kunstwerke zu finden."

Er holte tief und zitternd Luft und stieß sie langsam wieder aus.

Ihr eigener Atem kam stoßweise aus ihrer Brust.

„Mein Bruder liebte dieses Museum. Was die Diebe getan haben, geht gegen alles, wofür mein Bruder gekämpft hat. Ich will diese Leute schnappen, denen die Rechte einer Nation egal sind. Ich will sie ins Gefängnis stecken, wo sie hingehören." Marsh blickte sie mit einem unbarmherzigen Funkeln in seinen Augen an, ganz anders als der sinnliche Moment, den sie gerade noch geteilt hatten. Die Erinnerung daran, was sie an einem öffentlichen Ort getan hatten, ließ ihre Wangen glühen.

Sie verstand das Justizsystem nicht. Es hatte sie nicht gerettet, als sie ein verletzliches Kind gewesen war. Es hatte nicht einmal ihre Existenz zur Kenntnis genommen. Aber sie verstand Kunst und glaubte nicht, dass sie nur ein Privileg der Reichen sein sollte. Tränen traten in ihre Augen. Sie hatte Marsh immer für wahnsinnig gehalten, wie er an das Gesetz glaubte und so hart für Gerechtigkeit kämpfte. Sie dachte über ihre eigenen Ideale und Prinzipien nach, und es beschämte sie, dass sie so wenige hatte.

Aber sie verstand ihn jetzt besser. Er war nicht arrogant oder eingebildet. Er war kein reicher Schnösel, der Polizist spielte. Er war motiviert, zielstrebig und entschlossen, das Richtige für alle zu tun. Er war idealistisch und mutig. Sie hingegen war zynisch und feige.

Sie könnten unterschiedlicher nicht sein. Sie waren wie Hund und Katze. Und doch waren sie hier, so eng miteinander verwoben, wie Sauerstoff und Feuer, so der Zerstörung ausgesetzt wie alles, was der Mensch schuf.

Der Ausdruck in seinen Augen sagte ihr, dass er für sie sterben würde, und sie wusste tief im Inneren, wo sie ihre Geheimnisse begrub, dass sie in einer Welt ohne ihn nicht leben wollte.

So stark ihr Fluchtbedürfnis auch war, sie konnte nicht davonlaufen. Noch nicht. Er brauchte jeden Trost, den sie ihm geben konnte, und sie musste ihn ihm zuteilwerden lassen.

Das Leben war so viel einfacher gewesen, als sie ihre Gefühle noch verdrängt hatte.

Der Abstand zwischen ihnen betrug nur wenige Meter, aber als sie auf ihn zutrat, fühlte es sich an, als würde sie eine ganze Galaxie durchqueren. Sie spürte seine Hitze, strich mit ihren Händen über seine Arme, bis sie das krause dunkle Haar auf seinem Kopf erreichte, zog seinen Kopf zu sich herunter und küsste ihn mit einer Heftigkeit, die an Besessenheit grenzte.

Kapitel Vierzehn

Dancer beugte sich unter den Tisch, um eine Gabel aufzuheben, die Pru Duvall fallen gelassen hatte, und warf dabei einen völlig unerwarteten Blick auf ihren depilierten Intimbereich. *Heiliges Kanonenrohr.* Er richtete sich abrupt auf und schlug mit dem Kopf gegen die Tischkante.

Als er Luft holte, wusste er, dass seine Wangen brennen würden. Der teure Bordeaux in seinem Weinglas aus geschliffenem Kristall kostete wahrscheinlich den gleichen Betrag, den er und seine Mutter für eine Wochenmiete in Southie bezahlt hatten. Er leerte das halbe Glas in einem Zug. Dreieinhalb Tagesmieten auf einen Schlag.

„Ist der Wein in Ordnung?" Prudence griff nach ihrem Glas und schnüffelte daran, bevor sie einen Schluck nahm und ihn anlächelte. Den Informationen in ihrer Akte zufolge war sie zweiundfünfzig Jahre alt – genauso alt wäre seine Mutter gewesen, wenn sie noch gelebt hätte. Er hätte sie auf höchstens Ende dreißig geschätzt.

Er hatte sie heimlich Barracuda getauft. Das war ein kindischer Spitzname, aber es war gerade seine Kindlichkeit, die ihn durch die meisten Tage brachte, fort von düsteren Erinnerungen.

„Er ist gut, danke, Ma'am." Seine Wangen glühten immer noch. *Gott.* Er hasste seinen Teint.

„Nennen Sie mich doch Prudence."

Nennen Sie mich doch einen Vollidioten. Sie war zweiundfünfzig Jahre alt, verdammt.

Plötzlich wurde er mit Erinnerungen bombardiert. Die winzige Wohnung. Die gebrechliche Gestalt seiner Mutter, die von einem Raum in den nächsten stolperte und die Wände benutzte, um ihre klapprigen Glieder zu stützen.

Er kippte das Weinglas zurück und trank den Rest. Dann wischte er sich den Mund an einer Serviette ab, während er versuchte, seinen Nervenkitzel darüber im Zaum zu halten, im Ritz-Carlton zu Mittag zu essen.

„Mich interessiert, warum Sie sich mit mir zum Mittagessen treffen wollten, Prudence." Er lächelte sie schüchtern an und wusste, dass er dadurch wie fünfzehn aussah.

Sie hob eine scharf nachgezeichnete Augenbraue. „Müssen Sie das wirklich fragen, Special Agent Dancer?"

„Ich möchte lieber nicht spekulieren ..." Er ließ den Satz unbeendet im Raum stehen. Er wollte lieber nicht darüber spekulieren, dass eine verheiratete Frau ihren Ehemann betrog? Dass sie versuchte, sich in eine offizielle Untersuchung einzumischen? Oder dass die Frau eines potenziellen Präsidentschaftskandidaten so indiskret wäre?

Sie griff über den Tisch, legte ihre Hand neben seine und strich mit einem Fingernagel über seine sommersprossige Haut.

Hitze breitete sich in kleinen Explosionen von seinen Wangen aus. „Ich – ich – ich, ich fühle mich geschmeichelt, Mrs. Duvall." Ja, sein Stottern war zurück, das i-Tüpfelchen seiner Demütigung. Die Freiheitsstatue salutierte in der Ferne, und Dancer grinste sie an. Bevor er etwas sagen konnte, beugte sich Pru vor und enthüllte ein Dekolleté, das so prall und knackig war wie das einer Zwanzigjährigen.

Zweiundfünfzig Jahre oder nicht, sie war in Form und sah

unglaublich gut aus. Aber sie weckte keinerlei Interesse in irgendeinem Teil seines Körpers. Allein die Vorstellung, Sex mit der Barracuda zu haben, stieß ihn so sehr ab, dass er dachte, er müsste sich übergeben.

Reiß dich zusammen, Joey. Du glaubst doch nicht, dass sie wirklich auf deinen Körper scharf ist, oder? Sie will etwas anderes und glaubt, dass der schnellste Weg zum Ziel darüber führt, dich ins Bett zu kriegen.

„Prudence." Er lächelte sie an und tat so, als würde er nicht sehen, dass ihr Blick messerscharf war und jeden spielend in zwei Teile spalten konnte. „Ich fühle mich geschmeichelt, aber Sie sind eine verheiratete Frau."

Der Kellner kam mit dem Hauptgang, und Dancer atmete erleichtert auf. Beim Geruch von erstklassigem Roastbeef lief ihm das Wasser im Munde zusammen, und er griff nach seinem Besteck, bevor er bemerkte, wie eine Träne über Prus Wange lief. Er wusste, dass sie nicht echt war, er wusste, dass sie eine Show abzog, aber der Anblick verdrehte ihm dennoch den Magen und ließ ihn eine Hand auf ihre legen.

„Er schlägt mich." Ihre Stimme war belegt und leise.

„Was?" Dancer glaubte ihr nicht eine Sekunde lang. „Wer schlägt Sie, Prudence?"

Sie schürzte die Lippen und schüttelte den Kopf, ihr aschblondes Haar löste sich aus einer seiner Nadeln und ließ sie zum ersten Mal überhaupt verletzlich aussehen.

Sie ist ein Barracuda, erinnerte er sich.

„Sie glauben mir nicht. Das sehe ich Ihnen an." Ihre Augen glänzten feucht, und sie blinzelte hastig. Dann sah sie sich um und schob langsam den Ärmel ihrer Jacke etwas hoch.

Violette und grüne Blutergüsse umgaben ihre Handgelenke.

Scheiße.

Dancer war der Appetit vergangen. Er lehnte sich in seinem Stuhl zurück und sah ihr tief in die Augen. Was zum Teufel war hier los? „Sie müssen mir alles erzählen."

Sie nickte zustimmend. „Aber nicht hier. Jemand könnte mich sehen und es ihm sagen."

Er verdrehte innerlich die Augen, erhob sich und ging um sie herum, um ihr von ihrem Stuhl zu helfen. Sie zog die Ärmel ihrer Kostümjacke herunter und stand ruckartig auf, wobei sie versehentlich ihren Wein verschüttete. Rot befleckte ihren weißen Wollrock wie frisches Blut.

„Kommen Sie schon." Er nahm ihren Arm und blickte sehnsüchtig auf das unberührte Steak auf seinem Teller. „Lassen Sie uns an einen ruhigen Ort gehen und reden." Vielleicht würde sie ihm sagen, woher sie das Bild hatte und warum sie diesbezüglich gelogen hatte.

❦

„ICH KANN NICHT GLAUBEN, dass ihr es endlich gefunden habt." Admiral Chambers braune Augen funkelten wie Weihnachtslichter, als er die Farbkopie betrachtete, die Marsh ihm hinhielt.

„Wir haben einen Tipp bekommen." Marsh folgte dem älteren Marineoffizier in sein eichenholzverkleidetes Arbeitszimmer. Das goldene Holz des Schreibtisches glänzte hell, und das ganze Zimmer roch süßlich nach Wachspolitur.

„Dein Vater wird stolz auf dich sein."

Marsh hatte sich gefragt, wie lange der Mann brauchen würde, um seine Familie anzusprechen.

„Wann kann ich es zurückbekommen?" Der Admiral bewegte sich mit steifem Schritt, als würde ihn eine Arthritis oder eine alte Verletzung plagen. Aber die Aufregung trieb ihn eifrig zu seinem Schreibtisch, und er rieb beinahe vor Freude die Hände aneinander. Chambers wusste nicht, dass das Gemälde in seiner Abwesenheit neu bewertet worden war und von den wenigen Experten, die von seiner Existenz wussten, als ein vermisster Vermeer angesehen wurde.

Oder wusste er es?

Bevor Marsh das verraten konnte, musste er die Rechtmäßigkeit des Eigentums feststellen. Er sah Anwälte am Horizont auftauchen. Scharen von Anwälten.

„Haben Sie das Bild wirklich so sehr vermisst, oder wollen Sie es einfach nur verkaufen?" Marsh wanderte durch die mit Büchern gefüllten Regale und bemerkte, dass jeder Band von einer dicken Staubschicht bedeckt war.

Chambers zog seine silbernen Brauen zusammen, und seine Backen zitterten vor Empörung. „Das geht dich verdammt noch mal gar nichts an."

„Und wenn ich es kaufen wollte? Als Geschenk für jemanden?" Marsh begutachtete seine Fingernägel mit betonter Gelassenheit.

„Du?" Die Augen des Admirals verengten sich, als witterte er eine Falle, während er seinen massigen Körper in einen glänzenden braunen Ledersessel sinken ließ, der an den Nähten abgenutzt war. Das Möbelstück knarrte vor Anstrengung, als er sich gegen die Rückenlehne schmiegte. „Jake sagte, du hättest endlich eine Frau nach Hause mitgebracht. Ergibst du dich endlich der Notwendigkeit, einen Erben zu zeugen, oder spielst du einfach nur mit dem Küken?"

„Das wiederum geht *Sie* verdammt noch mal nichts an." Marsh lächelte den alten Wasserkopf an, dem sich sein Vater bei ihren Golfspielen zweimal die Woche anvertraute. Wenn Marsh den Admiral jemals festnehmen sollte, würde sein Vater ihn wahrscheinlich aus dem Testament streichen, ob der Admiral schuldig war oder nicht.

Chambers zog eine Schublade auf und holte eine Flasche Jack und ein Schnapsglas heraus.

„Willst du auch eins?" Chambers' Hand schwebte über einem zweiten Glas.

Marsh entschied, dass dies der beste Weg war, den alten Zankteufel am Reden zu halten, und nickte. „Ich dachte, Sie dürfen nicht mehr trinken."

Chambers grunzte und warf einen bösen Blick auf die

geschlossene Tür seines Arbeitszimmers. „Was Helen nicht weiß, macht sie nicht heiß." Sein Lächeln war schwach und bitter.

„Nach fünfzig Jahren Ehe muss sie Sie sehr lieben, um Ihre Gesundheit so genau zu überwachen." Marsh bewahrte einen ausdruckslosen Gesichtsausdruck. Nicht nur sein Privatleben wurde unter Fremden besprochen. Helen Chambers hielt ihren Mann an der kurzen Leine und erwürgte ihn langsam als Strafe für frühere Indiskretionen.

Der Admiral füllte beide Schnapsgläser bis zum Rand, reichte eines über den Schreibtisch und hinterließ einen kleinen Flüssigkeitsstreifen auf der ansonsten makellosen Oberfläche.

„Ich gebe dir einen kostenlosen Rat, Bursche. Heirate keine Frau, die die Finanzen kontrolliert. Verdammt, heirate gar nicht, Punkt."

Bursche?

Der Admiral kippte sich den Bourbon in den Rachen und goss sich einen zweiten ein. Er hielt die Flasche hoch, aber Marsh lehnte ab. Chambers verschloss sie und versteckte sie wie ein schmutziges Geheimnis wieder in der Schublade.

Welche anderen Geheimnisse verbarg dieser listige alte Schädel?

„So." Chambers atmete langsam aus, der Bourbon tat seine Wirkung. „Wann bekomme ich mein Bild zurück?"

„Zunächst müssen wir die Herkunft überprüfen."

Ein unbehagliches Flackern trat in die Augen des alten Mannes, und als wäre ihm bewusst, dass er sich verriet, drehte er sich um und sah aus dem Fenster. „Ich habe es vor Jahren gekauft. Ich habe keinen Kaufbeleg."

„Prudence Duvall behauptet, das Bild sei ihr Eigentum."

Chambers' Kopf wirbelte herum, und sein Mund verzog sich mit einem Knurren. „Diese Frau ist eine Lügnerin."

„Sie benennt Augenzeugen, die das Gemälde während ihrer Kindheit in ihrem Elternhaus gesehen haben."

In Chambers' Stirn pochte eine Ader, ein sichtbares Zeichen

von Temperament. Plötzlich warf er den Kopf zurück und lachte. „Sie lügt, aber sie hat mir ja versprochen, es mir eines Tages heimzuzahlen." Argwohn trat in seinen Blick, als sich seine Finger fester um das Schnapsglas schlossen. „Wo, sagtest du, hast du das Bild gefunden?"

„Ich habe nicht davon gesprochen, wo es gefunden wurde." Marsh verriet nie Einzelheiten von laufenden Ermittlungen. „Und woher kennen Sie Prudence Duvall?"

Der Mann runzelte verärgert die Stirn und nippte an seinem Drink. „Ich *kannte* sie. Ich habe sie seit Jahren nicht mehr gesehen." Er wandte sich wieder ab und starrte auf den samtgrünen Rasen, der mit Laub übersät war. Schweiß glänzte auf seiner Stirn. „Sie ist die Verkörperung des Bösen."

Marsh ignorierte die bittere Bemerkung und wollte mehr erfahren. „Sie haben mit ihr geschlafen?"

„Nein." Der Ton des Admirals wurde finsterer, als er einen Blick auf die eichengetäfelte Tür seines Arbeitszimmers warf. „Ich habe sie ein paar Wochen lang gefickt."

„Sieht so aus, als wäre Ihnen das auf die Füße gefallen." Marsh stand auf, denn ihm war übel bei dem Gedanken geworden, dass dies der beste Freund seines Vaters war. Er ging zum Flügelfenster und legte seine Hand gegen die kalte Scheibe. „Wir gehen davon aus, dass das Gemälde, das Sie beide angeblich besitzen, heutzutage bei einer Auktion leicht fünfzig Millionen einbringen könnte."

Chambers' Gesicht verlor jegliche Farbe, und Marsh wünschte, er hätte die Herzensgüte, Mitleid mit dem alten Narren zu haben, aber das hatte er nicht. „Ich denke, es ist an der Zeit, dass Sie mir die ganze Geschichte erzählen. Nur dann wird das FBI vielleicht keine Anklage erheben, weil Sie eine Anzeige über ein Verbrechen gefälscht und die Zeit der Polizei verschwendet haben."

Die alte Kirche war mit Brettern vernagelt. Die Fenster waren zersprungen und zersplittert, Maschendraht unterstrich die Sperrverfügung. Staub bedeckte die verbleibenden Glasscheiben und blockierte das Licht, bis nichts als grauer Schlick in das leere Kirchenschiff fiel. Echos eines alten Lebens wetteiferten mit den Trommelschlägen in seinem Kopf. Der Boden war aus glattem Hartholz, stellenweise abgenutzt von den Schritten längst Vergessener, einer verlorenen Gemeinde, eines gescheiterten Glaubens.

Er hatte drei Kerzen angezündet. Eine für jeden.

Gott sei mit dir ...

Und mit deinem Geiste.

Dicker Staub verkrustete alles, Spinnweben umhüllten die alte Kanzel, auf der sein Vater einst Glauben und Nächstenliebe gepredigt hatte. Sein Mund verzog sich bei der Erinnerung aus einem anderen Leben. Seine Familie war von ihrer ersten Reise in die USA begeistert gewesen, fort von ihrer kargen Existenz hin zu den hellen Lichtern Amerikas.

Sie waren nie wieder dieselben gewesen.

Die Dunkelheit regte sich. Hass brannte auf die Frau, mit der alles begonnen hatte – eine Frau, die er bereits hundertmal getötet hatte.

Der Mann auf dem Boden stöhnte, versuchte, eine gefesselte Hand auszustrecken, und landete mit dem Gesicht nach unten. Er wand sich. Über seinen Kopf war eine schwarze Nylonhaube gestülpt. Er nahm eine kleine Spritze, tippte dagegen, um die Luftbläschen zu entfernen, und verabreichte dem Mann eine weitere Dosis flüssiges Codein.

Er wollte ihn nicht töten.

Pru hatte ihn in ihr Auto gebracht, bevor er der Droge erlegen war, die sie seinem Wein beigemischt hatte. Er lächelte. Alles lief perfekt, obwohl Pru seinen Plan nicht ganz zu schätzen wusste.

„Wann wirst du ihn töten?", hauchte sie.

„Später. Du kannst es tun."

Ein Schimmer der Vorfreude erhellte ihre Augen in der

Dunkelheit. Sie war noch nie zuvor so eng beteiligt gewesen, und sie war begeistert. Sie hatten jahrelang miteinander geschlafen, bevor sie sein ungewöhnliches Hobby erraten hatte. Doch anstatt ihn anzuzeigen, hatte es sie angetörnt, dass er solch tödliche Vorlieben hatte. Also hatte er sie nicht getötet. Noch nicht.

Aber sie stellte ein großes Risiko dar, denn wenn Brook als Präsidentschaftskandidat nominiert wurde, was immer wahrscheinlicher wurde, wuchsen die Chancen, erwischt zu werden, exponentiell. Pru liebte den Nervenkitzel und hatte keine Angst davor, erwischt zu werden, aber der Secret Service würde ihre ungewöhnlichen Neigungen nicht tolerieren. Und er würde nicht zulassen, dass sie die Aufmerksamkeit auf ihn lenkte.

Sie war zu einer Bürde geworden.

Die Kerzen flackerten, als wären sie von einer gespenstischen Präsenz gestört worden. Ein Schauder lief über seine Unterarme, kroch über seine Schultern.

Prus Hände zitterten, und ihre Brüste hoben sich, als wäre sie den ganzen Weg hierher gerannt. Sie war erregt. Ritt auf einer Welle sexuellen Hochgefühls. Sie war eine Seelenverwandte, die ihn lockte wie eine ausgedörrte Blume, die nach Regen lechzte. Der Gedanke, es hier zu tun, in dieser Kirche, in der sein Vater falsches Zeugnis abgelegt hatte, in der er Margo Maxwell und ihre anämisch aussehende Tochter zum ersten Mal gesehen hatte, ließ ihn erzittern.

Makellose Symmetrie in einer unvollkommenen Welt. Er berührte sein Messer und war sich schmerzlich bewusst, dass er es dieses Mal zurücklassen musste.

„Du weißt, was zu tun ist." Er hielt seine Stimme flach und dämpfte die Emotionen, weil die Details perfekt sein mussten. Sie ging mit einem wissenden Blick an ihm vorbei. Der Gedanke an Blut machte die Trommeln in seinem Schädel lauter. Der Wunsch, sie zu berühren, war fast greifbar, aber er hielt sich im Zaum und ließ seine Lenden schmerzen.

Sie sank auf die Knie und drückte ihre Wange mit einem Schmollmund an den Bauch des Stöhnenden.

„Benutz deinen Mund." Sie war eine erfahrene Hure im verlassenen Haus Gottes, aber sie war nicht die einzige Sünderin hier. „Lass ihn mit einer Explosion gehen."

Aufregung kitzelte seine Nerven, brannte wie Feuer in seinen Fäusten. Verlangen kratzte und biss und bedrohte seine Kontrolle wie ein halb verhungertes und in die Enge getriebenes wildes Tier. Er zügelte sich. Zuerst hatte sie einen Job zu erledigen, weil es einige Dinge gab, die er nicht noch einmal erleben wollte. Dinge, die er nie wieder tun wollte.

Trommelschläge dröhnten durch seine Adern, schneller und schneller.

Gott sei mit dir...

Und mit deinem Geiste.

Verdammte Lügner.

Er trat hinter sie und reichte ihr einen Plastikbecher. Schade um das Weiße Haus, aber er hatte jetzt ein größeres Ziel. Alles fügte sich schließlich zusammen. Endlich konnte er das große Ganze sehen: Überleben. Fliehen. Einen Neuanfang wagen.

„NACH ALL DEM THEATER WEISST DU NICHT EINMAL, ob es überhaupt ein Verbrechen gab?" Josie lachte so sehr, dass sie das Atmen vergaß.

Das Licht der Straßenlaternen fiel durch die offenen Vorhänge auf Marshs männliche Schönheit, spendeten ihr selbst jedoch genügend Dunkelheit, um sich trotz ihrer entstellten Haut wohlzufühlen. Nackt auf dem Bett zu knien, selbst im Dunkeln, war eine ziemlich erhebende Erfahrung für eine Frau, die normalerweise sogar ihren Blick abwandte, wenn sie unter die Dusche ging.

„Das ist nicht lustig." Marsh warf sich den Arm über die Stirn.

Aber es war lustig, und sie sah ein Lächeln um seine Mundwinkel zucken.

„Dieses Teufelsstück hat dem Admiral also dieses unglaublich wertvolle Gemälde ihres verstorbenen Vaters geschenkt, als sie miteinander vögelten, aber als der Admiral ihr den Laufpass gab, weil seine Frau misstrauisch wurde, hat sie es sich einfach zurückgestohlen?"

„Ja, aber der Admiral wusste nie mit Sicherheit, dass es Prudence war, die das Bild gestohlen hatte. Er vermutete es zwar, aber er musste den Diebstahl trotzdem melden, damit Mrs. Chambers keinen Verdacht schöpfte."

„Das ist ziemlich lustig." Sie grinste.

„Nicht, wenn du sie dir nackt vorstellst." Er kniff die Augen zu und verzog das Gesicht. Dann öffnete er sie wieder und sah sie an.

„Du hingegen ..." Sein heißer Blick glitt über ihren Körper, und der Beweis seiner Erregung ließ sie erröten. Wieder einmal.

„Er muss ziemlich gut im Bett gewesen sein, um einen niederländischen Meister des siebzehnten Jahrhunderts zu verdienen", sinnierte Josie und versuchte, Abstand zu halten, weil sie ihn unbedingt berühren wollte und sich in diesem Wunsch selbst nicht mehr wiedererkannte.

„Ich glaube, du bist ein Cezanne. Lebendig und ungewöhnlich, aber dennoch perfekt." Seine dunklen Augen funkelten sie an, eindringlich und beunruhigend. „Wie würdest du mich einstufen?" Seine Stimme war neckend, aber als Expertin auf diesem Gebiet erkannte sie die darunter verborgene Unsicherheit.

„Hmmm ..." Sie tippte sich mit dem Finger an die Lippe, als würde sie nachdenken. „Vielleicht bist du der große Meister persönlich? Ein Leonardo?"

„DiCaprio?" Seine Brust polterte vor Lachen.

„Da Vinci, natürlich." Sie kam sich albern vor und verbarg ihr Unbehagen, indem sie mit den Fingern über die Satinbezüge fuhr. Sie genoss das kühle Zittern, das ihre Nerven durchströmte. Sie wünschte, sie würde es nicht vorziehen, stattdessen seine warmen, glatten Muskeln zu berühren. Sie wurde süchtig nach ihm, und das deutete auf eine Schwäche hin, die sie sich nicht leisten konnte.

Marsh war vor einer Stunde nach Hause gekommen, aber anstatt sich hinzusetzen und zu essen, hatte er wortlos ihre Hand genommen und sie die Treppe hinaufgeführt, die Tür abgeschlossen und sich auf sie gestürzt.

Es nagte an ihr, dass seine Eltern im Haus waren und wussten, dass sie sich hier oben wahrscheinlich gegenseitig um den Verstand vögelten. Aber das Funkeln in Marshs Blick hatte sie gewarnt, ihn nicht zu hinterfragen und sich den Konventionen nicht so zu beugen, wie sie es wollte. Sie hatte sich noch nie viel daraus gemacht, die Erwartungen anderer Menschen zu erfüllen, und mochte die Gewissensbisse nicht, die das in ihr auslöste.

Rollentausch mit einem Hauch von heißem Sex.

Marsh rollte von ihr weg, und sie bewunderte seinen gemeißelten Rücken, die kräftigen Schulterblätter und den straffen Hintern, den sie so sehr mochte.

Es war nicht nur Lust, die sie zu überwältigen drohte ...

Aber ihre Beziehung war zu zerbrechlich, ihr Überleben zu ungewiss, um diese wachsenden Gefühle zu analysieren. Da sie eine Ablenkung brauchte, strich sie mit ihrer Hand über seine glatte Haut, fasziniert von der Art und Weise, wie sich seine Muskeln unter ihrer Berührung anspannten und zuckten.

Er schnappte sich sein Handy und tippte eine Nummer ein. „Ich wünschte, ich wüsste, wohin zum Teufel Dancer verschwunden ist ...“

„Du machst dir nicht wirklich Sorgen um ihn, oder?“

„Nein, nicht wirklich. Nicht mehr“, gab Marsh zu. „Er ist ein kluger Kerl, zu klug, um in irgendwelche Fallen von Pru Duvall zu tappen.“ Aber er runzelte die Stirn, als er erneut an die Mailbox weitergeleitet wurde. „Wir könnten Anklage gegen Pru und den Admiral erheben, weil sie die Zeit des FBI verschwendet haben, aber die Mächtigen würden uns wahrscheinlich ausbremsen, bevor die Angelegenheit das Büro der Staatsanwaltschaft erreichte."

Sie legte sich hin, schmiegte ihre Brüste an seinen Rücken, legte ihre Hand um ihn und spürte, wie Macht sie durchströmte, als er seufzte und das Telefon fallen ließ. Anspannung und Hitze brachen aus jeder Pore seines Körpers. Heiße nackte Haut berührte sie, und sie erforschte ihn bis ins kleinste Detail.

„Willst du nichts essen?", fragte sie mit einem Lächeln. „Ich bin am Verhungern."

„Ich auch." Er verstummte, als Josie an seiner Haut knabberte.

„Willst du ihn noch einmal anrufen?", flüsterte sie.

„Er kommt schon klar", murmelte Marsh, zog sie zu sich und küsste ihr die Luft weg.

❧

DANCER FÜHLTE SICH TRÄGE, seine Arme waren schwer. Für einen Moment erwachte sein schlimmster Alptraum in seinem Kopf zum Leben, dunkel und hässlich – dass die Krankheit, die seine Mutter hingerafft hatte, auch die Kontrolle über seinen Körper übernommen hatte. Aber er ballte die Fäuste, spürte den festen Druck harter Fingernägel, die sich in seine Handflächen bohrten, und wusste, dass das nicht das Problem war. Eine Kapuze bedeckte seinen Kopf und Panik ergriff sein Herz. War er entführt worden? Er lauschte angestrengt und versuchte herauszufinden, ob er allein war oder nicht. Außer dem Rütteln des Windes an Fenstern konnte er nichts hören. Langsam zog er die Kapuze vom Kopf. Da war etwas in seinem Mund – er spuckte einen mit Dreck bedeckten Lappen aus und versuchte zu erkennen, wo zum Teufel er war. Er lag auf einem schmutzigen Holzboden. Die Dielen waren verzogen und morsch, überall lag Mäusekot. Rostige Nägel ragten dicht vor seinem Gesicht auf. Die Erinnerung war verschwommen. Er fühlte sich, als wäre er verkatert, konnte sich aber nicht daran erinnern, getrunken zu haben. Er blinzelte und erinnerte sich vage daran, die Freiheitsstatue zu sehen ...

Als er sich auf den Rücken rollte, bemerkte er, dass der Reißverschluss seiner Hose offen und sein bestes Stück der Welt ausgesetzt war.

Was zum Teufel...? Er zog seinen Reißverschluss zu und durchwühlte verzweifelt seine Hosentaschen auf der Suche nach seinem Handy. *Wo war es?*

Er gab auf und rappelte sich auf die Knie, erleichtert, als das Schwindelgefühl nachließ und er den Kopf heben konnte.

Ein starker Geruch schlug ihm entgegen, und er würgte. Er kannte den stechenden Gestank eines gewaltsamen Todes. Heutzutage jagte er vielleicht nur Kunstverbrecher, aber er war in einige schlimme Fälle verwickelt gewesen. Nicht zuletzt im vergangenen Frühjahr, als Elizabeth von der Mafia gejagt worden war. Und er war dabei gewesen, als den Dreckskerlen Andrew DeLattio und Charlie Corelli die Köpfe weggeblasen worden waren.

Er riss sich zusammen und drehte sich um, doch er bereute es sofort. Er wünschte, er wäre an diesem Morgen nicht aufgewacht. Er wünschte, er hätte einfach wie ein Baby mit schweren Lidern weitergeschlafen.

Prudence Duvall lag ausgestreckt im Heiligtum einer Kirche, direkt unter dem Altar. Klebeband bedeckte ihren Mund. Handschellen fesselten ihre Handgelenke über ihrem Kopf.

Seine Handschellen.

Sirenen heulten in der Ferne, aber sie drangen nicht durch den Nebel in seinem Hirn.

Blut bedeckte ihren Körper, sickerte aus tiefen Wunden, die ihre Brust und ihren Bauch kreuzten. Ihre Bluse war zerfetzt und hing in Streifen von einem ihrer Arme. Ihr Rock war um ihre Hüften hochgeschoben und ließ sie brutal entblößt zurück.

Blut tropfte langsam an einer Seite ihres Oberkörpers herunter. Wie betäubt ging Dancer auf sie zu.

Lebte sie noch?

Wie sollte das überhaupt möglich sein?

Er kniete sich neben sie und tastete nach ihrer Halsschlagader. Dann bemerkte er das Messer, das neben ihrem Oberschenkel lag, nur eine Sekunde bevor eine Stimme rief: „Keine Bewegung!"

Etwas flackerte in ihren Augen auf, da war er sich sicher.

„Ich bin vom FBI, ich glaube, sie lebt noch!" *Herrgott.*

„Treten Sie von der Leiche weg, legen Sie sich auf den Boden und rühren Sie keinen verdammten Finger." Die Stimme dröhnte so laut durch den Raum, dass er zusammenzuckte. *Scheiße.*

Dancer entfernte sich mit klingelnden Ohren, wiederholte aber leise: „Ich bin vom FBI." Er legte sich langsam auf den Boden. Schmeckte Staub und Mäusekot in seinem Mund. „Ich glaube, sie lebt noch."

„Schnauze, du Arschloch." Ein Beamter tastete ihn unsanft ab, aber Dancer starrte Prudence einfach nur an und fragte sich, was zum Teufel zwischen dem Restaurant und diesem höllischen Ort passiert war.

Ein anderer Polizist kniete sich neben sie und legte seine Finger an ihren Hals, genau wie Dancer es getan hatte. „Nein, sie ist tot."

Dancer begann sich zu wehren, als ihm Handschellen angelegt wurden. „Sie müssen sie wiederbeleben, Sie Idiot! Rufen Sie einen Notarztwagen! Sie lebt noch!"

Der erste Polizist brachte ihn mit einem Schlag zum Schweigen.

„Du zerschneidest wohl gern Frauen, was?" Ein zweiter Schlag traf ihn, und Schmerz schoss durch seinen Schädel, als seine Nase mit einem Knacken zu bluten begann und er zu Boden sackte.

Als er mit dem Gesicht nach unten im Dreck lag und Blut von seiner Nase tropfte, wusste er, dass er hereingelegt worden war. Diese Idioten würden nicht auf ihn hören. „Ich muss jemanden anrufen." Er spuckte Dreck und Blut aus und versuchte, durch den Mund zu atmen. Er stammte aus South

Boston, und es war mit Abstand nicht das erste Mal, dass er geschlagen wurde.

Der Polizist spuckte ihn an.

Wie kann man so verdammt dumm sein?

„Geben Sie mir ein Telefon …“

Der Stiefel, der seine Niere traf, schaffte das, was die ersten beiden Schläge nicht bewirkt hatten. Es wurde schwarz um ihn herum, und er wurde ohnmächtig, noch während er Marsh' Namen murmelte.

Kapitel Fünfzehn

Nelson Landry schaltete lachend den Polizeifunk aus. Er konnte sein Glück kaum fassen. Er blies auf seine kalten Hände und wünschte, er hätte Zeit, sich einen Kaffee zu kochen, bevor er seinen Artikel schrieb, aber die hatte er nicht. Das war Schicksal. Das war die Glücksfee, die ihm zulächelte und den Bastard zu Fall bringen würde, der seine erstklassige journalistische Karriere ruiniert hatte. Mal sehen, wie viel seine FBI-Macht ihm jetzt noch helfen konnte.

Er konnte die Titelseite schon vor sich sehen. „Der Blade Hunter – ein messerschwingender Polizist?"

Das war besser als Fernsehen.

Hektisch tippte er, blickte auf seine Uhr und wählte mit einem Finger die Nummer seiner Redakteurin.

„Was?"

Entweder hatte sie seine Nummer gespeichert, oder sie war einfach rund um die Uhr und zu jedem so zickig.

„Wir brauchen so schnell wie möglich eine zweite Ausgabe", sagte er.

„Was haben Sie?" Ihr Umschwung von angepisst zu sensationshungrig war in diesen drei kleinen Worten deutlich spürbar.

„Ich schicke es per E-Mail." Er warf einen Blick auf seine Uhr. „In zehn Minuten. Spätestens." Er legte auf und knackte mit den Knöcheln. Himmel, es fühlte sich gut an, wieder dazuzugehören. Freude durchströmte ihn. Er war kurz davor, sich an Marshall Hayes zu rächen, und er würde jede Sekunde genießen, in der der Bastard in Ungnade fiel.

❧

„SAG DAS NOCHMAL." Marsh konnte nicht glauben, was er da hörte. Er rieb sich die Schläfen, als ihm die Informationen schnell wiederholt wurden.

„Was ist?", fragte Josie. Sie setzte sich im Bett auf und sah aus, als hätten sie eine wilde Nacht zusammen verbracht. Ihr Haar war zerzaust, ihre Lippen gerötet und ihre Augen müde, alles war genau so, wie es sein sollte. Aber während sie versucht hatten, ihre Dämonen zu verjagen und vielleicht eine neuartige Beziehung aufzubauen, hatte der Blade Hunter seinen nächsten Schritt sorgfältig vorbereitet und ausgeführt. Er manipulierte ihr Leben so mühelos, als wären sie Marionetten auf seiner Miniaturbühne.

Marsh wandte sich von ihr ab. Abscheu und Scham brannten in ihm und ließen die Blase der Zufriedenheit, die ihn letzte Nacht umhüllt hatte, platzen. Laken raschelten hinter ihm, dann hörte er, wie Josie sich anzog.

„Eine gebrochene Nase?" Das sollte in seinem Land nicht passieren, verdammt. Nicht einem guten Agenten wie Steve Dancer. Seine Wut wurde zu etwas Stärkerem, Härterem, Bösartigerem. „Rufen Sie Benedict Colavecchia an." Er war der beste Strafverteidiger in New York City. „Sagen Sie ihm, er hat einen neuen Klienten, und er soll seinen Hintern sofort nach Brooklyn schwingen. Und besorgen Sie mir einen Flug nach LaGuardia." Marsh legte auf. Seine Assistentin hatte ihn angerufen, obwohl es erst vier Uhr morgens war.

Er musste duschen und sich rasieren, damit das NYPD die

volle Macht seines FBI-Status erkannte, denn dieses Mal müsste er jedes Ass im Ärmel zücken und jeden ausstehenden Gefallen einfordern. Steve Dancer war kein Mörder. Marsh würde sein Leben darauf verwetten.

Was auch immer Josie in seinen Augen sah, brachte sie zum Schlucken, aber sie kniff die Augen zusammen, streckte ihr Kinn vor und sah ihn entschlossen an. „Was ist passiert?" Sie hatte sich eine dunkle Cordhose und einen Rollkragenpullover übergezogen, die sie fast vollständig bedeckten, aber dennoch schlang sie ihre Arme fest um sich und krümmte sich leicht, als ob ihr kalt wäre.

Er fröstelte ebenfalls bis auf die Knochen.

„Jemand hat letzte Nacht Prudence Duvall ermordet." Seine Stimme war heiser, und er räusperte sich. Josie starrte ihn weiter an, als wüsste sie irgendwie, dass das nur ein kleiner Teil der Geschichte war. „Der Blade Hunter – oder ein Nachahmer – hat Prudence Duvall getötet, und NYPD fand Special Agent Steve Dancer blutüberströmt am Tatort."

„Ist er verletzt?" Sie hob ihren Rucksack hoch und hielt ihn wie einen Schild vor ihre Brust.

„Es war nicht sein Blut."

Scheiße. Er setzte sich aufs Bett und verbarg sein Gesicht in seinen Händen. Er war zu sehr damit beschäftigt gewesen, Josephine zu vögeln, um sein Team zu schützen. *Verdammt*! So sollte das Gesetz nicht funktionieren. Die Justiz war zwar blind, aber musste sie dazu auch noch taub, stumm und dumm sein?

„Sag mir genau, was los ist, Marsh." Ihre Worte waren fordernd.

„NYPD fand Dancer in einer alten Kirche in Brooklyn, nachdem ein anonymer Hinweis eingegangen war." Ihre Augen blitzten, aber er fuhr fort und unterdrückte die Wut, die sich eisig und tödlich in ihm ausbreitete.

„Pru wurde aufgeschnitten und verunstaltet." Er war kurz davor, sich zu übergeben, dabei hatte er die Frau nicht einmal gemocht. Er stützte seine Hände auf seine Schenkel. „Die Polizisten, die den Tatort zuerst erreichten, haben Dancer verhaftet und ihn verprügelt. Diese Idioten dachten, sie hätten einen Serienkiller geschnappt."

Josie sackte neben ihm zusammen, aber er wich einen Zentimeter zurück, weil er den Gedanken nicht ertragen konnte, dass ihn jemand berührte, dass jemand an das Ventil stoßen könnte, das ihn zum Explodieren bringen könnte.

„Du bist wütend." Sie legte ihre Hände auf ihre Schenkel. „Weil wir zusammen waren, als Dancer reingelegt wurde? Weil wir die Laken zerwühlt haben, während dieser Bastard sein nächstes Opfer zerlegt hat?" Sie stieß ein raues Lachen aus, das in einem gebrochenen Schluchzen endete. „Willkommen in meiner finsteren, hässlichen Welt."

Sie warf sich ihren Rucksack über die Schulter, sprang auf und stapfte zur Tür.

„Was denkst du, wo du hingehst?" Marshs Stimme war kaum mehr als ein Knurren in der Dunkelheit, aber er konnte seinen Ton nicht mildern. Er konnte im Moment keine Spur Empathie oder Mitgefühl aufbringen.

„Ich gehe zurück nach New York, damit wir diese Sache zu Ende bringen können ..."

„Du gehst nirgendwo hin."

„Wir gehen beide, und du weißt es." Sie ließ sich von seiner Wut nicht einschüchtern. Er hatte wohl vergessen, dass sie so aufgewachsen war – mit Wut, Angst und Gewalt. Mit Geschrei, Brutalität und schlichter altmodischer Grässlichkeit. Er wollte die Hand ausstrecken und sie trösten, aber dieser Instinkt wurde von Schuldgefühlen und Selbstvorwürfen erstickt. Wenn er sich jetzt nicht zusammenriss, wäre das sein Untergang.

Ihre Augen waren voller Tränen, aber es war keine Traurigkeit in ihrem Blick, sondern Wut, die genauso stark war wie seine eigene.

„Er ist hinter mir her, Marsh."

„Deshalb solltest du hierbleiben und die Sache dem FBI überlassen", gab er zurück.

„Klar, weil sie bisher so tolle Arbeit geleistet haben." Sie stemmte ihre Hände in die Hüften. „Ich bringe deine Familie und Freunde nicht länger in Gefahr."

Er begann aufzustehen. „Steve Dancer ist ein ausgebildeter Profi. Du hast ihn nicht in diese Situation gebracht ..."

„Sag mir, dass du nicht mir die Schuld gibst, sondern uns." Sie zeigte auf das Bett. „Dafür, dass wir ihn in diesen Schlamassel verwickelt haben ..."

„Ich hätte besser aufpassen sollen!" Seine Stimme hallte von den Wänden wider. *Verdammt.* Er sank zurück auf das Bett und ließ sein Gesicht in seine Hände sinken. *Verdammt, verdammt, verdammt.*

Josie wandte den Blick ab, schluckte steif und nickte. „Ja."

❧

Marshs FBI-Ausweis hatte ihnen Sitze im ersten Flug nach New York verschafft, aber zwischen Vince und Marsh war Josie fester eingezwängt als ein Stück Fleisch in einem Hamburger. Sie flogen Economy, weil dies die einzigen verfügbaren Plätze waren.

Josie wusste, dass Marsh wütend war. Sie wusste, dass er sich schuldig fühlte. Aber sie hatte Angst vor den Gefühlen, die er in ihr geweckt hatte. Er hatte in den letzten drei Stunden nichts getan als sie zu ignorieren – und das nach einer Nacht voller umwerfendem Sex und aufrichtiger Intimität.

„Kann ich Ihnen etwas zu trinken anbieten?", fragte die Flugbegleiterin Marsh. Sie war perfekt geschminkt, hatte strahlend weiße Zähne und kümmerte sich um nichts anderes als darum, ihre Arbeit gut zu machen. Wie ein Roboter. Wie Marsh.

Josie warf ihm einen Blick zu, aber er hatte seinen Laptop aufgeklappt und war in seine Arbeit vertieft. Bei der Frage blickte er auf und schüttelte leicht den Kopf.

„Und Ihnen?" Die Frau hob ihre Kaffeekanne und lächelte Josie an. Ihre zinnoberroten Lippen trafen auf rosa Zahnfleisch.

Josie konnte sich nicht einmal erinnern, ob sie sich die Haare gekämmt hatte. „Nein. Vielen Dank." Sie brachte kein Lächeln zustande.

Marshs Finger verharrten für den Bruchteil einer Sekunde auf der Tastatur, als hätte er sich gerade daran erinnert, dass sie auch noch da war.

Vinces Beine waren zu lang, um in den winzigen Raum vor seinem eigenen Sitz zu passen, und deshalb schob er sie schräg in ihren Bereich, als der Wagen vorbeifuhr. Er nahm einen schwarzen Kaffee und erhielt von der Bedienung die Art von Lächeln, das in streng gläubigen Ländern verboten war.

Josie hasste Fliegen. Ihre Hände zitterten. Deshalb hatte sie auch den Kaffee abgelehnt. Sie würde ihn nur verschütten ... vielleicht sogar über Marshs teuer aussehenden Laptop.

Sie schob ihre Hände unter ihren Hintern, schloss die Augen und lehnte sich gegen die Kopfstütze, während der Luftdruck ihr Trommelfell spannte.

„Alles okay?", fragte Vince sie leise.

Sie öffnete ihre Augen, und er zog seine Beine wieder zurück. Als könne er nicht anders, drehte er den Kopf, um der Stewardess nachzuschauen, die an ihnen vorbei zur nächsten Reihe ging.

„Männer." Sie verdrehte die Augen.

Marshs Finger hielten auf der Tastatur inne, obwohl er vorgab, in seine Arbeit vertieft zu sein. Ein Zischen entfuhr ihr. *Oh Mann,* und in den Typen hätte sie sich beinahe verliebt!

Wem machte sie etwas vor? Ihr Herz war ohne Fallschirm von einem Hochhaus gesprungen und nun auf dem Bürgersteig aufgeschlagen.

Es tat weh.

Er behandelte sie, als wäre sie eine flüchtige Bekanntschaft, jemand, den er gut genug kannte, um sie nicht einfach sitzenzulassen, die aber nicht wichtig genug war, um sich wirklich darum zu kümmern, wie sie sich fühlte.

Was war schon dabei, wenn sie sich kindisch und zickig aufführte? Sie hatte sich von Anfang an nicht in diese Sache hineinziehen lassen wollen. Jetzt war Pru Duvall tot, Steve Dancer steckte im Gefängnis, und es fühlte sich an, als würde Marsh ihr – ihnen beiden – die Schuld für das geben, was passiert war, obwohl sie nichts damit hatte zu tun haben wollen.

Sie verstand die Last seiner Schuld.

Sie schleppte sie täglich in ihrem Rucksack mit sich herum.

Und als sie endlich herausgefunden hatte, was es mit dem ganzen Trubel um Beziehungen und Sex auf sich hatte, kabumm. Er hatte ihr die Tür vor der Nase zugeknallt und sie isoliert wie der kleine Niemand, der sie wirklich war.

Sie hätte es besser wissen müssen. Leute gingen. Menschen starben. Oder sie wurden ermordet, und sie konnte nichts dagegen tun.

Marsh verbrachte sein Leben damit, zu verhindern, dass die Dunkelheit die Welt verschlang. Er verdiente eine bessere Person als sie an seiner Seite, und sie wusste genau, wie sie ihm das beweisen konnte.

„Sind wir fertig damit, einander zu ficken, oder soll ich mich weiter gelegentlich zur Verfügung halten?"

Die Frau vor ihnen drehte sich mit entsetzten Augen um, bevor sie sich an ihre Manieren erinnerte und sich wieder nach vorn drehte.

Josie lächelte.

Marshs Hände erstarrten über der Tastatur, aber er blickte nicht auf. Vince klappte seinen Tisch ein und versuchte, verdammt noch mal aus seinem Sitz zu fliehen. Aber eine ältere Frau mit einem Stock ging gerade langsam an ihm vorbei, und er steckte fest.

„Wie schneide ich ab, Marsh? Auf einer Skala von, sagen wir,

Georgia O'Keefe bis Rembrandt? Oder bin ich eher ein Jackson Pollock?"

„Du willst eine neue Bewertung?" Sein Lachen war grausam und von beißendem Sarkasmus durchzogen.

„Nur bezüglich meiner Fähigkeiten im Bett, nicht meiner Persönlichkeit." Sie wollte aus diesem Schlamassel raus und ihn nie wiedersehen. Allein ging es ihr viel besser.

„Ich mochte Pollock schon immer." Er konnte ihren Blick nicht erwidern, und da erkannte sie die Wahrheit. Er dachte, die ganze Sache wäre allein ihre Schuld ...

Sie schwieg und nutzte ihre jahrelange Erfahrung, um emotionslos zu bleiben und die Tränen zu verdrängen. Sie würde sich das hier nicht antun. Schmerz war etwas, das sie tunlichst vermied. Sie würde keine Beziehung führen, die sie in Stücke riss. Und vielleicht machte sie sich wegen der ganzen Beziehungssache sowieso etwas vor, denn im Moment sah er so aus, als könnte er es nicht einmal ertragen, denselben Luftraum mit ihr zu teilen.

Bei Gott, ihr Vater hatte ihr immer gesagt, dass sie nur Ärger machte, seit dem Tag ihrer Geburt. Es sah so aus, als hätte Marshall Hayes das nun endlich auch erkannt.

❧

DER BÜRGERSTEIG WAR VOLLER POLIZISTEN, Presse und Schaulustiger. Der Trubel um Marsh verstärkte sich, als ein paar Reporter sein Gesicht erkannten. Er schob sich durch die Türen zum Atrium des Gebäudes, aber eine harte Hand auf seiner Brust hielt ihn davon ab, weiterzugehen. Das blassblaue Hemd des Polizisten stank nach Schweiß, und seine ebenfalls blassblauen Augen blitzten ihn an, als wollten sie ihn herauszufordern, ihn auf die Probe zu stellen.

Marsh warf dem Sergeant einen bösen Blick zu und zeigte seine Dienstmarke. „Special Agent Marshall Hayes."

Ein höhnisches Lachen begleitete den zynischen Blick. „Das heißt nicht, dass Sie da reingehen können."

Detective Cochrane, der glatzköpfige Polizist von Angela Morellis Tatort, tippte dem Typen auf die Schulter. „Hey, Morris, wir brauchen ihn." Als ob die Polizei von Brooklyn ihm Erlaubnis geben müsste, hier Zutritt zu erhalten. „Lass ihn durch."

Marsh nickte Cochrane zu und bemerkte ein nachdenkliches Funkeln im Blick des Detectives, als er sich an dem großen Polizisten vorbeidrängte.

„Wo ist Agent Dancer?", fragte Marsh. Sie gingen schnell durch belebte Korridore voller Plakate und umherwuselnder Streifenpolizisten.

„Hier hinten." Cochrane hielt ihm eine Tür auf und zuckte mit seinem Schnurrbart, um Marsh den Vortritt zu lassen.

„Sie glauben doch nicht wirklich, dass Sie den Richtigen erwischt haben, oder?"

„Ihr Mann wurde dabei ertappt, wie er sich über den immer noch warmen Körper der Frau eines Senators lehnte, und die Mordwaffe lag neben ihm, mit seinen Fingerabdrücken darauf ..."

„Es war eine Falle. Prüfen Sie seine DNA. Sie haben den falschen Mann."

„Wir lassen seine DNA prüfen, aber wenn er reingelegt wurde, dann hat sich jemand wirklich große Mühe gegeben." Cochrane schüttelte den Kopf.

„Der Unbekannte versucht, an Josephine Maxwell heranzukommen ..."

„Für mich sieht es eher so aus, als hätte er versucht, an Mrs. Duvall heranzukommen, und es ist ihm gelungen ..."

Verdammt. Eine weitere Frau war tot. Wie um alles in der Welt sollten sie in einer so großen Stadt nur alle beschützen? „Wie geht es Brook?"

Wie heraufbeschworen verließ der Politiker mit den silbrigen Haaren benommen einen Vernehmungsraum. Neben Steve Dancer wäre Brook Duvall unter normalen Umständen der

Hauptverdächtige auf dem Radar der Strafverfolgungsbehörden. Marsh ging auf ihn zu, Mitgefühl kämpfte gegen sein instinktives Misstrauen, das nichts mit seiner persönlichen Abneigung gegen den Mann zu tun hatte, sondern mit den Mordstatistiken.

Vielleicht war dieser Tod nicht das Werk des Blade Hunters?

Vielleicht war es ein Nachahmer, der die Gelegenheit eines aktiven Serienmörders genutzt hatte, um Prudence loszuwerden. Sowohl Brook Duvall als auch Admiral Chambers standen ganz oben auf Marshs Liste. Der Admiral hatte gerade herausgefunden, dass Pru ihn wahrscheinlich um ein millionenschweres Gemälde erleichtert hatte – ein Gemälde, das sein elendes Leben hätte verändern können. Und der Senator? Es gab nichts Besseres als eine persönliche Tragödie, um Wähler für sich zu gewinnen.

Detective Cochrane legte zügelnd eine Hand auf seinen Arm. „Vielleicht ist er gerade nicht in der Stimmung zu plaudern."

Brooks Gesicht war aschfahl, und seine Augen waren blutunterlaufen. Tränen trockneten auf seinen Wangen. Er hatte etwas Verlorenes an sich, wirkte wie jemand, dessen Welt zerbrochen war, ohne dass er es hatte kommen sehen.

„Wir sind alte Freunde." Marsh schüttelte Cochranes Hand von seinem Arm und näherte sich.

„Mein Beileid, Brook." Marsh drückte Brooks Schulter und musterte ihn. Brook Duvall trug Jeans und einen L. L. Bean Pullover und sah aus, als wäre er im Urlaub gewesen.

„Du warst wohl nicht in der Stadt?", fragte Marsh leise.

Duval nickte. „Wir haben ein Haus in den Hamptons. Ich bin direkt hierhergekommen, als ich ..." Die Tränen begannen wieder zu fließen. Er klammerte sich an Marsh, als wären sie Brüder. „Pru hasste das Strandhaus, hasste Angeln und frische Luft. Sie wollte nie mitkommen. Oh Gott, oh Gott ..."

Obschon Marsh Mühe hatte zu glauben, dass die Duvalls einander treu gewesen waren, hatte er keinen Zweifel, dass der Mord Brook am Boden zerstört hatte. Das bedeutete jedoch noch lange nicht, dass er die Tat nicht begangen oder inszeniert hatte.

„Was hat sie gemacht, wenn du weg warst?", fragte Marsh und bemerkte Detective Cochranes interessierten Blick, der aufmerksam auf dem Senator verweilte.

Brook richtete sich auf und wischte sich die Augen trocken. Marsh bot dem Mann ein Taschentuch an und hatte den seltsamen Gedanken, dass er ein neues für Josie besorgen musste, weil er darauf wettete, dass sie gerade all die Tränen laufen ließ, die sich in ihr angestaut hatten, seit das Klingeln des Telefons sie um vier Uhr morgens geweckt hatte.

Und er hatte sich wie ein komplettes Arschloch benommen, weil alles, woran er glaubte, infrage gestellt worden war. Das Gesetz. Sein persönlicher Ethikkodex. Und seine Meinung zur Ehe, von der er wusste, dass sie sie nicht teilte. Und wie zum Teufel sollte er damit umgehen, wenn er mitten in einer Mordermittlung und einem Strafverfolgungsdurcheinander steckte, bei dem einer seiner besten Freunde der Hauptverdächtige war? Wie sollte er mit all dem umgehen, während ein Mörder zudem alle Anstrengungen unternahm, damit die Frau, die Marsh liebte, bald auf grausame Weise starb?

Vince beschützte sie im Augenblick ... und noch mehr Schuldgefühle nagten an ihm, weil er bei ihr sein sollte. Aber er konnte Steve Dancer nicht allein diesen Wölfen aussetzen. Er konnte die Scham nicht ertragen, zu wissen, dass er seinen Job nicht richtig gemacht hatte, weil er im Bett mit Josephine gewesen war.

Verdammt nochmal.

Brook sah weg. „Sie hatte eigene Freunde, eigene gesellschaftliche Verpflichtungen. Geoffrey holt gerade ihren Tischkalender aus der Wohnung." Tränen glänzten auf seinen Wangen unter dem grellen Schein der Streifenlichter. „Ich habe der Polizei alles gesagt, was ich weiß."

Pru hatte Dancer angerufen, um sich mit ihm zum Mittagessen zu verabreden, und Marsh wettete, dass sie damit zu tun hatte, in welcher Lage sich Dancer jetzt befand. Pru Duvall war irgendwie in ihren eigenen Tod verwickelt.

Marsh drückte Brooks Arm und zwang den Mann, ihm in die Augen zu sehen. „Ich weiß, dass das schmerzhaft für dich ist", sagte er mit gesenkter Stimme. „Aber hat sie sich mit jemand anderem getroffen?"

Brook sträubte sich nicht und blinzelte nicht. „Ich weiß nicht – wir haben nicht ..."

Er fing an zu weinen, und Marsh fühlte sich wie ein Bastard, weil er ihn in diese Richtung gedrängt hatte, aber er hakte trotzdem nach. „Du hattest keine sexuelle Beziehung zu deiner Frau?"

Brook schüttelte den Kopf. Sein Anwalt kam aus dem Raum, gefolgt von Special Agent Sam Walker, der aussah, als hätte er die ganze Woche in derselben Kleidung verbracht. Brooks Anwalt zog den Senator mit einem argwöhnischen Blick auf Marsh weg. *Armer Bastard.*

Agent Walker lehnte am Türpfosten, die Ärmel bis über die Ellbogen hochgekrempelt. Sie wechselten einen düsteren Blick, und Marsh presste die Lippen zusammen.

„Was ist los?", fragte Walker Cochrane und ignorierte Marsh.

Marsh schwieg. Der Detective zuckte die Achseln und ging weiter den Korridor entlang. „Ihr Mann ist hier hinten, Agent Hayes ..."

Walker versperrte ihm den Weg. „Auf keinen Fall werden Sie mit dem Verdächtigen reden."

Marsh war größer, aber Walker war breiter. Schlägereien standen zwar nicht im Ethikhandbuch des FBIs, weder im Dienst noch anderweitig, aber es wäre nicht das erste Mal, dass Marsh gegen diese Regel verstoßen würde. Er stellte sich breitbeinig auf. „Legen Sie sich heute besser nicht mit mir an."

„Hey, das ist kein Pisswettbewerb." Detective Cochrane packte Marsh am Arm. „Ihr Mann ist hier hinten." Cochrane zog ihn mit sich, und er ging, weil Steve Dancer ihn brauchte.

Das Team der Einheit für Kunstdiebstahl war wie eine Familie. Sie hielten zusammen und verließen sich aufeinander. Sie halfen sich gegenseitig und unterlagen nicht dem Konkurrenzdenken, das in anderen Einheiten vorherrschte. Dancer war mehr als nur einer seiner Agenten. Er war sein bester Freund.

Sie betraten einen Beobachtungsraum. Dancer saß mit hängenden Schultern in einem Stuhl mit fester Rückenlehne. Seine unkonzentrierten Augen blickten ins Nichts, getrocknetes Blut verkrustete sein Gesicht und verlieh ihm ein erbärmliches Aussehen. Marsh drosselte die Wut, die durch seine Adern floss, und schaffte es, lässig zu klingen.

„War er schon beim Arzt?", fragte er.

Cochrane nickte und rieb sich den Schnurrbart. „Er hat eine gebrochene Nase."

„Das sehe ich."

Die Haut um ein Auge herum war gerötet und geschwollen, und das Auge war vollständig geschlossen. Dancers fahle Haut leuchtete kränklich unter dem getrockneten Blut.

„Welche Beweise haben Sie?", fragte Marsh. „Hat er DNA zur Verfügung gestellt? Haben Sie sie schon untersuchen lassen?"

Auf keinen Fall war Dancer der Blade Hunter.

„Wir haben Sperma auf Mrs. Duvalls Leiche gefunden, aber wir haben es noch nicht untersucht." Cochrane strich mit der flachen Hand über die kahle Stelle auf seinem Kopf. „Ihr Mann sagt, sein Reißverschluss sei offen gewesen, als er zu sich kam. Er sagt, er wurde unter Drogen gesetzt und könne sich an nichts erinnern."

„Der Täter hat noch nie Sperma hinterlassen ..."

„Ja, das kommt mir auch seltsam vor", gab Detective Cochrane zu, während er am engen Kragen seines Hemdes zupfte. „Und Ihr Typ sieht aus wie zwanzig, obwohl ich seiner Akte entnehme, dass er dreiunddreißig ist. Er ist dennoch nicht alt genug, um Josephine Maxwell als Kind angegriffen zu haben. Naja, technisch gesehen ist er es, aber er wäre damals selbst noch ein Kind gewesen ..."

Kinder taten jeden Tag schreckliche Dinge, aber Marsh erinnerte Cochrane lieber nicht daran.

„Wir verfolgen die Zeitleiste und versuchen, Agent Dancer an anderen Tatorten zu platzieren. Ihr Typ war noch nie außerhalb der USA, was gegen die Theorie spricht, dass dieser Unbekannte ein internationaler Bösewicht ist."

In dem quadratischen, sterilen Raum beugte sich Special Agent Nicholl über Dancer und legte ein Foto vor ihn. Sogar aus dieser Entfernung konnte Marsh das Blut auf dem Digitalbild erkennen.

Marsh starrte durch das Glas, wohl wissend, dass Dancer ihn nicht sehen konnte, hoffte aber, dem anderen Mann irgendeine Form von Hoffnung zu geben.

„Er ist nicht der Blade Hunter", beharrte er leise.

Cochrane trat von einem Fuß auf den anderen. „Ich neige dazu, Ihnen zuzustimmen. Der echte Unbekannte hat eine aufwändige Szene arrangiert, damit es so aussieht, als wäre Ihr Mann der Bösewicht."

Die unausgesprochene Frage war: Warum, und wer war dieses Arschloch?

„Was ist mit dem Messer?", fragte Marsh.

„Es ist zusammen mit den anderen Sachen im Labor." Cochrane kratzte sich am Kopf. „Sie wissen, wie lange es in der realen Welt dauert, bis Ergebnisse vorliegen."

„Es gibt wohl keine TV-Show-Beschleunigung für uns, hm? Sorgen Sie dafür, dass die Sache höchste Priorität erhält." Marsh warf ihm einen grimmigen Blick zu. „Hat schon jemand ein Motiv gefunden?"

Der Detective lachte, begleitet von einem Raucherhusten. „Kein Motiv."

Marsh starrte Agent Nicholl an, der offensichtlich versuchte, Dancer zu einem Geständnis zu drängen. Dancer schnappte nach Luft über etwas, das der Typ sagte, und Wut blitzte in seinem gesunden Auge auf.

„Passt er in das Profil, das das FBI erstellt hat?", fragte Marsh.

Detective Cochrane sah durch das Fenster. „Steve Dancer ist ein unverheirateter weißer Mann, der allein lebt. Überdurchschnittlich intelligent. Wurde von seiner Mutter großgezogen. Interesse an der Strafverfolgung." Cochrane zuckte mit den Schultern. „Ein Teil des Täterprofils passt, aber nicht alles."

Marsh blickte durch das Glas auf den besten Menschen, den er kannte. „Als Kind versäumte Steve Dancer den größten Teil seiner Schulbildung, organisierte aber sein eigenes Unterrichtsprogramm zu Hause, damit er seine an MS erkrankte Mutter pflegen konnte. Nach ihrem Tod hatte er gleich drei Jobs, um sich das Studium am MIT zu finanzieren. Er machte mit nur zwanzig Jahren seinen Abschluss und war Jahrgangsbester. Kurz darauf kam er zum FBI." An seinem Auge zuckte ein Muskel.

Was hatte Prudence Duvall im Schilde geführt?

Der Anblick durch das Einwegfenster verdrehte ihm den Magen. Dancer hatte aufgehört zu reden und stützte seine Stirn mit geballten Fäusten auf den Tisch. Nicholl verließ den Raum, und Marsh hörte Schritte auf dem Korridor und das Klappern der Türklinke, als Nicholl den Zuschauerraum betrat.

Er blieb wie angewurzelt stehen, als er Marsh sah.

„Sir." Er nickte, schürzte die Lippen und schien einen Entschluss zu fassen. „Mr. Dancer hat Rechtsbeistand abgelehnt, aber er hat nach Ihnen gefragt."

„*Special Agent* Dancer", korrigierte ihn Marsh. Mit knirschenden Zähnen zog er sein Handy heraus und hob die Hand, um die anderen zum Schweigen zu bringen. „Dora, bringen Sie Colavecchia sofort hierher zurück. Ja, es ist mir egal, was er sagt, und es ist mir auch egal, was Dancer sagt. Colavecchia verteidigt Dancer, ob er will oder nicht. Sagen Sie ihm, ich treffe hier die Entscheidungen. Ich rede mit Steve."

Benedict Colavecchia, Brett Lovine und Marsh waren in ihrer Jugend beste Freunde gewesen. Er würde als nächstes mit Lovine sprechen und Steve Dancers Freilassung aus diesem Drecksloch erwirken, koste es ihn oder seine Freunde, was es wolle. Er wusste Dinge über den Direktor des FBI, die sonst niemand wusste. Er steckte das Handy ein, weil er wusste, dass er den zweiten Anruf unter vier Augen tätigen musste. Steve Dancer war unschuldig, und der Blade Hunter war da draußen und versuchte, an Josie heranzukommen.

Der Unbekannte wollte Spielchen spielen? Nun gut, es brauchte immer zwei zum Spielen.

***

„WAS MACHEN SIE DA?" Jedes Wort dröhnte so kategorisch, als wäre es ein ganzer Satz.

„Wonach sieht es denn aus?" Josie versuchte, Vinces tiefes Grollen zu imitieren, klang aber eher wie ein Jagdhund. Sie wandte sich ab, denn sie hatte es satt, so zu tun, als wäre alles in Ordnung, wenn es so alles andere als in Ordnung war, sodass sie sogar bereit war, sich freiwillig für eine Zwangsjacke und eine Gummizelle anzumelden.

Sie kniete in ihrem Kleiderschrank und war von Schuhen umgeben. Nachdem sie jahrelang eine zwanghafte Sammlerin gewesen war – so etwas tat bittere Kindheitsarmut mit einem Mädchen –, würde sie nun endlich Platz schaffen.

Sie hielt ein Paar glitzernde Stilettos in der Hand, die Elizabeth ihr für eine Party geliehen hatte, da ihr ehemaliger Mitbewohner Pete eine Begleiterin gebraucht hatte.

Die Absätze hätten sie beinahe verkrüppelt, und Pete war mit einem Blondchen namens Dave nach Hause gegangen.

Sie warf einen Schuh auf das Bett, aber er verfehlte sein Ziel und landete polternd auf dem Boden. Als Nächstes kamen ein paar limettengrüne Doc Martens zum Vorschein, die sie damals für eine gute Idee gehalten hatte. Sie schleuderte sie fort.

„Au!" Vince schrie auf.

„Geh einfach aus dem Weg", murmelte sie mürrisch.

Vince rieb sein Schienbein, als hätte sie ihn angeschossen. Er hob die funkelnden High Heels hoch und überprüfte die Größe.

„Wenn du sie willst, kannst sie du haben", sagte sie ihm.

Er lachte, wie sie es erwartet hatte. „Ich dachte, meine Freundin würde darin gut aussehen, aber sie sind ihr zwei Nummern zu groß."

Josie zog ihre Augenbrauen hoch, obwohl der Effekt unterging, da sie unter der Kleiderstange versteckt war. „Ich habe keine großen Füße."

„Das habe ich auch nie behauptet, aber Laura hat die kleinsten Füße, die ich je gesehen habe." Er hatte ihr noch nie von seiner Freundin erzählt. Es war, als hätten sie eine Schwelle überschritten, hinter der ihr plötzlich persönliche Informationen anvertraut wurden.

„Was genau hast du getan, um ein Kriegsheld zu werden?" Sie ließ ihren Ton so skeptisch wie möglich klingen, weil es verdammt viel besser war, Vince zu provozieren, als auf dem Boden eines stinkenden Schranks zu heulen.

„Jeder, der dient, ist ein Kriegsheld."

Sie verdrehte die Augen. „Schon klar, aber so, wie Marsh über dich spricht ..."

Vince schnaubte. „Ich habe im Alleingang sechsunddreißig Waisenkinder aus einem Flüchtlingslager in Darfur gerettet, das von Rebellen angegriffen wurde."

Er ging unerwartet in die Hocke, sodass sie auf Augenhöhe waren. Sein Diamantstecker glitzerte.

„Das hast du dir doch gerade ausgedacht." Josie funkelte ihn an.

„Warum sollte ich das tun?" Sein Ton deutete an, dass er amüsiert war. „Die Presse hat darüber berichtet." Er duckte sich tiefer. „Es steht in meiner offiziellen Militärakte."

Es war offensichtlich nicht die Wahrheit, aber wenn er dazu imstande war ...

„Glaubst du wirklich, du kannst mich vor diesem Irren

beschützen?" Josie schluckte, und plötzlich begannen Tränen zu fließen. Sie waren heiß auf ihren Wimpern und noch heißer auf ihren Wangen.

Große Hände zerrten sie aus dem Schrank, als wäre sie eine Stoffpuppe.

„Josephine." Er drückte sie an seine breite Brust und zog sie in seine großen, starken Arme. Sie wollte glauben, dass Vincent genug war, um sie vor diesem Mann zu beschützen, der ihr Leben verfolgte wie ein Fluch. Sie sagte sich, sie sollte dankbar sein, dass es Vince und nicht Marsh war, an dessen Brust sie weinte, aber sie vermisste Marsh trotzdem.

„Ich werde für Sie tun, was ich für diese Kinder getan habe", versprach er.

„Und was genau war das?" Ihre Worte waren gedämpft, und ihre Nase lief. Sie schniefte. Mann, sie hasste Tränen.

Vince antwortete nicht, und Josephine wusste, was auch immer es war, es stand nicht in seiner Akte. Sie hoffte nur, es wäre genug.

Kapitel Sechzehn

„Haben Sie etwas über die Nummer herausgefunden, die Ihnen den Tipp gegeben hat?" Marsh ging zügig. Er hatte einen Block östlich von der Kirche geparkt, so nah wie möglich, selbst mit seiner glänzenden goldenen Plakette.

Detective Cochrane war mitgeschickt worden, um auf ihn aufzupassen, aber das war Marsh egal, solange der erfahrene Polizist ihm nicht in die Quere kam.

„Ein Wegwerfhandy, wurde letzte Woche in Manhattan gekauft." Cochrane hatte Mühe, mit Marsh Schritt zu halten, aber dieser verringerte das Tempo nicht. Der kleine Mann atmete tief durch, und Wasserdampfwolken kondensierten in der kalten Luft, als seine Füße schnell durch die Laubhaufen stieben. „Das FBI prüft die Spur. Vielleicht finden sie etwas auf einer Überwachungskamera oder in irgendwelchen Kreditkartenregistern, die sie immer heranziehen."

Marsh schnaubte. Er wünschte, der Blade Hunter wäre dumm genug, um eine Spur zu hinterlassen. „Haben Sie alle Akten gelesen?", fragte Marsh. Er musste wissen, ob der Detective auf dem Laufenden war.

„Natürlich. Ich habe sie gelesen, und Special Agent Walker hat einen Treffer gelandet, der seiner Meinung nach auf Margo Maxwells Beschreibung passt, aber er wartet auf einen Gerichtsbeschluss, um mit der Exhumierung zu beginnen ...“

„Und er hat Josie gegenüber nichts davon erwähnt?“

„Sie beide waren nicht in der Stadt ...“

Boston, richtig. Eine Million Meilen entfernt.

„Und solange sie nicht sicher sind ...“

Walker hatte ihm nichts davon gesagt, obwohl Marsh ihm die Infos über Admiral Chambers anvertraut hatte, der im Moment Marshs Hauptverdächtiger im Mord an Pru Duvall war. Wenn die ganze Sache nur nicht so durchgeplant und gut organisiert gewesen wäre, sodass sie unweigerlich nach dem heimtückischen Stil des Blade Hunters stank ...

Wie passten Pru Duvall und Steve Dancer in die Pläne dieses Typen? Pru passte nicht zum Profil der anderen Opfer. Und Dancer – er sollte nur als Sündenbock herhalten. Aber wieso gerade er? War das etwas Persönliches?

Marsh wich einer Straßenlaterne aus und ging weiter. Er überprüfte sein Handy und vergewisserte sich, dass es auf Vibration gestellt war. Er rechnete damit, dass jeden Moment die Hölle ausbrechen würde, wenn der Admiral zum Verhör abgeholt würde. Wenn er nicht viel klüger war, als er aussah, bezweifelte Marsh, dass der Typ sich um etwas anderes Sorgen machen musste als darum, dass seine außereheliche Affäre aufflog. Marshs Eltern würden durchdrehen, und die Frau des Admirals würde definitiv ausflippen. Brett Lovine war jetzt schon völlig mit den Nerven fertig, aber Marsh tat nur, was er tun musste, um Steves Unschuld zu beweisen und diesen Täter zu fassen.

Er ballte die Hände zu Fäusten und war sich bewusst, dass er mit dem Teufel höchstpersönlich einen Pakt schließen würde, solange das nur Josephines Sicherheit garantieren würde. Er hatte sich wie ein Idiot benommen, aber er würde es wieder gut machen.

Pass gut auf sie auf, Vince ... Ich kann alles wieder geraderücken, solange sie am Leben bleibt.

Sie befanden sich in einem schönen Teil von Brooklyn. Der Himmel war so blau, dass sich die gelben Espenblätter leuchtend davon abhoben. Sie waren nicht weit vom Greenwood Cemetery entfernt, und Marsh blieb einen Moment stehen, sicher, dass er Papageien kreischen hörte. Nun stand es endgültig fest: Er wurde verrückt.

„Warum sollte der Unbekannte Special Agent Dancer als Täter ausgeben wollen?", fragte Cochrane.

Diese Frage plagte Marsh unaufhörlich.

Der Unbekannte hatte es erst auf Josephine abgesehen, dann auf Lynn, auf Pru und Steve – und die einzige Verbindung, die Marsh erkennen konnte, war ... er selbst.

Kenne ich dieses Arschloch?

Oder war dieses Foto auf der Titelseite der *NY News* der Auslöser gewesen, den der Täter brauchte, um seine nächsten Opfer ins Visier zu nehmen? War er Josie an jenem Tag gefolgt und hatte gesehen, wie Marsh auf dem Washington Square mit Pru Duvall gesprochen hatte? Hatte er gesehen, wie Steve Dancer Josies Haus betrat? Hatte er eine Quelle innerhalb des Ermittlungsteams? Marsh warf dem Detective einen scharfen Blick zu. Der zerknitterte Anzug und die abgetragenen braunen Schuhe schrien nach schlechter Bezahlung und schlechtem Modegeschmack. Er sah nicht bestechlich aus, aber das taten Korrupte eigentlich nie.

Cochrane schwieg und beäugte Marsh ebenso aufmerksam wie Marsh ihn. Dreißig Sekunden später standen sie vor einer großen, alten, zerstörten Kirche, die von säuregelbem Polizeiband umgeben war. Die Wände des Kalksteingebäudes sahen solide aus, aber das Dach war einsturzgefährdet, die Fenster zerbrochen und mit Brettern vernagelt. Das Kreuz auf dem alten Turm stand schief nach Norden geneigt.

Warum gerade hier?

Ein Priester sprach mit einem Streifenpolizisten und schüttelte mit besorgtem Gesichtsausdruck den Kopf. Eine abgestorbene Birke warf ihren Schatten auf die beiden Männer, die sich gegenüberstanden und zu leise miteinander sprachen, als dass er sie verstehen konnte.

Marsh kam an einem verwitterten Schild vorbei und erkannte den schwachen Schriftzug eines Namens. *St. Mary's.* Er holte sein Handy heraus und wählte Agent Walker an. „Haben Sie schon herausgefunden, dass dies die gleiche Kirche ist, die Josephine Maxwell als Kind besucht hat?"

Die lange Pause verriet ihm, dass der Agent diese Verbindung bereits selbst hergestellt hatte.

„Haben Sie mit dem Pfarrer von damals gesprochen?", wollte Marsh wissen und beäugte den grauhaarigen Mann, der mit dem uniformierten Beamten sprach.

„Der Pfarrer aus ihrer Kindheit ist tot." Walker klang, als würde er zwischen zusammengebissenen Zähnen sprechen.

„Haben Sie mit jemand anderem aus der Gemeinde geredet?", hakte Marsh nach.

„Ich gehe Spuren und Hinweisen nach, seit Angela Morelli letzte Woche ermordet wurde. Ich habe kaum ein Auge zugemacht ..."

„Ich zweifle keineswegs an Ihrer Einsatzbereitschaft, Agent Walker. Ich versuche nur zu helfen, diesen Kerl zu fangen." Er klappte das Telefon zu und zeigte dem Polizisten, der wie zwanzig aussah und sich vor Selbstgefälligkeit aufblähte, seine Dienstmarke. Der Detective verdrehte zum Streifenpolizisten die Augen, worauf der Neuling grinsend zurückwich. Marsh ließ sich seine Stimmung nicht anmerken. Diese Situation tat den Beziehungen zwischen den Strafverfolgungsbehörden nicht gut. War es das, was der Täter wollte? Cops und FBI spalten, damit sie keine Informationen teilten? Vermasselte er absichtlich die Ermittlungen und bremste sie alle aus?

Es sah ganz danach aus.

Marsh streckte dem älteren Herrn in Tweedjacke mit Priesterkragen die Hand entgegen.

„Marshall Hayes, FBI, und das ist Detective Cochrane, NYPD." Er deutete mit seiner rechten Hand auf Cochrane und stellte fest, dass er nicht einmal den Vornamen des Typen kannte.

„Pater Malcolm." Der Priester streckte seine Hand aus, um zuerst die von Marsh und dann die von Cochrane zu schütteln. „Ich bin der Pfarrer dieser Gemeinde."

„Waren Sie jemals für diese Kirche verantwortlich, Pater?", fragte Marsh, während er den frischen Wind bemerkte, der sowohl den Priester als auch den Detective erschaudern ließ. Innerlich fühlte er sich so heiß wie ein Vulkan kurz vor dem Ausbruch. Jede Zelle seines Körpers war voller Wut und konzentrierte sich darauf, diesen Mörder zu fangen. Nichts anderes zählte.

Pater Malcolm hatte drahtige graue Schnurrhaare und Nasenhaare, die an Flaum grenzten. „Bis vor zwei Jahren war ich hier Pfarrer ..."

„Wie lange war das Ihre Gemeinde, Pater?", fuhr Marsh fort.

„Fünfzehn gesegnete Jahre lang." Der Mann warf ihm ein Lächeln zu, doch dann schien er zu erkennen, dass ein Tatort vielleicht nicht der beste Ort für glückliche Erinnerungen war, und wurde wieder ernst. „Davor arbeitete Pater Mike hier. Der beste Prediger und der beste Mann, unter dem ich je das Vergnügen hatte zu dienen."

„Sie haben ihn gekannt? Sie haben hier mit ihm gearbeitet?" Aufregung und Hoffnung erfüllten Marsh.

„Ich habe ungefähr anderthalb Jahre unter ihm gearbeitet. Ich dachte immer, er wäre der Favorit, um Bischof zu werden." Sein Mund verzog sich vor nachdenklichem Bedauern. „Er hat sich unserem Herrn angeschlossen, das war im Jahr ..."

„Entschuldigen Sie die Unterbrechung, Pater", warf Detective Cochrane ein, und Marsh konnte dieselbe Aufregung in seiner Stimme hören, die er in sich aufsteigen fühlte. „Erinnern Sie sich daran, dass vor etwa zwanzig Jahren Missionare aus Afrika hierherkamen?"

„Nun ja." Der Priester sammelte sich, zog die Schultern hoch und verschränkte die Arme, als ein weiterer Windstoß die Straße entlang fegte. „Wir hatten hier im Laufe der Jahre viele Missionare aus Afrika ..."

„Es war ungefähr zu der Zeit, als eine Frau namens Margo Maxwell verschwand. Erinnern Sie sich an jemanden aus dieser Zeit, Pater Malcolm?" Marsh versuchte, nicht so verzweifelt zu klingen, wie er sich fühlte.

Dichte, drahtige Brauen zogen sich zu einer borstigen Linie zusammen. Der Pater schüttelte den Kopf. „Ich erinnere mich an Margo. Sie war eine wunderschöne Frau, und niemand war überrascht, als sie davonlief. Ihr Mann war ein Mensch, der ... Beistand brauchte."

Marsh sah den Pater prüfend an. „Ich habe Margos Mann kennengelernt, Pater Malcolm. Ich weiß, was für ein Mann er war."

„Nun, das ist keine Entschuldigung dafür, mit einem anderen Mann davonzulaufen, besonders weil sie dieses arme kleine Mädchen seiner Gnade ausgeliefert gelassen hat ..."

„Wir glauben nicht, dass Margo davongelaufen ist", unterbrach ihn Marsh. „Wir gehen davon aus, dass sie ermordet wurde. Auf dieselbe Weise, wie die Frau letzte Nacht ermordet wurde." Marshs Blick durchbohrte den Priester. Er war sauer über die wertende Haltung einer Kirche, die nichts getan hatte, um einem kleinen Kind zu helfen. „Margo hat ihre Tochter nicht verlassen. Dem Mädchen wurde auf die brutalste Art und Weise seine Mutter genommen, die man sich vorstellen kann."

Und obwohl es noch nicht bewiesen war, wusste er, dass es wahr war.

„Wir glauben, dass es zur gleichen Zeit geschehen ist, als ein afrikanischer Missionar zu Besuch war", schloss Cochrane und warf Marsh einen warnenden Blick zu. *Bleib ruhig, Junge.*

Der alte Mann presste eine Hand an seine Brust, als würde er dort einen Schmerz verspüren. „Ich erinnere mich nicht an die Namen ...“

Marshs Hoffnung schwand wie eine platzende Seifenblase.

„... aber sie müssen in den alten Kirchenbüchern stehen.“

Vor lauter Vorfreude wollte er den Geistlichen packen und umarmen, aber Cochrane kam ihm zuvor. „Wir müssen diese Aufzeichnungen sehen, Pater.“

DER GERUCH WAR EINE KOMBINATION AUS VERGORENEM TEPPICH UND SCHIMMELIGEM MÄUSEKOT.

„Ich werde ein Fenster öffnen.“ Pater Malcolm ging zum vergitterten Fenster und zog es auf.

„Haben Sie hier Probleme mit Dieben, Pater?“ Marsh beäugte die Stahlstangen.

„Die Leute stehlen alles, was nicht niet- und nagelfest ist.“ Cochrane stand an der Tür und betrachtete die Aktenschränke. Schweiß glitzerte vom hastig zurückgelegten Weg hierher auf seiner Stirn.

Marsh hingegen war von einer inbrünstigen Konzentration erfüllt. Er war ruhig. Sachlich. Er machte seine Arbeit. Er würde den Namen finden. Würde den Mörder aufspüren, bevor dieser Josie fand. Marsh wollte sie anrufen, wollte ihr sagen, dass er sie liebte – denn was, wenn ihr doch etwas passierte ...? *Verdammt.* Warum hatte er es ihr nicht schon längst gesagt? Weil er ein Idiot war. Weil sie ihn gerade hasste? Sein Handy wog in seiner Tasche wie ein Betonklotz. Trotz aller Bemühungen saß Dancer immer noch mit gebrochener Nase in einer Zelle. *Ich liebe dich* musste warten.

„Wo genau sind die Akten?“ *Konzentrier dich.* Josies Leben zu retten, würde ihm Zeit geben, alles wiedergutzumachen ...

Pater Malcolm hustete verlegen. „Nun, es gab vor ungefähr sechs Monaten einen Einbruch und ...“

„Haben Sie ihn gemeldet?“ Mit einer weiteren unausgesprochenen Frage im Kopf blickte Marsh zu Cochrane. *Könnte es der Mörder gewesen sein?* Dieser Unbekannte war zwar nicht allmächtig, aber er war verdammt gründlich.

„Wir haben ein paar Teenager im Drogenrausch erwischt. Sie hatten alles aus den Schränken geholt und versuchten, in das Pfarrhaus einzudringen.“

Der Priester nickte in Richtung der weiß gestrichenen Tür. Er lebte in einem großen, alten, weitläufigen Reihenhaus und betrieb auf der anderen Straßenseite eine sehr modern aussehende quadratische Kirche. Was der Kirche an Charakter fehlte, machte sie wahrscheinlich durch die Zentralheizung wett.

„Sie suchten Geld“, erklärte der Priester.

Vielleicht ...

„Was hat die Kirche getan – ihnen zehn Ave-Maria zum Herunterbeten aufgegeben?“ Cochrane zog eine dicke dunkle Augenbraue hoch, die zu seinem Schnurrbart passte, und schlenderte zum nächsten Aktenschrank hinüber.

„Wir haben Anzeige erstattet, Detective.“ Die Augen des Priesters wurden hart. „Man muss bereuen, um Vergebung zu verdienen.“

Marsh wollte nicht über Theologie und das Gesetz diskutieren. „Und das ist relevant, weil ...?“

Eine Metallschublade quietschte in der Laufschiene, als Cochrane sie öffnete. Dokumente und Akten waren wahllos darin verstreut.

Oh.

„Weil wir nie dazu gekommen sind, alles aufzuräumen. Wir haben alles einfach zurück in die Aktenschränke geworfen und dachten, wir würden uns an einem anderen Tag darum kümmern.“ Pater Malcolm zog seine Jacke aus und zeigte seine bemerkenswert gebräunten Unterarme. „Ich rufe die Diakone. Wir werden das in kürzester Zeit klären."

Dafür hatten sie keine Zeit. Marsh rieb mit dem Zeigefinger über seine Schläfe, schloss die Augen und konzentrierte sich darauf, den sich in seinem Schädel aufbauenden Druck zu lösen. Sein Handy vibrierte. Es gab so viele Leute, mit denen er jetzt nicht sprechen wollte, aber vielleicht war es Josie ... Oder vielleicht gab es einen Durchbruch in der Untersuchung. Er zog das Handy aus der Tasche und warf einen Blick auf den Bildschirm.

Philipp Faraday? Was wollte der denn?

Vielleicht wollte er sein 50-Millionen-Dollar-Gemälde zurück?

„Was kann ich für Sie tun?", antwortete Marsh.

Jetzt, da der Admiral die Wahrheit über das, was tatsächlich passiert war, zugegeben hatte, basierte der Fall, soweit Marsh und die Staatsanwaltschaft das beurteilen konnten, nur noch auf Hörensagen, und sie würden ihn nicht weiterverfolgen. Zumal Prudence jetzt tot war. Was die Staatsanwaltschaft anging, so waren die Faradays die rechtmäßigen Besitzer des Gemäldes und konnten es verkaufen, wie sie es für richtig hielten. Sie wollten vielleicht warten, bis es authentifiziert wurde, aber das war nicht Marshs Problem. Es war nicht der Anhaltspunkt gewesen, auf den Marsh gehofft hatte, um den Fall Gardner zu klären, aber hoffentlich würden auch diese gestohlenen Gemälde eines Tages wieder auftauchen. Der Admiral und die Faradays konnten sich gegenseitig verklagen, bis sie alle pleite waren, aber für das Justizdepartment handelte es sich nicht um einen Kriminalfall.

„Special Agent." Faraday klang, als würde er gegen ein breites Grinsen ansprechen. „Ich habe gehört, dass ich mein Gemälde zurückhaben kann. Und ich habe von einem Ihrer Agenten gehört, dass Sie glauben, das Gemälde könnte ein Vermeer sein." Aufregung ließ die Stimme des Mannes zittern.

Aiden musste den Typen angerufen haben. Marsh verdrehte die Augen. „Das ist denkbar." Er versuchte, die Abneigung aus seinem Ton herauszuhalten, wusste aber, dass es nicht funktionierte. „Hören Sie, ich bin mitten in einer wichtigen Untersuchung ...“

„Geht es um den Mord an der Frau des Senators?“ Philips Stimme wurde sanft vor Trauer. „Ich habe davon in den Nachrichten erfahren. Tragisch.“

„Es steht mir nicht frei, über ein laufendes ...“

„Ich habe gehört, dass ein anderer Agent, der hier in der Galerie war, in den Fall verwickelt ist ...“

„Glauben Sie nicht alles, was Sie in den Nachrichten hören“, fauchte Marsh wütend.

„Sie sind so ein arrogantes Arschloch, wissen Sie das? Sie bringen einen Mörder in meine Galerie, ruinieren meinen Eröffnungsabend, konfiszieren mein Gemälde und besitzen dann nicht einmal den Anstand, sich zu entschuldigen? Ich werde Anzeige erstatten.“

Da kannst du dich hintenanstellen.

„Ich erwarte mein Bild noch heute zurück, sonst wende ich mich an die Presse.“ Faraday setzte seine Tirade fort, aber Marsh blendete ihn aus. Die Presse. *Er wollte sich an die Presse wenden ...*

Warum hatte er nicht früher daran gedacht?

Er legte auf und verdrängte Philip Faradays Empörung. Dann rief er die Auskunft an und besorgte sich die Nummer von Nelson Landry.

Es war an der Zeit, den Informationsfluss umzudrehen. Es war an der Zeit, die Zügel in die Hand zu nehmen.

Josie beendete den Anruf und stand auf, fest entschlossen, sich voller Energie zu fühlen, anstatt in Gedanken verloren zu bleiben. In einem Schrank zu weinen war nicht die Art, wie sie ihr Leben führen würde. Das übermäßige Durcheinander aufzuräumen hingegen fühlte sich gut an.

Die positive Nachricht war, dass sie einen neuen Auftrag

hatte. Die schlechte Nachricht war, dass sie sich noch am selben Nachmittag mit dem Kunden treffen musste. Sie unternahm den tapferen Versuch eines Lächelns, erhaschte jedoch nur ein grimmiges Spiegelbild im Glas eines gerahmten Fotos auf ihrem Kaminsims. Das Foto zeigte sie und Elizabeth, wie sie am Ende ihres Docks in Connecticut saßen. Josie berührte es sehnsüchtig und erinnerte sich an glücklichere Zeiten.

Dann warf sie einen Blick auf ihr Handy und fragte sich, ob Marsh anrufen würde oder ob es zwischen ihnen wirklich aus war. Es fühlte sich nicht so an, aber es fühlte sich auch nicht so an, als wären sie zusammen. Sie hasste diese Ungewissheit.

„Was ist los?" Vinces tiefe Bassstimme dröhnte von der Couch her.

„Bist du in Laura verliebt?" Die Worte kamen unerwartet.

Sein Glucksen brachte sie dazu, lächeln zu wollen.

„Warum fragen Sie?", erwiderte er und hob eine dicke Braue.

„Ich dachte nur daran, wie du der Stewardess auf den Arsch geglotzt hast", schoss sie zurück und fragte sich, ob sie einfach nur zu verkrampft war, was Beziehungen anging.

Er gluckste wieder unbeirrt. „Laura und ich haben eine Abmachung: Gucken ist okay, anfassen tabu. Nicht, dass ich dumm genug wäre, mich nach einer anderen umzudrehen, wenn sie in der Nähe ist, und das interessiert mich auch gar nicht. Um Ihre Frage zu beantworten: Ja, ich bin in Laura verliebt."

Josie bemerkte seinen fröhlichen Gesichtsausdruck und dachte sich, dass Liebe genau so aussehen sollte. „Warum fühlt es sich für mich so ätzend an, verliebt zu sein?" Sie konnte einen wehmütigen Ton nicht unterdrücken.

Vince ließ sich Zeit und begann, die Waffe, die er gerade gereinigt hatte, wieder zusammenzusetzen. „Ich nehme an, Ihr kleiner Seitenhieb auf Marsh heute Morgen im Flugzeug war ein Versuch, eine Reaktion seinerseits zu provozieren?"

„Ach, wirkte das tatsächlich so?" Okay, Vince hatte keinen Sarkasmus verdient, nicht, nachdem er sie in seinen Armen gehalten und ihr die Tränen weggewischt hatte. Nicht, wenn er sie mit seinem Leben beschützen würde.

Sie ließ sich neben ihn auf das Sofa sinken und drückte ein Kissen an ihr Gesicht. „Er kann mich nicht einmal ansehen. Nicht, seit er diesen Anruf wegen Steve bekommen hat.“

Vince schwieg so lange, dass Josie nicht glaubte, dass er noch antworten würde.

Schließlich sprach er doch. „Als wir damals erfuhren, dass wir auf eine Mission gehen würden, wurden die meisten Jungs ruhig und in sich gekehrt.“ Sie hörte ein metallisches Knacken, als er mit der Desert-Eagle-Pistole fertig war. Sie roch den bittersüßen Geruch von Waffenöl, der in der Luft lag.

„Männer, die kurz vor dem Kampf stehen, wollen keinen Sex. Sie wollen sich keinen runterholen. Sie konzentrieren sich auf die Mission und auf den Job, den sie erledigen müssen, damit sie alles andere danach tun können, wenn die Arbeit erledigt ist.“

Sie runzelte die Stirn. „Er war wütend, weil wir zusammen im Bett waren, als dieses Monster diese arme Frau tötete.“

„Natürlich.“ Vince zog einen Mundwinkel zu einem freudlosen Lächeln hoch. „Marshall Hayes ist ein guter Mann und war ein ausgezeichneter Navy Offizier – eine seltene Kombination, glauben Sie mir. Ich kann mir vorstellen, dass er es immer bereut, während einer wichtigen Untersuchung abgelenkt zu sein.“ Vince hob die Hand, um sie davon abzuhalten, ihn zu unterbrechen. „Und jetzt versucht er, sich darauf zu konzentrieren, seine Arbeit zu erledigen, anstatt herumzusitzen und Ihre Hand oder irgendein anderes Körperteil zu berühren.“

Sie schlug ihn spielerisch mit dem Kissen.

Seine weißen Zähne leuchteten gegen seine dunkle Haut. „Er versucht, Sie zu beschützen *und* seine Arbeit zu machen.“

War die Erklärung wirklich so einfach?

„Haben Sie Marsh gesagt, dass Sie ihn lieben?“, fragte Vince, steckte die Waffe zurück in ihr Halfter und ließ den Verschluss zuschnappen. „Weil das vielleicht dazu beitragen könnte, die Spannung etwas zu lockern.“

Das helle Nachmittagslicht wurde von den Wänden reflektiert und ließ sie blinzeln. Sie schlang ihre Arme fest um das Kissen. „Nein.“

„Hat er es Ihnen jemals gesagt?“, erkundigte sich Vince.

Ihr Seufzer schien aus ihrem tiefsten Inneren zu kommen. „Nein.“

„Sie stecken mit diesem Typen in ziemlich heftigen Schwierigkeiten, aber weder er noch Sie wissen, wie der andere empfindet?“

Sie schluckte die Tränen herunter und nickte.

„Warum zum Teufel greifen Sie nicht einfach zum Telefon und sagen es ihm?“

Josie lächelte sogar, als ihr wieder Tränen in die Augen traten. Sie blinzelte sie fort. So einfach sollte es sein. Aber das war es nicht. Weil sie Angst hatte. Sie hatte ihr ganzes Leben damit verbracht, Barrikaden um ihr Herz zu errichten – nicht, weil sie gefühllos war, sondern weil sie schwach war. Marsh hatte sich einen Weg durch ihre Verteidigung gesprengt und sie völlig verwundbar gemacht.

Das machte ihr Angst.

Was war, wenn er ihre Liebe nicht erwiderte? Was, wenn sie ihm eine Chance gab, er aber nur eine schnelle Affäre wollte?

Sie atmete laut aus. Ein Leben voller Unsicherheit war schwer hinter sich zu lassen, aber verdammt noch mal, sie würde versuchen, mutiger zu sein. Sie würde versuchen, sich eines guten Mannes wie Marshall Hayes würdiger zu erweisen.

DIE POLIZISTIN IN MARSHS ARMEN WAR EINE HEISSE BLONDINE MIT EINER KURVENREICHEN FIGUR, deren obere Hälfte an sein Hemd gepresst war.

„Ich musste mich nicht so anstrengen, als ich mich während

meiner Zeit bei der Sitte als Nutte ausgegeben habe", klagte Detective Lanie Jenkins, als sie ihre Finger in sein Haar vergrub und seinen Kopf zu sich zog, um ihn zu küssen, aber er widerstand noch immer. Ihr gedehnter Südstaatenakzent erinnerte ihn zu sehr an Prudence Duvall, und ihm wurde übel. Sein Mund wurde trocken. Er konnte das nicht.

Er benutzte beide Hände, um sie sanft von sich wegzuschieben. "Geben Sie mir bitte einen Moment."

Sie trat zurück und verdrehte die Augen.

Selbst für das NYPD wurde es immer offensichtlicher, dass Steve Dancer nicht der Serienmörder war, den sie jagten. Der Typ hatte wasserdichte Alibis für zwei der vorherigen Überfälle in New York. So ziemlich jeder, der mit dem Fall vertraut war, wusste, dass er nicht der Blade Hunter sein konnte, aber die Behörden gaben dies der Öffentlichkeit noch nicht bekannt.

Marsh hatte seine Idee dem Captain der Brooklyn PD vorgetragen, dessen Bekanntschaft er im letzten Frühjahr gemacht hatte, als Walter Maxwell ermordet worden war. Er hatte ihn davon überzeugt, dass sie es ausnutzen sollten, dass sich der Mörder anscheinend auf Marsh konzentrierte, um ihm eine Falle zu stellen. Der Unbekannte hatte drei Frauen angegriffen, mit denen Marsh kürzlich fotografiert worden war. Nun wollten sie ihm ein viertes Ziel liefern, in der Hoffnung, dass der Mörder den Köder schluckte.

Marsh selbst hatte nicht viel zu verlieren, aber diese Ermittlerin begab sich selbst in die Schusslinie. Er glaubte nicht, dass er es ertragen könnte, auch noch für ihren Tod verantwortlich zu sein. Und wenn Josie jemals herausfand, dass er eine andere Frau küsste, würde das das wenige Vertrauen zerstören, das sie noch in ihn hatte.

"Agenten sind solche Blindgänger." Jenkins blickte ihn finster an, nahm dann seine Hand und drückte sie auf ihren Hintern. Er kniff kurz die Augen zu und knirschte mit den Zähnen.

„Versuchen Sie jetzt bitte, so auszusehen, als wüssten Sie, was man mit einer Frau macht", spottete sie.

Einigen der Uniformierten, die am Ende der Gasse standen, die sie für dieses spezielle Fotoshooting in der Nähe des Reviers abgesperrt hatten, begannen zu pfeifen, und Marsh wettete, dass die meisten Männer dort nur zu gern seine Rolle übernehmen würden. Er hingegen wäre viel lieber woanders.

Nelson Landry stand am Ende der Gasse und fotografierte ihn, als würde er Marsh nachspionieren und hätte ihn in einer kompromittierenden Situation erwischt.

Marsh hatte in der letzten Stunde mehr Fäden gezogen als in seinem ganzen Leben zuvor, und der letzte hatte darin bestanden, dem Reporter, dem er vor sechs Monaten vielleicht Unrecht getan hatte, einen Exklusivbeitrag zu versprechen. Nicht, dass er irgendwelche Artikel über Elizabeth zulassen würde, aber vielleicht fand er einen besseren Weg, um mit der Situation umzugehen.

Er kroch zu Kreuze.

Jenkins rieb sich an ihm. „Ich werde niemandem von Ihrem kleinen Problem erzählen, Schlappschwanz."

Dass Josie wütend auf ihn war, war immer noch besser, als dass Josie kaltblütig ermordet wurde, erkannte er mit einem Schlag, also drückte er die Polizistin gegen die Wand, schob sein Knie zwischen ihre Beine und küsste sie, wie wenn er sich nichts sehnlicher wünschte, als sie um den Verstand zu ficken.

Sie machte keine Anstalten, ihn abzuwehren.

Die Dame war die heißeste Polizistin, der er je begegnet war. Sie war verdammt sexy und erwiderte seinen Kuss entschlossen. Ihre Zungen verhedderten sich, als ob sie es ernst meinte. Sie war eine verdammt gute Schauspielerin.

In der Gewissheit, dass Nelson mehr als genug Material hatte, unterbrach Marsh den Kuss und trat zurück. Er hielt dem Blick der Detektivin stand, der jetzt glücklicherweise etwas weniger spöttisch war. „Danke für Ihre Hilfe, Detective Jenkins, und seien Sie bitte äußerst vorsichtig, bis wir diesen Mörder gefasst haben.“

Sie lächelte. „Hoffen wir, dass wir diesen Typen aus der Reserve locken können, bevor er Ihre Freundin wieder angreift.“

Ihre Blicke trafen sich, und Schuldgefühle und Dankbarkeit gaben ihm das Gefühl, der größte Idiot aller Zeiten zu sein, selbst als sie ihn angrinste und mit einem Finger über seine Brust strich. „Und wenn sie Sie sitzenlässt, wissen Sie ja, wo Sie den besten unverbindlichen Sex bekommen.“

Sie zwinkerte ihm zu und schritt davon, wobei jede Faser an ihr wieder im Cop-Modus funktionierte. Einer der Uniformierten fiel vor ihr auf die Knie und flehte sie an, der Nächste sein zu dürfen, aber sie ignorierte ihn schlicht.

Marsh hob sein Gesicht zum Stück hellblauen Himmels, der über ihm strahlte, und schluckte schwer. Hoffentlich wäre er nie auf unverbindlichen Sex angewiesen.

Kapitel Siebzehn

Zehn Minuten später schweifte Marshs Blick über den überfüllten Polizeiraum im Präsidium von Brooklyn. Die Beamten hatten sich in einer Ecke des Raums niedergelassen, so weit wie möglich von Lauschern entfernt. Walker saß auf einer Tischkante, einen Fuß auf dem Boden, der andere schwang vor und zurück wie ein zorniges Pendel. Der Mann war sauer.

Der Lieutenant erläuterte der nächsten Schicht den Plan. Sie ließen die Presse glauben, sie hätten den Blade Hunter geschnappt, obwohl die meisten beim FBI und der Polizei von Brooklyn es inzwischen besser wussten. Aber Steve Dancer war immer noch nicht freigelassen worden.

Die Fotos von Marsh und Detective Lanie Jenkins würden das Internet und die Zeitungen überschwemmen. Nach Ende ihrer Tagesschicht würde Detective Jenkins in ihre einsame Wohnung in Bay Ridge zurückkehren. Aber heute Nacht blieb sie nicht allein. Sie würden überall in ihrem Wohnhaus Beamte aufstellen und die Umgebung absichern. Sie wollte sowieso Ende des Monats umziehen, also wäre die Bedrohung nur von kurzer Dauer.

„Glauben Sie wirklich, das wird funktionieren?" Die Haut

unter Agent Walkers Augen sah gräulich aus. Rote Adern bildeten ein Delta über dem Weiß seines Augapfels, und die Stoppeln auf seinem Kinn waren fast lang genug, um als Bart zu gelten.

Marsh zuckte mit den Schultern. Vielleicht nicht gleich heute Abend, aber mit der Zeit würde der Blade Hunter die hübsche Polizistin bestimmt jagen – er war zu egoistisch, um es nicht zu tun.

„Haben Sie eine bessere Idee?", konterte Marsh.

Walker stieß ein kleines spöttisches Lachen aus. „Nein, aber selbst wenn habe ich keinen direkten Draht in den siebten Stock."

Marsh ignorierte den Hieb über seine Freundschaft zum FBI-Direktor. „Ich weiß, dass Steve Dancer unschuldig ist und dass der Mörder immer noch da draußen ist." Und dass er die Frau jagte, die Marsh liebte. Er nahm einen Schluck vom schwarzen Polizeikaffee, der so bitter schmeckte, dass er das Gesicht verzog. Aber das Gebräu feuerte die Neuronen an, die er so dringend brauchte.

Sein Gehirn schmerzte.

„Agent Dancer wurde aufgefunden, als er sich mit der Mord-waffe in der Nähe über eine tote Frau beugte." Walker warf ihm einen bösen Blick zu. „Und er wusste genug über die Morde, um einen Nachahmungsmord zu arrangieren, wenn ihm danach wäre."

„*Wenn ihm danach wäre*. Wäre da nicht ein winziges Detail namens Motiv, das er nicht hatte", stieß Marsh ungeduldig hervor.

„Das wissen wir." Beherrschte Wut kämpfte gegen die faden-scheinige Geduld in Walkers Ton. „Dancers Bluttest ergab, dass er Betäubungsmittel intus hatte, aber er hat sich möglicherweise gerade genug selbst verabreicht, damit es gefunden wird und ihm ein Alibi verschafft, falls er erwischt wird. Sie sagten doch, Ihr Junge wäre schlau?" Walker ließ ihn nicht aus den Augen.

Walker hatte ja keine Ahnung, *wie* schlau Dancer war. NASA-schlau. Bill-Gates-schlau.

„Er ist zu intelligent, um auf diese Art und Weise erwischt zu werden. Und was ist mit dem anonymen Hinweis, der die Polizei überhaupt zum Tatort geführt hat?"

„Jemand hat Bewegung in der Kirche gesehen und es gemeldet."

„Ja, aber wer?" Marsh trank den lausigen Kaffee aus und zerdrückte den Pappbecher mit harter Faust. „Dancer ist kein Mörder. Er liebt Frauen."

„Ja, das tat Bundy auch", murmelte Walker angriffslustig.

Mit jedem Sauerstoffpartikel, das er einatmete, stieg mehr Wut in Marshs Brust auf. Früher war er in der Lage gewesen, sein Temperament zu zügeln, aber in den letzten sechs Monaten war seine Selbstbeherrschung verflogen. Und er wusste warum.

Cochrane schritt durch den Raum, um einzugreifen. „Hey, keinen Streit, wenn wir nicht alle mitprügeln dürfen." Er hob die Hand, als Walker etwas einwenden wollte. „Wir haben die vorläufigen DNA-Ergebnisse vorliegen." Der Ausdruck auf Cochranes Gesicht ließ Marshs Herz erstarren. „Die DNA aus dem Sperma, das auf Mrs. Duvalls Leiche gefunden wurde, stimmt mit Special Agent Steve Dancers DNA überein."

Alle im Einsatzraum hatten sich ihnen zugewandt.

Marsh spreizte die Finger, um die Spannung in seinen Händen zu lösen. „Steve hat uns erzählt, dass seine Hose offen war, als er aufwachte." Dies war keine unerwartete Nachricht, aber es bedeutete, dass sein Kollege vergewaltigt worden war, bevor er des Mordes beschuldigt wurde. „Dieser Unbekannte ist ein Profi. Er oder sie tut dies seit zwanzig Jahren auf der ganzen Welt. Wer weiß, wie viele Leute er schon reingelegt hat, um seine Schuld auf sich zu nehmen." Marsh drehte sich wieder zu Walker und Cochrane um und ignorierte die neugierigen Blicke der anderen. „Wir müssen diesen Typ fangen, bevor er wieder tötet."

„Sie glauben wirklich nicht, dass es Ihr Mann war?" Cochrane senkte den Kopf. „Nicht einmal der Mord an Prudence Duvall?"

„Glauben Sie wirklich, ich könnte nicht an Ihr Sperma

rankommen, wenn ich wollte?“ Marsh hielt dem Blick des Detectives stand und beobachtete, wie dieser alle Farbe verlor.

„Meine Güte, das ist ein Bild, das ich nicht in meinem Kopf brauchte.“ Cochrane rieb sich die kahle Stelle und wich einen Schritt zurück.

„Stimmt Dancers DNA mit dem Blut überein, das nach dem Angriff auf Josephine Maxwell gefunden wurde?“

Cochrane schüttelte den Kopf.

Marsh nickte kurz. Dieser Mörder versuchte erfolgreich, Dancer hinters Licht zu führen und die Ermittlungen zu behindern, aber es würde nicht funktionieren. Nicht dieses Mal.

Prudence Duvall hatte Steve Dancer zum Mittagessen eingeladen, und dann war sie gestorben. Wenn sie nicht tot wäre, hätte er sie verdächtigt, in die ganze Sache verwickelt zu sein. Da schoss Marsh ein Gedanke durch den Kopf, und plötzlich ergab alles einen Sinn. Um das Verbrechen zu verstehen, musste man das Opfer kennen.

„Scheiße.“

„Was?“, fragte Cochrane.

„Ich glaube, Pru Duvall kannte ihren Mörder.“

Cochrane wurde blass. „Oh, verdammt. Ich weiß, dass mir unsere nächste Aufgabe nicht gefallen wird.“

Marsh grinste ihn an. Walker stockte und presste die Lippen zusammen.

Trauernder Gatte hin oder her, potenzieller zukünftiger Präsident der USA oder nicht, Marsh musste Brook Duvall verhören.

❧

MARSH WOLLTE GERADE AN DIE RIESIGE DOPPELTÜR ZUM APARTMENT DER DUVALLS IN GRAMERCY PARK KLOPFEN, als er von drinnen laute Stimmen hörte. Er hielt inne.

„Ich will dieses verdammte Gemälde!“

„Ich weiß nichts von irgendeinem dummen Gemälde, du egoistischer Bastard. Meine Frau ist gerade gestorben!"

Marsh wechselte einen Blick mit Cochrane. Sollten sie bleiben und eine Weile zuhören, um vielleicht etwas zu erfahren, oder sollten sie an die Tür klopfen und ihre Anwesenheit offenbaren?

Möbelpoltern und das Zersplittern von etwas Zerbrechlichem gegen eine Wand zwangen sie zum Handeln. Marsh löste sein Holster, und auch Cochrane zog seine Waffe, während er sich neben ihn stellte. Marsh ignorierte den glänzend polierten Messingklopfer und hämmerte mit der Faust gegen das massive Holz.

„FBI und NYPD. Aufmachen." Er erhöhte die Lautstärke und wiederholte: „FBI, NYPD. Senator Duvall, öffnen Sie bitte die Tür. Wir wissen, dass Sie da drin sind. Wir werden diese Tür notfalls aufbrechen."

Es herrschte Stille, unterbrochen von Schritten, die sich langsam der Tür näherten, und dann ein kaum wahrnehmbares Geräusch geflüsterter Anweisungen.

„Admiral, machen Sie sich nicht die Mühe, sich zu verstecken. Wir müssen mit Ihnen reden." Wie verworren sollte diese Ermittlung mit so vielen beteiligten Politikern und Bonzen noch werden?

Das Schloss klickte, und die Tür schwang weit auf, um einen zerzausten Brook Duvall zu enthüllen, der die gleichen Kleider trug wie zuvor. Sein graues Haar stand zu Berge, und ein roter Fleck bedeckte seine anschwellende Wange. Seine Augen waren blutunterlaufen von Tränen und Alkohol. Marsh roch den Whisky in seinem Atem.

Marsh verurteilte ihn nicht. Wenn es einen Moment gab, in der ein Mann es verdiente, seine Sorgen zu ertränken, dann war es nach dem Mord an seiner Frau.

„Dürfen wir reinkommen?", fragte Marsh.

Brook nickte und rieb sich die Kehle.

Der Admiral war wahrscheinlich zwei Jahrzehnte älter als der

Senator, aber davon ließ er sich nicht abschrecken. Der ältere Mann stand neben einem umgestürzten Tisch, und in seinen Augen blitzte Mordlust. Er trat unsicher einen Schritt zurück, und unter seinen Rockport-Schuhen knirschte ein Stück feines Porzellan.

„Admiral Chambers, ich wusste nicht, dass Sie und Brook befreundet sind." Marsh war alles andere als amüsiert. „Schön, Sie so bald wiederzusehen."

Der Admiral grunzte.

„Der Admiral ist einer der besten Freunde meines Vaters." Marsh schenkte Detective Cochrane sein vielsagendes Lächeln und freute sich, dass der Detective ihn angrinste, während sie beide ihre Waffen wegsteckten.

„Da sitzen Sie ja ganz schön in der Klemme, hm?" Cochrane lachte. Es war ein tiefes, zynisches Geräusch, das besagte, dass er selbst auch schon öfter in dieser Lage gewesen war.

„Nun, mir wird nicht langweilig." Marsh wandte sich an den Senator. „Gibt es einen Ort, an dem wir diese Sache wie Erwachsene besprechen können?"

Der Assistent des Senators stürmte hinter ihnen durch die Tür und warf einen Blick auf die zerbrochene Vase auf dem Boden. „Was ist passiert?"

„Geoffrey, können Sie den Herren bitte etwas zu trinken bringen und dieses Chaos beseitigen?" Senator Duvall tätschelte Geoffreys Arm und sah Marsh an. „Ich habe der Haushälterin den Tag frei gegeben. Sie war am Boden zerstört wegen Pru." Tränen stiegen ihm wieder in die Augen, er wandte den Blick ab und stolperte in Richtung seines Arbeitszimmers.

Marsh folgte ihm und bezweifelte, dass der Senator jetzt noch für das Weiße Haus kandidieren würde, aber wer wusste das schon? Wenn Duvall nicht in den Mord an seiner Frau verwickelt war, könnte allein das Mitgefühl ihn in den Präsidentensessel katapultieren. Das war etwas, das sie nicht außer Acht lassen konnten ...

Der Admiral folgte ihnen in Duvalls Büro, gefolgt von Cochrane.

Cochrane war Marshs neuer bester Freund, weil der Rest seines Teams damit beschäftigt war, die Kirchenbücher durchzugehen und nach dem Namen des Missionars zu suchen, um zu sehen, ob sie das irgendwohin führte. Das NYPD wollte auf dem Laufenden gehalten werden, und Marsh hatte zugestimmt, weil es sein neues Lieblingshobby war, sie auf dem Laufenden zu halten. Er brauchte ihre Hilfe, um diesen Mörder zu finden und Dancer aus dem Gefängnis zu holen. Danach würde er anfangen, sich mit den Problemen zwischen ihm und Josephine auseinanderzusetzen.

Brook goss sich im Arbeitszimmer ein Glas Single Malt ein, und Marsh wünschte, er könnte auch eins trinken.

„Ich muss wissen, was zwischen Ihnen beiden läuft", sagte Marsh leise.

Duvall sank langsam in einen Ohrensessel, als wäre sein Körper so müde, dass er zusammenbrechen könnte. Admiral Chambers nahm einen Schluck Whisky und lehnte sich dann gegen den eichenvertäfelten Kamin, um sich am Feuer aufzuwärmen.

„Das geht dich nichts an", schnaubte der Admiral.

Elender alter Bock.

„Überlegen Sie sich die Antwort lieber noch einmal, Admiral."

Cochrane ging im Arbeitszimmer umher, zog Bücher aus den dunklen Regalen und begutachtete sie.

„Soll ich ihn wegen Körperverletzung verhaften, Senator Duvall?", fragte Marsh den Witwer.

„Das würdest du nicht wagen ..."

„Finden wir es heraus."

Die Kinnlade des Admirals klappte herunter, als er Marsh anstarrte. Das Rot seiner Wangen verblasste und enthüllte eine pergamentdünne weiße Haut.

„Die Entscheidung liegt beim Senator", schloss Marsh.

Der Admiral warf einen Blick auf Brook Duvall, der mit leeren

Augen in die Flammen starrte. „Du kannst mir nichts nachweisen."

„Genauso wenig wie Sie beweisen können, dass Prudence Ihnen dieses Gemälde gestohlen hat", erwiderte Marsh leise.

Brook starrte zu Marsh auf. „Du kennst dieses Gemälde?" Er drehte sich zu Chambers um. „Er sagt, Pru hat es ihm vor Jahren gestohlen. Und ausgerechnet heute kommt es ihm in den Sinn, es zurückzufordern. Hast du sie deshalb umgebracht?"

Brook sprang von seinem Stuhl auf und warf den Admiral zu Boden, wobei das Whiskyglas mit einem Flammenzischen ins Feuer flog und zerschmetterte. Beide Männer gingen mit einem dumpfen Aufprall zu Boden, aber Brook hatte das Überraschungsmoment und sein Alter auf seiner Seite. Er setzte sich rittlings auf Chambers und packte den alten Mann an der Kehle. „Hast du sie getötet?"

Marsh schaute wortlos zu. Sobald es so aussähe, als würde Duvall ernsthaften Schaden anrichten, würde er einschreiten.

„Ich habe Prudence seit Jahren nicht mehr gesehen." Chambers' Hände kämpften darum, Brooks Finger zu packen, aber der Senator ließ nicht so schnell locker.

„Du lügst!" Tränen begannen wieder zu fließen, und Brook sah auf und schien zu begreifen, was er da tat, oder wer ihm zusah. Er stieg von dem älteren Mann herunter, krabbelte auf seinen Stuhl, schlug die Arme über dem Kopf zusammen und weinte hemmungslos.

Chambers setzte sich auf, lockerte seine Krawatte, öffnete seinen obersten Hemdknopf und atmete tief durch, bevor er sprach. „Du musst dich ja im Lügen auskennen, nicht wahr? Du und dein *persönlicher Assistent* Geoffrey?"

Marsh rieb sich mit den Fingern über die Stirn. „Du bist schwul?"

Der Senator sagte nichts, saß mit bebenden Schultern da, das Gesicht in den Armen auf die Knie gestützt.

„Hast du es überhaupt jemals mit ihr getrieben?" fragte der

Admiral mit einem anzüglichen Blick. „Weil sie absolut notgeil war, als sie zu mir kam.“

„Alles andere wäre mir auch völlig unverständlich “, murmelte Cochrane vor sich hin.

Chambers kam schwankend auf die Füße. Duvall schluchzte heftiger, und Marsh bemerkte, dass der Assistent an der Tür stand und Chambers einen bösen Blick zuwarf.

„Also war Pru nur eine Fassade?“, fragte Detective Cochrane.

Duvall setzte sich aufrecht, und sein Blick wanderte zu Geoffrey in der Tür.

„Es war Prus Idee.“ Duvall strich sich die Tränen von den Wangen. „Wir haben uns in Savannah kennengelernt, als ihr Vater noch lebte.“ Er blickte auf und begegnete Marshs Blick. „Er hat sie missbraucht, aber sie hat nie darüber gesprochen.“ Er lachte bitter. „Sie hat uns beide bei einer Hausparty der Huntingfords in einer kompromittierenden Situation erwischt.“ Brook schloss die Augen. „Geoffrey und Pru sind ... *waren* Cousins zweiten Grades. Sie wusste, dass ich politische Ambitionen hatte, und als sie mich so vorfand“, er warf einen Blick zu seinem Partner, „uns, buchstäblich im Schrank versteckt, brauchte sie nicht lange, um uns davon zu überzeugen, dass eine Scheinehe funktionieren könnte. Außerdem war ich bei der Navy ...“ Er sah in die Flammen. „Du weißt, was das Militär von Homosexuellen hält, besonders damals.“

„Hast du wirklich geglaubt, das amerikanische Volk anzulügen wäre ein ethischer Weg, um deine politische Karriere zu beginnen?“ fragte Marsh.

„Das sind Worte aus dem Mund eines Mannes, der sich in seinem ganzen Leben noch nie einem Vorurteil gegenübergesehen hat.“

Marsh nickte zustimmend. Er war sich seiner unbeschwerten Existenz durchaus bewusst.

Cochrane schnaubte, während Admiral Chambers mit einem Grinsen steif auf den zweiten Stuhl sank.

Geoffrey kam herüber und schenkte sich einen großen Scotch ein. „All die Jahre des Lügens ..." Er drehte sich um und sah seinen Chef, seinen Partner, kopfschüttelnd an. „Ich hätte nie gedacht, dass es so enden würde."

„Haben Sie Ihre Frau umgebracht?", fragte Detective Cochrane mit einem harten Ausdruck, der sein Gesicht verfinsterte.

Der Senator sah überrascht aus. „Ich?"

„Ja, *Sie*. War sie das Arrangement leid? Hat sie gedroht, die Wahrheit zu verraten?" Cochrane hatte einen brauchbaren Verdächtigen ins Visier genommen und ein Druckmittel, um den mächtigen Mann zum Reden zu bringen. „Ehepartner stehen immer ganz oben auf der Liste der Verdächtigen in Mordfällen."

„Ich dachte, ein Serienmörder hat sie ermordet?" Brook wusste nicht, dass sie Dancer als den Blade Hunter ausgeschlossen hatten. Duvalls Augen huschten durch den Raum. Sie hielten bei Geoffrey an, und er streckte eine zitternde Hand aus, die der andere Mann ergriff.

„Haben Sie zwei Turteltauben für gestern Abend ein Alibi, das nicht nur auf Gegenseitigkeit beruht?" Cochranes New Yorker Akzent wurde mit jedem Wort stärker.

Der Senator und sein Assistent sahen sich stirnrunzelnd an. „Wir waren in den Hamptons. Wir neigen aus offensichtlichen Gründen nicht dazu, unter Leute zu gehen, wenn wir nur zu zweit sind."

Der Admiral lachte. Es war ein grässliches, fieses Geräusch.

„Was ist mit Ihnen, Admiral? Haben Sie ein Alibi?" Marshs Worte ließen ihn verstummen.

„Ich?" Der alte Bock besaß tatsächlich die Frechheit, gekränkt auszusehen.

„Sie haben gestern herausgefunden, dass Prudence ein Gemälde von Ihnen zurückgestohlen hat, das bis zu fünfzig Millionen Dollar wert sein könnte." Marsh beobachtete, wie die verblichenen braunen Augen des alten Mannes kalt wurden. „Haben Sie ein Alibi für gestern Abend?"

„Ich hätte die Schlampe erst getötet, nachdem sie mir sagt, wo das Gemälde ist." Seine Lippen verzogen sich, während er ins Feuer starrte.

„Aber die *Schlampe*, wie Sie es so höflich ausdrücken, ist tot", hakte Marsh leise nach. „Und ich glaube, sie kannte ihren Mörder."

Alle reagierten gleichzeitig.

„Was?"

„Oh mein Gott ..."

„Ich war es nicht."

„Hey! Einer nach dem anderen!" Cochrane deutete auf Geoffrey. „Sie haben *Oh mein Gott* gesagt, als wüssten Sie etwas?"

Geoffrey saß steif wie Pappe auf der Armlehne von Brooks Stuhl. „Ich dachte nur ..."

„Spucken Sie's aus", befahl Detective Cochrane ungeduldig. Marsh überließ ihm die Führung.

Geoffrey warf Brook einen unsicheren Blick zu. „Pru stand auf S&M, und ich weiß, dass sie sich mit jemandem traf, aber ich weiß nicht, wer es war."

Der Admiral schnaubte. „Sie war eine kranke Schlampe. Wollte, dass ich sie auspeitsche. Wenn sie noch am Leben wäre, würde ich ihr den Gefallen jetzt gern tun."

„Halt den Mund! Das ist meine Frau, von der du sprichst, und egal, welche Art von Ehe wir geführt haben, ich habe sie geliebt." Brook setzte sich auf seinem Sitz auf und zitterte, als wolle er Chambers erneut an die Kehle gehen.

„Wo hat sie ihre Sachen aufbewahrt?", wollte Marsh wissen.

„Sachen?" Brook war ahnungslos, aber Geoffrey wusste genau, wovon Marsh sprach.

„In ihrem Zimmer." Geoffrey stand auf und ging sichtlich erschüttert zur Tür. „Ich werde es Ihnen zeigen."

Der Assistent führte sie einen Korridor hinunter zu einem Schlafzimmer, das in tiefem Purpur und Gold gehalten war. Opulente Vorhänge, ein Kingsize-Himmelbett mit einem

Gemälde einer nackten, zusammengerollten Frau vor einem roten Hintergrund an der Wand darüber. Hinter der Tür stand eine kunstvoll geschnitzte Truhe mit einem dicken Vorhängeschloss.

„Ich könnte das Schloss aufschießen." Cochrane begann, seine Waffe zu lösen.

„Vielleicht weiß jemand, wo der Schlüssel ist?" Marsh richtete seinen Blick auf Geoffrey.

Der Mann kniff die Augen zu und nickte. „Sie vertraute sich mir an, seit wir Kinder waren ..."

„Hat sie Ihnen auch die Namen der Leute verraten, mit denen sie geschlafen hat?"

Er schüttelte den Kopf. „Nicht mehr. Nicht, seit wir in die Staaten zurückgekehrt sind. In letzter Zeit war sie abgedriftet ..."

„Holen Sie einfach den verdammten Schlüssel." Cochrane sah sich nervös im Schlafzimmer um. Marsh spürte es auch: Ein gruseliges Gefühl schlich sich in seine Knochen, als läge Prus Geist zusammengerollt auf diesem Bett und schnurrte unter dem Gemälde, das eine unheimliche Ähnlichkeit mit ihr hatte.

Geoffrey ging zur Kommode und zog einen Schlüssel aus einem kleinen Porzellantopf. Er senkte die Stimme und warf einen Blick zur Tür, um sich zu vergewissern, dass der Admiral und der Senator außer Hörweite waren. Keiner der Männer war ihnen gefolgt, und Marsh hoffte, dass sie sich nicht gegenseitig töteten, solange sie allein waren. Geoffrey steckte den Schlüssel ins Schloss, und der Mechanismus öffnete sich mit Leichtigkeit.

„Sie hat versucht, mich dazu zu bringen, dieses Zeug anzuziehen." Er blickte mit weit aufgerissenen Augen auf. „Ich war neugierig, wissen Sie? Nicht wegen dem Sex." Er zuckte mit den Schultern. „Nur wegen dem Zubehör."

Er öffnete den Deckel, und sie blickten auf eine schwarze Lederpeitsche, Gerten, Kontaktelektroden, Masken und Leder.

Geoffrey streckte die Hand aus, als wolle er etwas berühren, und Cochrane schlug ihm auf die Finger. „Das ist alles an S&M,

wozu ich imstande bin. Wenn Sie etwas anfassen, erschieße ich Sie."

Geoffrey wich zurück. „Meine DNA ist auf diesem Zeug."

„Wir müssen zum Vergleich eine Probe nehmen", gab Marsh zurück. Er fühlte seinen Frust wachsen. Der Blade Hunter war immer noch da draußen, aber mit den Tatorten und dem hier hatten sie mehr Spuren, als sie in einer Woche verarbeiten konnten.

Und Marsh konnte den guten alten Geoffrey nicht ausschließen. Die Opfer waren nicht vergewaltigt worden, aber sie wurden gefoltert.

Er schloss den Deckel und achtete darauf, nichts mit bloßen Händen zu berühren. „Wir müssen das ins Labor bringen."

Cochrane nickte.

„Wir brauchen Zugang zu Prus Handy- und Bankdaten und zu ihrem Adressbuch." Marsh runzelte die Stirn. „Was ist mit ihrer E-Mail?"

Geoffrey ließ die Schultern hängen und sah sich schnell im Raum um. „Sie hatte einen Laptop, aber ich sehe ihn hier nicht."

„Brauchen wir einen Durchsuchungsbeschluss, um an diese Informationen zu kommen?", erkundigte sich Marsh.

Geoffrey schüttelte den Kopf. „Nein. Brook hat Prudence vielleicht nicht im traditionellen Sinne geliebt, aber das bedeutet nicht, dass er den Bastard, der sie getötet hat, nicht finden will. Und ich will es auch."

„Ich laufe überall hin. Das trainiert." Josephine grinste Vince an, froh, an der frischen Luft zu sein. Beschützt zu werden war erstickend. In Angst zu leben war lähmend. Dieses Arschloch würde sie nicht am helllichten Tag angreifen. Es gab keinen Grund, nicht so zu tun, als seien wenigstens einige Dinge normal.

Die Straßen waren voller Laub. Eine überfüllte Mülltonne war umgekippt. Feuerleitern aus Metall schlängelten sich an Wänden hoch, geparkte Autos säumten die Straßen und hohe Bäume streckten sich zusammen mit Betonlaternen der Sonne entgegen. Manhattan vom Feinsten.

„Ich schätze, Sie waren zu arm, um sich ein Taxi zu leisten, als Sie jünger waren, hm? Und jetzt sind Sie zu geizig, selbst wenn ein Irrer hinter Ihnen her ist?", spottete Vince.

„Ha." Sie mochte die Tatsache, dass Vince sie nicht wie ein Baby behandelte. Sie ließ sich lieber aufziehen als verhätscheln. Aber was sie wirklich brauchte, war Bewegung und Luft. Sie brauchte Endorphine, und sie brauchte körperliche Betätigung. Sie gingen die Sullivan Street in SoHo entlang. Nicht weit von dem Ort entfernt, an dem sie sich mit ihrem neuen Kunden treffen würde. Sie schämte sich nicht für ihre armen Wurzeln, war aber stolz darauf, mit etwas Hilfe ihrer Freunde etwas aus sich gemacht zu haben.

„Nachdem meine Mutter gegangen war, war sogar Essen ein Luxus in unserem Haus." Ihre Stimmung sank. Bevor sie die Wohnung verlassen hatten, hatte Walker angerufen, um sie um eine DNA-Probe zu bitten. Sie hatten eine Leiche exhumiert, die ihre Mutter sein könnte, und mussten ihre DNA vergleichen. Es wurde immer deutlicher, dass ihre Mutter sie nie freiwillig verlassen hatte.

Josie holte tief Luft und sackte gegen die Wand einer chemischen Reinigung. Aber der Chemikaliengeruch, der aus der Entlüftung kam, war stark genug, um high zu werden, also ging sie würgend weiter und lehnte sich stattdessen an einen Lebensmittelladen an der Ecke, in dem alles außer fossilen Brennstoffen angeboten wurde.

„Sie sind doch nicht etwa schwanger, oder?" Vince nahm ihren Arm und drehte sie sanft zu sich herum.

Sie funkelte ihn an. „Nein. Ich habe heute Morgen meine Periode bekommen."

„Das erklärt einiges." Er hob die Augenbrauen.

„Was denn zum Beispiel?"

„Die Tränen. Die Zickigkeit ..."

„Ich bin nicht zickig." Tränen stiegen ihr wieder in die Augen. *Scheiße.*

„Das stimmt, und Sie sind auch nicht launisch. Kommen Sie schon, Sunshine, gehen wir weiter." Vince zog sie die Straße entlang und hielt an der Kreuzung an, während sie darauf warteten, dass die Ampel grün wurde. Sie bewegte sich automatisch, setzte einen Fuß vor den anderen. Wie wäre es wohl, schwanger zu sein? Ein Kind zu haben, das man lieben und um das man sich sorgen konnte? In einer Beziehung mit einem Mann zu sein, den sie liebte? Sie hatte diese Idee noch nie zuvor in Betracht gezogen.

„Ich habe das Gefühl, dass dies meine letzte Chance ist ..." Die Worte kamen unerwartet aus ihrem Mund.

„Haben Sie ihn angerufen? Haben Sie es ihm schon gesagt?" Vince blickte auf sie herunter, seine Augen waren dunkler als Kohle, voller verärgertem Mitgefühl.

Sie sah weg. „Nein."

„Tun Sie es." Vince zog sie von der Bordsteinkante zurück.

Na schön. Sie konnte das locker machen. Sie sah ihr Spiegelbild im schmutzigen Fenster des Ladens an der Ecke an. Ihr Herz hämmerte gegen ihren Brustkorb, als sie Marshs Nummer wählte. Es klingelte viermal, bevor sie weitergeleitet wurde. „Verdammt." Als sie über ihre Schulter blickte, traf sie Vinces Blick. „Voicemail."

„Sagen Sie ihm einfach, dass Sie ihn lieben!" Vince fuhr mit den Fingern durch sein kurzgeschorenes Haar und sah aus, als wollte er etwas zerquetschen. Wahrscheinlich sie.

„Marsh. Ich rufe nur an, um dir zu sagen ..." Ihre Stimme war heiser und klang eher wütend als liebevoll. Sie räusperte sich. „Um mich für alles zu entschuldigen. Es tut mir wirklich leid, dass Dancer verhaftet wurde, es tut mir leid, dass ich dich bei deiner Arbeit behindert habe." Die Worte *Ich liebe dich* klebten auf ihrer Zunge. Sie liebte ihn. Sie wollte es nicht, aber anscheinend lag es nicht in ihrer Hand, das zu entscheiden. Sie leckte sich über die Lippen, aber die Worte versiegten. Vielleicht könnte sie sie von Angesicht zu Angesicht herauspressen, aber sie in ein Handy sprechen?

Nein, das konnte sie nicht.

Ein Automotor dröhnte die Straße hinunter.

Verärgert warf Vince die Hände in die Luft und begann, die Straße zu überqueren, sobald die Ampeln umschalteten.

Reifen quietschten und eine Hupe ertönte, als ein Fahrzeug aus der Lücke herausfuhr, in der es in zweiter Reihe geparkt war, und auf die Kreuzung zuraste. Josie hatte nicht einmal Zeit zu schreien, als der SUV in Vince hineinfuhr und ihn hoch in die Luft schleuderte. Das Auto bremste scharf, und er rutschte von der Motorhaube.

Die Zeit blieb stehen.

Ihr Körper war in Bewegung, obwohl ihr Geist immer noch auf dem Bürgersteig schrie. Sie wählte 911, als sie auf Vince zulief. „Ich brauche einen Krankenwagen. Jemand wurde an der Ecke Sullivan von einem Auto angefahren und ..."

Jemand packte sie an den Schultern. Sie versuchte, die Hände abzuschütteln, versuchte, der Telefonistin genaue Angaben über ihren Aufenthaltsort und Vinces Zustand zu machen. Sein Bein war unnatürlich unter ihm angewinkelt. Blut floss aus seinem Oberschenkel und aus einer Kopfwunde. Sie berührte sein Gesicht, darauf bedacht, ihn nicht zu bewegen. Er war bewusstlos.

Hände packten sie wieder.

„Lassen Sie mich los." Sie drehte sich um, um denjenigen abzuschütteln, wer auch immer zum Teufel sie da belästigte, aber plötzlich erstarrte sie. Glühende Wut durchströmte sie, als sie ihn erkannte. „Du hast ihn mit einem Auto angefahren!"

Er packte sie, aber sie wehrte sich. Er schlang beide Arme um ihre Taille, presste ihre Arme an ihre Seiten und drückte sie an sich, während er rückwärts zu seinem Geländewagen ging.

„Du solltest mir dankbar sein." Ein hasserfülltes Flüstern versengte ihr Ohr, als sie wild um sich trat. „Ich wollte den Mistkerl erschießen, aber er stand mitten auf der Straße."

Sie fing an zu schreien, und jemand rief ihm zu, er solle aufhören. Aber sie kamen zu spät. Er warf sie ins Auto und stach ihr eine Nadel in den Oberschenkel. Es tat weh, als er den Kolben hinunterdrückte.

Er rannte um die Motorhaube herum und richtete eine Waffe auf die Passanten. Sie wichen zurück, während Josie sich an der Türklinke festhielt – ihre Finger waren taub und unfähig, irgendetwas zu greifen. Vince lag in einer immer größer werdenden Blutlache. Josies Sicht wankte und begann dann an den Rändern zu verblassen, und sie wusste, dass sie kurz davor war, ohnmächtig zu werden. Er hatte sie erwischt. Der Mann, der sie vor so langer Zeit angegriffen hatte, der Mann, der ihre Mutter getötet hatte. Endlich hatte er sie genau dort, wo er sie haben wollte. Sie war so gut wie tot.

Kapitel Achtzehn

❧

„Sagen Sie ihm einfach, dass Sie ihn lieben!" Vinces Stimme hob sich deutlich von den Hintergrundgeräuschen des Verkehrs ab.

Marsh und Sam Walker waren wieder in der Kirche und gingen einen endlosen Stapel von Aufnahmen durch. Plötzlich hatte diese Untersuchung so viele verdammte Spuren, dass es Monate dauern würde, sie alle zu verarbeiten. Etwas sagte ihm, dass dies kein Zufall war. Sie hatten keine Wochen.

Er hörte sich Josies Nachricht an und wusste, dass sie mit sich rang. Entschuldigungen waren nicht ihre Stärke – nicht, dass sie sich für irgendetwas entschuldigen müsste. Er war derjenige, der sich in sich selbst zurückgezogen und sie ausgeblendet hatte. Ihre Gefühle zu offenbaren war nicht ihr Ding, und dennoch versuchte sie eindeutig, die Sache zwischen ihnen ins Reine zu bringen. Die Schwere in seiner Brust ließ nach.

Sagen Sie ihm einfach, dass Sie ihn lieben.

Aber stattdessen legte sie nach einer gestotterten Entschuldigung und langem Schweigen auf.

Scheiße. Stöhnend fuhr Marsh sich mit den Händen übers Gesicht. Die Frau riss sein Herz in Stücke. Er wünschte, sie hätte die Worte gesagt, die er unbedingt hören wollte. Die er hören musste. Aber wie konnte er Forderungen stellen, wenn er selbst nicht mit der Sprache herausrückte?

Er drückte auf Rückruf und wusste nicht, ob er erleichtert oder verärgert sein sollte, als die Mailbox antwortete.

„Es tut mir leid wegen heute Morgen. Ich liebe dich. Ruf mich zurück." Er legte auf und sah, dass Walker ihn nachdenklich beobachtete.

„Hat sie Sie sitzenlassen?", fragte Walker.

„Nicht zum ersten Mal." Marsh begegnete seinem Blick. „Wenn Sie auch nur versuchen, sich an sie ranzumachen, brauchen Sie eine Gesichtskorrektur." Anscheinend hatte er sich in einen eifersüchtigen Esel verwandelt.

Walker zuckte mit den Schultern. „Die Entscheidung liegt bei ihr."

Ja, das wusste Marsh bereits.

Er blickte durch den kleinen Raum zu den Agenten, die die Kirchenpapiere sorgfältig auf zwei Tische stapelten. Alles, was mit einem Datum versehen war, wurde nach Jahr abgelegt. Alles ohne Datum wurde gelesen und in Stapel von Kirchengeschäften, Missionarsstapel, Wohltätigkeitsorganisationen, persönlicher Korrespondenz usw. getrennt.

Seine Abteilung tat alles, um dieses Arschloch zu schnappen und ihren Kollegen zu entlasten. Aiden blickte auf. „Ich glaube, ich habe etwas."

Marsh trat an seine Seite. „Was ist es?"

„Quittungen für eine Mietwohnung in Queens aus dem Jahr, in dem Josephine angegriffen wurde."

Mit dem Dokument war außer dem der Kirche kein Name verbunden. Marsh nahm einen Stapel Papiere und reichte Walker einen Teil. „Wir müssen diesen Kerl schnell finden. Ich habe das Gefühl, Pru Duvall war nur die Vorspeise."

Gott sei Dank beschützte Vince Josie, und sie war in Sicherheit.

Sie arbeiteten so schnell wie möglich. Überflogen Dokumente, während kühle Luft durch das offene Fenster wehte.

Und dann sah er ihn. Den Namen, der alles zusammenführte.

Joshua Faraday.

„Pater Malcolm." Seine Stimme durchbrach das Geraschel.

„Ja?" Der Priester drängte sich an zwei Agenten vorbei, stellte sich neben Marsh und spähte über seinen Ellbogen.

„Joshua Faraday?" Marsh beobachtete das Gesicht des Mannes, während seine Erinnerungen zurückkehrten. Aufgeregt schnappte er nach Luft. „Ja, ja, das ist der Mann. Ich hatte seinen Namen vergessen, aber jetzt, wo Sie ihn sagen, war er es ganz bestimmt."

Aiden stockte neben ihm. Auch er erkannte den Zusammenhang.

„Wie alt war er?", fragte Marsh.

„Er war kein junger Mann mehr, vielleicht Ende vierzig, Anfang fünfzig?" Der Priester schien zu zögern.

Das war älter als die Schätzung des Profils, aber die Profiler konnten sich geirrt haben. Oder ... „Hatte er Familie bei sich?"

Der Priester blickte mit zusammengepresstem Mund auf den Teppich. „Ich glaube, seine Familie ist mit ihm hergekommen – Frau und Kinder."

„Philipp und Gloria?", fragte Aiden von Marshs Seite.

Ein Lächeln breitete sich auf dem Gesicht des Priesters aus. „Oh, ja, ich glaube, seine Frau hieß Nancy, reizende Dame."

Philip Faraday passte genau ins Profil. Eine stille Wut erfüllte Marsh. Er hatte den Mistkerl die ganze Zeit vor der Nase gehabt. Schlimmer noch, Aiden hatte ihm das Gemälde erst vor ein paar Stunden zurückgegeben. Faraday bekam vielleicht nicht die vollen fünfzig Millionen dafür, aber er hatte die nötigen Verbindungen, um genug zu bekommen und dann zu verschwinden.

Marsh sah Walker an. „Finden Sie heraus, wo Joshua Faraday heute ist. Falls er noch lebt. Und wir brauchen einen Haftbefehl für Philip Faraday. Wir verhören seine Schwester." Der Agent wandte sich ab, um die nötigen Anrufe zu tätigen.

Cochrane hielt sein Telefon ans Ohr und bellte: „Senator Duvall hat gerade gemeldet, dass seine Frau ihre Bankkonten leergeräumt hat, bevor sie starb."

„Das ist das Fluchtgeld für diesen Bastard." Marshs Mund wurde trocken. Der Mörder – alles deutete darauf hin, dass es Philip Faraday war, auf den auch die Beschreibung des Angreifers passte, die Josie und andere Zeugen geliefert hatten – war vermutlich Prudences Liebhaber gewesen und hatte sie irgendwie davon überzeugt, dass sie zusammen durchbrennen würden. Sie hatte Steve Dancer zum Mittagessen getroffen, weil Faraday beschlossen hatte, Dancer reinzulegen, vielleicht den FBI-Agenten für seine Beteiligung an der Beschlagnahmung des Gemäldes zu bestrafen oder sich mit Marsh anzulegen, weil er Josie beschützte. Und dann hatte der Bastard Prudence ohne zu zögern genauso getötet wie all die anderen Frauen. Der Typ hatte kein Gewissen, kein Mitgefühl, nicht einmal für eine Frau, die offenbar bereit gewesen war, alles für ihn aufzugeben.

Die Fäden fingen an, zusammenzulaufen. Wie der Mörder an Josies Adresse gekommen war, obwohl sie in keinem öffentlichen Verzeichnis stand. Philip Faraday hatte Josies Namen gekannt. Er hatte Kontakte in der New Yorker Kunstwelt und hatte lediglich die richtige Person für die Informationen bestechen müssen.

Marsh holte sein Handy hervor und rief Vince an, während ihm der Schweiß auf der Stirn ausbrach. Wenn sie Josie von Faraday fernhalten konnten, bis er geschnappt wurde, wäre die ganze Sache vorbei.

„Glauben Sie, Joshua Faraday hat Margo Maxwell gevögelt, und der Sohn hat es herausgefunden?" Walker war ebenfalls an seinem Handy und wartete offensichtlich auf Antwort. Er zuckte zusammen, als er in das schockierte Gesicht des Priesters blickte. „Tut mir leid, Pater."

Marsh hob die Hand, als der Anruf bei Vince durchging. „Wer ist da?"

„Der Notarztwagen auf dem Weg zum Downtown Hospital. Ich fürchte, die Person, die Sie anrufen, war in einen Unfall mit Fahrerflucht verwickelt ..."

Gütiger Gott. „Was ist mit der Frau, die bei ihm war?" Marsh atmete so eng, dass er dachte, er hätte einen Herzinfarkt.

„Tut mir leid, Sir, aber als wir ankamen, war niemand bei ihm."

Scheiße, Scheiße, Scheiße. Er senkte den Hörer, während er seine Hände auf die Tischplatte schlug. Papiere segelten um ihn herum, während er nach Luft rang. Dann hielt er das Handy wieder ans Ohr. „Wird Vince durchkommen?"

„Das wissen wir noch nicht. Er ist ziemlich schwer verletzt und muss operiert werden – wir müssen uns mit den nächsten Angehörigen in Verbindung setzen ..."

„Ich werde mich darum kümmern." Marsh legte auf und bemerkte die Stille um ihn.

Alle im Raum starrten ihn erwartungsvoll an. Angst befiel ihn und verursachte ihm Übelkeit. *Denk nicht an Josephine. Mach deinen Job.*

Wie konnte er nicht daran denken, dass Josephine einem Mörder ausgeliefert war? Er wusste, dass der Typ sie hatte. „Vince war in einen Unfall mit Fahrerflucht verwickelt und ist schwer verletzt." Er schluckte, um die Worte herauszubringen. Er versuchte es noch einmal auf Josies Nummer. „Josie geht nicht ans Handy und war nicht bei ihm, als die Sanitäter eintrafen."

Seine Hände zitterten. „Tracken Sie ihr Handy. Wir müssen Philip und Gloria so schnell wie möglich finden." Bei diesen Worten musste er würgen – warum hatten sie diese Spur nicht zehn Minuten früher gefunden? „Steve Dancer muss sofort aus dem Gefängnis entlassen werden, damit er mir hilft, Josephine zu finden." Seine Nerven zuckten und waren so angespannt, dass es nur einer winzigen Berührung bedurfte, um sie zu zerreißen.

Er musste die Fassung bewahren. Das Gesetz musste ausreichen, um Josie lebend aus dieser Sache herauszuholen. Und Vince ... *bitte, Gott.*

„Aiden.“ Er durchforstete sein Handy-Adressbuch und fand die Nummer von Vinces Freundin Laura. „Setzen Sie sich mit dieser Frau in Verbindung und begleiten Sie sie in die Notaufnahme in der Innenstadt.“ Er sah den Mann eindringlich an. „Bleiben Sie bei ihr und bei ihm. Wir müssen wissen, ob er etwas gesehen oder gehört hat oder ...“ *Ob er stirbt ...*

Aidens Handy wählte noch, als der Polizist seine Jacke schnappte und verschwand.

„Sie werden Dancer nicht freilassen ...“, begann Walker.

„Wir wissen, wer der Blade Hunter ist.“ Marsh schlüpfte in seine maßgeschneiderte Jacke. „Ich wette, mit ein wenig Detektivarbeit können wir Philip Faraday an allen Mord-Tatorten platzieren. Und ich weiß, dass er Pru Duvall kannte, obwohl sie in Bezug auf diese Tatsache gelogen hat.“

„Woher wollen Sie das wissen?“, fragte Walker.

„An dem Tag, an dem er Josephine angriff, war Pru Duvall bei derselben Galerie-Eröffnung wie Lynn Richards, Steve Dancer und ich. Faradays Galerie-Eröffnung.“ Marsh ging die Geduld aus. „Die gleiche, bei der ich sein 50-Millionen-Dollar-Ticket konfisziert habe.“

Dieses Gemälde war nie für achthunderttausend Dollar zu haben gewesen, ganz gleich, was auf dem Preisschild stand – es war vor einigen der einflussreichsten Kunstkenner der Welt ausgestellt worden.

Warum zum Teufel hat mein Gehirn nicht schon früher funktioniert? Marsh drängte sich an Walker vorbei, ging nach draußen und atmete riesige Lungen voller frischer Herbstluft ein.

Bitte, lass mich Josephine lebend finden. Tu ihr nicht weh. Tu ihr verdammt noch mal nicht weh.

Marsh brauchte eine Zigarette, obwohl er das Rauchen schon vor Jahren aufgegeben hatte. Walker folgte ihm nach draußen, und sie standen da und sahen sich an, während Walker sein

Telefon an sein Ohr hielt und wiederholte, was ihm gesagt wurde.

„Joshua Faraday starb 1996 in Afrika, keine Details. Nancy Faraday starb ein paar Jahre später in England."

Walker starrte zu den kahlen Ästen der Silberbirke hinauf. „Offiziell kann ich Steve Dancer nicht freilassen ..."

„Einen Moment." Marsh hob die Hand. „Ich weiß, was Sie vorschlagen werden, aber bevor wir uns in Schwierigkeiten bringen, lassen Sie mich sehen, ob ich etwas arrangieren kann."

Marsh rief Brett Lovine, den Direktor des FBI, von seinem privaten Handy aus an.

Lovine hielt sich nicht mit Smalltalk auf. „Ich hatte heute Morgen Anrufe von einem Senator, einem pensionierten Admiral und einem pensionierten General. Die beiden letzteren fordern deine sofortige Entlassung. Einer von ihnen ist dein eigener Vater."

„Brett ..."

„Marsh."

„Halt die Klappe und hör mir zu! Nichts davon spielt eine Rolle." Schweigen am Ende des Telefons sagte ihm, dass er endlich die volle Aufmerksamkeit seines Freundes hatte. „Wir wissen, wer der Blade Hunter ist. Wir wissen, dass er Steve Dancer reingelegt hat, um ihm Mrs. Duvalls Tod in die Schuhe zu schieben, und wir wissen, dass er Josephine Maxwell als Geisel genommen hat und sie in großer Gefahr schwebt."

Walkers Augen wurden groß, denn sie hatten keineswegs Beweise für diese Behauptung, aber Marsh war sich absolut sicher. Er betete im Stillen. Er betete, dass der Typ, mit dem er aufgewachsen war, ihm vertraute. Er betete, dass die Frau, die er liebte, lange genug überlebte, um ihr diese Worte tatsächlich von Angesicht zu Angesicht zu sagen.

„Was brauchst du?", fragte Brett. Sein ruhiger, düsterer Ton sagte ihm, dass er seinen Freund an seiner Seite hatte.

„Ich brauche die sofortige Freilassung von Special Agent Steve

Dancer. Lass die Anklage fallen und gib mir meinen besten Techniker zurück, damit er Josephine finden kann.“

Schweigen. *Scheiße*. Das Zögern brachte ihn um. Zweifel stiegen in seiner Brust auf.

„Na schön. Aber wenn sich herausstellt, dass Agent Dancer in irgendeiner Weise involviert war, bist du deinen Job los.“

„Wenn Dancer involviert war, kannst du alles haben, was du willst, Brett.“

„Gefährliches Versprechen, Marshall. Ich dachte, du hättest das schon vor langer Zeit begriffen.“ Brett lachte, aber es war ein hohles, bitteres Geräusch.

„Für manche Dinge lohnt es sich, seine Seele zu verkaufen.“

DAS MESSER WAR SCHARF. Es lag nicht so vertraut in seiner Hand wie das letzte, aber es glitt durch die äußere Schicht seiner Haut, als wäre sie aus Wasser. Er holte tief Luft und sah zu, wie das Blut über sein Handgelenk lief und in hässlichen dunklen Flecken auf Josephines olivgrünes T-Shirt tropfte.

Ihre Brust hob und senkte sich stetig und sanft im stummen Ausatmen. Er hatte erwartet, dass es schwieriger würde, sie von ihren FBI-Aufpassern zu trennen, aber ein falscher Anruf und ein bisschen schnelles Denken hatten gereicht. Es war brutal einfach gewesen. Er hatte vorgehabt, Josephine und ihren Beschützer in eine der Galerien seines Bekannten zu locken und ihren Leibwächter und alle anderen zu töten, die sich ihm in den Weg stellten, um sich die Frau zu schnappen. Er hatte sich in Position gebracht, um nach den beiden Ausschau zu halten und sicherzustellen, dass sie keine weiteren Begleiter hatte, und dann Bumm! *Buchstäblich*.

Er legte einen Finger auf die weiche Haut über ihrer Halsschlagader und spürte den ruhigen, gleichmäßigen Schlag ihres Pulses. Ihre Haut fühlte sich warm an.

Sie war immer noch bewusstlos.

Gut. Er wollte nichts überstürzen.

Wellen krachten an den Strand, und in der Ferne schrie eine Möwe. Er blickte aus dem verdunkelten Fenster und spürte die Energie eines herannahenden Sturms. Aufregung und Eindringlichkeit wetteiferten in ihm, denn dies war das letzte Kapitel dieses Teils seines Lebens.

Er hatte das nötige Geld für seine Flucht und dafür, sich in jemand neuen zu verwandeln. Er würde für eine Weile aufhören zu töten und versuchen, die Bestie, die in ihm wütete, auf andere Weise zu zähmen.

Er hatte das Gemälde zurück. Seit der Ausstellung in der Galerie hatte er mehrere Angebote von Leuten erhalten, denen es egal war, dass er Blut an den Händen hatte. Ihre Gier nach unbezahlbarer Kunst war noch moralloser als sein Blutdurst.

Plötzlich fühlte er einen unerwarteten Stich der Einsamkeit. Er vermisste Prudence.

Als sie sich kennengelernt hatten, war da dieses sexuelle Knistern zwischen ihnen gewesen. Er hatte sich schon immer von verbotenen Dingen angezogen gefühlt, von Dingen, die er nicht tun sollte. Er hatte in Prudence eine verwandte Seele erkannt, und ihre Affäre hatte Kontinente überspannt, ohne dass irgendjemand es je geahnt hatte. *Arme Pru.*

Aber sie leistete ihm immer noch gute Dienste.

Pru hatte ihn vor nicht allzu langer Zeit an einem Wochenende, als Brook in D.C. gewesen war, zum ersten Mal hierher in das Versteck des Senators in North Fork gebracht. Es lag abgelegen zwischen zwei Weinbergen. Es gab keine neugierigen Nachbarn in der Nähe und kein Personal außer einer Frau, die einmal in der Woche zum Putzen kam.

Diese Woche würde die Dame einen kleinen Schock erleben.

Es war isoliert und gleichzeitig weniger als zwei Autostunden von New York entfernt. Die perfekte Vernichtungszone. Schade, dass er nicht länger bleiben konnte.

Licht fiel vom Flur auf Josephines blondes Haar und ließ ihre helle Haut durchscheinend wirken. Sie war so schön. So schön wie die Schlampe, die seinen frommen Vater verführt und seine Familie zerstört hatte.

Sie war schon lange tot.

Er hatte diesen Tag genossen. Der Schock in ihrem Gesicht, als sein Vater gegangen war und er sie in dem Apartment gegenüber ihrer eigenen Wohnung in Queens vorgefunden hatte. Sein frommer Vater hatte diesen Ort benutzt, um sie zu ficken, keine sechs Meter von der Stelle entfernt, an der seine Mutter das Abendessen kochte. Philip hatte Margo Maxwell getötet und dann eine schattenhafte Gestalt entdeckt, die auf der Feuerleiter lauerte. Das Kind hatte geschlafen. Er hatte vorgehabt, es auch zu töten, aber als er das Mädchen gepackt hatte, war es so zerbrechlich und dünn gewesen, so erbärmlich ungeliebt. Er hatte es gehen lassen und sich immer gefragt, warum er damals so schwach gewesen war. Jetzt wusste er es. Es war keine Schwäche gewesen, es war Teil eines göttlichen Plans.

Trotz seiner wiederholten Bemühungen war es ihm nie wieder gelungen, den puren Adrenalinschub dieses ersten Mords zu spüren, aber jetzt ... jetzt würde er sich rächen, den Kreis schließen und endlich frei sein.

Philip nahm das Messer wieder auf, fuhr damit über seine Haut und sog zischend Luft ein, während er seine Haut ritzte.

Er nahm das Gemälde, das er aus seinem Holzrahmen gerissen und aus Josephines Wohnung in Greenwich Village mitgenommen hatte. Die lebendige Farbe leuchtete geradezu. Er sah Intensität, Leidenschaft und Hass, die selbst für den ausgeprägtesten Kunstbanausen erkennbar waren. Es war unsigniert. Er nahm einen Hammer und ragte über dem schlaffen Körper der Künstlerin auf. Er hielt die obere Ecke an die Wand und schlug mit dem Hammer hart auf den Nagel, den er bereithielt.

Josephine Maxwell hatte Blut und Schmerz gemalt, als wäre

sie damit bestens vertraut. Aber ihre Erinnerungen waren alt. Zeit für einen Auffrischungskurs.

&a.

SPECIAL AGENT STEVE DANCER STOLPERTE AUS DER HINTERTÜR DES BROOKLYN PD UND KLETTERTE IN MARSHS BMW. Er war kreidebleich.

„Bist du okay?", fragte Marsh und musterte die angespannten Falten um den Mund seines Kollegen. Er war von einem Arzt durchgecheckt worden, sah aber beschissen aus.

Dancer nickte, offensichtlich unfähig zu sprechen. Dann schloss er die Augen und lehnte sich gegen die Kopfstütze. Die gelben Straßenlaternen spiegelten sich in der regenbespritzten Windschutzscheibe.

Herrgott. Marsh konnte sich nicht annähernd vorstellen, was Dancer durchgemacht hatte, aber jetzt musste er sich darauf konzentrieren, Josephine zu finden. Es gab keine Zeit für Heilung, keine Zeit für eine Aussprache oder seine Genesung. Keine Zeit für den Mann, der an seiner Seite litt.

„Ich dachte, dass ich da niemals rauskomme, Boss." Dancer drehte sich zu ihm um und spähte durch den dunklen Wagen. „Danke."

Marsh umklammerte das Lederlenkrad fester. Manchmal reichte die Rechtsstaatlichkeit nicht aus, um mit einem verdammten Mistkerl fertig zu werden, der die Regeln ignorierte und Menschen opferte wie ein Schachspieler seine Bauern opferte. Angst verkrampfte seinen Bauch und kroch bis in seine Kehle hinauf. Regen prasselte aus dem mondlosen Nachthimmel herab und knallte auf das Glas und den Stahl, der sie umhüllte.

„Er hat sie, Steve." Marshs Stimme zitterte. Egal wie fest er das Rad umklammerte, er konnte nicht verhindern, dass ihm seine Angst anzumerken war.

„Was?“ Der Ausdruck der Niederlage auf Dancers Gesicht verwandelte sich in Entsetzen, dann in Wut. „Was ist mit Vince?“

Marsh knirschte mit den Zähnen und zermalmte seine Gefühle. Schweiß sammelte sich trotz der Herbstkälte auf seiner Haut. Er schaltete die Scheibenwischer ein, denn das dumpfe, rhythmische Surren beruhigte sein Herz.

„Faraday hat ihn mit einem Geländewagen angefahren.“ Marsh tastete hinter dem Sitz herum, schnappte sich Dancers Laptop, den er von Walker geholt hatte – der die Passwörter sowieso nicht knacken konnte –, und manövrierte ihn umständlich durch die Lücke zwischen den Sitzen. „Der Blade Hunter ist niemand anderes als Philip Faraday ...“

„Der Kunsthändler? Du machst Witze.“ Knurrend schlug Steve seinen Kopf gegen die Kopfstütze. „Dieser Schwächling hat all diese Frauen umgebracht?“

„Und er hat dich aufs Glatteis geführt“, nickte Marsh. „Er ist gefährlicher als er aussieht.“ Er begrub sein bitteres Grauen unter professionelle Ungeduld. „Wir müssen ihn finden, bevor Josie wie Prudence Duvall endet.“

Alles Blut wich aus Dancers Gesicht. „Sie war noch am Leben, als die Bullen kamen, wusstest du das? Sie hätten sie retten können, aber sie waren zu beschäftigt mit mir.“ Dancer runzelte die Stirn, immer noch in der Vergangenheit verhaftet, obwohl es für Marsh doch so wichtig war, dass er sich jetzt auf die Zukunft konzentrierte.

„Steve, wir müssen Josie finden, bevor er sie umbringt.“ Seine Stimme zitterte.

Dancer warf ihm einen leeren Blick zu, der sich plötzlich klärte. „Der Sender?“ Er strich sich das widerspenstige Haar aus dem Gesicht und begann, den Laptop aus seiner Hülle zu ziehen. „Scheiße. Das hatte ich vergessen.“

Marsh hatte Josephine den Sender im April ohne ihr Wissen implantiert, als sie gehofft hatten, sie würde sie zu Elizabeth führen. Im Moment war dieser moralisch verwerfliche Übertritt das Einzige, was in ihm wenn auch nur einen Funken Hoffnung am Leben erhielt.

Dancer schaltete den Laptop ein und tippte sich mit einem Ausdruck wilder Konzentration auf dem Gesicht hastig durch eine ganze Reihe von Passwörtern, um an seine verschlüsselten Dateien zu gelangen. „Diese Sender halten manchmal nur ein paar Monate. Er könnte inzwischen nicht mehr funktionieren", warnte Dancer.

Marsh wusste, dass es wenig Hoffnung gab, aber ohne dieses Signal wäre Josephine mit einem gefährlichen Serienmörder auf sich allein gestellt. Gloria Faraday redete nicht. Vielleicht wusste sie nichts, aber Walker hatte sie vorsichtshalber in Gewahrsam genommen, und Marsh hatte nicht an sie herankommen können.

Das Bedürfnis nach Sauerstoff zwang ihn dazu, nach Luft zu schnappen, als Dancer auf das Ortungsprogramm klickte.

Furcht und Ungewissheit zerrten an seinen Nerven. Selbst wenn sie Josephine noch in dieser Sekunde ausfindig machen würden, könnte es bereits zu spät sein. Sie könnte schon tot sein. Der Mistkerl hatte sie seit einhundertsechsundfünfzig Minuten. Das Grauen war unerträglich, lähmend, und Marsh schob seine Gefühle beiseite. Er konzentrierte sich darauf, sie zu finden. Er musste sie einfach nur finden. Sie wäre okay. Sie würden dann ein gemeinsames Leben beginnen.

Das folgende elektronische Piepsen war Musik in seinen Ohren.

„Wo ist sie?" Grimmige Entschlossenheit erfüllte ihn. Diesmal kam dieser Bastard nicht davon. Was auch immer er Josephine angetan hatte, Marsh würde diesen kranken Mistkerl auseinandernehmen.

Dancer blickte auf. Und Marsh wusste, dass er genau dasselbe dachte.

„Das Signal bewegt sich nicht. North Fork, Long Island, aber wir haben noch keine Adresse. Sollen wir die dortige Polizei einschalten?"

Marsh schüttelte den Kopf und sah auf seine Uhr. „Die haben doch keine Chance gegen diesen Typen. Sie werden ihn aufschrecken, und wenn Josephine nicht schon tot ist, wird sie es sein, wenn die Polizei mit heulenden Sirenen dort auftaucht."

Dancer starrte schweigend auf den Computerbildschirm. „Vielleicht wäre es besser so."

„Verdammt noch mal, Steve, lass mich jetzt nicht hängen."

„Wie zum Teufel sollen wir da hinkommen, bevor er ..." Dancer unterbrach sich, unfähig, die Worte auszusprechen, die keiner von ihnen wahrhaben wollte.

„Ruf Walker an und sag ihm, er soll so schnell wie möglich ein Geiselbefreiungsteam und ein Sondereinsatzkommando losschicken." Marsh kramte in seiner Tasche und warf Steve sein Handy zu, weil der andere Mann sein eigenes nicht mehr hatte. „Ich habe einen Helikopter und einen flugbereiten Piloten in LaGuardia. Wir sind in zehn Minuten da."

„Scheiße." Dancer hatte panische Angst vor Helikoptern, aber er wählte die Nummer und erreichte Dora sofort.

Marsh warf ihm einen scharfen Blick zu, sagte aber kein Wort, trat nur aufs Gaspedal und steuerte auf den Brooklyn-Queens Expressway zu, schaltete die Sirene ein und bretterte mit Höchstgeschwindigkeit durch New York.

Kapitel Neunzehn

Blitze zuckten und Donner hallte durch die Luft und weckte sie. Schauer überliefen ihren Körper, als sie die eisige Temperatur bemerkte.

Wo bin ich?

In der Ferne brandeten Wellen, der Geruch von Sole lag so dick in der Luft, dass er ihr die Nasenlöcher füllte. *Seltsam. Bin ich zu Besuch bei Elizabeth?* Ihre Zunge fühlte sich geschwollen und vertrocknet an. Sie versuchte zu schlucken, aber es war keine Feuchtigkeit in ihrem Mund, um den staubigen Geschmack zu lindern. Sie wollte sich aufsetzen, musste sich aber wieder hinlegen, als ihr schwindelig wurde und sie schwer atmete. Ihr Kopf drehte sich. Das Licht schmerzte, und sie wandte sich davon ab.

„Oh gut. Du bist wach."

Schreck ließ sie zusammenzucken. Sie versuchte erneut zu schlucken, aber die Muskeln in ihrer trockenen Kehle verkrampften sich, verengten ihre Atemwege und würgten sie. Sie blinzelte, obwohl sich ihre Augen dagegen sträubten. Sie musste sehen.

Ein Mann stand vor ihr. Schlank, nicht übermäßig groß, aber der kalte Stahl seiner Augen passte zu dem Messer, das im Schein der Lampe glitzerte. Ihr ältester Feind. Der Mann, der ihre Mutter getötet und ihr Leben geprägt hatte. Ihre Arme und Beine zuckten instinktiv, nur um von einem Seil, das jedes Glied sicherte, behindert zu werden. Sie blickte nach oben und sah das Gemälde, das sie von Blut und Tod gemalt hatte, an die Wand genagelt wie das Versprechen eines weiteren Opfers.

Die Lichter flackerten, während er sie beobachtete.

„Warum?" Ihre Stimme brach. Je mehr sie sich anstrengte, desto fester zogen sich die Fesseln zusammen, was ihre Blutzufuhr unterbrach und ihre Hände und Füße taub werden ließ. *Nicht gut. Überhaupt nicht gut*. Sie zwang sich, sich zu entspannen.

„Warum was?" Seine Stimme war ohne jegliche Emotion und so ausdruckslos wie seine Augen.

Vage Erinnerungsfetzen trieben durch ihr Bewusstsein wie Fische in einem Teich.

Das Quietschen von Autoreifen, dann das dumpfe Aufprallen eines Körpers auf dem Asphalt holten sie ein.

„Geht es Vince gut?", fragte sie mit einem Stöhnen.

Er zuckte mit den Schultern. „Das bezweifle ich. Ich habe ihn ziemlich hart getroffen." Er lächelte, aber seine Augen blieben stumpf.

Das Entsetzen darüber, dass Vince verletzt worden war, drehte ihr den Magen um. *Und, oh Gott. Marsh*. Er würde ausflippen und sich selbst die Schuld geben – als könnte er jeden beschützen, der ihm wichtig war, wenn dieser Bastard doch auf Zerstörung aus war.

Tränen füllten ihre Augen. Die Liebe, die sie für ihn empfand, war so stark, seine Hingabe an das Gesetz und sein Vertrauen in seine Fähigkeiten waren so überzeugend, dass sie fast geglaubt hatte, sie hätten eine Chance auf etwas Normales. Aber das hier war nicht normal, und wenn es nach dem Typen mit dem Messer ginge, wäre sie bald tot. Sie wollte nicht tot sein. Sie wollte ihre Chance auf etwas Normales, auf etwas Wunderbares nicht länger verpassen.

Sie war vollständig bekleidet, stellte sie fest. Er hatte ihre Stiefel ausgezogen, aber zum Glück nicht ihre Kleidung. *Noch nicht.* Auf ihrem T-Shirt klebte Blut, und sie schluckte, weil sie wusste, dass es Vinces Blut war.

„Warum?", fragte sie noch einmal. Sie sah ihn mit zusammengekniffenen Augen an und durchbohrte ihn mit jedem Funken Hass, den sie in ihrem Herzen trug. „Warum tust du mir das an?"

Schwer atmend stand er neben dem Bett, das Messer zwischen seinen weißen Fingern. Dann erkannte sie ihn aus einer verschwommenen Kindheitserinnerung.

„Du bist der Sohn des Missionars."

Schatten flackerten in den Tiefen seiner Augen.

„Ich habe sie zusammen gesehen, weißt du?"

Seine Augen blitzten.

„Unsere Eltern. Glaubst du nicht, dass ihr Verhalten mich genauso verletzt hat wie dich? Du egoistisches, elendes Arschloch." Ihre Wut verlieh ihrer Stimme Kraft. „Du hast sie getötet, nicht wahr? Du hast meine Mutter getötet ..."

„Deine Mutter war eine Hure." Er fletschte die Zähne, als er sich zu ihr vorbeugte. „Sie hat meinen Vater in die Hölle gelockt, und er ist dort verbrannt."

„Als ich ihn das letzte Mal gesehen habe, sah er aus, als wäre er im Paradies ..."

Sie schmeckte Blut, als er sie ohrfeigte.

„Er war ein guter Mann."

„Was zum Teufel ist dann mit dir falsch gelaufen?", schrie sie zurück.

Es war töricht, sich mit ihm zu streiten. Das Messer an ihrer Kehle, das ihr in die Haut stach, als er sie packte und so fest an ihrem Haar zerrte, dass ihre Augen brannten, machte das mehr als deutlich. Sie starrten einander lange an. Die Kraft in seinem Körper war unglaublich, das Funkeln in seinen Augen war das Böse in seiner reinsten Form.

„Als ich dich auf der Feuerleiter gefunden habe, wollte ich

dich umbringen." Sein Atem streifte ihre Lippen, und Ekel rumorte in ihrem Magen. „Aber du warst so erbärmlich, der Ausdruck auf deinem Gesicht. Kummer. Enttäuschung. Angst."

Seine Messerspitze berührte ihre Wange.

„Vielleicht habe ich dich deshalb damals nicht umgebracht. Deine Kleinmädchenunschuld war direkt vor meinen Augen von Erwachsenen zerstört worden, die es besser hätten wissen müssen." Er lachte, und sie zuckte zusammen. „Du hast mir leidgetan. Als ich dann all die Jahre später nach dir gesucht und erfahren habe, dass du eine Künstlerin in New York bist, wusste ich es. Ich wusste, dass du auf mich gewartet hast." Er warf einen Blick auf das Gemälde und dann wieder zu ihr. „Es ist ein Kreislauf des Todes, und er schließt sich heute Nacht."

Der Ausdruck auf seinem Gesicht war wahnverzerrt ... und doch wirkte er unglaublich beherrscht, als seine Finger mit einer Hand ihr Haar und mit der anderen das Messer, das bereits blutig war, umfassten. Angst wuchs in ihr, und das Bedürfnis, sie herauszuschreien, war alles verzehrend. Er hatte zugegeben, ihre Mutter ohne jedes Mitgefühl getötet zu haben, und ließ es so klingen, als wäre es allein die Schuld ihrer Mutter gewesen.

Sie hasste ihn mit jeder Faser ihres Wesens. „Hast du ihn auch getötet? Deinen Vater? Hast du diesen fremdgehenden Bastard auch getötet? Oder hast du einfach nur einen Hass auf Frauen?"

Er schnaubte, ließ sie blinzelnd los und stemmte sich vom Bett hoch.

„*Sie* hat ihn getötet. Deine Mutter hat ihn umgebracht." Er drehte sich zum Fenster, als ein Blitz alles in eisiges Blau tauchte, kurz bevor Donner das Haus erschütterte. „Wir waren zehn Jahre in Afrika, und die Reise nach Amerika sollte eine Belohnung sein. Mein Vater bot den Nachbarn an, sich während ihres Urlaubs um die Pflanzen zu kümmern." Er zuckte mit den Schultern und kam näher. „So etwas machte er ständig. Wir haben uns nie etwas dabei gedacht, bis ich die Gemeindesekretärin den Bürgersteig entlanggehen sah, und beobachtete, wie sie in diese Wohnung ging. Da wusste ich, was los war." Seine Augen wurden wieder hart. „Er hat sich das Leben genommen, als wir nach Afrika zurückkehrten. Hat sich selbst zum Fegefeuer verurteilt. Ihretwegen."

Josie zog an ihren Fesseln und spürte, wie sich ein Strang lockerte. Sie erstarrte aus Angst, dass er es bemerken könnte.

„Deine Mutter war wunderschön. Genau wie du." Er beugte sich über das Bett, dicht an ihr Gesicht, und sie hielt absolut still, als er mit der Messerspitze in ihr Ohrläppchen schnitt. Es tat höllisch weh, aber sie hielt den Mund. *Ich werde dich nicht töten, wenn du keinen Mucks von dir gibst.* „Sie hat so sehr geweint, als ich mein Messer in sie gerammt habe." Sein Lächeln war die Verkörperung des Bösen. „Sie hat meinen Namen geschrien."

All die Jahre hatte Josie nur darauf gehofft, zu überleben. Es war ihr nicht darum gegangen, ihr Leben zu leben, sondern einfach nur zu *über*leben. Doch plötzlich war das nicht mehr genug. „Irgendetwas stimmt nicht mit dir. Du bist krank und verkorkst ..."

Er stürzte sich auf sie, aber sie zuckte zur Seite, und das Messer sank neben ihrem Kopf in das Kissen. *Verdammt.* Warum zum Teufel konnte sie nicht den Mund halten?

Weil Angst nicht genug war. Nur zu überleben war nicht genug.

Aber der bevorstehende Tod sah auch nicht nach einer tollen Alternative aus.

Sie erstarrte, als er sich auf sie legte. Sie konnte seinen Herzschlag fühlen, der durch seinen schwarzen Pullover, durch ihr T-Shirt und in ihren Körper hinein pochte. Dies war kein guter Zeitpunkt, um zu entdecken, dass sie das nicht allein schaffen konnte, dass sie Hilfe brauchte.

Marsh. Verdammt nochmal. Rette mich. Bitte rette mich.

Ihr Peiniger bewegte sich, setzte sich rittlings auf sie, und die Wut in seinen Augen ließ sie wünschen, er würde sich einfach wieder auf sie legen.

Das Messer zerriss ihr T-Shirt, als wäre es hauchdünne Seide. Es trennte ihren BH mit der gleichen Bewegung und schon lag sie von der Taille aufwärts entblößt vor ihm. Die unauslöschlichen Narben auf ihrer Haut fingen das Licht in einer Reihe von silbernen Linien ein.

„Gefällt dir dein Werk?" Bitterkeit lag in ihrem Ton, aber seine Stimmung hatte sich geändert. Die Wut war fort, und seine Ruhe war zurückgekehrt. Er schlug ihr mit der Faust aufs Kinn, und die Welt kippte um ihre eigene Achse, als vor ihren Augen alles schwarz wurde.

❦

IN EINEM HELIKOPTER DURCH EIN GEWITTER ZU FLIEGEN, war wahrscheinlich nicht die beste Art, jemandem die Flugangst zu nehmen. Im Moment durchlebten Marsh und Dancer ihre schlimmsten Alpträume.

Marsh trug ein dunkles T-Shirt aus der Sporttasche, die er für gewöhnlich im Kofferraum seines Autos aufbewahrte. Er hatte die maßgeschneiderte Hose angelassen, weil sie dunkelblau war, seine Schuhe aber gegen dunkle Turnschuhe getauscht. Sowohl er als auch Dancer trugen kugelsichere Westen.

Walker hatte sie unterwegs mit der Nachricht angerufen, dass Senator Duvall ein Strandhaus in der Nähe des Signals von Josie hatte, und Marsh ging davon aus, dass dies der richtige Ort war. Er verdrängte das Bild von Josies blutgetränkter Leiche.

Er weigerte sich zu glauben, dass sie tot sein könnte.

Blitze zuckten über den Himmel und ließen die Gischt der Wellen in der Schwärze der Nacht aufglühen. Der Pilot setzte den Helikopter sanft auf den Strand, Sand peitschte in alle Richtungen. Kleine Bäume kämpften gegen den Wind, und Regen verdunkelte die Landschaft.

Marsh konnte die Rotoren im Sturm kaum hören. Dancer war kreidebleich, hatte aber trotz allem einen entschlossenen Blick in den Augen, wie Marsh ihn noch nie zuvor gesehen hatte. Das hier war eine persönliche Angelegenheit. Für beide.

Marsh joggte den Strand hinauf, seine Schuhe sanken in den Boden, und aufgewirbelter Sand brannte auf seinen Wangen und ließ ihn die Augen zusammenkneifen. Da vorn war es – ein weitläufiges altes Strandhaus am North Fork.

Marshs Herz schlug schneller, als er bemerkte, dass in einem der oberen Zimmer Licht brannte.

Josie.

Er rannte los, ohne sich darum zu kümmern, ob Dancer mithalten konnte oder nicht, und versuchte verzweifelt, zu der Frau zu gelangen, die er liebte, bevor Philip Faraday sie verletzen konnte.

Der lose Sand bremste ihn, füllte seine Laufschuhe und brachte seine Beine dazu, sich in Zeitlupe zu bewegen. Er spuckte die groben Körner aus.

Es war so weit.

Obwohl praktisch alle Strafverfolgungsbehörden der Welt Faraday auf ihren Fahndungslisten hatten, war es schlussendlich darauf hinausgelaufen, dass Marsh und Dancer allein einen Sandstrand hinaufliefen, um Josie vor einem Psychopathen zu retten.

Verdammt.

Es gab einen Pfad durch die Dünen, und Marsh folgte ihm, fand einen Holzsteg und beschleunigte endlich. Dancer war direkt hinter ihm, Donner und Wind übertönten zum Glück jeden ihrer Schritte.

Marsh blickte zum Fenster auf und sah einen Schatten dahinter. Und dann, durch das Heulen des Windes, durch das Dröhnen des sturmgepeitschten Himmels, war er sich sicher, er hätte Josie gehört, die seinen Namen schrie.

Kapitel Zwanzig

S ie schrie, als er ihr die Hose aufschnitt und sie nackt auf dem Bett liegen ließ wie ein Schwein, das darauf wartete, geschlachtet zu werden. Sie zitterte vor Angst. Ihr sorgfältig choreografiertes Schicksal war in den Augen dieses Monsters deutlich zu lesen.

Er lächelte.

Sie war fast blind vor Wut.

Sie hatte es geschafft, ein Handgelenk aus den Fesseln zu lösen, ohne dass er es bemerkte. Das Monster mit dem Messer ging ein paar Meter von ihr entfernt auf und ab und murmelte vor sich hin wie ein Irrer. Er *war* ein Irrer. Und sie hatte nur ein lächerliches Handgelenk befreit.

Ihr wurde übel.

Blitze zuckten, und es dauerte nur wenige Sekunden, bevor der Donner rollte und die Nacht wieder schwarz wurde.

Sie behielt das Messer im Auge, das er ständig drückte und streichelte. Abscheu und Entsetzen kämpften in ihr, aber vor allem war sie wütend.

Die Matratze sank, als er über das Fußende des Bettes kletterte, und sie wünschte, sie hätte ein Bein befreien können, um ihm ins Gesicht zu treten.

Ihre Freundin Elizabeth war vergewaltigt worden ...

Der Schrecken dieses Gedankens ließ sie erstarren, obwohl er die anderen Opfer nicht vergewaltigt hatte.

Ihr Magen verkrampfte sich. Sie hatte endlich akzeptiert, dass sie ein Opfer war. Josephine kniff die Augen zu und versuchte, ihre Knie eng aneinander zu pressen, als sie sich an ihre völlig mitgenommene Freundin in der Nacht erinnerte, nachdem Andrew DeLattio mit ihr fertig gewesen war.

Nun, Andrew DeLattio hatte bekommen, was er verdient hatte, und diesem Bastard würde es auch so ergehen.

Was hatte Elizabeth einmal gesagt?

Seine Finger packten ihre Knie und rissen sie grob auseinander. Sie zuckte zusammen, als kaltes Metall gegen ihr Bein drückte. Biss sich auf die Lippe, weil sie wusste, dass Betteln nicht helfen würde. Bei einer Vergewaltigung ging es um Dominanz, nicht um Begierde. Das war alles, woran sie sich erinnerte, und im Moment brauchte sie kein Genie zu sein, um zu erkennen, dass er sie in jeder Hinsicht dominierte.

Das Messer wanderte ihren Körper hinauf und kratzte eine Linie über ihren Bauch. Blut quoll an den Stellen, an denen das Metall gelegentlich tiefer sank. *Tod durch tausend Schnitte.*

Sie knirschte mit den Zähnen. „Warum macht dich das so an?"

Seine Augen glitzerten und seine Stimme war heiser. „Es ist das Einzige, was mich anmacht."

„Was ist mit Sex?"

Er zuckte zusammen.

„Hast du schon mal Sex gehabt?"

„Halt den Mund."

„Hast du überhaupt einen Schwanz?"

Er fletschte erneut die Zähne, und Wahn blitzte in seinen Augen. „Ist es das, was du willst? Soll ich dich ficken? Bist du nichts als eine schmutzige Hure wie deine Mutter es war?"

„Ich will nicht, dass du mich fickst, du Arschloch." Sie rammte ihre Hand gegen seine Nase, so wie Elizabeth es ihr beigebracht hatte. Er schrie und taumelte zurück, und sie versuchte, ihr anderes Handgelenk zu befreien, aber er kam zu schnell zurück und stürzte sich auf sie. Sie griff nach seiner Hand mit dem Messer, verzweifelt bemüht, sie von ihrem Körper fernzuhalten. Sie wusste, dass sie nicht stark genug war. Sie wusste, dass er sie töten würde, aber sie war nicht bereit, wie eine Puppe zu schweigen, während er sie erneut verletzte. *Diesmal nicht.*

Er streckte die Hand aus und nahm das Messer in seine andere Hand. Blut strömte in seinen Mund und tropfte auf ihre nackte Haut. Abscheu drehte ihr den Magen um, aber sie sah, wie seine Augen fasziniert funkelten. Seine Hände zitterten.

Blut erregte ihn.

„Ich frage mich, wie lange es dauert, bis du stirbst, wenn ich dich hier steche?" Der Schmerz explodierte wie ein Feuerwerk, als er das Messer tief in ihre Schulter stieß. Sie wölbte sich vom Bett, als die Qual ihren Körper versengte und sie um den Verstand brachte.

Es tat so verdammt weh, dass sie definitiv sterben würde. Blut floss in einem heißen, nassen Schwall aus ihrem Körper. Gedanken an Marsh überwältigten und beruhigten sie. Sie liebte ihn. Sie hatte diese eine Sache richtig gemacht, obwohl sie nicht sehr gut damit umgegangen war. Das wusste sie jetzt.

Jetzt, wo es zu spät war.

Sie spürte, wie sie an einen viel besseren Ort abdriftete.

Vielleicht würde Marsh eines Tages über sie hinwegkommen und jemand anderen kennenlernen. Eine Frau, die seiner Mutter die Enkelkinder gab, nach denen sie sich so sehr sehnte. Schade, dass sie es nicht sein konnte.

Er schlug ihr auf die Wange, und ihre Aufmerksamkeit schoss zurück ins Hier und Jetzt und zu ihm. „Du entkommst mir nicht so leicht."

Sie spuckte ihn an und traf ihn direkt auf die Lippen.

Wut brannte in seinen Augen, und er hob das Messer, um diese Sache ein für alle Mal zu beenden. *Endlich.*

Doch eine Explosion riss ihn von ihr weg, und ein warmer Blutstrahl traf ihr Gesicht, bevor er neben dem Bett auf den harten Holzboden fiel.

Die Erleichterung, die sie erfüllte, war so groß, dass sie fast aufhörte zu atmen.

„FBI. Werfen Sie das Messer weg oder ich schieße." Marsh ging durch den Raum, seine Waffe mit beiden Händen fest umklammert. Er sah sie nicht an, als er um das Bettende herum zu dem blutenden Monster auf dem Boden ging.

Ein Geräusch gurgelte aus der Kehle des Monsters. Es klang sehr nach einem Hilferuf.

„Lebt er noch?", flüsterte Josie.

„Nicht mehr lange", antwortete Marsh und ignorierte den Verletzten, um ihre Fesseln zu lösen. „Bist du okay?"

Josie erinnerte sich, dass sie splitternackt war und ihre Schulter wie verrückt blutete. Dass sie nackt war, spielte im Moment keine Rolle. Ihre Stimme war schrill. „Er hat mich unter Drogen gesetzt, aber mir ist nichts passiert außer den Kratzern, die du siehst."

Marshs Augen huschten nervös über die Stichwunde in ihrer Schulter. Es war ein bisschen mehr als ein Kratzer, aber sie wollte nicht darüber nachdenken. Sie hatte nicht vor zu sterben. Nicht jetzt. Nicht jetzt, wo Marsh hier war.

Der Typ auf dem Boden stöhnte erneut, und ihr Blick huschte zur Bettkante.

Steve Dancer fesselte seine Hände hinter seinem Rücken. „Er wird verbluten, lange bevor der Krankenwagen eintrifft." Die grimmige Zufriedenheit in der Stimme des Agenten sprach Bände. So viele Menschen hatten unter den mörderischen Händen dieses Mannes gelitten.

„Hoffentlich." Sie wollte ihn tot sehen.

„Selbst wenn er überlebt, wird er dir nie wieder wehtun",

versicherte ihr Marsh und befreite ihr anderes Handgelenk. Ausnahmsweise glaubte sie ihm. „Ich hätte jedenfalls nichts dagegen, wenn er für seine Verbrechen bezahlt."

Endlich war sie frei, aber zu schwach, um ihre Arme zu heben. Alles tat ihr weh. „Wie hast du mich gefunden?"

„Das erzähle ich dir später."

„Wie geht es Vince?"

Marsh berührte ihr Haar und küsste sie auf die Stirn. „Er wird es überleben. Genau wie du." Er zog hastig sein T-Shirt aus und presste es fest gegen ihre Schulterwunde.

Verdammt.

Sie wollte sein Gesicht berühren, hatte aber nicht die Kraft. Er wickelte sie in das Bettlaken und hob sie in seine Arme. „Lass uns gehen."

„Ich passe auf ihn auf, bis die Polizei eintrifft", sagte Dancer. Seine Augen sahen müde und trostlos aus. Was auch immer er in Marshs Miene sah, veranlasste ihn dazu, seinem Partner zu versichern: „Keine Sorge, ich werde nichts Dummes tun. Ich bin mehr als glücklich, ihn leiden zu sehen."

Marsh nickte und drückte Josie an seine Brust, und sie fühlte sich sicher und geborgen, aber ihre Schulter brannte vor Schmerz, und ihr Kopf fühlte sich an, als würde er außerhalb ihres Körpers schweben.

„Ich hab dich. Wir müssen dich in ein Krankenhaus bringen." Er verließ den Raum und eilte die Treppe hinunter. Jeder Schritt war holprig und ließ sie vor Schmerz die Zähne zusammenbeißen.

Liebe und Zärtlichkeit vermischten sich in seinen Augen mit blanker Angst.

„Ich werde nicht sterben, Marsh. Ich habe jetzt einen guten Grund, um zu leben." Sie hatte überlebt. Sie blutete und war mitgenommen, aber sie hatte diesen finsteren, hässlichen Ort verlassen und stattdessen einen Ort voller Hoffnung gefunden. „Ich liebe dich", gestand sie ihm, endlich frei von der Angst, die sie ihr Leben lang verfolgt hatte. Sie war nicht nur den Mörder losgeworden, der blutend oben lag, sondern hatte auch die Angst verloren, verletzt zu werden, wenn sie jemanden an sich heranließ.

Sie musste leben.

Er drückte sie fester an sich. „Ich liebe dich auch.“

Sie konnte das Rauschen der Brandung und noch etwas anderes hören. Ein tiefes Dröhnen. Und dann spürte sie eine heftige Explosion aus Wind und Sand. Sie presste ihr Gesicht an seine Brust, Marsh zog das Laken fest um ihren Körper und drückte sie beschützend an sich. „Bist du schon einmal in einem Helikopter geflogen?“

„Nein. Ich hasse Fliegen“, gab sie mit zusammengebissenen Zähnen zu. Schmerz strahlte in pochenden Wellen durch ihren Körper. Schauer liefen über ihre Haut, als eiskalter Wind das dünne Laken durchdrang, das sie bedeckte.

Sie wurde kurz geschüttelt und dann flach auf zwei Sitze gelegt. Sie fühlte sich schwerelos, als sie abhoben, aber sie genoss es gar nicht. Starke, warme Finger griffen nach ihrer Hand und drückten dann fest gegen die Wunde in ihrer Schulter. Zuerst war es reine Qual, bevor es langsam in Taubheit überging. Sie klammerte sich an diese Finger, klammerte sich an den Schmerz. Sie würde diesen Kampf nicht verlieren. Marsh hatte den Blade Hunter ausgeschaltet, und sie hatte sich ihrem Dämon gestellt und überlebt. Sie wurde bewusstlos, als das laute Pochen der Rotoren durch ihr Blut hämmerte.

JOSIE WACHTE IM KRANKENHAUS AUF. Ihre Schulter war fest bandagiert, und ein dumpfer Schmerz strahlte in ihren Nacken und ihren Rücken hinunter. Marsh hielt ihre Hand so fest, dass es in ihren Fingerspitzen kribbelte, aber es gefiel ihr.

„Hey.“ Ihre Stimme zitterte. „Kann ich bitte ein Glas Wasser haben?“

Marsh erwiderte ihren Blick und lächelte, worauf ihr Herz

einen kleinen Purzelbaum schlug. Er beugte sich vor und schenkte ihr aus einem Krug neben dem Bett ein Glas Wasser ein. Dann hob er die Bettlehne mit der automatischen Steuerung etwas an und küsste sanft ihre Fingerknöchel.

Sie nahm den Strohhalm zwischen ihre Lippen, trank einen Schluck Wasser und genoss die Frische, die ihre Kehle kühlte und ihren Durst löschte.

Seine wunderschönen haselnussbraunen Augen musterten sie eindringlich. „Wie fühlst du dich?"

„Ich bin am Leben." Sie lachte und schluchzte fast, als sie sich an ihre Tortur erinnerte. „Hat ... hat er überlebt?"

Marsh schüttelte den Kopf. Erleichterung durchflutete sie in einer gewaltigen Welle, und sie schauderte. *Gut.* Er war tot, und das war gut so.

Marsh war mit Schmutz und Blut verschmiert und trug Turnschuhe unter einer Anzughose und einem dunkelgrünen OP-Oberteil.

Das war nicht gerade der sonst immer elegante Marshall Hayes.

„Wo ist Dancer?"

„Er sieht nach Vince."

Sie sog nervös die Luft ein. „Geht es Vince gut?"

Marsh nickte und nahm ihr das Glas ab.

Sie schloss erleichtert die Augen und sank gegen das Kissen. „Ich dachte, er wäre tot, als ihn das Auto angefahren hatte." Tränen liefen ihr über die Wangen, und sie zog ihre Knie an sich. Das Bett sackte durch, als Marsh sie in seine Arme nahm. Dann zog er aus dem Nichts ein Taschentuch hervor und reichte es ihr. Sie lachte, wurde dann aber ernüchtert von seinem Gesichtsausdruck.

„Was ist?", fragte sie.

„Es gibt etwas, das ich dir nie gesagt habe, und das dir nicht gefallen wird ..."

Alles in ihr stockte. Vielleicht liebte er sie nicht wirklich. Vielleicht hatte er das nur gesagt, weil es Teil seines Jobs war.

Die Anspannung zog Fältchen um seine Augen und seinen Mund. „Du hast mich gefragt, wie ich dich im Strandhaus gefunden habe.“

„Es spielt keine Rolle ...“ Sie wollte es nicht wissen.

„Doch, das tut es.“ Er strich sich mit der Hand übers Haar und sah ihr dann in die Augen. „Zuallererst musst du wissen, dass ich dich liebe. Daran wird sich nie etwas ändern. Gott weiß, dass ich dagegen angekämpft habe.“

„Okay.“ Sie lachte nervös. Die Bewegung tat weh, aber die Tatsache, dass er sie liebte, war eine gute Nachricht. Das hoffte sie zumindest. Was er zu sagen hatte, konnte nicht so schlimm sein ...

„Als ich dich im April gefunden und unter Drogen gesetzt habe, habe ich, äh, noch etwas anderes getan.“ Er stand auf und ging auf und ab, ganz und gar nicht der selbstbewusste Mann, den sie gewöhnt war. „Ich habe dir einen winzigen Sender in die Schulter implantiert. Er ist immer noch aktiv und deshalb konnten wir deinen Standort so schnell bestimmen.“

„Was?“ Sie setzte sich etwas gerader hin und runzelte die Stirn. *Warum hatte er das getan?* Das erklärte den Juckreiz, den sie manchmal dort verspürte. Dann verstand sie es. *Unmöglich!* „Du hast von vornherein geplant, dass ich aus deiner Hütte in Vermont abhaue, damit ich dich zu Elizabeth führen kann.“ Seine Augen sagten ihr, dass sie recht hatte. Ihre Kinnlade fiel herunter. „Du Mistkerl. Die ganze Zeit über habe ich mich schuldig gefühlt, weil ich dich unter Drogen gesetzt und getäuscht habe, und dabei war meine Flucht die ganze Zeit Teil deines Plans.“ Wut baute sich heiß und wütend in ihren Eingeweiden auf.

„Na ja.“ Er hob seine Hände beschwichtigend. „Dass du mich unter Drogen gesetzt hast und wir Sex hatten, war nie Teil des Plans. Dass ich nackt und mit Handschellen an einen Bettpfosten gefesselt aufwache, war definitiv nie Teil des Plans. Dich für längere Zeit ungeschützt zu lassen, war ebenfalls nie Teil meines Plans." Seine Stimme wurde lauter, und seine Worte gewannen an Nachdruck.

Erinnerungen daran, wie sie in Montana aus ihrem Mietwagen gezerrt worden war, überfluteten sie. Andrew DeLattios Hände hatten ihre Haut gestreichelt, als könnte er mit ihr machen, was er wollte. Sie hatte gedacht, er würde sie umbringen. Mit einer Kugel in den Kopf, nachdem er ihren Körper zu seiner Befriedigung benutzt hatte.

Marshs haselnussbraune Augen waren erschreckend dunkel gegen seine blasse Haut. „Wenn ich gewusst hätte, dass DeLattio aus der Haft entkommen und dich finden würde, hätte ich dich nie aus Vermont fortkommen lassen." Er zitterte und ballte die Hände zu Fäusten, so sehr rang er um Fassung.

All die Sorgen, all die Schuld.

Die Gefühle der vergangenen Tage und Monate schwirrten in ihrem Kopf herum, aber das größte Gefühl, das sie überkam, war Erleichterung und Dankbarkeit, dass Marsh jetzt hier bei ihr war. Dass sie trotz allem, was sie durchgemacht hatten, wieder zueinander gefunden hatten. Sicher, sie war wütend darüber, wie ein Tier markiert geworden zu sein, aber sie würde darüber hinwegkommen, besonders wenn es ihr die Schuldgefühle für das nahm, was sie ihm vor sechs Monaten angetan hatte. Zumal ihr sein Handeln heute das Leben gerettet hatte.

„Ist er noch da drin?" Sie blickte auf ihre Schulter, aber sie schmerzte zu sehr, um sie zu untersuchen.

Er schüttelte den Kopf, zog ein winziges Teilchen aus seiner Tasche und reichte es ihr. „Ich habe den Chirurgen gebeten, ihn zu entfernen, als er dich genäht hat." Er schluckte hörbar. „Glaubst du, du kannst mir jemals verzeihen?"

Sie musterte die winzige Kapsel in ihrer Handfläche. „Wenn man bedenkt, dass dieses Ding letztendlich mein Leben gerettet hat, glaube ich schon, dass ich dir vergeben kann. Aber wenn du mich das nächste Mal stalken willst, dann hack einfach mein Handy, okay?"

Er beugte sich zu ihr und küsste sie, während er das Haar von ihrer Wange strich. „Es wird kein nächstes Mal geben. Du hast mich letzte Nacht um ein Jahrzehnt altern lassen, und ich möchte alle Tage, die mir noch bleiben, mit dir verbringen."

„Habe ich daran gedacht, dir dafür zu danken, dass du mich gerettet hast?"

Er lehnte seine Stirn an ihre. „Alles Teil meines Jobs." Er küsste sie, und sie wünschte, sie würde nicht in einem Krankenhausbett liegen. Nach einem Moment zog er sich zurück. „Ich werde besser nach Vince sehen."

Sie wand sich aus seinem Griff und schwang ihre Beine über die Bettkante.

„Wohin, glaubst du, gehst du?" Seine Stimme war ein Knurren, das ihr sagte, sie solle es nicht übertreiben.

Sie stand auf und schwankte. „Mir geht es gut, Marsh. Besorg mir ein paar Sachen. Ich will Vince auch sehen."

„Nein." Seine erhobene Stimme ließ die Krankenschwestern herüberblicken und zu ihnen eilen.

Josie stemmte die Hände in die Hüfte, wurde aber nicht laut. „Ich muss ihn sehen. Bitte hilf mir." Die Krankenschwestern wuselten um sie herum und versuchten, sie zum Sitzen zu überreden, während sie ihre Vitalwerte überprüften. „Besorg mir etwas Anständiges zum Anziehen." Sie wedelte mit ihrem Krankenhauskittel nach ihm und enthüllte viel nackte Haut. „Einen vernünftigen Kittel, Unterwäsche, du weißt schon. Ich werde Vince besuchen, und wenn ich nackt durch die Gänge laufen muss."

„Holen Sie ihr einen Rollstuhl", befahl eine dunkelhaarige Krankenschwester und fügte grinsend hinzu: „Worauf warten Sie noch? Gehen Sie und tun Sie, was die Dame verlangt."

Epilog

Es war eine lange, schwierige Woche gewesen. Sie identifizierten Josephines Mutter anhand von Zahnarztunterlagen und DNA. Marsh kümmerte sich um eine angemessene Beerdigung. Prudence wurde heute beerdigt – und zwar als Opfer und nicht als Komplizin. Es war ein Zugeständnis an Brook Duvall und der Wunsch von Direktor Lovine. Steve Dancer war zwangsbeurlaubt worden, bis Marsh und der Psychiater ihn für gesund genug hielten, um wieder zur Arbeit zurückzukehren.

Gloria Faraday war aus der Haft entlassen worden, da es keine Beweise für ihre Beteiligung an den Verbrechen gab.

Marsh wusste nicht, was er davon halten sollte. Das Gemälde, das der Auslöser der ganzen Sache gewesen war, wurde von allen Beteiligten widerwillig der National Gallery gespendet. Es war kein großer Trost, aber es erfüllte Marsh mit Genugtuung, dass sich niemand an diesem verdammten Fiasko bereichern würde.

Josie konnte ihre Schulter langsam wieder besser bewegen. Sie gehörte nicht zu denen, die besonders gut mit aufgezwungener Untätigkeit umgingen. Zum Glück erholte sich Vince so rasch, dass er am Vortag das Krankenhaus nur mit einem gebrochenen

Bein und einem schnell heilenden Einschnitt einer Notfall-Splenektomie als Erinnerung an seine Nahtoderfahrung verlassen hatte.

Sie hatten alle überlebt, und im Moment war das alles, was zählte.

„Was machst du da?" Marsh sah zu, wie Josie sich ihren Rucksack über ihre unversehrte Schulter warf, und streckte seine Hand aus. „Das kann ich für dich tragen."

Sie schüttelte den Kopf. Sie sah zu ihm auf, ihre blauen Augen hell und feucht. Er strich ihr mit einem Fingerknöchel über die Wange, immer noch unfähig zu begreifen, dass er sie beinahe verloren hatte. Er war sich so sicher gewesen, dass er zu spät kommen würde, als er in dieses Strandhaus gestürmt war.

„Ich muss mich verabschieden", sagte Josie leise und ließ sein Herz einen Schlag lang aussetzen.

„Du musst dich verabschieden?", wiederholte er vorsichtig.

„Nicht von dir." Sie verzog das Gesicht. „Ich verlasse New York."

Bedeutete das ...? Sein Herz hörte auf zu schlagen. „Und wohin gehst du?"

Sie fingerte am Riemen ihres Rucksacks und wippte auf den Absätzen ihrer Doc-Marten-Stiefel vor und zurück. „Ich ziehe nach Boston, um mit einem heißen FBI-Agenten in Sünde zu leben, aber nicht bei seinen Eltern."

„Ach ja?" Er trat einen Schritt vor, bis sein Körper ihren berührte und alle möglichen Kurzschlüsse in seinem Gehirn auslöste. „Wer hat gesagt, dass ich in Sünde leben will?"

Ihr Lächeln war verschmitzt. „Vertrau mir, du willst in Sünde leben."

„Nein, will ich nicht." Er nahm ihre Hand, beugte sich vor und öffnete ihre Lippen für einen leidenschaftlichen Kuss.

Sie schlang ihren unverletzten Arm um seinen Hals. „Was willst du dann?" Sie küsste ihn so, dass es ihm den Atem verschlug. Es lag nicht an dem Kuss selbst, sondern an ihrem neu gefundenen Selbstvertrauen, ihn so zu behandeln, als gehörte er ihr. Denn so war es: Er gehörte ihr.

„Ich möchte ein Taxi die Fifth Avenue hinauf zu Tiffany's nehmen und den größten Diamantring kaufen, den du je gesehen hast.“

Sie lachte, aber er bemerkte den glücklichen Funken in ihren Augen.

„Diamanten sind so klischeehaft.“ Sie täuschte ein Gähnen vor.

„Wie wäre es mit dem Verschluss einer Limo Dose?“ Er verschränkte ihre Finger und grinste. Sie hatte nicht nein gesagt.

„Das ist auch ein Klischee.“

„Also, wo gehen wir hin?“, fragte er, als sie in den Hausflur traten.

„Wir verabschieden uns von jemand ganz Besonderem.“ Sie öffnete ihren Rucksack und zeigte ihm die Urne mit Marions Asche.

Oh.

Er bückte sich, um eine alte Zeitung aufzuheben, die jemandem aus dem Altpapier gefallen war.

„Was ist das?“ Josies Ton wurde eisig, als sie auf das Papier zeigte.

Er blickte nach unten und erkannte sich selbst auf der Titelseite der *NY News*, mit der Zunge in Detective Jenkins' Hals.

Er lachte.

„Das war Plan A, bevor du entführt wurdest.“ Er blickte in ihr furchtbar eifersüchtiges Gesicht, und plötzlich war seine Welt wieder in Ordnung. Selbst wenn sie ihn in den Wahnsinn trieb, war sie die Frau, nach der er sein ganzes Leben lang gesucht hatte.

Also küsste er sie, schleifte sie die Treppe hinauf in ihre Wohnung, und obwohl sie die ganze Zeit über zeterte, wusste er, dass es funktionieren würde. Sie würden Marions Asche später mit der Würde verstreuen, die sie verdient hatte. Dann würde er Josie jeden Ring kaufen, den sie wollte. Endlich hatte er sie da, wo er sie haben wollte. In seinem Leben. In seinem Herzen.

Vielen Dank, dass du die Geschichte von Marsh und Josie gelesen hast. Um herauszufinden, was mit dem anderen Paar (Cal und Sarah) passiert, das im Buch „Ihr Zufluchtsort" erwähnt wird, kannst du des nächsten Buchs dieser Reihe lesen ...

Ihr Risiko – Her Risk To Take (Novelle)

Sie ist alles, was er nicht verdient hat. Doch als die Gefahr zuschlägt, hat er alles zu verlieren.

Die Notaufnahmeärztin Sarah Sullivan hat ein Problem. Und dieses Problem schläft etwa hundert Meter entfernt in einem Wohnwagen. An Heiligabend bietet sie Cal Landon ihr Herz an – doch er weist sie zurück. Doch selbst während er sich zurückzieht, weigert sich Sarah, ihn aufzugeben, da sie sich ein Leben ohne ihn nicht vorstellen kann.

Durch die Arbeit in der sauberen, frostigen Luft der Ranch kann Cal Landon seine Vergangenheit hinter sich lassen – fast. Außerhalb der Ranch lässt ihn niemand vergessen, dass er ein Ex-Häftling ist. Nachdem die Sullivans endlich wieder auf die Beine gekommen sind, sollte er weiterziehen – weit weg von der Versuchung namens Sarah.

Eine Frau, die jeden seiner Gedanken verfolgt. Eine Frau, die viel zu gut für jemanden wie ihn ist. Eine Frau, für die er sein Leben geben würde, sollte sie in einer gefährlichen Geiselnahme gefangen sein...

Dies ist eine Novelle mit zwanzigtausend Wörtern, die als kurze Fortsetzung von IHR ZUFLUCHTSORT geschrieben wurde.

IHR - Romantic-Suspense-Trilogie
Ihr Zufluchtsort (Her Sanctuary)

Ihr letzter Ausweg (Her Last Chance)
Ihr Risiko (Her Risk To Take)

Auf meiner Website findest du alle deutschen Übersetzungen meiner Bücher: www.toniandersonauthor.com/german

Melde dich für meinen deutschsprachigen Newsletter an und erhalte zwei kostenlose, exklusive „Kalte Gerechtigkeit"-Kurzgeschichten sowie Informationen darüber, wann meine nächste deutsche Übersetzung verfügbar ist.

Danksagung

Ich habe *„Ihr letzter Ausweg"* als Nachfolger von *„Ihr Zufluchtsort"* geschrieben, aber es lag jahrelang in einem virtuellen Regal, weil der Verlag pleiteging, bevor es veröffentlicht wurde. Auf Druck der Leser habe ich es endlich geschafft, diesen Sommer die Zeit zu finden, das Manuskript zu überarbeiten und für die Veröffentlichung vorzubereiten. Ich hoffe, euch gefällt der Abschluss der Geschichte von Marsh und Josie. Ich habe das Gefühl, dass ich als Autorin einen langen Weg zurückgelegt habe, seit ich meine Verlagsreise begonnen habe, aber ich hoffe, dass euch diese beiden verwandten Geschichten gefallen. Ich möchte meiner Lektorin Ally Robertson dafür danken, dass sie so wunderbare Arbeit geleistet und mir geholfen hat, die Originalmanuskripte zu verbessern. Und danke an Elaini Caruso, die die aktualisierten Versionen von 2021 korrekturgelesen hat.

Wie immer möchte ich mich bei meiner Kritikpartnerin Kathy Altman bedanken, die nicht nur mein Resonanzboden ist – sie ist meine geistige Gesundheit.

Der größte Dank gilt meinem Mann und meinen Kindern, die sich mit den alltäglichen Kleinigkeiten meiner Schriftstellerei abfinden. Und den Lesern, die meine Träume wahr gemacht haben!

Danke auch an mein Team für deutsche Übersetzungen: Martin Wick, Stef Mills und meine wunderbare Beta-Leserin Antje. Tausend Dank auch an meine Assistentin, Jill Glass für ihre wunderbare Organisation!

Über den Autor

Toni Anderson schreibt düstere, heiße, romantische Thriller über das FBI-Milieu und ist *New York Times* und *USA Today*-Bestsellerautorin. Ihre Bücher haben viele Auszeichnungen gewonnen, darunter den Daphne du Maurier Award for Excellence in Mystery and Suspense, den Readers' Choice Award, den Book Buyers' Best Award, den Golden Quill Award, den National Excellence in Romance Fiction Award sowie den National Excellence in Story Telling (NEST) Wettbewerb. Sowohl im Vivian Wettbewerb als auch für den RITA Award der Romance Writers of America stand sie in der Endauswahl. Ihre Bücher wurden mehr als zwei Millionen Mal heruntergeladen.

Vor allem bekannt durch ihre „*KALTE GERECHTIGKEIT*"-Reihe, ist es vielleicht nicht überraschend, dass Toni in einem der extremsten Klimas der Welt lebt − in Manitoba, Kanada. Als ehemalige Meeresbiologin vermisst Toni das Meer, aber zum Glück kann sie zur Recherche für ihre Bücher viel reisen. Im Januar 2016 besuchte sie die Zentrale des FBI in Washington, D.C. und nahm an einer Führung durch die Weltweite Kommando- und Kommunikationszentrale des FBI (SIOC) teil. Sie hofft, aufgrund ihrer Google-Suchen nicht verhaftet zu werden.

Auf meiner Website findest du alle deutschen Übersetzungen meiner Bücher: toniandersonauthor.com/german

Melde dich für meinen deutschsprachigen Newsletter an und

erhalte zwei kostenlose, exklusive „Kalte Gerechtigkeit"-
Kurzgeschichten sowie Informationen darüber, wann meine
nächste deutsche Übersetzung verfügbar ist.

Toni liebt es, von Lesern zu hören:
E-Mail: toni@toniandersonauthor.com
Website: www.toniandersonauthor.com/german
Lerne Toni online kennen:

facebook.com/ToniAndersonDeutscheBucher
instagram.com/toni_anderson_author